———— 想象，比知识更重要

幻象文库

The Ships of Earth

地球飞船

Orson Scott Card

[美]
奥森·斯科特·卡德 著

仇春卉 译

新星出版社　NEW STAR PRESS

目 录

1	引 言
4	第一章　沙漠中的法律
30	第二章　束缚与松绑
64	第三章　狩　猎
108	第四章　生命之树
133	第五章　守护者的真面目
177	第六章　脉冲枪
222	第七章　弓　箭
273	第八章　安居乐业
296	第九章　边　界
351	第十章　舰　长
391	译名注释

引　言

　　和谐星球的主机终于看到了希望。它把选中的十几个人聚集起来，迫使他们离开女皇城，踏上了远征之路。整个旅程分两段，第一段是让一行人穿越沙漠，途经火焰谷，到达乌萨卡岛的最南端——这个地方四千万年以来一直无人踏足。第二段旅程就是从这里开始，穿越一千光年，回到人类的故乡——地球。人类逃离地球已经四千万年，是时候回去了。

　　远征队的成员不是一般人，而是主机经过上百万代人的优选搭配培育出来的，他们与主机交流的能力是当今世上最强的。一直以来，主机都在引导有这种能力的人进行交往和通婚，繁殖出能力更强的下一代。在筛选过程中，主机只选择最容易接收它信息的人，而没有刻意挑选最善良、最温顺、最聪明或者最心灵手巧的人。因为主机运行这个程序的时候，只设置了"交流能力"这个参数，而没有考虑操作对象的善恶优劣。这些人的性情是温和还是乖张，他们对别人是否具有攻击性，他们有没有团队合作精神……这些因素一概不在主机的考虑范围之内。

　　踏足和谐星球的第一代移民设置这台主机，目的只有一个：通过限制科技水平来保存人类这个物种。当年在地球的时候，人类的高科技使霸权国家的势力覆盖全球，战火也蔓延到全世界每一个角落，人类赖以生存的生态环境遭受严重破坏。为了避免重蹈覆辙，和谐星球的主机一直都限制人类科技的发展：人类打仗只能使用手持的轻武器，出远门只能骑马，这样一来他们就不能造成大规模的破坏，和谐星球也就安全了。在这个前提下，人类可以自由选择作恶还是向善。

可是，自从程序运行以来，主机对人类的操控逐渐变弱。与主机交流的能力也是因人而异：有些人强得超乎想象，有些人和主机之间的联系则退化到若即若离的地步——后果就是各种新式武器和新的交通工具陆续面世。虽然距离世界毁灭可能还有万年之遥，可是潘多拉的盒子已经打开，和谐星球的末日总有一天会到来，主机不知道怎样才能力挽狂澜。

形势紧急，主机决定返回地球，从地球守护者那里加载升级程序。可是在最近几个月里，主机和它的支持者发现，地球守护者已经通过某种方式改变了局面：主机检测到它的程序发生了很微妙的变动；另外，有几个人先后做了一个非常清晰和震撼的梦，在梦中他们都见到一些和谐星球上没有的生物。地球守护者在那么遥远的地方，本来不可能对和谐星球产生任何影响；可是除了这个将人类赶出家园的地球守护者之外，主机实在推测不出还有何方神圣能够造成这些改变。

地球守护者是怎么造就奇迹的，和谐星球主机无从猜测。有一点可以确定，主机的硬件设备经过四千万年的损耗磨蚀，如今非大修不可了。主机也知道，只要是地球守护者下达的任务，它再不济也必须完成。

现在地球守护者召唤人类回去重建家园，所以主机从女皇城中挑选了十六个人。这些人与主机交流的能力很强，其中好几个还是血亲。可是在这群人当中，不是每个人都那么聪明、善良和可靠，有些人对其他成员心存怨恨，还有几个甚至处心积虑地要破坏主机的远征计划。虽然也有一部分人全心全意地为实现这个计划而奋斗，可是毕竟人心险恶，兽性难驯，这支探险队伍随时都有分崩离析的危险。文明本来就很脆弱，就算是强大的社会约束力也不能遏制人的兽性，更何况他们只是一个与世隔绝的小群体呢？他们能够建立一个和谐融洽的小部落吗？抑或这个远征计划从一开始就注定了要失败？

无论如何，主机只能假设这个远征计划始终会成功，并以这个假设为基础，在它的基地里展开一系列准备工作。各种关闭已久的设备重新响起了轰鸣声，机器人也在静态场中复苏，立即投入工作，对所有设备进行检测，将需要维修的那部分挑出来。这些设备闲置的时间实在太长了，就算保存在静态场中也免不了损坏。

仅仅是估算工作量和制订维修方案就需要好几年时间。可是主机并不着急，因为这个远征计划本来就耗时甚多，远征队的成员正好利用这段时间学会和平共处。况且就算急也是主机的事情，轮不到这十六个人去操心。十年的时间对于人类来说可能显得特别漫长，长得让他们无法忍受。可是对于主机来说，十年磨一剑不过是弹指一挥间的事。虽然主机同时也在处理无数微秒数量级的进程，可是它也储存了人类在和谐星球四千万年的历史。在这个庞大的尺度之下，无论是十年光景还是人的一生都如同白驹过隙。主机会充分利用这些年为远征做准备，希望这十六个人也一样。如果他们稍有头脑，就会在这些年里生儿育女，多多益善。等他们终有一天回到地球的时候，应该已经形成一个初具规模的部落。可是要做到这一点并不容易，而主机目前最紧急的任务是要保住每一个人的性命。

第一章　沙漠中的法律

谢德美是一个科学家，而不是沙漠探险者。她其实并不需要舒适的城市生活——就算没有床，哪怕睡桌上、地上也行——可是她不能离开她的研究工作。如今谢德美被人硬从实验室拖出来，研究工作被迫中断，她的人生也失去了意义，自然积了一肚子怨气。谢德美从来就没有答应过参加这个疯狂的远征计划，可还是被迫上路了。此刻她骑在骆驼背上，忍受着沙漠热风的煎熬，身体随着骆驼的脚步前后晃荡，眼睁睁看着前面一匹骆驼的屁股以另一种节拍摇摆。谢德美被晃得一阵阵恶心，头痛欲裂，有好几次都想掉头回去了。谢德美认得大概方向，只要回到女皇城附近，她的电脑就可以连上城域网，指出回家的路。谢德美其实自己一个人可以加急赶路，说不定天黑之前就可以回城了。守兵没理由不让她进城，因为她和远征队的人既没有血缘关系，也没有婚姻契约；之所以被拉着一起走，完全是因为她帮忙准备种子胚胎，将它们装到干燥箱里，以备未来恢复地球的部分物种。谢德美这样做纯粹是为了报答她的恩师，并没别的想法，他们不能因为她这片好心就硬逼她一起上路。

谢德美没有回去，完全是为了这些胚胎和设备。因为除了她之外，没有人懂得如何系统性地恢复那么多物种，没有人知道应该先恢复哪几种做食物链的底层，好让后面恢复的物种出来之后有食物。

谢德美心里不停地想：太不公平了！在这群人里，我是唯一一个有能力完成这个任务的。可是对于我来说，这事情没有一点挑战性，也没有一点技术含量，纯粹是一件体力农活。我参与这个远征计划，不是因为上灵给我的任务多有挑战性，而是因为其他人对此一窍不通。

"你怎么一脸苦相，生气了？"

谢德美转头一看，原来是华纱赶上来和她并排走着。华纱对谢德美有传道授业之恩，而且和她还有母女之情。可是华纱并不是谢德美的亲生母亲，她并没有权利逼迫她。

谢德美答道："是的。"

华纱问："生我的气？"

谢德美说："你也有份。除了你之外，这些人和我没有一点关系。都是你把我弄到这步田地的。"

华纱道："你和其他人一样，都和上灵有联系。是上灵给你报的梦，对吧？"

"这个梦又不是我想要的。"

华纱说："你以为这一切都是我们想要的吗？小谢啊，你的心情我是明白的。除了你之外，每一个人都是因为他们之前做出的选择而被拉入伙的。纳飞、绿儿、如诗和我都是心甘情愿……嗯，或多或少也算是心甘情愿吧。耶律迈、梅伯和我那两个小肚鸡肠坏心眼的女儿，他们是因为做了一些坏事或蠢事所以才一起来的。其他人纯粹是因为一纸婚约才被迫上路，我也不知道这算不算错上加错。可是你不一样，谢德美，你来是因为你做的那个梦，还有你对我的忠诚。"

上灵给谢德美报了一个梦，在梦中，她从半空飘下来，撒下无数种子，看着它们茁壮成长，将沙漠变成生机勃勃的绿洲。谢德美环顾四周，只见一片荒芜的沙漠，只有几株带刺的植物和一些蜥蜴昆虫在苟延残喘。

"我的梦可不是这样子的。"

华纱说："可你还是来了，既是为了这个梦，也是因为你对我的爱。"

谢德美道："那只是一个梦！你也知道这梦不可能成真。我们这里没有人懂得开拓殖民地，只有耶律迈一个人有野外生存的技能。"

"他只是最有经验的一个，可是阿飞和梅伯也做得越来越好，我们每个人都能学会的。"

谢德美不想争论，所以就不说话了。

华纱道："我最怕你这样子。有不同意见可以开诚布公地讨论嘛，怎么突然就不说话了呢？"

谢德美说："我不喜欢矛盾和冲突。"

"可是每次到了最要紧的关头，眼看你就要说出别人想听到的话，你却总是突然缩回去了。"

"我也不知道别人想听什么话。"

华纱说："你就把你几秒钟之前的想法说出来，告诉我，你为什么觉得你的梦不可能实现。"

谢德美说："因为女皇城。"

"可是我们已经离开了呀，女皇城还能把我们怎么样？"

"我们永远也走不出女皇城的阴影。我们始终会记得在城里的舒适生活，心里总是渴望着回去，我们会因此而痛苦一辈子。"

华纱说："话虽这样说，可是你的担心并不是思乡病吧？"

谢德美道："我们舍弃了女皇城的好处，却把她的不良习性都带出来了。我们习惯了安逸悠闲，现在却没有物质条件维持这种生活方式。而且我们这个殖民团体的人数太少，他们不能再像以前那么放纵自己的欲望了。"

"人们以前也试过离开大城市开拓新的殖民地。"

谢德美说："我知道，只要一个人有心去适应新环境，他就一定能做到，问题是有多少人愿意这样做呢？有几个人愿意舍弃自己的欲望，为了大局牺牲自我呢？老实说，我就做不到。现在每走出一步，就离我的事业远一点，我心里的怨恨也就多一分。"

华纱说："这么说来，和你相比我们还算幸运的了。至少我们没有什么事业值得一提，就算有也已经人去楼空，再回城已于事无补了。"

谢德美道："梅伯的事业还在前方等着他呢。"

华纱有点丈二和尚摸不着头脑。"梅伯的事业？他除了上舞台跑跑龙套之外还能干别的什么事情吗？"

"他的志向是和女皇城中每一个女人交配，当然，亲戚、丑妇和死人除外，这才是他毕生的事业。"

华纱苍白地笑了："噢，你是说这个事业。"

谢德美道："而且，还有别人和他志同道合。"

华纱说："呵呵，你是心地好，没有直接说出来，我领情了。可是我也明白，我的两个女儿肯定也想继续她们在女皇城中未竟的事业。"

谢德美说："对不起，我不是想冒犯你。"

"没关系的，我知道自己女儿的品行。她们身上带了太多贾霸的基因，我也不敢指望她们有多么高尚。不过，小谢，请你告诉我，你觉得她们会首先看中谁呢？"

"只需要过几个星期甚至几天，随便哪个男人在她们眼里都会变得很有吸引力。"

华纱轻声笑道："亲爱的小谢，我也同意你的说法。只是我们这个小部落里每个男人都是有妇之夫，那几个老婆自然会防止有人入侵她们的地盘。"

谢德美摇头道："华纱，你假设她们会护食，这就错了。你自己是用情专一，生了纳飞之后每年都和同一个男人续婚约，可是这并不代表别的女人也像你那么在乎自己的丈夫。"

华纱说："是吗？可是你看看，我那亲爱的小女儿柔珂，她姐姐和她丈夫上床，她就几乎把姐姐杀了。"

"这个……怎么说呢，就算将来欧必忍不再和莎芙勾搭，可他还是会打别人主意，比如说绿儿。"

华纱说："绿儿？！小谢，绿儿是个好女孩，她虽然还年轻，却深爱着纳飞。而且欧必忍那种人不懂得欣赏她的美丽，最关键的是绿儿是女皇城的圣湖先知，欧必忍就算吃了豹子胆也不敢对她起什么念头。"

谢德美摇摇头。随着时间流逝，华纱提到的所有这些因素都会逐渐变得无关紧要。像欧必忍、梅伯、柔珂和莎芙这种人，天生水性杨花，总有一天会饥不择食，哪里顾得上吃进嘴里的是咸还是甜。

华纱继续道："如果你以为欧必忍敢打艾雅的主意，我想不笑也不行了。呵呵，他当然想吃天鹅肉，可是艾雅这小姑娘只爱慕强者，欧必忍这一辈子也没戏了。所以我觉得他不会对柔珂不忠的。"

谢德美说："华纱，你向来是我的良师益友，可我还是觉得在这个问题上你完全错了。我敢保证，不出一个月，欧必忍甚至会来勾引我。"

华纱很惊奇地看着谢德美:"可是,这个,你不是他喜……"

谢德美道:"我不是他喜欢的类型?呵呵,只要一个女人不拒绝他,这个女人就是他喜欢的类型。我先提醒你一句,我们这个团体太小了,经不起折腾,特别是男女关系。就拿狒狒来对比吧,雌性狒狒只是在不怀孕的时候有几次发情期,所以它们可以建立一种暂时性的短期配偶模式。每逢交配季节,雄性狒狒之间就因为争抢对象而爆发冲突;等发情期一结束就马上平息,大家相安无事。可是很不幸,我们不是狒狒,我们是人类,人与人之间的关系要复杂得多。一来我们的儿女需要一个稳定和平的家庭环境,二来我们人数太少,要是因为冲突而闹出人命,我们这个团体也就散了。"

华纱说:"出人命?谢德美,你脑子都在想什么呀?"

谢德美说:"这群人里,除了费雅思,就数纳飞最善良了,可是连他也已经杀过一个人了。"

"那是上灵让他杀的!"

"对啊,纳飞遵从上灵的命令,可是其他男人也有他们自己的神啊。"

"谁是他们的神?"

谢德美说:"那神就在他们两腿之间晃荡着呢。"

华纱道:"你们这些生物学家怎么那么悲观呢?你们以为人类是动物里面最低等的吧?"

"噢,不是最低等的,至少雄性的人类不会吃小婴儿。"

华纱说:"雌性的人类也不会把配偶给吞了。"

"其实也有人试过。"

说到这里两人一起哈哈大笑。她们本来一直在小声说话,渐渐落在了驼队后面。现在突然大声笑出来,走在前面的人都转头看着她们。

华纱大声说道:"别管我们,我们不是在笑你们。"

可是耶律迈不能不管。他本来在队伍前面带路的,现在调转骆驼往回走,来到两人身边,一脸的怒容。

耶律迈说:"华纱女士,请你控制一下自己。"

华纱说:"怎么,我笑得太大声了?"

"对!你这样大声谈笑是很危险的,一个女人的声音可以随风飘到几里之外。这片沙漠虽然不是人口稠密,可是万一有人听到你声音的话,你没反应过来就已经被他们先奸后杀了。"

谢德美知道耶律迈说得不错,毕竟他带过团队穿越沙漠,有这方面的经验。可是谢德美很讨厌他说话时那副高高在上的嘴脸,还有那讽刺的语气。哪个男人有资格在华纱女士面前这样说话?

可是华纱本人反而好像对耶律迈的恶劣态度浑然不觉。她一脸无辜地问道:"我们这里这么多人,我还以为没有强盗敢过来呢。"

耶律迈说:"他们要劫的就是我们这种队伍。你想想,我们这行人,大部分都是女的,走得慢,带的东西也多,还大声说话。甚至有两个女的走着走着就脱离了大部队。"

这时候谢德美才意识到她和华纱的处境有多危险,想想都后怕。她还不是很习惯这种趋利避害的思维模式,因为她在女皇城里面的时候从来不用担心人身安全,女人在女皇城中总是很安全的。

耶律迈继续教训道:"再看看这几个男的。如果有一群强盗冲过来,也不用多,就三五个吧,你说,在这几个男的里,哪一个能保护你们,把贼人杀退?"

华纱答道:"至少有两个吧。"

耶律迈盯住华纱,过了一会儿才说:"在这个开阔地带,如果有强盗的话，隔很远就能看见，我倒是能对付他们。可是多一事不如少一事，所以请你跟上大部队，安安静静的别说话！"

这个"请"字遮掩不了他语气中的严厉，可是谢德美还是心服口服。她不像华纱那么有信心，她不信耶律迈能够单枪匹马杀退一群强盗。

耶律迈扫了谢德美一眼，然后调转骆驼，快跑几步，回到队伍前面。谢德美回想耶律迈看她时候的表情，猜不透他心里在想什么。

谢德美说："我们到达韦爵的营地之后，不知道是谁说了算？我倒想看看是你的丈夫还是耶律迈。"

华纱说："那自然是我的丈夫，你别被小迈唬着了。"

"很难说，耶律迈好像自然而然就有一种指挥别人的霸气。"

华纱说："呵呵，他当然想颐指气使，可是他只懂得用恐吓的手段来维持他的权威。他意识不到上灵一路上都在保护我们这支队伍，如果真有强盗打我们主意，上灵只需要让他们忘记这想法就行了。我们就像躺在家里的床上那么安全。"

谢德美懒得提醒华纱，就在几天之前，她们就算待在家中躺在床上也没觉得很安全。而且，华纱的话也印证了谢德美刚才的话：当华纱想起安乐窝的时候，出现在她脑中的正是女皇城。她们旧时的安逸生活必然会阴魂不散，在未来很长一段日子里将萦绕在心中，让她们不得安宁。

这时候轮到柔珂停下来了。她等华纱来到身边，和华纱并排走着。柔珂说道："妈妈，你刚才生气了是吗？耶律迈那个讨厌鬼说你了吧？"

谢德美看柔珂学小女孩说话的样子觉得很恶心——她向来就看柔珂不顺眼。柔珂这人很造作，总是把别人当猴儿耍。最让谢德美觉得不可思议的是，这么低劣的招数似乎真的有用，否则柔珂早就换别的伎俩了。

这招对别人或许有用，可是她的妈妈却不吃这一套。华纱只是冷冷地盯着阿珂，说道："阿珂，你可能误会了，我和小谢正在说话，并没有邀请你加入，真不好意思。"

柔珂过了好一会儿才明白妈妈在下逐客令，脸色顿时一沉——是因为生气吗？然后她向谢德美挤出一丝端庄的笑容，说道："小谢，我没有长成你这样子，妈妈觉得是她终生的遗憾。只是我这人什么都不缺，缺的就是内涵。"说完，柔珂笨手笨脚地催着她的骆驼快走几步，跑回前面去了。

谢德美知道柔珂在损她长得不好看，只剩下内在美了。谢德美在少女时代还确实羡慕过那些沉鱼落雁、闭月羞花的女孩子，可是现在的她早已过了那个阶段。

华纱心领神会道："奇怪吧？相貌平凡的人往往能看到别人的美丽之处；而内心残缺的人却永远看不见什么是真善美，这些人以为世上根本没有真善美这回事儿。"

谢德美说："她们知道世上存在真善美，只是不知道谁的身上有。至少我现在心中所想就不是什么真善美。"

华纱道："呵呵，你该不会在诅咒柔珂不得好死吧？"

谢德美道："噢，也不至于死那么严重，我只是希望她骑骆驼骑得腰酸背痛，还磨出老茧来。"

"那么耶律迈呢？你咒他什么？"

"我倒没有诅咒他。可能你说得对，他没必要靠恐吓我们来维持权威；可是我也觉得他没说错，毕竟上灵也有失责的前科。在女皇城的时候，我们身处险境，上灵就没办法保护我们。所以虽然耶律迈说了那番难听的话，我心里并没有怨他。"

"真的希望我也像你那么成熟豁达。我其实挺讨厌他对我说话时那副高高在上的架势。我当然知道他为什么要这样做，因为他觉得我在城中的名望地位在这里对他的权威构成了威胁，所以他要想方设法把我打压得服服帖帖。可是他应该知道我不是笨蛋，就算他不给我一个下马威，我也会听从他指挥的。"

谢德美说："这事情和你没有关系，你怎么做都不要紧，关键是他需要什么。他需要一种优越感，这种把你踩在脚下的优越感。说起来，好像我也有这个需要呢，你这个笨蛋老女人。"

华纱乍一听，吓得脸色都变了。谢德美很郁闷，为什么自己的幽默总是没人听得懂呢？她正要开口解释这是一句玩笑话，华纱已经笑了："我宁愿做个笨蛋老女人也好过做笨蛋小女人，至少老女人没那么笨。"

谢德美说："哈哈，是吗？我们就说这次远征吧……"

"这是笨吗？"

"对于我来说就是了。本来遗传基因学就是我的生命，可是现在我能做的事情完全和这门科学不擦边，唯一有一丁点关系的恐怕就是复制我自己的基因了。"

"你别泄气，生儿育女其实并不那么可怕，不是每个小孩都会长成柔珂那样的。而且就算是柔珂，可能她总有一天也会长大成人的吧。"

谢德美道："没错，可前提是你真心爱着你的两任丈夫。而我呢？华纱阿姨，我和谁在一起呢？你那个残废的儿子吗，还是贾霸的财务总管？"

"据我所知，如诗打算嫁给羿羲。"华纱的语气很冰冷，可是谢德美一点也不在乎。

"得了吧,我知道你早就给我们配好对儿了。可是你老实告诉我,华纱阿姨,如果纳飞偷索引的时候,没有碰巧把那人也拽上,你还会带上我吗?"

华纱的脸绷得紧紧的,久久说不出话来。

"华纱阿姨,你就别想着哄我了,我不是蠢人,你就老实说吧。"

"小谢,我们需要你的技术,而且是上灵选中了你,不是我。"

"难道不是你在数着男女人头配成一对一对吗?"

"是上灵给你报的梦。"

谢德美说:"最惨的是,我们这群人里,除了你之外,谁都没有生过小孩。你以为把这些男男女女配成对,他们就能生出小孩吗?这有可能是你一厢情愿而已。"

华纱心中的愤怒逐渐升温:"我都说了,你们不是我挑选的……绿儿也看到了,还有……"

"华纱阿姨,你有没有想过以身作则,多生几个小孩?"

华纱完全蒙了:"我?这把年纪还生小孩?"

"你还能生嘛,我知道你还没到更年期,因为你现在就来月经了。"

华纱惊慌失措地看着谢德美说:"我干脆乖乖地躺在你的显微镜下面好了。"

"你塞不下,得先切片。"

"怎么我有时候觉得你已经把我切片了呢?"

"华纱,你今天让我们停了好几次,谁都看得出来你的周期到了。"

华纱扬了一下眉毛,用这个脸部表情代替耸肩的动作。"理论上我还能再生几个。"

谢德美说："我认为你必须继续生小孩，给我们树立一个榜样。因为我们现在不是单纯的旅行，我们是开拓殖民地。殖民地的人首要任务就是繁殖后代，不生小孩的人和废人没两样。而且，无论耶律迈怎么妒忌你，你始终是我们这些女人的首领，你必须以身作则。如果你愿意在旅途中怀孕，其他女人自然会仿效。而且她们的丈夫看到连韦爵老头也能生小孩，他们岂能甘于人后。"

华纱突然岔开话题："他再也不是韦爵了，他现在只是佛意漫。"

"他还能生小孩吧？"

"谢德美，你还有什么东西想知道的？下一步你是不是就要我们把大便也拿给你检验一下？"

"岂止大便，这一路上恐怕我还得检验你们每一项指标呢。这群人里只有我有资格担任医生这个角色。"

华纱忍不住咯咯咯地笑出声来："我能想象耶律迈拿着他的精液样本给你检测的样子。"

谢德美也忍不住笑了。试想一下她真的要耶律迈这样做，这个领袖的脸面就没地方搁了。

她们静静地走了一会儿，然后华纱问道："你愿意吗？"

"愿意什么？"

"和司徒博结婚。"

"谁？"

"那个书呆子，司徒博。"

谢德美叹道："结婚……我从来就没想过结婚。"

"和他结婚，生儿育女。"

谢德美说："嗯，应该会吧，不过前提是我们不再实行狒狒法则。"

"狒狒法则?"

"就是女皇城那种婚姻制度,每年都要为一个新的配偶争个你死我活。司徒博,这个素未谋面的中年人,我愿意和他结婚生子,和他一起将小孩抚养成人,不过前提是我不用为了他和别的女人争抢。我不希望在每年婚约将满的时候,他就开始去追求艾雅、如诗、小丽或者柔珂她们。当然,他看中的女子都看不上他,所以到最后他还是要灰溜溜地回到我身边求我再续一年婚约。"

华纱点头道:"我现在明白你刚才说的话了。你担心的不是柔珂之流的水性杨花,而是我们从小到大习以为常的那种婚姻制度。"

谢德美说:"没错!我们这个群体人数太少了,不能继续实行女皇城那种婚姻制度。"

华纱说:"这真的和尺度范围有关是吧?在女皇城中,当一个女人不续婚约,或者一个男的不求他的妻子续婚约,那么他们可以避开对方一阵子,好让伤痛慢慢消退。他们也可以选别人,因为城里有千千万万的潜在目标。可是我们这里只有十六人,八男八女,经不起这样的折腾。"

谢德美道:"是的,有些人会像柔珂那样动手杀人,有些人可能会为情自杀。"

"你说的有道理,有道理,有道理……"华纱喃喃地说着,好像在自言自语。"可是我们不能现在就告诉他们,因为有些人知道之后马上就要往回跑,沙漠也好,强盗也罢,什么也拦不住他们。对他们来说,一辈子的婚姻比什么都可怕。莎芙和柔珂大概连一个星期也熬不住就要开始胡思乱想了;梅伯玩到现在才结婚自然有他的理由,因为他自知不会一心一意,却没有能力像我两个女儿那样瞒骗自己的配偶，所以干脆不结婚。我们现在还得告诉他们以后不能变心，不能换配偶，再也没有每年续婚约这回事儿了。"

"他们肯定不答应。"

"那我们就等到了大本营再说，到时候他们想回头也太晚了。"

谢德美想不到华纱竟然说出这样的话，她压住性子道："依我看，如果他们想回去的话，我们应该让他们走。毕竟他们有人身自由对吧？"

华纱猛地转头看着谢德美，说道："不行！他们参与这个计划之后就不再有传统意义上的人身自由了。没有他们，我们的殖民计划就会失败，所以他们不能走。"

谢德美喃喃道："你真的能够逼他们乖乖就范吗？这些人曾几何时信守过承诺，你那么有信心？"

华纱说："这个计划固然重要，可是不让他们回去其实也是为了他们好。上灵已经明说了要毁灭女皇城，如果他们留在城中，到时候就一起灰飞烟灭了，我们其实是救了他们的性命。问题是越想回城的人就越不相信上灵的话，所以要救他们的话，我们只能够……"

"欺骗他们？"

"晚一点才向他们解释清楚。"

"因为你比他们更清楚什么对他们好？"

华纱答道："对！我比他们更清楚！"

谢德美心中大怒。她知道华纱的话不无道理，可是这改变不了她的信念。谢德美向来认为人们有自主抉择的权利，哪怕他们要自我毁灭，这也是他们的权利。大概这也是活在女皇城中的好处之一：你有权自暴自弃，哪怕是因为你愚蠢，或是因为你目光短浅，只要你心甘情愿，没有人会阻拦你。谢德美就不愿意放弃这种权利。

她觉得应该及早告诉大家，忠贞不渝的婚姻是这个群体的基本法则之一，他们可以自由地选择留下或者离开。如果一直瞒骗他们，直到没有回头路的时候才摊牌，这实际上是剥夺人们的自由……不自由，毋宁死。

谢德美说："华纱阿姨，你又不是上灵。"说完她一催骆驼快跑几步，将华纱抛在身后。谢德美其实是怕再说下去就要和华纱阿姨吵起来了。她本来就很讨厌和别人争吵，更何况对方是她的华纱阿姨呢！以前每次和别人争吵完了，谢德美都会郁闷好几天；现在她已经够郁闷的了，实在没必要雪上加霜。

司徒博，这人是贾霸的司库，职责只是看管库存，整理档案文件；而他的主子却是一个争权夺利杀人不眨眼的狠角色，那他到底是个什么样的人呢？还有，他居然被纳飞这样一个小男孩骗得团团转，把那么珍贵的索引双手奉上，还跟着盗贼出了城门。最过分的是，这人竟然被纳飞摔倒在地，乖乖投降，还发誓跟随他们去沙漠，永远不回女皇城。这个人到底是个什么样的极品呢？

谢德美心中已经有了答案：这人就是一个胆小怕事的缩头乌龟、懦夫蠢货。和他结婚，我肯定不会快乐，他也不见得能开心。每次他想要造人的时候，大概还要正式向我提出申请，得到批准之后才敢爬上来。然后他暗地里还对其他几个女人垂涎，却心知肚明人家看不上他，所以被迫和我继续耗着。

司徒博，我的未婚夫，我都等不及想看看你长什么样了。

在沙漠的第三个晚上，大家搭帐篷比前两晚熟手多了，因为人人都已经知道哪些工序是可以省略的，哪些是避不开的。华纱看着梅伯和欧必忍就来气，这两人用了将近一半的时间"帮助"老婆干她们那份活儿——须知小丽和阿珂的任务本来就特别简单，三岁小孩也能完成，否则她们也不会挑来做。狄傲丽本来不是懒惰的人，只是她看见柔珂和莎芙专门挑简单的活儿，心中不忿，所以也学着偷懒了。狄傲丽毕竟年长，她大红大紫的时候，莎芙、柔珂两姊妹才开始学唱儿歌呢。如今这两个小字辈尚且能够偷工减料，狄傲丽又怎么甘心做牛做马呢。华纱知道，在狄傲丽的心中，良知排在地位的后面。

可是至少狄傲丽心里还是有良知的，怎么我一手养大的两个女儿甚至还不如她呢？华纱一方面担心几个特别自私的害群之马会连累整个队伍，另一方面也替那几个诚心为上灵效劳的成员担心。担心也没有用，华纱提醒自己，还是专注完成手头的任务吧。事到如今，他们的生死也不是我能控制的了，我必须把帐篷的绳索都绑结实了，别让风一吹就倒。

耶律迈说："要是刮大风的话，帐篷怎么都会倒，你使再多力气也没有用，所以你就不必为一场飓风做准备了。"

"要是沙暴来了能撑得住吗？"

耶律迈回答的时候，华纱突然觉得有汗水滴入了眼睛，顿时感到一阵刺痛。她连忙用袖子擦拭，却发现两条薄棉质地的袖子早已被汗水湿透。

耶律迈说道："干这些粗重活儿就会大汗淋漓，就算天气再凉快也没有用。来，让我帮你吧。"

耶律迈把一条绳子绷紧了，好让华纱把绳结打好。华纱知道他一个人就能够把绳结系好，并不需要别人帮忙绷紧绳子。耶律迈让华纱参与，其实是为了帮助华纱尽快学会这些工序，增强她的信心。当帐篷搭好之后，华纱也会有一点成就感。

华纱说："你真的很在行。"

"打绳结这些活儿，你一旦学会就很容易做了。"

华纱笑道："呵呵，你不仅仅是在给帐篷系绳结吧。"

耶律迈也笑了——华纱看得出他真心感激她的称赞。"华纱女士，除了帐篷之外，我还必须把其他很多东西都系在一起。"

华纱说："你的确有领袖的才能。我这样说不是因为我是你的继母，也不是因为我曾经是你的长嫂，而是因为我自己在女皇城中好歹也算是个话事人，这些事情我看得出来。比如说，你在场的时候，再懒的人也马上变得勤快起来。"华纱说到这里，把后面半句吞回去了。迄今为止，耶律迈仅仅是把指挥权都掌握在他一个人手中，却还没有让众人心悦诚服地追随他。所以一旦他不在场，那些人都原形毕露，马上变回懒散样子。过去这几年里他带领团队远行，可能只需要掌握指挥权，让别人服从指挥，那就够了，并不需要建立更高的权威。可是这一次远征就不同了。华纱知道耶律迈的野心，他肯定想掌握实权，把他爸爸架空。如果耶律迈真心想做这支远征队伍的首领，那他还有很多东西要学。让人们都依赖他，这种做法是行不通的。耶律迈还年轻，不知道好的领袖其实首先要让手下的人保持独立自主，然后说服他们心甘情愿地跟随自己。这样一来，就算领袖不在场，人们还是会遵照领袖下达的精神和原则去办事。华纱没有当面说出这一番话，因为她知道耶律迈目前还缺乏心胸气度，听不得这种建议。所以华纱继续说好听的，希望能增强耶律迈的自信心，早日能够听得进逆耳忠言。"而且我的两个女儿的争吵和抱怨都比以前少了很多，虽然生活条件大不如前，她们反而变乖了。"

耶律迈苦笑道："可是你我都很清楚，就在我们现在说话这当儿，这帮人里起码有一半还在盘算着回女皇城去。而且说不定我自己也是属于那一半的。"

华纱说："可是我们回不去了。"

"嗯,慕斯那么大张旗鼓地欢送我们,如果我们突然跑回去,未免也太煞风景了。"

华纱道："不仅煞风景,而且危险。"

"这个倒不见得,纳飞不是已经洗脱了谋杀贾霸的罪名吗?"

华纱说："他什么罪名也没有正式洗脱,而且你也不见得安全,因为你是我丈夫的儿子。"

"我?!"耶律迈的脸色一沉,慢慢开始涨红了。这下他就犯了大忌,身为领袖怎能喜怒形于色呢?

"我只是想说,回女皇城是不可能的了。"

"华纱女士,我向你保证,如果我打算在和爸爸会合之前回女皇城,我就一定能回去。就算和他见面之后,只要我愿意,我还是能回城。"

华纱微微点头,岔开话题："幸好沙漠夜晚降温,这样我们白天烤人干的时候,心里好歹还有个盼头。"

耶律迈笑道："华纱女士,夜晚降温也是我特意给你安排的。"

华纱说："今天我和谢德美谈过了。"

"我知道。"

华纱说："我们说起一件很重要的事情。要是这事情处理不好,我们这个小殖民地就会四分五裂了。我们是说男女关系。"

耶律迈登时警觉,却用很平静的声音答道："哦?"

华纱说："确切来说,是我们的婚姻习俗。"

耶律迈说："现在大家都已经配对,每个男人睡觉时都能各取所需,他们比我带领那些团队幸运多了。至于你、如诗和谢德美,很快你们就会和丈夫或者未婚夫团聚了。"

"可是对于某些人来说,他们更享受追逐的过程,而不是最终的结果。"

耶律迈说:"我明白,可是现在各人的选择实在有限,他们成不了气候。"

"可是这并不影响有些人一边吃着嘴里的,还一边看着别人碗里的。"

华纱看到耶律迈挺直了腰背脖子,强作镇定,却不肯凑上来向华纱道出心中的疑问。他是担心艾雅,他的新娘子、他的爱人。华纱没意识到耶律迈原来对艾雅这么敏感,才结婚几天就开始担心了。

华纱道:"我们必须强制他们一心一意对待配偶。"

耶律迈点头道:"我以前倒是没遇上过这问题。在团队里,我的手下都是单身汉。每经过一个城市,他们都会去妓院快活一番。"

华纱说:"你呢?"

耶律迈答道:"我已经结婚了,我娶了一个年轻的好妻子。"

华纱说:"对于一个年轻丈夫来说,艾雅的确是个好妻子。"

耶律迈的嘴角露出一丝笑意:"人总会变老的。"

"那么她在五年之后、十年之后还会是一个好妻子吗?"

耶律迈很奇怪地看着华纱,反问道:"那我怎么能预测?"

"阿迈,你应该考虑这个问题的。你得想,五十年后的她会是怎样一个妻子呢?"

耶律迈看起来有点茫然不知所措,他似乎从来没有想过这个问题,甚至不知道怎样才能假装曾经考虑过——耶律迈完全被问住了。

"谢德美和我都想到这个问题了。在沙漠里,我们不能再继续实行女皇城的传统婚姻制度。女皇城很大,可是我们只有十六个人,八对夫妇。如果你抛弃艾雅另娶,那么她能嫁给谁呢?"

其实华纱很清楚——同时知道耶律迈也很清楚——决定不续婚约的很可能是艾雅,而不是耶律迈。不过问题都一样:分开之后,艾雅嫁给谁呢?

华纱继续道:"还有就是小孩。我们不可能办一个寄宿学校,所以小孩只能跟着妈妈长大,除了妈妈还有另外一个——或者不止一个——男人。"

华纱看得出来,她对未来的这番描述已经开始对耶律迈产生了影响。她知道耶律迈最怕什么,也不觉得直取其要害有多无耻,反正她说的都是真话。

"耶律迈,你想想,我们这十六个人要在沙漠里生存的话,我们的婚姻关系必须是终身的。"

耶律迈眼睛盯着别处,脸色却很凝重。他把地毯铺好在泥沙地上作为帐篷的地面,然后慢慢坐在地毯上。

华纱说:"传统的婚姻习俗必然会引起很多纷争,我们这个小团体经不起折腾。而且彼此之间伤了感情之后还整天见面,就像在伤口上撒盐。所以他们必须知道,一朝结连理,终身是夫妻。"

耶律迈半躺在地毯上,说道:"在这个话题上,我其实没有很大的说服力,他们会觉得我是以权谋私,想永远霸占艾雅。我知道现在已经有人对她虎视眈眈,盘算着在我们婚约期满的时候就动手。"

"所以你需要晓之以理,告诉他们实行终身配偶制度有什么好处,说服他们你不是在以权谋私。"

"说服他们?"耶律迈苦笑了一声,说道,"恐怕我连艾雅也说服不了。"

华纱看得出来,这话一说出口耶律迈就后悔了,他不想暴露自己的弱点。

华纱道:"可能我不应该用'说服'这个字眼。这样说吧,你要帮助他们明白,终身配偶制势在必行,就像一条法律。没有这条法律,我们的家庭就会四分五裂,我们这些人轻则身心痛苦,重则自相残杀。终身配偶制其实就像白天赶路的禁声令一样,是我们这个团体生存的保障。"

耶律迈坐直了,凑到华纱面前,眼中闪着亮光。华纱想,他眼神里面是愤怒、恐惧还是痛心,抑或有别的情绪我看不出来?

耶律迈问:"华纱女士,为了执行这条法律,你愿意杀人吗?"

"杀人?不行,我最怕闹出人命,我们不能杀人。"

"我们现在身处沙漠,就算我们和爸爸会合之后,其实还是在沙漠里。任何罪行在沙漠里只有一个处罚,死刑。"

华纱说:"这太荒谬了。"

"你把那人砍头也好,或者将他赶走也好,结果都一样。在沙漠里,放逐就意味着死亡。"

"可是我没想到惩罚会那么严厉。"

"华纱女士,你好好想想,我们每天都在赶路,怎么能够监禁一个人呢?我们怎么能够另外安排人手做看守呢?当然了,鞭刑也是一种惩罚,可是过后我们就有了一个伤员,整个大部队就被这人拖累了。"

"如果我们剥夺这人的某项特别待遇呢,或者没收一些东西,像在女皇城中的罚款?"

"华纱女士,我们现在还有什么特别待遇可以剥夺呢?还有什么东西能够没收呢?如果我们没收那人的必需品——像他的鞋子,他的骆驼——他必然会受伤,然后拖慢我们的前进速度,这样一来,我们整个团队都陷入险境。如果我们没收别的东西，比如金银珠宝，那么这人肯定怀恨在心，你说以后我们还能信任这个人吗？华纱女士，现实就是这样，如果礼义廉耻没办法约束一个人，那么只有死刑才是行之有效的惩罚方式。死刑可以保证那个人再也不会违反法律，而且还能杀一儆百，让其他人意识到后果有多严重。如果用其他惩罚方式，效果只会适得其反——初犯者必然会再犯，从此没有人会在意这条法律。所以我再郑重说一次，在你决定实施这条法律之前，你应该首先考虑一下，为了执行这条法律，你愿不愿意杀人？"

"可是没有人会相信你真会因此而杀人的，是吧？"

耶律迈道："你以为呢？我就告诉你我过往的经验吧。在这样的旅程中惩罚一个人，最难办的不是杀人，而是回城之后得告诉这人的老婆孩子为什么我没有带他回家。"

"不会吧，耶律迈，我不想……"

"这种事情谁也不想。可是行走沙漠的人都知道，放逐就是死刑。没有骆驼、没有马，也没有水，就是死路一条。按照惯例，我们把犯事的人绑起来，让他动弹不得，很快就有野兽过来把他吃了。如果他再活久一点，被强盗发现了，他就会死得更惨，临死前还会把我们都供出来。他会告诉强盗我们往哪个方向走，一行有多少人，怎么安排值班守夜，贵重财物放哪儿。他还会供出别的细节——比如他老婆的昵称，或者几个守夜人的外号——这样一来，强盗摸黑潜到我们身边，就能说出这些名字来迷惑值班的几个人，让我们放松警惕。他还会供出……"

华纱大声道："别说了！你这是故意在吓唬我。"

"你以为沙漠生活仅仅是昼夜温差、骆驼帐篷、就地解手、席地而睡。老实跟你说,你和爸爸,还有纳飞那个笨蛋,你们给我们选择的……"

"这是上灵选的!"

"……是最艰苦的那种生活方式。我们如今处在一个充满危险和暴力的世界,随时随地都会丧命。要维持秩序我们就必须狠得下心杀人。"

华纱说:"那我再想想别的办法吧,肯定有别的方式可以处理婚姻……"

耶律迈打断她说:"你就别费劲了。你想来想去到最后只会得出同一个结论。我们这个疯狂的移民计划要成功的话,必须先熬过沙漠这一关,所以我们必须实行沙漠的法律。换句话说,对丈夫不忠的女人必须处死。"

"对妻子不忠的男人也得死。"华纱想着耶律迈说这话的意思不可能是仅仅惩罚女人,所以她帮他把话说完。

"噢?你是说把通奸的两人都杀掉吗?现在到底是谁残忍嗜血来着?放过一个女人是挺容易的,不过你想让我从此开始训练柔珂和莎芙搏击吗?你觉得狄傲丽和谢德美有力气把帐篷放到骆驼背上吗?"

"按你的说法,在你们这个男人独大的世界里,难道所有的过错都要由女人承担……"

"华纱女士,我们不是在女皇城里。只有在文明世界里,女人才有地位;在这里,你就接受现实吧。其实你只要理性分析一下就知道,要保障这条法律,最佳方案就是放过男方,只惩罚女方。你试想一下,当一个男人在一个女人耳边小声说'我爱你'的时候,这两人都心知肚明,这句话的真实含义是'我太想上你了,实在顾不得你的死活'。你说，在这种情况下，他勾引成功的机会有多大？如果他想霸王硬上弓，那个女的肯定会大声叫，因为她知道到头来死的是她。万一那个男的真的强奸了她，只要她反抗了，那么最后受惩罚的就只有这个男的。看到了吧？当血腥取代了浪漫，调情还有意思吗？"

华纱听了，一脸的惊愕。耶律迈忍住笑，转身离开了她的帐篷。哼，到现在她居然还以为自己是头儿。她连怎么在沙漠中生存也不懂，还敢四处指手画脚，装出一副睿智的样子去教导别人，其实成事不足败事有余。在女皇城中，女人利用传统习俗和礼节教条把男人都圈禁起来，所以华纱习惯了颐指气使，以为自己真的很有权力。可是来到这里，那一切都烟消云散，她很快就会发现——可能已经发现了——她缺乏意志和胆气，不可能真正拥有权力。她既想做功成的那一将，却又害怕万骨枯，不想手上沾血，哪有么便宜的事情？

永久的婚姻？有哪个女人能够满足一个男子汉超过两年以上呢？耶律迈本来就只是把艾雅看作他的初婚配偶——这个角色她无疑是胜任的。耶律迈在女皇城中建立的第一个家庭，艾雅就是里面最光彩夺目的大花瓶；她还能为耶律迈生下第一个儿子，然后他们再分道扬镳。耶律迈甚至计划好让华纱做他小孩的老师——她也能胜任这项工作，耶律迈知道华纱的价值和用处所在。可是如今提到永久婚姻，耶律迈想，艾雅日后变得又老又胖，还整天黏在我身边，谁受得了呢……

可是耶律迈心里明白，他这样想其实是自欺欺人。他可以努力假装不想和艾雅厮守一辈子，可是他心中其实对艾雅充满强烈的渴望，那是一种占有的欲望，丝毫没有衰退的迹象。真正有可能变心的不是耶律迈，而是艾雅。之前纳飞顶撞慕斯将军，还拒绝担任执政官，艾雅因此对纳飞敬仰万分，真是可悲之极。阿飞拒绝接受送到他手上的权力，艾雅竟然还钦佩他；可是艾雅自己的丈夫手上已经掌握一定权力，并且运用自如，她却视而不见。她毕竟是个女流之辈，从小就被上灵洗脑，纳飞是上灵选中的金童，艾雅当然觉得他更有吸引力了。

至于纳飞……好几个月前耶律迈就看出纳飞暗恋艾雅，这也是为什么耶律迈当初觉得艾雅特别有吸引力——和艾雅结婚就等于把纳飞彻底踩在脚下了。可能过几年纳飞还是会和艾雅结婚，那时候她早已有了耶律迈的小孩，纳飞一辈子就被耶律迈骑在头上不得翻身了。

可是现在轮到艾雅对纳飞有所企图——是的，因为这该死的纳飞杀了贾霸！艾雅就是被这个吸引住的，她见纳飞杀了贾霸，就以为他很强悍刚猛。哼，艾雅，我最亲爱的小宠物，我也杀过人。我干掉的不是躺在大街上的醉汉，而是一个杀人越货的强盗，一个向我的队伍冲杀过来的强盗。我以前杀过人，将来也下得了手！

我还能下手杀人，华纱已经默许了。没错，沙漠的法律，这就是纳飞的棺材钉。华纱确信她的宝贝小儿子不会触犯法规，所以同意用死刑做惩罚。华纱同意的话，其他人也会赞成的。日后纳飞总会有行差踏错的一天，然后就好办了，我可以名正言顺地把他干掉。这就好比当初纳飞干掉贾霸：我们都是为了大局着想！

夜色降临，寒风吹袭，人人都匆匆回自己的帐篷躲避，让冰冷的晚餐在肚子里慢慢消化。耶律迈故意安排纳飞站第一班岗，因为他知道纳飞这可怜虫一定意识到谁在帐篷里等候着耶律迈。试想纳飞独坐在凄冷的星光下，肯定会忍不住想象迈哥如何把艾雅赤裸的身躯抱在怀中，他们的帐篷里面干柴烈火，他甚至还会听到艾雅的喘息声……当耶律迈大汗淋漓地从帐篷出来换班的时候，身上肯定还散发着云雨过后的余味，纳飞嗅到了肯定觉得心中苦涩。他回到帐篷之后，里面只有一个圣湖先知；绿儿那副飞机场似的小身板儿就是纳飞能找到的全部安慰了。想到这里，耶律迈越发觉得华纱的提议确实可行。一旦正式通过了，纳飞就只能一辈子眼巴巴地看着艾雅，知道艾雅永远都属于耶律迈，纳飞到死的那一天也不可能拥有她。

第二章 束缚与松绑

　　纳飞像往常那样，一边站岗放哨，一边和上灵交流。想当初他和羿羲硬是逼迫上灵和他们对话，甚是艰难；现在容易多了，他只需要在脑中把思绪整理好，就像要说出来一样；然后上灵的回答自然而然就进入他的脑中，易如反掌。当然，这些回答乍看之下好像是纳飞自己的想法，有时候纳飞还是分辨不清哪些是上灵的话，哪些是他自己的想法。为了弄清楚，纳飞会把同一个问题再问一次，而上灵是一台电脑，既不赶时间也没有不耐烦，重复多少遍都没问题。

　　今晚纳飞站岗，所以他首先问上灵附近有没有什么危险。

　　附近有一只狼，正在追踪猎物的气味。

　　纳飞默默地说，不是，我是问我们有没有危险。

　　还是我之前提过的那伙强盗。不过他们入夜之后听到很多恐怖的声音，这时候正躲在一个山洞里发抖。

　　纳飞又问，你很喜欢这样作弄他们，是吧？

　　不是。我反而能察觉到你内心的喜悦，这就是你们所说的玩弄，是吧？

　　我们把这叫恶作剧，或者开玩笑。

　　我做这些事情只有你知道，你很喜欢这种特殊待遇吗？

不只是我，绿儿也知道。

当然了。

还有其他危险吗？

耶律迈在盘算着干掉你。

这次是什么招数呢？背后给我来一刀？

他这次充满了信心。他相信可以名正言顺地把你公开处死，所有人都会同意，包括你的妈妈。

他怎么能做到呢？难道用他的脉冲枪把我爆头，然后假装走火？抑或让我的骆驼受惊吓，把我摔下悬崖？

他的计划更周详，和婚姻法律有关系。华纱和谢德美今天终于意识到这个问题了。她们觉得应该实行终身婚姻制，华纱也说服了耶律迈。

这很好啊！总好过由我和绿儿提出来。

不过这的确是你和绿儿最先想出来的。

这只有你、绿儿和我知道，其他人不会猜到的，他们只会看到这条法规确实很明智。还有，关于艾雅，我得想办法防患于未然。她突然对我感兴趣，仅仅是因为我杀了贾霸和拒绝做慕斯的傀儡，这真是越想越恶心。老实说，我觉得，在所有这些事情发生之前，我其实是个更好的人。

那时候你只是个孩子。

我现在也还是个孩子。

我知道，这正是问题所在。更狼狈的是，纳飞，你不仅是个孩子，而且还是个单纯的小孩。

没关系啊，反正你是这方面的专家。

可是如果你要领导他们的话，就不能老是依靠我给他们洗脑。

而且一旦我们离开和谐星球，在宇宙航行的过程中，我对他们的影响力会远不如今。到时候你必须学会怎么去说服和教导他们，让他们习惯凡事都以你马首是瞻。

迈哥和梅伯永远都不会服从我的领导。

那他们就可有可无了。

什么？就像贾霸那样可有可无吗？上灵，你记住，我再也不会杀人了。我已经为你杀过一个人，可是从今之后绝对、绝对、绝对不会有第二次，绝不！你不用再给我灌迷魂汤了！

我知道了，也理解你。

不，你根本不理解我。你的双手没有沾过鲜血，也体会不到刀锋划开皮肉插进脊椎软骨的感觉，你也听不到他喉咙灌满鲜血时拼命喘出最后一口气的声音。

通过你的双眼，我看到了；通过你的双手，我感受到了；通过你的耳朵，我也听到了。

可是你体会不到这种无法挽回的感觉，这种踏上不归路、再也不能回头的感觉。一条生命就这样没了，无论他生前是个多么可怕的坏人，我也没有权力让他身首异处……

你有！因为我把这个权力赋予你。而我拥有这个权力是因为你的祖先责成我保护全人类，为了保护和谐星球上的人类，我必须杀他。

我知道、我知道，你说过无数次了。

可你还是拒绝接受真相，非要沉迷在毫无意义的内疚和痛苦之中。

这事情没什么值得自豪的。我杀了一个无助的醉汉，一点也不光明磊落，更谈不上什么聪明智慧。我能狠心下手，证明我根本就不是一个善良的人。

纳飞，真正狠心下手的其实是我，你只是代替我出手罢了。

上灵，这双手是我的，我本来可以拒绝的。就像现在，你暗示我杀耶律迈和梅博酷，我就拒绝这样做。不会了，我再也不会为你杀人了。

好，我制订将来的计划时会考虑这个因素的。可你还是应该努力建立威信，你必须成为他们的领袖。你爸爸已经年老体衰，而且他过于倚重耶律迈。将来他会经常向耶律迈屈服，一而再再而三，直到最后他连意志力也丧失殆尽。

难道他向我屈服就好点吗？

可是你不需要逼迫他屈服。你总是会尊重他，通过他来领导众人。如果你做领袖，你的爸爸就能保持一个德高望重的元老地位。这些话我都对你说过无数次了，你也是时候挺起腰杆，做你必须做的事情。

不行，我还不能公开挑战耶律迈的权威，我们还需要他带路穿过沙漠呢。

穿过沙漠？我告诉你吧，他心里其实有别的打算。就在此时此刻，就在他和艾雅做爱的时候，他心里还想着把你捆起来扔在沙漠里。纳飞，到时候你就会发现，虽然我能够影响强盗土匪，可是我却没办法控制那些野兽猛禽和蛇虫鼠蚁。它们见你躺在沙漠里动弹不得，自然觉得是一盆大餐。我没办法影响动物的思维，它们只会遵照基因和本能的指引。你死了之后，我该怎么办呢？

耶律迈想现在就动手吗？我们还没回到爸爸的营地呢。

你终于开始听我的话了。

那他的计划是什么？

我不知道,他从来没有很明确地去想。我尽量在他的思绪里寻找,可是实在很难。你也知道,我是不能够直接侵入一个人的记忆里进行搜索的。他其实很害怕面对自己的恶念,所以他不让自己公然构思一个行动计划。

或者他被做爱分散了心神,所以没办法构思。

分散心神?他连做爱也是为了对付你啊!他以为你暗恋艾雅,所以他想让你注意帐篷里面的动静,让你听到艾雅发出的声音。

他这样做只会让我更加盼望快点儿站完这一岗,快点回到绿儿身边。

他渴望占有艾雅,就以为别人都和他一样。

我以前是暗恋过艾雅,我一度以为这个女孩子就是我需要和渴望得到的爱人——其实我那时候很无知。可是我现在有绿儿,她可能已经怀孕了。我和绿儿什么都可以分享,虽然我们结婚只有几天,可是她已经比你更了解我了;而她心中所思还没有成型我就可以说出来了,我们两人是心有灵犀的。我有了绿儿,难道还会喜欢别的平凡女子吗?耶律迈这都想不明白?

他知道艾雅对你有意思,也记得你以前暗恋过艾雅,他还知道我选择你做首领。所有这些加起来,让他嫉妒得快发疯了。他只想你死,在他心里,甚至连和妻子做爱也成了杀你的工具。

你有没有想过,人世间最可怕的事情莫过于此?我活到今天,最渴望的就是耶律迈爱我和尊敬我。我做错了什么让他这样恨我呢?

因为你不愿意对他唯命是从。

可是……别人被他控制,并不等于他们就爱戴和尊敬他。

对于耶律迈来说,只有两种人不受控制:死人,还有敌人。那么多年以来，你一直是个小孩，他根本没有正眼看你，所以你和死人没两样。可是现在他留意到你了，而你又不像梅博酷那么容易掌控，也不会被他吓到，所以你就成为他的敌人了。

就那么简单吗？

我把最不堪的部分都润色了一下。

他的帐幕已经不动了，是不是他快要出来了？

他正在穿衣服，一边还想着你……艾雅也想着你。

至少艾雅想我的时候不是盘算着要害我。

如果她得偿所愿的话，结果都一样，你还是死路一条。

耶律迈计划害我的事情别让绿儿知道。

我不会瞒住绿儿的。我对你说过什么话，同时也会告诉她。你们这样为我效劳，我是不会欺骗你们的。

得了吧，你觉得有必要的时候，还不是照样把我们蒙在鼓里。算了，我也不想要你骗绿儿，我只是……我只是不想让她担心罢了。

既然你不愿意担心，我只能希望她担心了。我怀疑你有时候有自杀倾向。

这你就甭担心了，我向来都热爱生命，还想活久一点呢。

有时候你想一死了之，因为你还在为杀贾霸的事情内疚。

耶律迈过来了。

你看他怎么故意让你嗅到他手上的气味。

纳飞被上灵这样一提醒，心里很不痛快——本来他未必会留意到的。不过老实说，纳飞很难不注意到，因为耶律迈故意把双手搭在纳飞的肩膀上，一边说话还一边将手指在他脸前扬来扬去。"你竟然没有睡着，嗯，看来你在沙漠里还是有点儿用处的。"

纳飞答道："你也没让我站岗站很久。"

那股女人的味道太明显了，耶律迈竟然利用他和艾雅之间的亲密接触来诱害纳飞，这手段也太无耻了。好像艾雅不是他的妻子，只是他拥有的一件物品、一个工具。可是如果上灵说的没错，这种占有感恰恰就是耶律迈心目中的爱。

耶律迈问："你见到什么东西了吗？"

"没有，就见到漆黑一片。"纳飞没有提起几百米开外的那伙强盗。如果耶律迈知道纳飞又从上灵那里得到信息，他只会更加愤怒，而且，耶律迈会觉得颜面尽失，因为他竟然选择这样一个宿营地，让强盗可以轻易埋伏在附近而不被察觉。耶律迈可能会坚持去搜一遍，然后动起手来，难免会有伤亡。他也可能会马上把所有人都弄醒，连夜上路——不过这完全是多此一举，因为上灵已经把这伙胆小无能的毛贼都控制住了。

耶律迈说道："如果你抬起头就会看到星光了。"

纳飞当然听得出耶律迈在取笑他，也知道不应该搭理耶律迈，可是纳飞本来心里就充满了愤恨：耶律迈一心想害死他，现在还装出一副大哥的样子；他和他老婆做爱竟然是为了让纳飞经受妒忌的煎熬。纳飞一时气急，无法控制情绪，猛地伸手指着天上，大声说："你看好了，那颗很小的星星就是太阳。如果你不知道往哪儿看，你根本就发现不了。那里就是我们要去的地方。"

耶律迈反问道："是吗？"

纳飞说："上灵把我们带出来就是为了这件事情，这也是我们离开女皇城唯一的原因。"

耶律迈说："上灵未必能够为所欲为。你自己也说过，它只是一台电脑罢了。"

纳飞几乎要说，如果上灵"只是"一台电脑，那么耶律迈也

"只是"一头没有毛的狒狒罢了。半年前的纳飞可能会脱口而出了，然后耶律迈就把他按在墙上，或者一拳把他打翻在地。可是纳飞在这段时间里好歹也学会了一点东西，所以他忍住不说话。

纳飞知道绿儿在帐篷里面等着他，大概已经迷迷糊糊快睡着了。自从大家必须自己动手搭帐篷以来，绿儿就很努力地干活；而且她很早就起床，不像有些人那样睡懒觉。可是绿儿并没有睡，她脸上梨涡浅笑，一双大眼睛含情脉脉。纳飞顿时觉得一阵暖意直透心窝，驱散了耶律迈在他心中留下的冰冷阴霾。

纳飞快手快脚地脱了衣服钻进被窝，将绿儿搂在怀里。他说："你真暖和。"

绿儿答道："准确地来说应该是热。"

纳飞小声道："耶律迈又在盘算着害我了。"

绿儿低声说："我只希望上灵不要让他得逞。"

"恐怕上灵也没办法，因为耶律迈的意志力很强，一旦他下定决心做什么事情，上灵就很难让他改变主意了。"

纳飞没有和绿儿提起上灵暗示终有一天他可能不得不干掉耶律迈，因为纳飞根本下不了手，也不打算下手，所以没有必要把这个念头放进绿儿的脑子里。而且这事情纳飞连提也不敢提，觉得丢人，因为他害怕绿儿以为他真的会考虑谋杀兄长。

"如诗告诉我，有几个人一心往回走，她能感觉到耶律迈和这几个人的关系越来越密切了。那些人包括柔珂和莎芙，费雅思和欧必忍，梅伯和小丽。这些人已经形成一个群体，和其他人完全分开了。"

"谢德美呢？"

"她也想回去，可是和那群人一点联系也没有。"

"就是说只有你、我、如诗和妈妈想走进沙漠?"

"还有艾雅,你去哪里她也想跟着。"

两人一起笑了,可是纳飞知道绿儿其实还需要吃一颗定心丸。所以他向绿儿再三保证,他对艾雅真的一点点感觉也没有,说完两人才安心睡觉。

第二天一早,众人收拾完毕,耶律迈把大家召集在一起。他说:"有几件事情要宣布。第一,华纱和谢德美有一个关于男女关系的提议,我觉得很有道理。我们在沙漠里生活,不能像以前在女皇城里那么随便,否则必然导致夫妻反目,兄弟姐妹也变成仇人。在出远门的团队里,通奸就是死罪。所以只要我们还在沙漠里——这也包括爸爸的营地——在我们这个小团体里,再加上另外三人,我们必须实行一条新的法律:每个人只能与自己的配偶过夜,而且每对夫妇都是终身伴侣,不得更改。"

耶律迈话音刚落,有几个人惊得倒吸一口凉气。绿儿左右看了一下,正是预料之中那几个人:柔珂、欧必忍和梅博酷,这几个人显得特别抓狂。

费雅思平静地说:"你没有权利做出这样的决定。我们都是女皇城的市民,应该实施女皇城的法律。"

耶律迈说:"如果我们在女皇城里,当然应该遵守女皇城的法规。可是当你生活在沙漠里,你就得遵守沙漠的法律。而沙漠的法律就是由团队领袖制定的。我会听取你们每个人的意见和建议,然后再做决定。可是一旦决定之后,谁敢违抗就是造反,你们明白没有?"

柔珂说:"我爱和什么人过夜,你管不着。"

耶律迈走到柔珂面前盯着她。在耶律迈高大身躯的映衬下，柔珂显得特别弱小。耶律迈说："你给我听着，在沙漠里，我绝对不能容忍有人鬼鬼祟祟地从一个帐篷溜进另一个帐篷。谁这样做的话，最后肯定会闹出人命。与其由你来制造命案，我现在就把话说清楚了，谁要敢通奸，或者疑似通奸，我当场就把那个女的给杀掉。"

柔珂失声大喊："只杀女的？"

耶律迈说："因为我们需要男丁干重活儿，比如说往骆驼背上装行李。而且，阿珂，对这种处置方法你不应该感到陌生吧？上次有人通奸，你不是亲手执行家法了吗？"

绿儿看到柔珂和莎芙不约而同地提起手摸着喉咙——当初柔珂就是一拳打在莎芙的咽喉那里，差点儿把她打死，直到现在莎芙说话都很困难，而柔珂的丈夫欧必忍虽然也被捉奸在床，却没有掉一根毫毛。耶律迈突然揭开这个伤疤，虽然很恶毒，却恰到好处，正好把柔珂、莎芙和欧必忍的嘴都堵上。如今只剩下一个钉子户了。

梅博酷说："你没有权利做这个决定。"这个钉子户当然非他莫属。可是绿儿知道耶律迈不费吹灰之力就可以把梅博酷弄得服服帖帖，他向来是梅伯的克星。

耶律迈说："我不但有权利，而且还有责任。这条法律关系到我们这个小团体在沙漠里的生死存亡，所以你们一定要服从，谁违反了就会受到惩罚。在这个远离文明世界的地方，惩罚措施只有一个。如果你们想不明白，就请华纱女士给大家解释一下吧。"

说完他转身面向着华纱，用眼神向她下达一个无声的命令，让她表态支持。华纱没有让耶律迈失望，她说："我整晚都在反复思量，希望找到别的方法处理这个问题。可是底线摆在这里，我们要生存的话就必须实行这条法律。而且在沙漠里，按照阿迈的说法，唯一有震慑力的惩罚就只有……只有他说的那个方法。可是我们不能杀人，"华纱的语气显得对这件事情深恶痛绝。"只把她绑起来就够了，任其自生自灭吧。"

耶律迈轻蔑地说："只是绑起来？这已是最残忍的死法了，还不如就这样来一下痛快呢。"

华纱说："我们就当是把这个人托付给上灵，可能会有别人路过救她。"

耶律迈说："你还是祈求没有人看见她吧。真遇上了人还不如被野兽吃了呢。"

华纱坚持道："我们只把犯法的人绑起来，任其自生自灭。我们不能实施死刑。"

绿儿想，华纱阿姨担心犯法的是她的女儿。耶律迈以为这条只杀女方的规矩可以更有效地约束男的，其实他弄反了。男人欲火中烧的时候哪会考虑什么后果？反而是女人才能够为她所爱的人压制心中的欲火。

耶律迈说："那就按华纱女士的意思办吧。通常来说，在沙漠里，最终还是由团队领袖选择执行方式。就我个人而言，我更倾向于使用脉冲枪，干脆利落，一枪爆头。不过现在为时尚早，希望我永远也不需要做出这个选择。"然后耶律迈慢慢转身，眼光扫过每一个人。他说："我不是征求你们的同意，我只是通知你们，这条沙漠法律马上生效。你们谁听明白了就把手举起来。"

所有人都举起手，其中几个面露愠色。

不，不是所有人，除了……

"梅伯，快举手！你这样做只会让你的贤内助狄傲丽难堪。她难免会想，你到底爱上了哪一个女人，为了得到她，竟然不惜置她于死地?"

终于,梅伯举起手来。

耶律迈道:"很好。现在是第二件事情,我们需要做一个决定。"

这时候太阳还没升起来,温度还是非常低。有些人一早起来就偷懒,没怎么帮忙拆帐篷放行李,这时候尤其会觉得寒冷刺骨。梅伯说话时声音也发抖,可能就是因为冷得不行了。他说:"我还以为所有决定都是你一个人做的。"

耶律迈说:"生死攸关的事情当然是我说了算,不过我可没有自封独裁暴君,那些和生死存亡没有关系的事情还是应该由我们一起做决定。只是有一个前提,在沙漠里我们必须共同进退才能生存,所以我绝对不会容忍企图分裂我们这个团队的行为。现在说回这个决定,我记得好像一直以来也没有人明确说过我们现在到底要去哪里。"

纳飞马上说:"我们回爸爸和羿羲那里,你也知道他们在等着我们呢。"

耶律迈答道:"他们只要不四处乱跑,水源是不成问题的,而且食物也能支撑好几年,我们只需要在几个月之内把他们接回来就可以了。这也不是什么生死攸关的事情,如果大部分人都想去佛意漫的营地,那当然没问题,我们就去呗。"

绿儿说:"我们不能回女皇城,我父亲已经把话都说清楚了。"她的父亲就是慕斯将军,孤威国名将。其实她也只是在几天前才和生父相认,此刻提起他,为的是加强她说话的分量。绿儿向来都不善于说服别人,因为她从不需要巧言令色。作为德高望重的圣湖先知,绿儿只需要直接说出事情真相,人们自然不敢怠慢。如今她需要说服这一群人,其中还包括几个男的,这对于绿儿来说是个全新挑战。她记得在女皇城中，人们要达到什么目的，其中一个办法就是提起自己的家世背景，所以这时候绿儿特意说起自己的父亲。

柔珂说："对啊，你那个慈祥的好爸爸娶自己女儿不成就把我们都赶出城。"

绿儿道："你这样说是歪曲事实。"

如诗握住绿儿的手，轻声道："别跟她争，她比你在行。"

如诗的话没有人听见，可是其效果却有目共睹，因为绿儿听完之后马上就不说话了，柔珂露出得意扬扬的笑容。

耶律迈道："绿儿说得不错，我们大概不能回女皇城了——至少近期内不行。我估计慕斯派士兵押送我们走那么远的路，就是为了传达这个信息。"

梅博酷指着如诗、绿儿和纳飞，说道："我听够你们的废话了！你们几个让他当众难堪，所以才不能回女皇城；我们当然可以回去了。"

耶律迈轻蔑地说："梅伯你少废话！我们不能站在这里没完没了地讨论下去，马上太阳就要出来了。这一带有很多强盗，如果有一些摸黑躲在附近山洞的话，天一亮他们就会出来。"

绿儿知道上灵一直在控制着附近的强盗，她此刻怀疑耶律迈是不是也隐约感觉到这些强盗的存在了。可能耶律迈向来都知道这些强盗只敢在白天出来活动，晚上会躲起来；也可能是上灵的信息直接作用在耶律迈的潜意识当中，让他以为这些想法和念头都是他自己想出来的。毕竟耶律迈和在场所有人一样，都是上灵的优选繁殖计划的成果，而且不久前上灵还成功向他报梦了。如果耶律迈坦承自己能够与上灵沟通，并且心甘情愿地服从上灵的计划安排，那么一切都会变得很简单了。可惜事与愿违，如今绿儿和如诗还要想对策应付耶律迈的不轨图谋。

耶律迈继续道:"就算现在我们不能回女皇城,也不一定非要马上去和爸爸会合不可。附近有好多城市都欢迎外来的团队,而且我们还有谢德美那些价值连城的胚胎和种子。"

"我决不卖!"谢德美断然拒绝。她的语气相当强硬,毫无商量的余地。

耶律迈还是和颜悦色地说:"就算为了救大伙儿性命也不卖?不过没关系,我本来也没想着卖,而且这些胚胎种子只有和谢德美的知识搭配起来才值钱。不过,关键在于,有了它们,我们就有了通行证,那些城市就会欢迎我们进去。在他们眼中,我们并不是被孤威国慕斯将军赶出女皇城的一群穷酸难民,而是著名基因学家谢德美的团队。因为女皇城内乱,所以谢德美将整个实验室迁出,搬去一个和平安稳的城市,没有人干扰她的科研工作。"

费雅思说:"太好了!这样一来,海岸平原没有一个城市会拒绝我们入境的!"

欧必忍说:"他们还会给我们钱呢。"

"你是说他们会给我钱吧?"谢德美显然对这几顶高帽子却之不恭,她原来没料到自己在别的城市也那么有名望。绿儿看得出来,耶律迈的恭维正在起作用了。

他打算发起投票。

这是上灵在绿儿脑中说话。

绿儿想,现在看来他明显是盘算着投票,可是他要投票决定什么呢?

投票结果肯定是要去附近的城市,纳飞肯定会反对,到时候他就是在造反了。

那么纳飞就不能反对。

如果纳飞不反对，我的计划就会失败。

那你可以控制投票结果。

我可以控制谁呢？如果那几个人突然变卦，耶律迈必然会起疑心的。

那就别让他们投票。

我没办法让耶律迈改变主意。

那你就叫纳飞别反对。

他必须反对，否则地球之行就夭折了。

绿儿忍不住大叫："不行！"

人人都看着她。耶律迈问道："什么不行？"

绿儿说："不能投票，不能投票！"

耶律迈说："嘿嘿，你不是向往自由吗？怎么突然反对民主投票了？因为你料到表决的结果不是你想要的！"

狄傲丽问："谁说过要投票了？"她对周遭事物的反应向来都很迟钝。

欧必忍说："我赞成回文明世界，我可不想变成婚姻的奴隶，更不想做耶律迈的奴隶。"

耶律迈说："我从来没有说过要投票决定什么东西，我只是说我们需要决定下一步去哪里。投票表决可能会有用，可是投票结果仅仅是参考，最后决定权还是在我。我只需要你们的建议，而不受你们的支配。"

于是他们纷纷提出建议，都想显出能言善辩的样子。不过谁要是重复别人说过的观点，耶律迈就会打断这人的话："我已经听过了，有新的观点吗？"所以讨论没进行多久就结束了，绿儿想不到会那么快。

耶律迈问:"还有别的想法吗?"

没人回答。

耶律迈等了一会儿,把每人都看一遍。这时候太阳慢慢出现在远山之巅,晨光将耶律迈的双眼和头发映照得闪闪发亮。绿儿想,这就是他人生最得意的时刻了。耶律迈策划了一辈子,就是追求这个瞬间——一个团体,包括他父亲的妻子,包括他的弟弟纳飞,还有圣湖先知和解构者,还有他的妻子,所有人都屏息静气地等待他做决定。这个决定可能会改变人的一生,也可能会把人送进鬼门关。

耶律迈庄重地说:"谢谢各位的建议。在我看来我们并不需要二选一。谁想回文明世界的话,悉听尊便。谁想继续走进沙漠完成上灵的任务,也没问题。这个任务,我们当作是拯救我父亲也好,看作是迈出回地球的第一步也行,这都不重要了,关键是所有人的愿望都得到满足。我们会向南走一段路,然后翻过群山,最后到达平原诸城。在平原诸城那里,谁要是忍受不了这么严厉的沙漠法律就可以离开,我只带领坚强的人继续走下去。"

梅博酷说:"实在太感谢了!"

柔珂说:"管他说我是坚强还是脆弱呢,我只要人身自由就行了。"

纳飞说:"你们这些笨蛋,你们看不出他只是在假装……"

耶律迈道:"你说什么?"

纳飞说:"他一直都盘算着让我们去别的城市。"

绿儿知道下一步会发生什么,连忙开口劝阻:"纳飞,别说了。"

耶律迈装出很平静的样子说:"小弟,听一下你小娘子的话吧。"

纳飞说:"我只听上灵的话,因为我们全靠上灵保护才能活到现在。距离我们不到三百米的地方就有一伙强盗躲在山洞里,要不是上灵的影响,他们早就发现我们了。上灵能够带领我们安全穿过沙漠,我们根本不需要耶律迈和他那些所谓沙漠法律。他只是在玩小孩的把戏,看谁的威胁最狠……"

耶律迈道:"这不是威胁,在沙漠行走的人都知道沙漠的法律。"

"如果我们信任上灵,这一路上都是安全的。如果你们相信耶律迈,跟着他去海岸平原,你们最后就会死于战乱。"

梅伯冷笑道:"信任上灵?你是让我们听你指挥吧?"

"耶律迈也知道上灵的威力。我们回女皇城结婚完全是因为他做的那个梦,你敢说不是吗?"

耶律迈笑道:"纳飞你就继续胡诌吧。"

"正如耶律迈所说的,现在不是谈民主投票的时候。我们每一个人都必须做出抉择。如果我们按照上灵的指引继续前进,我们就会踏上四千万年以来最伟大的旅程,前面有一个崭新的世界等待着我们和我们的子孙后代去继承。当然你们也可以回到城市里放心出轨,我知道有几个人已经在盘算了。至于我和绿儿,我们是不会回去的。"

耶律迈手上突然多了一把脉冲枪,他喝道:"够了!你再说一个字我就把你毙了。"绿儿没留意耶律迈一直暗藏着武器。她现在明白了,这一切都是耶律迈精心策划的,他就是在等待这个时机动手。现在他就算把纳飞杀了也没有人敢谴责他。

耶律迈说:"我对沙漠了如指掌,你却是一窍不通。这附近根本就没有强盗,否则我们早完蛋了。你不过是头脑发热,自以为是罢了。弟弟,就凭你那点小聪明,谁跟着你就是死路一条。不过你放心,没有人会跟你走的,因为我不会允许这个团队分裂,我不希望那些跟你走的人死于非命。"

纳飞说："你在说谎。"

"来啊，你再说一句话试试！我马上就把你当叛徒杀了。"

绿儿说："纳飞，你就当是为了我好，别说话了！"

耶律迈说："你们大家都听到了，是吧？他公然挑战我的权威，还想分裂我们这个团队，带着一部分人走上绝路。他这是造反，比通奸还要严重得多。对于造反的人，惩罚只有一个——死刑。你们全部是见证人，如果将来闹上法庭的话，你们都必须做证。"

绿儿说："求求你，放过他吧，他不会再说了。"

耶律迈问："纳飞，你怎么看？"

纳飞道："如果你们往回走，上灵就没有必要继续控制那些强盗了。到时候你们全部得死。"

耶律迈说："你们看到了吧？到现在他还想凭空捏造一些强盗来吓唬我们。"

谢德美说："你自己不也是这样吗？老在说怕强盗发现我们，然后顺势逼我们按你说的去做。"

耶律迈转头看着她，说道："可是我从来没有说过几百米开外就有强盗躲在山洞里，我只是说强盗'有可能'发现我们，这些都是实话。可是这个小子竟想用这么明显的谎话来欺骗你们，他是把你们当傻子在耍。"

纳飞说："信不信由你，反正很快就会真相大白了。"

耶律迈说："这就是造反。你们都看到了，就算是纳飞的妈妈也能为我做证。因为他一意孤行，我实在没有别的选择。如果他不是我的弟弟，他早就死了，我根本不会拖那么久还不动手。"

纳飞说："当初你没有将爸爸带进贾霸设好的陷阱里，贾霸就想把你杀了。如果不是因为上灵看重你身上的基因，暗中保护着你，你早就没命了。"

耶律迈说："你这样血口喷人只会加深你的罪孽。快向你的妈妈和妻子道别吧。就站在那里说好了，别走过来。"

华纱说："耶律迈，你不会来真的吧。"

"华纱，你自己同意只有遵守沙漠的法律我们才能生存下去，而且你也同意我们必须采取哪一种惩罚措施。"

"我只看到你用心险恶……"

"华纱女士，请你说话小心点儿，我是不怕唱黑脸的，必要时我甚至可以将你也扔在沙漠里等死。"

纳飞说："妈妈，你别担心，上灵会帮助我们的，耶律迈拿我没办法。"

绿儿开始隐约猜到纳飞在做什么了。他那么镇定，镇定得让人难以置信，所以他必定确凿知道上灵有办法保护他。纳飞心中肯定已经有一个计划，所以绿儿应该克制心中的恐惧，保持沉默，让纳飞继续。

她默默地对上灵说，请把你的计划告诉我吧。

什么计划？

绿儿的双手开始发抖。

这时候耶律迈道："我倒要看看我怎么拿你没办法！梅博酷，你去拿一段绑行李的绳索，要细的那种，几米就够了，把他的手绑起来。绑的时候用死结，勒紧一点儿，别管他双手血液循环是不是畅顺。"

纳飞说："你们看到没有？他杀人之前要先把人绑起来才敢动手。"

绿儿在心中大喊，别说了！你再刺激耶律迈的话，恐怕他忍不住马上就要开枪；如果你只是让他把你绑起来，你可能还会有一线生机。

在耶律迈的注视之下，梅伯走了几步，来到一匹骆驼旁边，取了一段绳索回来。

然后梅伯将纳飞双手反扭在背后，将细索对折，一圈一圈地绕在他的手腕上。这时候，如诗站出来了。

耶律迈道："站住别动！我看在华纱女士的分儿上，只是把他绑起来扔在这里。如果你敢乱来，我就一枪毙了他。"

如诗站住不动，可是她已经达到目的了，因为现在所有人都在看着她。如诗对众人说："耶律迈预谋好久了，他一直都想害死纳飞。他知道如果他决定往回走，纳飞别无选择，只能反对。所以耶律迈设了这个局，好让他可以名正言顺地杀害纳飞。"

耶律迈的一只眼睛突然一阵抽搐，绿儿看出来他心中的狂怒快要失控了。如诗，好姐姐，你在干什么？你别把他气得当场动手杀我的丈夫呀。

艾雅说："为什么迈哥哥要这样做？你把我的丈夫说成一个杀人凶手，他不是这样的人！"

如诗说："艾雅，你真的好可怜。你还不明白吗？耶律迈想害纳飞，因为他知道如果你现在能够重新选择的话，你会嫁给纳飞而把他抛弃。"

耶律迈吼道："你说谎！艾雅，别理她，别说话！"

如诗道："因为耶律迈没办法接受这个现实，你必须亲口把真相告诉他。"

绿儿现在明白了，原来如诗正在运用上灵给她的天赋解救纳飞。

不久之前拉士葛带领雇佣兵去华纱的学校绑架华纱的两个女儿,如诗就在大堂之上,三言两语就把他们打发走了。现在也是这样,如诗说出的话会把耶律迈的追随者心中对他的忠诚和支持都摧毁于无形,将耶律迈置于孤立无援的境地。如诗的话已经在起作用了,这些人和耶律迈之间的纽带已经开始松动,再多说几句她就能成功了。

可惜,除了绿儿,还有别人看出了其中奥妙。

"让她闭嘴!"说话的是莎芙。她的喉咙被柔珂重击之后还没有完全恢复,所以声音还是粗沉嘶哑。可是她说的话大家都听得很清楚,而且她的声音听起来特别难受,所以格外引起众人的注意。"别让如诗说话!她是解构者,如果她继续说下去的话,我们就会被她控制,变成自己人打自己人。我见过她的能耐,她能怎么对付拉士葛,就能怎么对付你。"

耶律迈说:"莎芙说得对。如诗,如果你再多说一个字,我就把纳飞杀了。"

绿儿看见如诗几乎还要张嘴说话,然后不知道是不是上灵把她按捺住了。如诗转身走回她原来站的地方,就在华纱和谢德美的对面。对于绿儿来说,最后的一线希望也破灭了。上灵能够让意志薄弱的人在某一段时间内变蠢,可是她没有能力让一个铁了心要谋杀的人改变主意;要是有强盗发现纳飞,上灵也没办法让他们突然放下屠刀,至于野兽虫蚁,上灵更加没办法阻止它们了。如诗的计策是我最后的希望,现在连这根救命稻草也没了。

绿儿想,不行,我不能泄气!我们先把纳飞留在这里,然后我找机会溜回来救他。或者我可以趁耶律迈睡着把他杀了……

不行,不行,绿儿知道自己没办法狠心杀人。她想起上灵逼迫纳飞杀死贾霸,换了是她,她肯定下不了手;更何况现在上灵并没有让她杀人，她怎么可能动手呢？而且绿儿也没办法偷偷溜回来及时救人。一切都完了，没希望了。

梅博酷说："绑好了。"

耶律迈说："让我检查一下。"

梅博酷问道："你以为我连一个结也打不紧？"

耶律迈说："据说他们崇拜的那台电脑可以让人变得比平常更蠢，对吧，纳飞？"

纳飞没有回答，绿儿为他的克制感到自豪，同时也为他的安危感到担心。绿儿知道，虽然上灵的影响力从长远来说非常巨大，可是在这一个瞬间要改变些什么，其效果可能微乎其微。

耶律迈站在纳飞身后，用脉冲枪指着他的后背。

"小弟，给我跪下。"

纳飞没有跪，梅伯却条件反射似的开始下跪。

"蠢人，不是你。阿飞，跪下。"

纳飞说："他是让死囚跪下。"

"对，就是你，小弟，快跪下。"

"如果你要用脉冲枪的话，我宁愿站着死。"

耶律迈道："你不用装出慷慨就义的样子，我只是想把你的手和脚捆在一起，快跪下。"

纳飞小心翼翼地弯下一个膝盖，然后慢慢地跪下另一个。

耶律迈说："你可以坐在你的脚跟上，总之让双手和脚腕靠近一点，对了。梅伯，来，你将绳索的另一端绑住他的脚踝，再拉上来绕过小腿，然后在他的手腕这里绑起来。对了，就这样，他的手指就够不着了，很好。纳飞，你的两只手还有知觉吗？"

"我觉得血管一跳一跳的，应该是因为血液很难挤过我手腕上的绳子。"

"这不是一般的绳子,而是捆行李用的细索,比钢索还好用呢。"

纳飞说:"耶律迈,你截断的不是我的血管,而是你自己的生命。我的血脉将会在地球上流传千秋万代,可是没有人会记得你。"

耶律迈说:"你说够没有?!"

纳飞道:"我爱说什么就说什么,反正你是铁了心要杀我。横竖是一死,我为什么不将真相说出来?我连死都不怕,难道还怕你踹我一脚或者啐我两口?"

"你只是想惹我生气,让我一枪毙了你。没用的,我已经答应了华纱女士,我一定信守诺言。"

可是绿儿看到纳飞的话其实是有用的。在这群人里,不安的气氛越绷越紧,从众人的眼神可以看出,他们都知道这一局还没完,两人最终摊牌的一刻还没到。只有耶律迈看不出来,他还以为他已经赢了。

耶律迈说:"我们现在就上骆驼出发。任何人都不得回来解救他,违反者与这个叛徒同罪。"

如果绿儿不确定纳飞和上灵真的有一个计划,她肯定会坚持留下来陪丈夫一起死。可是凭绿儿对纳飞的了解——就凭这区区几天的相处——绿儿感觉到纳飞此时此刻一点都不害怕。绿儿知道,纳飞无疑是个勇敢的年轻人,可是如果他真的相信自己马上就要死在这里,肯定会流露出恐惧。绿儿当然能察觉到,而且纳飞的妈妈肯定也有同感,因为华纱阿姨没有再开口反对。所以她们都静观其变,看这出闹剧如何收场。

耶律迈和梅博酷转身离开纳飞,突然梅博酷回头一脚踹在纳飞的肩膀上,把他踢得侧躺在沙地上。因为纳飞的双手双脚都绑在一起，所以他只能硬生生地摔倒。不过在这一瞬间绿儿从纳飞的身后看得清清楚楚，他的手脚根本就没有绑在一起，那些绳索只是松垮垮地绕在他的手腕和脚踝上面而已。

原来这就是这一局的王牌：上灵用尽全力影响梅博酷和耶律迈的视觉神经，让他们把很松动的绳圈看成绑得很紧的死结。通常上灵的影响力没有强大到足以让他们变蠢的地步，也很难让耶律迈突然出现视觉障碍；只是如诗和纳飞两人轮流高谈阔论，出言相激，耶律迈被愤怒冲昏了头脑，上灵才能够乘虚而入迷惑了他。

肯定还有别人看到纳飞并没有被绑紧。幸亏站得最近、看得最清的那几个人都不会开口道破，她们正是华纱阿姨、如诗和谢德美。至于其他人，在上灵的"帮助"下，他们自然会看到他们想看到的一幕，也就是耶律迈和梅博酷想让他们看到的一幕。

华纱女士说："算了吧，我们上骆驼吧。"她大步流星地走向驼队，绿儿和如诗紧跟在身后，其他人也转身往回走。

除了艾雅一动不动地站在那里看着纳飞。这时候那些骆驼都已经跪在地上等着人们跨上去，众人都站定了，一起看着耶律迈。耶律迈走到艾雅身边，手抚摩着她的后背，说道："艾雅，我知道你心地善良，肯定不忍心。可是一个领袖为了顾全大部分人的利益，有时候必须做出一些很残忍的决定。"

艾雅根本就不看耶律迈一眼。她喃喃道："我从来想不到一个男人竟然可以如此从容镇定地面对死亡。"

绿儿心中对上灵抱怨，太好了，你让她对纳飞的爱慕又长了一分。就算纳飞今天逃过一劫，以后我们也不得安宁了，就是多亏了你的鼎力相助。

对我有点信心好吗？我没办法同时顾及那么多事情。如果要你二选一，艾雅不再暗恋你的丈夫，或者你的丈夫平安无事率领驼队继续向佛意漫营地前进，你宁愿要哪一个？

我对你有信心，我只是希望你不要每次都把事情弄得那么危险。

纳飞这时候大声叫道："听着！"

耶律迈说："你怎么哀求也没用了。难道你临死之前还想继续鼓动造反吗？"

艾雅说："他不是和我们说话，而是和她……和上灵说话。"

"上灵，看在我全心全意信任你的分儿上，请你将我从我这两个狼心狗肺的哥哥手中拯救出来吧！请你赐予我力量，让我挣脱手上的绳索吧！"

绿儿看到纳飞很容易地就把一只手抽出来，接着是另一只手，然后很狼狈地站了起来。这一幕看在众人眼里会是怎么样的呢？绿儿只能猜测，可是她敢肯定，别人看到的绝对是他们最害怕的一幕：纳飞猛然徒手崩断绳索，一跃而起，威风凛凛，杀气腾腾。在这一个瞬间，上灵肯定调用了所有资源全力影响这群人——当然，真心为她效劳的几位除外：绿儿、如诗和华纱阿姨看到的自然是实际发生的事情。其他人看到的情景虽然和现实有差距，却依然反映出另一个真相：纳飞果真拥有上灵赐予的力量，他是上灵选中的宠儿，他才是真正的领袖。

纳飞喊道："耶律迈！你不得中途转向，不得前去任何一个城市！"他的语气非常严厉，声音铿锵有力，听起来他好像用尽全力吐出每一个字，连相隔最远的费雅思和莎芙也能听得清清楚楚。"你对上灵的背叛已经失败，但是上灵比你仁慈得多。只要你发誓不再加害于我，只要你发誓继续前行，与爸爸会合，然后按照上灵的安排穿越太空，去另一个世界探索，只要你发誓，上灵就饶你一命。"

耶律迈吼道："你在耍什么诡计？"

纳飞道："我没有耍诡计，是你自己愚弄了自己。你以为用绳索绑起我就可以束缚上灵，可是你错了。如果你识时务，服从上灵的旨意，你本来可以成为我们的领袖，率领我们踏上征途。可惜你权欲熏心，妒贤嫉能，所以落得一败涂地的下场。现在你只能服从上灵，否则就得死。"

耶律迈吼道："你不要恐吓我，笨蛋！我手上还有脉冲枪，我已经判你死刑了！"

梅博酷叫道："杀了他！快杀了他！要不你就后悔一辈子！"

如诗说道："梅伯你这个小人，你有贼心没贼胆，自己不敢做的坏事却怂恿你哥哥去做，你真是勇敢啊！"如诗的声音好像尖刺一般锐利，梅博酷听了竟然后退两步，似乎被抽了几个巴掌。

可是耶律迈没有后退，反而拿着脉冲枪往前走几步。绿儿看得出来，耶律迈的确很害怕，因为他真的相信纳飞那么轻易地挣脱绳索是一个奇迹。可是害怕归害怕，耶律迈到这一刻还是铁了心要杀弟弟。上灵没办法阻止他，因为耶律迈的目标太坚定了，并非上灵的影响力所能左右。

"迈哥哥，住手！"这声叫喊来自艾雅，只见她往前跑几步，紧紧地抓住耶律迈的手臂，扯住他持枪那只手的衣袖。艾雅哀求道："看在我的分儿上，快住手！迈哥哥，如果你杀了他，上灵就会对你下毒手了，你难道不明白吗？你自己也说过了，根据沙漠的法律，造反是死罪，你不要造上灵的反啊！"

"这不是上灵！"耶律迈话虽这样说，可是声音都发抖了，流露出恐惧和茫然。毫无疑问，上灵已经揪住他心中的每一丝疑虑，尽量放大，与艾雅的哀求配合得天衣无缝。"这是我那个自大傲慢的小弟弟罢了。"

纳飞答道："我们的领头人本来应该是你,督促大家服从上灵的人本来也应该是你。如果你心甘情愿听上灵的话,上灵根本就不会选择我。"

艾雅说："听我说,别听他的!我肚里小孩的父亲就是你——你怎么知道我没有怀上你的骨肉呢?如果你伤害纳飞,如果你反抗他,你就会没命,我的小孩一出生就没爸爸了。"

艾雅求耶律迈饶了纳飞的性命,一开始绿儿还担心耶律迈会觉得艾雅爱纳飞胜于爱他。可是仔细想来,艾雅劝止耶律迈伤害纳飞的话说得很妙,她其实是求耶律迈自救。耶律迈肯定觉得这证明了艾雅是爱他的,他会觉得艾雅不是在救纳飞,而是救他自己。

费雅思也走到耶律迈身边,伸出一只手搭在他的肩膀上。"迈哥,请放过他吧,我们不会回城的,我们都不回去,一个也不回!"他转头面向其他人道,"对不对?我们都心甘情愿投奔佛意漫,对不对!"

艾雅说："我们已经见识到上灵的威力了。如果我们早知道这样就不会要求回城了。求你了,耶律迈,我们都同意了,我们现在齐心合力,只有一个目标。求求你,别因为这件事情就让我守寡好吗?如果你放过他,你就能够和我厮守一生一世。如果你因为违抗上灵的命令而死了,留下我孤零零一个人怎么办呢?"

华纱女士道："你还是我们这支队伍的领袖,这个事实谁也不能改变,变的只是我们的目的地。你也说过目的地不是你一个人说了算。现在我们都看到了,目的地并不是我们任何一个人能决定的,因为上灵已经决定了。"

此时,艾雅哭了,真挚的热泪滴下来。"迈哥哥啊,我的好丈夫，你就那么恨我吗？难道你宁愿去死也不愿意和我在一起？"

绿儿几乎能料到下一幕将上演什么：狄傲丽看到艾雅的眼泪如此动人，怎甘心独自隐没在聚光灯之外呢？所以她也马上黏在梅博酷身边号啕大哭，哭诉着他也应该放过纳飞云云。好笑了，似乎梅博酷单独一人真的敢动手似的，好像她的眼泪真的能左右他似的。可是绿儿不敢笑出来，因为她知道纳飞现在还是命悬一线，全看耶律迈对这些号哭作何反应。

她几乎能从耶律迈的脸上看出他内心状态的改变。他杀人的决心本来已经在上灵的巨大影响力面前屈服，现在更是消融在他妻子的哀求声中。他的杀意退减一分，上灵就将他的恐惧放大一点，此消彼长，耶律迈在片刻之间就从一个杀人凶徒变成一个瑟缩的废人。他似乎被自己差点做出的坏事吓呆了，低头看了一眼手上的脉冲枪，浑身发抖，一下子把枪扔开，正好扔到绿儿的脚下。

耶律迈哭道："纳飞，我的好弟弟，我都做了些什么呀！"

梅博酷更是一下子脸朝下栽倒在沙地上打滚。"原谅我呀，纳飞！我不该把你像牲口一样绑起来，求你原谅我呀！别让上灵杀我呀！"

绿儿默默对上灵说，你做得太过火了。他们日后想起今天的事情，无论是否明白这其实是你在背后做手脚，他们也会觉得是奇耻大辱。

什么？你以为我可以对他们的反应进行精密控制吗？我刚才一直想让他们恐惧，让他们害怕，可是他们怎么都听不到，怎么都听不到。现在他们突然听到了，然后就吓成这样子了。其实我做得并不差，毕竟我以前从来没试过这种操作。

我只是想让你手下留情，因为现在已经大功告成了。

纳飞说道:"耶律迈,梅博酷,我当然原谅你们。可是我怎么想其实并不重要,关键是上灵原谅你们。"

艾雅赶快跪倒在地上,拼命拉着耶律迈。她说:"快向上灵下跪,跪下来祈求宽恕吧。求你了,你看不出你现在还有生命危险吗?"

耶律迈转头看着艾雅。绿儿知道他心中还是被恐惧吞噬着,可是他的语气已经很平静了。"你真的那么关心我的死活吗?"

艾雅说:"你就是我的生命!我们不是发过誓要一生一世永不分离的吗?"

绿儿想,实际上他们根本没有发过这样的誓。他们两人当时在结婚仪式上只是听华纱读出一段话,然后举起手表示明白罢了。不过绿儿这时候当然不方便说什么。

耶律迈双膝跪地,用颤抖的声音说道:"上灵,你让我去哪里我就去哪里,从此再无异心。"

梅博酷把脸从沙堆里面抬起来,叫道:"我也是,把我也算上。"

耶律迈说:"在沙漠也好,在城市也好,在和谐星球也好,在地球也好,只要艾雅属于我,我就心满意足了。"

"迈哥哥!"艾雅张开双臂紧紧抱住耶律迈,在他的肩膀上哭得梨花带雨。

绿儿弯腰从脚边的沙地上捡起那把脉冲枪。这把武器很珍贵,说不定将来需要用来打猎,不能就这么扔掉。这时候纳飞走到她面前。他们结婚才几天,纳飞脱险之后不是先去找他妈妈,而是先来找绿儿,这个举动对于绿儿来说,胜过万语千言。他们拥抱在一起,绿儿感觉到纳飞的颤抖。虽然他信任上灵,其实当时也真的害怕了,毕竟已经算走到鬼门关口了。

绿儿小声问:"你当时能猜到这个结局吗?"

纳飞喃喃地说道:"上灵不确定能不能在绳子上做手脚,尤其当时耶律迈亲自走过来检查绳结。"

"如果耶律迈没有亲自检查过,后来你挣脱的时候他就不会相信这是个奇迹了。"

"当时我跪在那里,头上抵着一把脉冲枪,我还在说话挑起他的脾气,引诱他开枪,你知道那一刻我在想什么吗?我在想,我永远都不可能知道我们的小孩长什么样了。"

"现在你能知道了。"

纳飞放开绿儿,从她手中拿过那把脉冲枪。如诗走近,把手搭在脉冲枪上面,说道:"阿飞,如果你还拿着这把枪,你和耶律迈的关系就永远也不可能修复了。"

"如果我还给他呢?"

如诗点头道:"这就最好不过了。"

如诗是解构者,有谁比她更清楚人与人之间的聚散离合呢?纳飞马上走到耶律迈面前,把脉冲枪双手递上。"请你把脉冲枪拿回去吧,我也不知道怎么用。我们还需要你率领我们回到爸爸的营地。"

耶律迈想了一会儿才接过脉冲枪。绿儿知道,他很不情愿从纳飞手里接过这把枪,可是同时他也知道纳飞不是非要把枪还给他不可——纳飞完全不需要把领袖地位让回给耶律迈。耶律迈实在太渴望得到这个位置,哪怕是纳飞赐给他的,他也愿意接受。

耶律迈答道:"好的。"说完他接过脉冲枪。

艾雅说道:"纳飞,谢谢你啊。"

绿儿觉得恐惧好像尖刀一样刺进心窝。耶律迈听到艾雅的声音语气了吗?他能看到她的表情吗?艾雅一脸敬畏地看着纳飞,耶律迈留意到了吗？她爱的是力量、勇气和权势，在一群人当中，她只会爱上首屈一指的最强者。在艾雅眼里，纳飞明显就是她最向往的爱人。绿儿想，今天最出色的演员其实是艾雅。艾雅说服了耶律迈相信她只爱他一个，可是她这么说实际上是为了救一个她真正爱的人。我没办法不佩服艾雅，她真的很了不起。

可是这些所谓佩服的想法其实是假的，绿儿不能一直欺骗自己。艾雅那么漂亮，她还爱着我的丈夫。虽然纳飞现在还很爱我，可是总会有那么一天他难以继续驾驭本性。也许那时候他一看见艾雅就会充满欲望，艾雅自然会投桃报李，我就会永远失去纳飞了。

绿儿摇了摇头，将心中的妒忌驱散，陪着华纱阿姨向前走。华纱虽然已经松了一口气，但还是忍不住全身发抖。绿儿搀扶她艰难地爬上骆驼背。华纱握住绿儿的手，轻声说道："我以为他死定了，我以为我要失去这个儿子了。"

绿儿道："有片刻我也是这样想的。"

华纱阿姨说："我向你保证，如果耶律迈刚才得逞了，他绝对活不过今晚。"

绿儿道："我心里也在盘算着杀死他。"

"我们和禽兽的区别其实不是很大。我们可以在瞬间就下定决心杀一个人，你能想象吗？"

绿儿答道："我们就像那些想要保护自己部落的狒狒。"

"这真是一个伟大的发现啊，是吧？"

绿儿捏了一下华纱阿姨的手，笑道："我们不要和别人提起这些，否则那些男的知道我们有多厉害，他们就整天坐立不安了。"

华纱说："没关系了，这一切都过去了。幸好上灵比我想象中更强大。"

绿儿找回自己的骆驼。她知道这一切并没有过去，只是被推迟了而已。权力之争总有一天会再爆发，只是下一次上灵未必能够再像今天这样耍小把戏了。这一次多亏华纱女士请求耶律迈不要直接杀人，很侥幸，他答应把纳飞绑起来扔在那里，所以才有后来的转机。如果耶律迈果断开枪的话，一切就完了。下一次他可能会意识到这一点，就不会再被别人干扰了。这次真的好险，纳飞几乎没命。

而且绿儿知道，这件事情之后，耶律迈对纳飞的怨恨只会增加不会减少。可能在最近一段时间之内，耶律迈会否认这一点，他甚至可能会骗自己说他不再恨弟弟了。耶律迈，你骗得了别人骗不了我，我会盯住你的。如果你害我的丈夫，你最好把我也一起杀死。只要我有一口气在，我就要找你报仇；就算我死了，做鬼也不会放过你。

如诗说："小绿儿，你怎么还在发抖呢？"

"有吗？"难怪她固定骆驼鞍的时候怎么也打不上那个结。

"你抖得就像蜻蜓翅膀一样。"

绿儿说："刚才的事情太震撼了，我想我还没有恢复。"

如诗道："你其实还在嫉妒艾雅。"

绿儿说："我才没有嫉妒呢，纳飞只爱我一个！"

如诗道："没错，他只爱你一个，可我还是看到你对艾雅非常愤恨。"

绿儿知道自己的确有点嫉妒艾雅，可是如诗说她"愤恨"，这就太夸张了。绿儿说道："她是爱着纳飞，可是我没有因为这个而生气，我真的没有。"

如诗说："我知道，我现在看出来了。嗯，我想，你生气和嫉妒是因为她救了你丈夫一命，而你却只能袖手旁观。"

绿儿想，对了，就是这个原因了！如诗一语道破，绿儿现在猛然觉得一种挫败感在心中席卷而过，顿时痛苦不堪。愤怒和羞愧的泪水顺着她的脸颊涌出来，如诗连忙抱着绿儿，"哭吧，发泄出来会舒服点的。"

绿儿一边哭一边说："我无论如何都免不了要哭，希望发泄出来真的会舒服点，要不我就白白丢人现眼了。"

等纳飞回来帮助她骑上骆驼的时候，绿儿还没有哭完。

纳飞说："你是最后一个了。"

绿儿说："我只是想要你再碰我一下，让我确信你还活着。"

纳飞道："我还活着呢。还有啊，你打算再这样哭多久呢？你脸上的泪水会招惹苍蝇的。"

"那些强盗怎么样了？"她一边问一边用袖子擦干脸上的眼泪。

"幸好上灵一早就让他们睡得很死，所以后来他才有精力插手我们这摊事情。这些强盗过几个小时就会醒了，你怎么突然问起他们？"

"我只是想，我们这群人站在这里争吵着要不要杀你，如果当时那些强盗醒了，突然冲出来把我们砍成肉酱，我们临死前会觉得自己多蠢啊！"

纳飞道："对，我明白你的意思。死并不可怕，最怕是死得不值。"

绿儿笑了笑，牵住纳飞的手……再多牵一会儿吧，能够永远不放开就好了。

纳飞说："其他人在等着呢。而且那些强盗终归会醒的。"

绿儿放开手，让纳飞走回他的骆驼那里。绿儿自己的骆驼也站直了，让她从沙地上高高地升起。骑骆驼就好像坐在一栋在地震中左摇右晃的高塔之上，绿儿一直很不习惯。可是此刻她却觉得好像坐在王座上面那么舒服，因为就在前面一头骆驼之上坐着纳飞，她的丈夫。就算救他的不是绿儿，那又怎样？他还活着，他还爱着她，这就足够了。

第三章 狩 猎

他们到达佛意漫营地的时候已经是晚上了。这天他们特意多走了一段路，因为他们知道目的地已经不远了。虽然天色已经很晚了，可是该干的活还是得干。大本营的人不知道他们当晚就到达，所以没有准备额外的帐篷。佛意漫、羿羲和司徒博早已吃过晚饭，司徒博也把碗碟餐具都收拾干净了。大家干活时候的动作都比平常慢半拍，也许他们觉得安全了，而且已经到达目的地，再不放松一下就太没道理了。

如诗尽量待在绿儿和纳飞身旁，偶尔看见羿羲坐在浮椅上面飘来飘去。羿羲还是老样子，她认识他好多年了——他是华纱阿姨的长子，而如诗一直在华纱的学校里长大，所以自从羿羲上学以来，他们两人就认识了。那么多年来羿羲在如诗眼里只是一个残疾人，如诗根本没有把他放在心上。后来她意识到她要和纳飞、绿儿一起去沙漠，这事情才开始变得明朗，因为如诗总能看见人与人之间的关系。在上灵组织的这支远征队伍里，男女之间一一对应，如诗看到自己最终会和羿羲配成一对。既然上灵需要羿羲和如诗的基因流传下去，那么无论婚后结果如何，他们两人都必须共同努力。

但如诗很难接受这样的安排。在集体婚礼的当晚，如诗看着那几对新人——绿儿和纳飞、耶律迈和艾雅、梅博酷和小丽——在华纱女士的祝福下双双步入洞房,她的心中充满了愤怒、恐惧、失望和苦涩,因为她这辈子都不可能像绿儿那样拥有真正的爱情。

作为对她心中疑虑的回答,上灵——如诗开始以为是上灵——当晚给她报了一个梦。在梦里,如诗看到自己和羿羲联系在一起。她看着他在空中飘,心里逐渐明白羿羲虽然身患残疾,却并不是废人;她和羿羲的婚姻不仅不会把她打进十八层地狱,反而可以让她飞升到九天之上。然后如诗看到她与羿羲生儿育女;两人站在一顶沙漠帐篷的前面,看着小孩子们玩耍。如诗知道,将来她会爱上羿羲,他们会被无数的金丝银线连在一起。这些金丝银线源自于他们各自的祖先,将会带领他们走向未来,然后通过他们的子孙世代流传下去。

这个梦还有其他内容,有一些还相当恐怖。可是这些日子以来,如诗一直依靠这个梦里好的那一部分支撑着。当她站在慕斯将军的身旁,当她被迫嫁给这个女皇城的征服者的时候,她心中始终有一个信念,她相信这个梦会实现,她不会真的嫁给慕斯将军。果然,上灵将如诗和绿儿的母亲——她的名字叫杜思嘉,也就是"渴"的意思——带来女皇城,促使慕斯、如诗和绿儿父女相认。那个婚礼无疾而终,几个小时之后他们已经走进沙漠,前往佛意漫的营地。

在旅途中,如诗有很多时间去想——想起她的那些恐惧。其实如诗已经刻意不去想那些不好的事情,还努力回忆梦里愉快的内容。纳飞向她保证过,羿羲很聪明也很有趣,有他做伴如诗肯定会很开心。虽然同窗那么多年,如诗始终体会不到羿羲的好处,可她还是努力地想着纳飞说的好话。不过就算有那个好梦,就算有纳飞说的好话,如诗那么多年来形成的固有印象已经无法改变。在沙漠的旅途中,如诗脑子里总是出现羿羲移动手脚时近似恐怖的动作。在女皇城中，羿羲的衣服里面安装了浮子，所以他总是能够在半空中蹦来蹦去，好像一个正在作祟的幽灵，或者像一只——柔珂怎么说来着——像一只潜水的兔子。大家都在背后取笑羿羲，现在如诗想起这么刻薄的笑话，虽然明知始作俑者是羿羲的妹妹，如诗还是觉得有点对不起他。当年如诗无论如何也想不到这个残疾少年、这个幽灵、这个潜水的兔子有朝一日竟然会成为她的丈夫。无论如诗怎么安慰自己，陈年的恐惧感和疏远感依然像暗流一般在她的心底汹涌。

直到现在亲眼看见羿羲，如诗才意识到她并不是真的害怕羿羲，因为那个梦已经给了如诗很多希望。她真正害怕的是羿羲会怎么想她——这个恐惧甚至更加根深蒂固、更加黑暗。羿羲是否知道华纱阿姨和上灵已经给他安排好了呢？刚才如诗在干活搭帐篷的时候，羿羲有没有在上下打量她呢？肯定有，而且他一定很失望。如诗能够猜到羿羲的想法：剩女当然是留给瘸男的。如诗个子太高，整天愁眉苦脸的，那身材让人看一眼之后就不想再看第二眼；而且她还是个性情木讷的女书呆子，不懂逗人开心，唯一会被她逗乐的人就是她的妹妹绿儿——可是连绿儿也跟纳飞走了。

羿羲一定在想，我是个瘸子，没有别的选择，只能委屈一下了。正如我此刻在想，没有别的男人喜欢我，所以我只能和瘸子凑合着过了。有多少婚姻是在这种愁云惨雾中开始的呢？这种婚姻能够美满收场吗？

如诗吃晚饭的时候尽可能拖延时间。这顿晚饭比旅途中吃的东西好多了：司徒博和佛意漫在这个河谷里找到一些野菜和草根，将它们熬成一种羹，比路上那些葡萄干和牛肉干好吃很多；主食是发酵过的新鲜面包，而不是旅行路上临时对付着吃的硬饼干。更好的消息是，佛意漫在这里开垦了一个菜园子，再过几个星期，之前种下的甜瓜、南瓜、洋葱、胡萝卜、小萝卜就要成熟了。

吃饭的时候，人人都疲惫不堪，而且气氛很尴尬。一来，纳飞几乎被害死在途中，这事情还压在众人心上；二来，他们来到佛意漫的大本营，真正领略到他的领袖风范。他对大伙儿发号施令，不怒自威，相比之下，耶律迈依靠恐吓树立起来的威信就如镜花水月一般。他们都害怕佛意漫秋后算账——毕竟在纳飞事变中，除了艾雅和纳飞，其余人等有几个敢拍胸脯说自己没有做亏心事呢？所以大家顾不上仔细品尝晚餐，更加没有心情闲聊，除了如诗之外，没有人想在饭桌上多留片刻。这个旅途没有什么愉快记忆，也没有好玩的事情可以与另外三人分享。一吃完饭，大伙儿就成双成对地离开，回各自的帐篷了。

众人散得那么突然，如诗最担心的时刻终于来临。她在小溪那里把餐具洗干净，回到饭桌，发现只剩下谢德美、司徒博和羿羲了，现场笼罩在一片死寂之中。谢德美本来就不擅长聊天，司徒博和羿羲则显得特别害羞。如诗想，我们真是同病相怜啊！我们都知道，在这个团体里面，我们是被别人挑剩的，除了上灵，谁也不想要我们，所以我们硬是被凑到一起。不对，这四个人里面并非每个人都是上灵想要的——可怜的司徒博。就在纳飞将贾霸斩首的那个晚上，他逼着司徒博发誓效忠，否则就在女皇城的城门外把他也杀掉，就这样司徒博被胁持来了这里。

佛意漫说道："你们几个怎么一片愁云惨雾呢？"

如诗抬头看见佛意漫和华纱来了，暗暗松了一口气。他们肯定想起来有必要说几句话，至少介绍谢德美和那个档案管理员认识吧，这两人毕竟从未谋面。

华纱说："我走进我丈夫的帐篷时，想到我们夫妻终于团聚了，心里正开心着，突然想起我这一路上的旅伴，小诗和小谢，然后我才意识到，作为家居女主人，我的确失职了。"

羿羲道："家居？"

华纱说："苍天做屋顶，大地是围墙，没错，这就是我的府邸，也是我的儿女避风的港湾。"

佛意漫平心静气地说："我们的府邸。"

"没错，我的意思就是'我们的府邸'。以前在女皇城中，房产都是属于女人的，所以我只是说习惯了。"华纱微笑着看了丈夫一眼，牵起他的手，放在唇边亲了一下。

佛意漫说："在这里，所有物业房产都是属于上灵的，他用优惠价把这一间租给我们。等我们离开之后，下游那些狒狒就可以接管外面的菜园子。"

华纱道："如诗、谢德美，相信你们都认识我的儿子羿羲。"

"我们的儿子。"佛意漫还是平心静气地说，"这位是司徒博，以前是贾霸的司库兼档案管理员，如今在我们这里也是身兼数职，园丁、档案管理员和大厨。"

司徒博说："恐怕没有一样做得好。"

华纱笑道："老佛爷告诉我，他们在这里等待的时候，羿羲和司徒博都利用上灵索引进行探索。我知道我的两个干女儿——小诗和小谢——对他们的发现都很感兴趣。"

佛意漫说："上灵索引是我们探索地球信息的途径。既然我们要回地球，那么我们要探索这个庞大的资料库，同时也必须完成各种必要的任务，确保我们在沙漠里能够生存下去。"

谢德美说："你放心，我们会完成任务的。"

如诗知道谢德美说的"**任务**"不仅仅是探索上灵的资料库。

华纱阿姨说:"好,那我们就不要拐弯抹角了。你们都知道自己是单身一族;可是如果这个远征计划要成功的话,每个成员都必须结婚,所以现在就剩下你们四个人了。我明白,你们可以自己商量一下怎么配对,我们没有理由剥夺你们自由选择的权利。可是考虑到年龄和经验,我建议如诗配羿羲,谢德美配司徒博。当然,这只是我建议而已,也不一定非这样不可,只是希望你们能够认真考虑一下。"

司徒博道:"既然华纱女士提到经验,我必须坦白一下。对于女性,我是一点经验也没有。而且我不懂说话,只怕说出来的每个字都会得罪人。"

谢德美轻蔑地笑了一声。

华纱圆场道:"谢德美向来都言简意赅。她的意思是,她对男性的经验和你对女性的经验有得一拼;而且她开口得罪人的能力和你相比也是不遑多让,所以她选择了不说话的方式来回答你。"

谢德美如此唐突,司徒博尴尬之余却不失礼数,整个场面显得特别尴尬和难堪。如诗忍不住大笑了,其他人也跟着一起笑起来。

佛意漫说:"不急,不急,你们先慢慢互相了解一下吧。"

谢德美说:"我宁愿快点儿完事,一劳永逸。"

华纱道:"婚姻不是你要'完成'的事,而是一个开始。正如佛意漫所说,不急,慢慢来吧。等你们觉得准备好了,就来找我或者我的丈夫,我们会举行仪式,然后重新安排帐篷。"

羿羲问道:"如果我们永远也准备不好呢?"

佛意漫说:"永远太遥远了,你就专心想眼前吧。眼前你们只需要好好了解对方就可以了。"

该说的都说完了,她们再次恭维了一下司徒博的厨艺,就各自散去。如诗跟着谢德美回到她们两人的帐篷里面。

谢德美说："哼，听他们这样一说我就放心了。"

如诗答道："我可没有放心。"就像往常一样，如诗要过一会儿才能明白谢德美原来是在说反话。

"哼，他们真是体贴周到，明明知道这事情是非做不可的，还说什么让我们'慢慢'决定。这就好像将死刑犯固定在绞刑架上面，再把活页门开关放在他手上，告诉他'你准备好就来吧'。"

如诗很意外，想不到谢德美比她还生气。不过话又说回来，如诗至少也是心甘情愿参加这个远征计划的，可是谢德美压根儿就不想来。如诗和绿儿，一个是解构者，一个是圣湖先知，她们自从知道自己天赋异禀之后就虔诚地信奉上灵；但是谢德美对上灵从来就没有那种归属感，所以这次被迫同行，她自然会觉得自己的人生计划被打乱，她习惯的那种安稳生活也都没有了。

如诗本来想安慰她说："司徒博比你更惨，他也是被迫的，你至少还有那个梦。"可是如诗懂得看人与人之间的联系，她知道这句话不会有安慰的作用，反而会在她和谢德美之间造成裂缝，所以如诗什么都没说。

如诗虽然不作声，心里却很难受，因为她记得羿羲的话：如果我们永远也准备不好呢？她未来的丈夫竟然说出这样的话，这是多么可怕的事情！这意味着羿羲觉得他永远也不会爱上如诗。

这时候有一个念头突然出现在如诗的脑海里：羿羲说这句话，未必是因为他怕自己永远不会爱上如诗，而是因为他怕如诗永远不会爱上他。如诗越想越觉得有道理，这才是羿羲的真正想法，因为她知道羿羲是个心地善良的年轻人，绝对不会故意说一些难听的话刺伤别人。此时如诗的脑子里好像开了一扇窗口，回忆纷纷涌现，无数关于羿羲的画面在脑海中一一闪过。羿羲是一个很沉静的人，虽然身患残疾，却从来没有抱怨过，他只是默默地承受着，他以自己独特的方式表现出超凡的勇气。而且羿羲很聪明，反应总是很快，遇上什么难题的话，他总能想出一些别人想不到的主意。而且他思考的时候并不局限在眼前这一个问题上面，而是提前将后面几步也考虑到了。

如诗想，羿羲的身体虽然被困桎梏，可是他的思维能力一点也不比我差。就算我长得再平庸，至少我有健全的躯体，不用像他那样为自己的身体担忧。虽然纳飞向我保证羿羲能够生儿育女，可是这并不意味着他对于床上功夫有什么独到的见解。可能他很害怕，怕我嫌弃他，更怕他没有能力让我享受鱼水之欢。在我和羿羲的关系里面，需要开解和安慰的不是我，而是他；如果我一上来就认定他必须负责抚慰我脆弱的心灵，那么我们两人是没办法相处下去的。没错，既然我们要建立友谊和爱情，既然我们要步入婚姻的殿堂，我就必须给他信心，让他知道我会全心全意地接受他。

如诗顿悟了，心中大石落地，几乎喜极而泣。只是刚才那个念头来得那么突然、那么清晰，如诗这才意识到这不是她自己想出来的。刚才在她的脑海里面出现了羿羲的影像，这个影像原来是羿羲眼中的自己。这幅画面不是如诗自己凭空想象出来的，而是上灵把羿羲的想法和忧虑展现在如诗的脑中。

如诗其实一直都希望她可以像绿儿和纳飞那样轻而易举地和上灵交流。上灵总是能够将各种想法和念头转化成言辞直接输入他们的脑中，可是这种交流只是偶尔发生在如诗身上。其实与上灵对话并不是一件舒服的事情，因为如诗很难分清在脑子里的众多念头当中，哪些是她自己的想法，哪些是上灵的意图。有时候突然出现一些想法，如诗开始会以为是自己想出来的，过后再回想起才会觉得这些想法太突兀、太清晰了，只能是上灵发过来的。一直以来，如诗遇上问题的时候主要还是依靠自己的解构天赋去解决。

这一次，如诗百分之百肯定她脑子里出现的是真相，而不是自己的想象。上灵让她看到她需要看的东西，以此帮助她克服心中的恐惧。

如诗在心中默默地感谢上灵。她没办法知道上灵是否听到她的想法，也不知道上灵此刻有没有在聆听，可她还是尽量让自己的想法清晰一点——我需要从他的眼睛看一下这世界，哪怕一会儿也好啊。

另一个念头出现了：他在这一刻是不是也通过我的眼睛看着世界呢？一想到羿羲有可能通过她的眼睛看到她的身体、她的恐惧和自卑，如诗心里就觉得很别扭。

不过这世界是公平的，如果我想要羿羲重拾信心，希望他做一个好丈夫，我就必须让他知道，其实我和他一样，都是那么害怕，那么忐忑不安。上灵，如果你还没有这么做的话，请你现在就帮助他看清楚我是怎样一个人。请你让他知道，虽然我不漂亮，可我也是一个女人；我也需要爱人，需要被人爱；我需要找一个和我心心相印的男人建立家庭，就像华纱与佛意漫夫妇那样，真正融入彼此的灵魂。上灵，让他看清楚我吧，这样他就会同情我而不是害怕我。我们因为怜悯对方而相互理解，然后在理解的基础上建立友情，再让友情升华成爱情。我们的儿女就是这份爱情的结晶，我们也会因为互相结合而获得新生。

如诗想不到她竟然会觉得困了——她之前还担心自己会一夜无眠。耳边是谢德美缓慢而沉重的呼吸声，她肯定已经睡着了。

上灵，请你让谢德美也看到她希望看到的东西。要是没有你的帮助，一对恋人看不到对方心里在想什么，他们怎么能够相爱呢？

华纱怒气冲冲地醒了，过了好一会儿才弄明白自己为什么生气。一开始她以为她在生佛意漫的气。昨天晚上睡觉时他只是给了她一个深情的拥抱，好像这一滴甘露就足够滋润她那颗久旱的心。他不是瞎子，当然看得出华纱想要什么，所以他解释道："你一路辛苦，其实身体已经很疲劳了，只是自己不知道罢了。这时候我要是霸王硬上弓的话，过后只会觉得更难受。"他竟然可以那么镇静，华纱觉得非常抓狂，所以她缩在一旁不让他抱。可是今天早上醒来，华纱回想起昨夜自己像小孩子一样闹脾气，更加证明佛意漫是对的。她的确太疲劳了，是应该好好睡觉，不应该想别的事情。

帐篷里面透不进一线亮光，说不定外面已经是大中午了。华纱睡得浑身僵硬，再加上外面一点风声也没有，估计这时候就算没到中午，至少也是上午了，不过赖一下床还是很舒服的。在旅途中，她总要匆匆忙忙地爬起来，摸黑吃两口早餐，然后收拾帐篷行李，装到骆驼背上，赶在日出之前启程。现在她再也不需要这样难为自己了，因为旅程已经结束，她已经回到丈夫身边，已经回家了。

正是"回家"这个念头让华纱意识到为什么她刚刚醒来的时候会那么生气。回家？虽然这个帐篷有内外两层帐幕，即使白天外面很热，里面还能保持凉快，可这毕竟只是个帐篷，帐篷能称得上"家"吗？而且，向来都是她的丈夫回到她的家中，而不是她回到她丈夫的家中。以前在女皇城的时候，房子是她的，家也是她的。华纱把她的家精心布置好，作为礼物送给她的丈夫；她为他营造一个避风的港湾，让他在喧闹纷扰的俗世中享有一块净土，就像在炎炎夏日中找到一片阴凉。如今在沙漠里,这个地方是她丈夫准备的,这地方安排得越舒适,华纱心里就越恼怒,因为在这里,她完全不懂得如何去安排和准备任何东西。她就好像一个无助的小孩,一个小学生,她的丈夫反而成了她的导师和监护人。

华纱很年轻就自立了,不愿听人摆布。她早年丧母,继承了一笔遗产,买下一座大宅,这座大宅以前曾经是一所著名的音乐学校,校长正是华纱的曾祖母。这座房子辗转回到华纱的手中,华纱将其办成了一所更负盛名的全日制学校,并因此奠定了她在女皇城中举足轻重的地位。从此华纱终日被学生和崇拜者簇拥着,也习惯了面对身边众多心存妒忌的竞争对手。

可是如今来到沙漠之中,在这个半永久的营地里面,华纱连怎么煮饭、怎么解手也不知道。不用说,这事情肯定是要由耶律迈负责向她解释的。这小子还会装出一副不经意的样子,好像他说的东西华纱早就已经知道似的——他可没安什么好心,因为他会在语气里刻意流露出弦外之音,为的是提醒华纱:其实你什么也不知道,甚至连怎么正确地小解也要靠我来教你。

耶律迈!

华纱清楚地记得那个清晨可怕的一幕,耶律迈站在那里,用脉冲枪顶住纳飞的后脑。华纱想,我一定要告诉佛意漫,我要警告他提防着耶律迈的狼子野心。

不过上灵已经警告过他们,而耶律迈和梅博酷也乞求宽恕了,关于回不回女皇城的争端已经彻底解决,为什么还要揭旧疮疤呢?就算说了,佛意漫又能够如何呢?如果他当众斥责耶律迈的话,那么这个年轻人从此就一蹶不振,在整个旅程中只会是废人一个。如果佛意漫支持耶律迈的做法,纵容他的恶行,那么以后纳飞在耶律迈面前就再也抬不起头,永远被他踩在脚下,别再妄想做什么领袖了。是可忍孰不可忍!华纱知道自己的儿女之中,只有纳飞是领袖之才。因为纳飞不但聪明能干,而且在年青一代人里面,他和上灵的联系最紧密;只有他才能够掌握最全面的资讯、做出最英明的决策。

当然,绿儿一点也不比纳飞逊色,不过目前他们处于一种原始游牧民族的状态,自然难免由男人担任部落的首领。华纱不需要谢德美教她原始部落社会结构的知识,她知道在一个游牧民族之中,处于统治地位的必然是男性成员。因为很快那些女人都会怀孕,自然而然就将精力全部集中在自己身上,没精力理会部落的公共事务;当小孩子出生以后,每个女人的圈子就局限在自己和小孩身上。在沙漠这种恶劣环境中,她们关心的只有食物、安全和教育,根本不可能也没理由分心去挑战男性成员的领导地位。

不过如果由纳飞这种男人担任部落首领,他会尊重女性成员,体谅她们的难处,聆听她们的建议。换了是耶律迈,他早已经现出原形了——一个妒贤嫉能的暴君,听不进别人的意见,随时随地都给自己谋私利,而且处事不公,耍阴谋诡计……

我不应该这样憎恨他,耶律迈毕竟也是一个很有才能的人。他和他的同母异父兄弟贾霸其实很像……我当年和贾霸结婚,不就是因为爱他的才干吗?可惜,贾霸的优点没有遗传给两个女儿,莎芙和柔珂得到的只有他的缺点,比如极度自我、占有欲强、无法克制心中的贪念。我在耶律迈身上也看到了这些缺点,所以我对他就像对贾霸一样:又恨又怕。

上灵选人的时候稍稍挑剔哪怕一点点也好啊!

华纱本来正在穿衣,忽然想到一件事情,不禁停下来了:我只知道埋怨耶律迈如何自私、他的控制欲如何厉害,却看不到自己其实也是一路货色。就在刚才我睡醒的时候，因为自己在这里做不了主就生闷气，到底是谁的控制欲更厉害呢？要是我也像耶律迈那样被长期剥夺领袖的地位，我可能比他更抓狂，更不择手段。

可是华纱知道自己不是这种人，比如华纱从来没对她妈妈使出釜底抽薪的手段，而耶律迈已经三番四次地阻挠他父亲的计划，甚至不惜加害佛意漫的幼子。

我必须把耶律迈的所作所为告诉老佛爷，好让他掌握所有信息之后才做决定。如果我对他有所隐瞒，那么我就没办法给他最好的建议，我也就不配做他的贤内助了。他一直以来都真诚待我，我怎能不将心比心呢？

华纱掀起帐幕的内层幕门，走进过道夹层，只觉得温度陡然上升了许多。她把身后的幕门放下，然后推开外层幕门，走到烈日底下，顿时觉得全身上下都被汗水湿透了。

狄傲丽很开心地大叫："华纱阿姨！"

华纱答应道："小丽。"

这是怎么回事？难道狄傲丽一直在等华纱出来吗？她就不能干点有意义的活儿吗？华纱忍不住刺她一下。

"很忙吗？"

"噢，不忙，一点也不忙。太阳照得太热了，忙不起来。"

呵呵，至少狄傲丽承认自己怕辛苦，是真小人，而不算伪君子……

"我是自告奋勇守在帐篷这里等你出来的，因为韦爵不让人叫醒你，哪怕不吃早餐也没关系。"

华纱这才发觉自己有点饿。

"韦爵还说，你睡着睡着自然就会饿醒的，所以我这就带你去厨房的那个帐篷。我们把所有东西都反锁着，怕狒狒找到，耶律迈说一旦开了头我们就永无宁日了。而且绝对不能喂它们，否则将来我们离开的时候，它们就会跟着我们走，最终饿死在沙漠里。"

原来狄傲丽还能从别人的谈话中汲取养分和知识——她小时候也是一个很机灵的小女孩，只是现在华纱很难想起来罢了，因为狄傲丽一直以来都给人以可爱花瓶的印象，很难想象她原来也有聪明的一面。

狄傲丽问道："怎么样？"

"什么怎么样？"

"你一句话也没说呢。你想现在就吃早餐吗？还是想要我先叫大伙儿集合，一起听韦爵讲他做的梦？"

华纱问："他做的梦？"

"昨天夜里上灵给他报梦了，他想把这个梦告诉我们大家。可是韦爵不想叫醒你，所以我们就先开始忙别的，我的任务就是在这里等你起床。"

华纱觉得非常尴尬——人人都在干活，她却在睡懒觉，老佛爷给她开了一个很不好的先例。华纱希望真正成为这个集体的一员，而不想高高在上地做第一夫人，佛意漫应该明白她的心意。

"麻烦你这就去让大伙儿集合吧。哦，还有，先告诉我厨房在哪里，我先去拿点面包再去找你们。"

华纱向厨房走去，只听见狄傲丽在背后高声大叫："华纱阿姨起床啦！华纱阿姨起床啦！"她自幼上台演出，受过声学训练，嗓音饱满高昂，华纱被她嚷嚷得直想缩成一团。唉，你干脆直接向大家宣布我在睡懒觉得了。

厨房帐篷外面有一个石头砌的炉子，所以很容易找。华纱走过去，司徒博正在炉子那里烤面包。

司徒博抬头看见华纱，他脸上显示出很羞愧的样子。"华纱女士，很对不起，我从来都不敢以面包师自居。"

华纱道："可是这面包闻起来很香啊。"

"也就只能闻一下了。我倒是擅长弄一些气味出来，改天你得闻一下我的拿手好戏，焦煳鱼香。"

这家伙还挺幽默的，华纱乐了："你们是从这条小溪里面钓的鱼吗？"

"你丈夫计划去海岸边捕鱼。"司徒博一边说一边指着小溪的出海口。这片海域名为急流海，可是海面却一片平静。

"结果呢？"

司徒博说："不是很理想。我们钓到一些鱼，可都不是很好吃。"

"不好吃？怎么不做成你的拿手好菜焦煳鱼香呢？"

"也不好吃，就算是煎、炒、炖、蒸、炸也没用。这一带土地实在太贫瘠了，在这条小溪的出海口那里，有机沉积物太少，鱼的数量和种类都不多。"

华纱很惊讶："你还是个地质学家？"

司徒博说："我是个图书管理员，所以各个领域都涉足一点点吧。我之前一直在查资料，为什么这个地方没有人定居。上灵索引给我找到一些很古老的地图，是上一次文明留下来的。这些地图显示人类大规模聚居地都是在那片山脉对面的一条大河附近。"说着他指向东面。"现在那一带可能还有几座小城镇。人们都不来这里开垦定居，因为这地方可耕种的土地太少，而且这条小河每五年就干涸一次，不可能维持一个固定的人口数量。"

华纱问："那么那些狒狒在这里干什么呢？"

司徒博答道:"上灵索引没有记录狒狒的历史。"

华纱说:"我猜也是。狒狒想记录它们历史的话,就得自己动手造一个狒狒版本的上灵了,是吧?"

司徒博看起来有点迷惑不解。"这个,可能是吧……不过我想它们得首先学会造厕所。"

华纱扬起一条眉毛。

"我们得时刻盯紧了,哪怕有一只狒狒跑到我们上游,我们的饮用水就算完了。"

华纱说:"嗯……说起来我真有点口渴了。"

司徒博说:"你肯定是又饿又渴吧。快进去吃吧,别客气。凉水和昨天的面包都在厨房帐篷里面,锁好了。"

"这个……既然是锁好了……"

"对于狒狒来说是锁好了,对于人来说这个锁不算什么。"

华纱走进帐篷,马上就明白司徒博的意思了。这个"锁"其实就是一根铁丝缠在太阳能冰箱的门把手那里,简单拧起来而已。那么为什么他们都强调"锁好"呢?大概是提醒她事后一定要把铁丝拧回去吧。

华纱打开冰箱门,里面存放了几十条面包,还有一团团用布包起来的……莫非是肉?不,这一格冰柜的温度不够低,不能用来冷藏鲜肉。华纱伸手解开一包,果然是骆驼奶酪。这东西特别恶心,她在佛意漫的家里吃过一次——那是在两次婚姻之间,她上他家拜访,尝到了传说中的骆驼奶酪。他开玩笑似地说:"我们上一次结婚的时候,整整一年我都没有逼你吃这东西,可见我多爱你了。"

可是华纱知道她现在需要摄取蛋白质和脂肪。尤其在这个旅程之中,食物都是限量供应,每一样具有营养价值的东西她都不能浪费。华纱拿起一块圆面包，掰一半下来，将另一半包好放回去。然后她将奶酪抹在面包上面。这面包又干又硬，华纱估计要全神贯注地去嚼面包，可能也顾不上奶酪的味道了，所以这顿早餐未必会像想象中那么恶心。华纱，欢迎来到沙漠！她把冰箱门关好，转身向门口走去。

"啊！"门口竟然有一只狒狒，华纱吓得大叫一声。这只狒狒四脚着地，抬头盯住华纱，一个劲儿地嗅着，不知道在打什么主意。

华纱说："去，去，快走开，这早餐是我的。"

狒狒看着她的脸，呈若有所思状。华纱想起她还没有"锁"冰箱门，心中惭愧。她转身背向狒狒，用身体掩护着，将铁丝拧紧。理论上，狒狒的手指不够灵巧，应该解不开铁丝。可是如果它的牙齿很厉害，能够将铁丝咬断，那又如何是好？保险起见，不能让它知道，它打不开冰箱门是因为这根铁丝从中作梗。

当然了，它可能也会慢慢看出其中奥妙。人人都说在和谐星球上，和人类最接近的动物就是狒狒了，可能这就是为什么当初祖先要把狒狒带来和谐星球。

华纱弄好了，刚转身，又吓得叫了一声，这狒狒不知什么时候已经站在她身后了。它双脚直立，还是那么专注地看着华纱。

华纱平静地说："这早餐是我的。"

狒狒卷起嘴唇，一副很厌恶的表情，然后前爪着地，往外走去。

这时候司徒博正好走进帐篷，说道："哈，这只狒狒叫尤八，是新来的，那群狒狒还不是很接受它。尤八倒不介意，因为它走到哪里人家就避开它，尤八还以为自己当头儿了，所以人人都怕它。可是它其实挺惨的，因为它正值思春期，却没办法接近其他雌性的狒狒。"

华纱道："难怪你们叫它尤八。"这个词在古语里面是"饥渴男"的意思。

司徒博说："我们给它起这个名字其实是想鼓励它勇往直前。尤八，快，给我出去！"

"我刚才不肯把面包和奶酪分给它，它可能觉得没趣，正要往外走。"

司徒博说："这奶酪太恶心了是吧？可是你想想，那些狒狒连小臭虫也抓来吃，对于它们来说，骆驼奶酪简直是珍馐美味了。"

"骆驼奶酪这东西，是人吃的吧？"

司徒博道："骆驼奶酪，总会有人吃的，只是不见得都喜欢就是了。尤其是吃完之后那股味道怎么也散不去，害得人们总是要喝水，一天上好多趟厕所。不好意思，我这话有点粗俗了。"

华纱说："没关系的，这荒郊野外又不是在女皇城的社交场合，不用讲那么多礼仪规矩了。"

司徒博道："不过我还是应该注意一下的。嗯，我得出去看看炉子，要不我的面包就烤成'焦煳口味'了。您请慢用。"

说完他就退出了厨房帐篷。

华纱开始吃面包。第一口咬下去没沾到奶酪，面包的味道口感还可以。咬第二口，华纱几乎要作呕了，因为吃到奶酪了。她强迫自己完成咀嚼和吞咽的程序，心中不禁想起甜蜜的往昔——那些年，骆驼奶酪只是肥料，没有人会指望她吃肥料。

帐幕又打开了，华纱还以为尤八回来讨吃了，不过这次是狄傲丽。"韦爵说我们等太阳西斜没那么热的时候才集合，这主意倒不错，是吧？"

"让你们浪费一整天等我，真不好意思。"

狄傲丽说:"噢,没关系,反正我也不想干活。你知道,下地种东西我不是很在行,可能我除杂草的时候把花也弄死了。"

华纱道:"这个菜园子不是种花的吧?"

狄傲丽说:"啊,你明白我的意思就得了。"

"我当然明白你的意思。"

"我还明白,我必须找佛意漫,让他马上给我布置一些任务。别人都在劳动,我怎么能一个人闲着呢?或者我在这里算是第二年长的,可是这并不意味着我老了,我还能生小孩,我一定要再生小孩……不过前提是我在老佛爷的心中是他久别重逢的妻子,而不是一个体弱多病的小孩。我要让他迎接我,而不是照顾我。"

有一件事情华纱不愿意正视,却心知肚明,也深恶痛绝:在沙漠,她必须通过生儿育女来确立自己的地位。在这里,他们倒退到人类社会的原始阶段,生存和繁殖成为最迫切的任务;华纱在女皇城中驾轻就熟的那种文明生活将不复存在。在这个小部落里面,一切将重新洗牌,她要和其他年轻的女性成员竞争,而她们手上的筹码就是小孩。有小孩就有地位,没小孩就没地位。在华纱这个岁数,年月所剩无几,她必须抓紧时间了。

想到这里华纱又生气了。面前只站着一个浅薄无知的狄傲丽,华纱不想对她发泄,于是一边吃着面包奶酪一边走出帐篷,在营地里四处看。昨晚他们沿着陡峭的山坡来到这个河谷,当时只有四座帐篷;现在放眼看去已经有十顶了。华纱一眼就认出那些旅行用的帐篷,心中不禁有一丝内疚——其他人还在挤那些小帐篷,她和老佛爷却住在一座宽敞舒适的双壁大帐篷里面。华纱发现这些帐篷排列成几层同心圆,圆心却不是她和佛意漫住的那一座,也不是厨房,而是原来四顶帐篷里面最小的一个。过了一会儿华纱才想通,那是放上灵索引的地方。

她原来以为佛意漫会把索引放在他的营帐,现在看来其实很不合适。因为司徒博和羿羲都经常要用索引,如今大帐篷里面住了一个爱睡懒觉的老太婆,索引再放这里的话,他们就很难安排时间进来用了。

华纱站在小帐篷的门口,拍了两下手掌。

"请进。"

听声音是羿羲,华纱心中像被内疚刺了一下。昨晚她没跟她的小孩——不是小孩,羿羲,她的长子,已经长大成人了——单独说话,当时她和老佛爷是对着那四个单身男女一起说的。即使现在,明知道羿羲就在帐篷里面,华纱还是想赶快逃走,改天再来。

为什么想避开羿羲呢?不是因为他的残疾——华纱早已经习惯了。羿羲从小到大都是由华纱照顾,他的浮椅和浮衣也是华纱帮他配置的。有了这些辅助,羿羲可以很容易地移动,生活还算自由,比较接近正常人。华纱比羿羲自己更了解他的身体,因为他小时候,华纱每天都给他洗澡、按摩,帮助他活动四肢,让他学会慢慢地、很艰难地移动手脚。在这些过程中,母子俩总有说不完的话,她和其他三个儿女从来没有那么多话题。后来羿羲长大了,华纱虽然再也没有这样帮他,不过她和羿羲还是像好朋友一样无话不谈。可是此刻她却不敢面对自己的儿子。

即使再不情愿,华纱还是掀起帐幕走了进去,因为她必须面对羿羲。

他依然坐在浮椅里。这个浮椅连着帐篷顶上的太阳能电池板,所以不耗电池。上灵索引就固定在羿羲面前,他的左手放在索引上面。华纱从来没见过上灵索引,却一下子就知道必是这东西无疑,因为这是帐篷里唯一一个她没见过的东西。

华纱问:"这索引会向你说话吗?"

羿羲说:"妈妈,下午好。你今天上午休息够了吗?"

"它会不会像一般电脑那样显示图像?"华纱知道羿羲在讽刺她起得晚,所以故意不接话茬。

羿羲不依不饶地说:"我们当中有些人根本睡不着,只能躺在床上想着,我们的未来老婆来到营地的时候,只有三言两语的介绍,然后就被扔到我们头上,怎能那么草草了事呢?"

华纱说:"唉,阿羲,你得明白,世间事岂可都能尽如人意呢,有时候谁也预料不到事态的发展。你心里埋怨是吧?我也有怨气啊!所以我们不如这样吧,你不对我发泄,我也不拿你出气,如何?"

"那我该对谁发泄呢?"羿羲说着就笑了,笑得很苍白。

"你可以对上灵发泄,命令浮椅把索引扔到对面墙上。"

羿羲摇头道:"不行的,上灵只会撤销我的命令。况且这个索引也不是上灵,它只是一个用来访问上灵海量数据库的最有效的工具罢了。"

"它能储存多少东西?"

羿羲看着华纱,过了一会儿才说:"真想不到你说起上灵的时候会用'它'字。"

华纱吓了一跳,然后才明白为什么这样说。"我说'它'的时候,心里想的不是上灵,而是这个索引。"

羿羲答道:"上灵基本上记得所有东西。"

"怎么算是所有东西?难道还包括宇宙之中每一个原子的活动轨迹吗?"

羿羲笑道:"有可能……其实不是啦,我说的所有东西是指人类在和谐星球上的历史。"

华纱道:"四千万年,将近两百万代人,人口最多的时候大概有十亿人。这一共有两亿亿亿人,每个人的一生中还有成千上万件有意义的事情……"

羿羲说:"没错。而且除了这些个人传记,再加上每一个群体的历史,小至家庭亲朋,大至国家民族,甚至包括了童年好友和一夜情的玩伴。另外还有人类历史上出现过的所有自然现象,每一个人写过的每一句话,每一座城市的地图,每一栋建筑物的图纸……"

华纱说:"哪来的空间存放那么多信息呢?那储存器恐怕得有整个星球那么大吧?我们每走一步应该都是踩在上灵的数据储存器上面。"

羿羲说:"不见得。上灵的数据不是放在一般电脑用的那种笨重的低级储存器上面。我们的电脑都是二进制的,每一个储存单元,也就是一个比特,它存放的数据只能是两种可能性之中的一种。"

华纱道:"开或者关,是或者否。"

羿羲说:"没错,因为这是通过电信号进行传输。在每台电脑里面,我们只能存储几万亿比特的信息,再多就不能随身携带了。而且我们的电脑其实将大量储存空间都浪费在储存简单的数字上面。比如说,两个比特只能存放四个数字。"

华纱道:"A-1,B-1,A-2,B-2。你也知道,我在我那座小学校里教过计算机基础原理。"

羿羲说:"好,现在你想象一下,每一个比特有不止'开'和'关'两个状态,而是有五种不同状态。这样的话,两个比特……"

华纱说:"那就有二十五个值。A-1,B-1,V-1,G-1,D-1,

如此类推，一直到 D-5。"

羿羲道："好，那你再想象一下，每一个比特有成千上万个状态。"

"嗯，这样的话，每一个储存单元利用起来就更有效率了。"

羿羲说："这还不一定，还没说到点子上呢。这种储存空间的增加只是几何级的，而不是指数级的，所以有一个很严重的局限性。这个局限性在于，每一个储存单元，也就是每一个比特，在某一个瞬间只能有一种状态，也就是只能代表一个值；所以即使这个比特能够携带十亿条信息，在那一个特定的时刻，它只能表达其中一条信息。"

华纱说："可是如果将两个比特配对的话，这个问题就解决了，因为在这两个比特之间，每个组合都有几千万种可能性。"

"可是在任何一个瞬间，它们也只能表达一个意思。"

"那你不可能用同一个储存单元存放相反的信息吧，比如说你不可能让一个比特同时代表 G-9 和 D-9。"

"那就得看这些信息是如何存放的了。在上灵这里，储存器是由一个个很小很小的圆圈构成，储存单元是每一个圆圈的内壁。这些内壁上面有大量结构复杂的不规则碎片和突起，这些突起可以代表成千上万个不同的状态，就像钥匙或者梳子上面的齿。每一个特定储存位置可以有齿，也可以没有齿。"

华纱说："按你所说的，这个储存单元就是齿，而不是圆圈，那我们就等于说回二进制了。"

羿羲说："可是这个突起到底有多高，这也是一个变量。在圆圈内壁的每一个特定储存位置，上灵可以分辨出上千个不同的突起程度。"

华纱说:"那还是几何级数的增长罢了。"

羿羲道:"可是现在你再看,每一个突起上面都有上千个齿,每个齿有上千个值,上灵能够分辨出每个齿的每一个值。这还没完,每一个齿上面有上千个钩,每个钩也有上千个不同状态。还有,每个钩上面有几千条刺,每条刺上面有几千根绒毛,每根绒毛……"

华纱说:"行了,我知道这意思了。"

"还有,你在圆圈的哪一个位置开始读取信息决定了这条信息的含义——你从北端开始读取和从东南端开始读取,其含义不一样。妈妈,你现在能理解了吧?在每一个存储单元,上灵可以同时放置几万亿个不同的信息。我们的计算机根本不能和它相提并论。"

华纱说:"即使是这样,它的储存空间还是有限的。"

羿羲说:"对,是有限的。因为一旦到达突出矩阵的最底层,上灵就再也不能分辨最小突出上面的突出了。大约在两千万年之前,上灵意识到储存空间的危机,如果不革新的话,不出一千万年就会满了。它开始找一些缩略的方式来记录信息。它专门开辟了一块储存空间用来存储故事种类索引表格。举个例子,在这个表格里面,ZH-5-SHCH 代表'因为不满父母管教,与父母争执,离家出走,迁居到另一个城市'。"

"这样一来我们的人生岂不是都干巴巴的索然无味?你不觉得这样一点想象力都没有吗?我们总是在重复别人做过的事情。"

"上灵向我解释过了,每个人的人生故事有百分之九十九都能在这个表格里面找到,可是总有百分之一的事情是表格里面没有的,必须另外写出来。所以说没有两个人生是完全一样的。"

"幸好。"

"起码我们的人生故事就是很独特的。'在上灵召唤之下穿过沙漠回到地球'，我敢担保表格里面没有这一项。"

"呵呵，不过现在有十六个人参与了这事情，我想上灵会给我们专门建一个新的条目吧。"

羿羲也笑了："可能它已经建了。"

"不过这个项目肯定非常庞大，你想想，将人类的各种行为归纳到一个表格里面。"

羿羲说："上灵有的是时间，可它始终面临着部件老化和数据流失的问题。"

华纱道："对，那些储存单元可能会变得无法读取。"

"这我就不清楚了。不过我知道上灵的卫星越来越少，所以它很难再时刻盯住人类。虽然目前还不存在盲点，也就是说和谐星球上每一个地方都在卫星群的覆盖范围内，可是每一个卫星都必须担负更大的数据传输任务，长期超负荷运行。而且这个系统存在一个瓶颈，大量数据传输需要相当多的时间，在传输的过程中，下面芸芸众生的人生故事还在进行着，这时候卫星就没办法记录这些事情了。简单说来，上灵再也不能记录所有事情了。它为了减少损失，开始用猜测的办法去填补空缺，可是情况只会持续恶化。目前上灵还有很多存储空间，可是不用很久，上千万人的人生故事就会被简化成大纲提要，变成一个模糊不清的缩略图。终有一天，卫星的数量减少到一定程度，有一些人的故事就永远丢失了。"

"最终所有的卫星都会坏掉。"

"没错。更关键的是，随着盲点的出现，很多人完全不受上灵的影响，他们就可以为所欲为地制造武器，导致世界末日。"

"那为什么不发射卫星上天呢？"

"谁来发射？哪个国家有这样的高科技？别说制造卫星，他们连运送卫星的飞船也没有。"

"可是我们能制造计算机啊,对吧?"

"运送卫星上天所需的技术,也能用来进行远距离武器传送。如果上灵让我们掌握了运送卫星的技术,实际上我们也学会了如何自我毁灭。到时候有人甚至能够修改上灵的程序,反过来控制上灵。或者他们能够制造出受他们控制的低版本上灵,专门影响人的思维,这样一来,他们就有了一个武器,可以让敌人恐慌或者变蠢。"

华纱说:"我明白你的意思了。"

"如今上灵困在一个进退两难的局面。如果它不进行维修,就没办法继续保护人类;可是要维修的话,它就必须放弃保护人类。"

"真是个死循环。"

羿羲说:"所以它要回家,回到地球守护者那里寻找对策。"

"如果地球守护者也没有对策呢?"

羿羲笑道:"那我们麻烦就大了,对吧?不过我猜守护者会有办法的,我想它已经有一个计划了。"

"为什么这样说呢?"

"因为很多人做了一些怪梦,这些梦都不是来自上灵的。"

华纱道:"人们总会做随机的梦,以前就算没有上灵,人类也会做梦吧。"

"没错,可是最近他们做的梦都有相似的内容,而且很清晰,都和回地球有关。这些不可能是随机的梦境吧?"

"我不相信有什么电脑或者别的什么东西能够穿越那么多光年来给我们报梦。"

羿羲说:"谁知道地球上发生了什么事情,可能地球守护者掌握了宇宙中的奥秘,我们不懂罢了。其实这也不出奇,上灵一直不让我们涉足物理领域，物理学家只要往高端的方向想一下就马上变蠢。四千万年以来，谁想多用一下脑子就被上灵无情打压；而地球守护者，也不管它是什么，肯定在这段时间里发现了很多新的东西，比如说如何跨越千百光年给人报梦。"

"这些都是你从索引那里学到的？"

羿羲说："这些信息都是我硬从索引那里挤出来的，真是要命，幸好有司徒博和爸爸帮忙。上灵不愿意谈论它自己，还老想让我们忘记这些东西。"

"我还以为上灵和我们通力合作呢。"

羿羲说："错了，是我们和上灵合作，而它却守口如瓶，和这个任务无关的信息，它根本不想让我们知道。"

"那你刚才说的信息都是怎么知道的呢？你怎么知道上灵的储存空间的工作原理？"

"三个可能性。第一，我们绕开了它的防线；第二，我们太执着了，它不胜其烦，所以不再阻挠我们了；第三，它觉得我们知道了也没有什么害处。"

华纱问："第四呢？"

"第四？"

"可能这些信息都是错的，所以它也不在乎你们知不知道。"

羿羲笑了："妈妈，可是上灵不会撒谎的，对吧？"

华纱想起羿羲小时候的一次关于上灵的对话。他当时问什么来着？啊，对了，他问，为什么男人叫上灵做"他"而女人叫上灵做"她"？华纱回答说，上灵允许男人们以为她是男的，这样他们向她祈祷的时候就会感觉舒服一点。当时羿羲也问了同样的问题：妈妈，可是上灵不会撒谎的，对吧？

华纱记得，那时羿羲问这个问题的时候，她就没有回答好。所以这次她也不想尴尬，干脆就不回答了。

"我这样跑进来，打断你的工作了？"

羿羲说："没有没有，爸爸吩咐了，你问什么我都要向你详细解释一下。"

"他知道我要来这里？"

"他说必须让你明白我们拿着上灵索引做什么工作。"

"那你拿着索引做了什么工作？"

"让它说出我们想知道的东西，而不仅仅是上灵想让我们知道的东西。"

"有什么进展吗？"

"可以说有，也可以说没有。"

"什么意思？"

"我们的确发现了很多东西，可是这些东西都是上灵想让我们知道的吗？这就无从考证了。我们发现，索引对着不同的人会做不同的事情。"

"有什么规律吗？"

羿羲道："我们还没有总结出来。比如说，有好几天这个索引一直对着我唱歌——它好像直接活在我的脑子里，有些问题我还没组织成句子它就已经回答了。可是有时候我觉得上灵好像在作弄我，带着我绕来绕去，不知所以。"

"怎么绕呢？"

"比如说，整个和谐星球的历史都摊开了摆在我面前，每一个来过这条小溪饮过水的人，他们的名字我都可以告诉你。可是关键的东西我却始终找不到，比如上灵到底要带我们去哪里？我们怎样才能回地球？上灵的主机在什么地方？"

华纱说："看来它还有很多秘密不想让你知道。"

羿羲道："我觉得它其实是想告诉我们的，只是它没办法说出来。我估计从一开始就有一个保护程序在后台运行，防止任何人操纵上灵统治世界。"

"那么我们根本不知道它要带我们去哪里，就这样盲目地跟从它上路吗？"

羿羲说："那也没办法，人生总有不如意的时候，你明知道这苦果不是你想要的，可你还是得硬吞下去。"

华纱静静地和羿羲对望着，她知道羿羲是在提醒她，上灵对她所做的一切，和命运对羿羲的作弄相比，实在不算什么。

华纱想，你这个笨小孩，妈妈当然知道你的委屈。妈妈知道你的生活有多么艰难，也知道你很少抱怨。不过你的状况实在是无法预防也不能治愈，可能现在上灵的状况也一样，它也是身不由己。这样的话，我会学你那样，耐心地承受这一切。不过如果我能够改变现状，我一定会努力去抗争。你再怎么讽刺我，我也不会轻易接受命运安排的。

华纱说："既然我们直接问不出什么，那就只能耍些小计谋，试试旁敲侧击。"

"这个当然，要不你以为我和司徒博一直都在做什么？"

好，原来羿羲并没有悲观放弃。这时候华纱突然想起另一件事情："你爸爸知道你们在干什么吗？"

羿羲笑到："呵呵，这个他不知道。"

当然了，佛意漫肯定不会允许他们利用索引反过来对付上灵。

"嘿嘿，看来不止上灵有自己的小算盘。"

羿羲道:"那么你打算去告密吗,尊敬的母亲?"

问得好。我应不应该去告发羿羲,好让老佛爷从此禁止他使用索引呢?我从来没有对佛意漫隐瞒过什么东西。

此时华纱又想起今早她做的另一个决定:告诉佛意漫沙漠里面发生过什么事情,告诉他耶律迈企图处死纳飞。这事情一旦说出来,后果会非常严重,华纱能够承受这种后果吗?另一方面,这么重要的一件事情,她有权利剥夺佛意漫的知情权吗?

羿羲没等她回答就说:"你想想,上灵早就知道我们在做什么,却没有试图阻止我们。"

华纱说:"或者她已经采取措施了,只是你们不知道而已。"

"上灵也没有告诉爸爸,难道你就那么迫不及待去告发我们吗?"

华纱静心想了想。羿羲问的只是他这个小秘密,可是华纱同时也想着沙漠那件事情。说到底这是上灵的远征计划,这里只有上灵最了解人类的行为模式。

上灵知道沙漠里发生的一切,正如她也知道羿羲和司徒博拿索引干什么。那么,华纱是否应该让上灵决定说不说呢?

可是司徒博和羿羲千方百计要破解的正是目前这个局面:他们不想让上灵来决定什么该说,什么不该说。我也不想让上灵决定我应该知道什么,不应该知道什么——可是同时我却想学上灵对待我们那样来对待我的丈夫。老实说,佛意漫到底应不应该知道这些事情,对于这个问题,上灵不见得就比华纱了解得更多。

华纱说:"我很讨厌这种两难局面。"

"你的意思是?"

华纱道:"我晚点儿再决定吧。"

羿羲说:"这也是一个决定。"

华纱道:"行了,就你最了不起了,我的长子。这个可能只是个权宜之计。"

羿羲道:"你的面包还没吃完呢。"

"因为里面有骆驼奶酪。"

羿羲说:"太恶心了,是吧?而且吃完之后还会便秘呢。"

"我都等不及要见识一下了。"

羿羲说:"所以我们都不吃。"

华纱瞪着羿羲:"那为什么冰箱里面有那么多?"

"用来喂狒狒的,它们把骆驼奶酪当宝贝。"

华纱看着手上啃了一半的面包,苦笑道:"原来我一直在和狒狒抢食呢。难怪尤八今早来厨房帐篷,他还以为我要请他吃呢。"

"你请他吃奶酪的话,他会以身相许呢。"

"你太恶心了,我都起鸡皮疙瘩了。"

"是挺恶心的。我见过爸爸和司徒博喂他之后,他就抱住两人的脚不放了。说不定尤八是同性恋呢,这样他就不会骚扰你了。"

华纱笑了。可是羿羲这个关于同性恋狒狒的小笑话却让她想起另一件事:在上灵选中的这群人里面,如果其中一个不能生儿育女,那会怎样?紧接着她脑中又有另外一个念头:这个想法会不会是上灵发送给她的呢?这是一个警告吗?华纱不禁抖了一下,连忙把手放在索引上面,心中默默祷告:请告诉我,我们这群人里面有没有人无法生育?会不会有一个妻子因此而失望?

可是索引没有回答。

将近傍晚了,今天的狩猎只有纳飞一个人有收获,梅博酷烦得不行了。对,纳飞在岩石上爬的时候比梅博酷安静一点,那又怎样?纳飞的枪法很准,已经到了人枪合一的境界,那又怎样?这些无非都证明了当初在沙漠里,耶律迈有机会的时候就应该一枪把纳飞给毙了。

"当初在沙漠里……"好像现在他们已经不在沙漠似的,幸好现在这里与来时路过的其他地方相比好歹算是多了一点生机。营地所在的河谷是一片绿洲,看在眼中就好像在酷热中喝了一杯冷饮那么舒服。就在几分钟前,梅博酷在一块突出的岩石后面看了一眼远处的绿树,真是心旷神怡啊。在这个破地方,放眼处尽是一片惨白暗灰的色调,只有黑石黄沙和一些灰青枯绿的沙漠植物。耶律迈每看见一株就说出它的名字,好像真有人在意似的。难道这些沙漠植物是耶律迈的远亲?其实也不奇怪,可能耶律迈的某个先祖突发奇想,在某一团带刺的灰灌木那里爽了一回,从此就留下了血脉。嗯,今天我可能在耶律迈的"一棵表弟"身上尿尿了。挺好的,这个举动很准确地反映了我对这些沙漠狂徒的态度和想法。

纳飞当然打中了,因为他看到了那只野兔了呀。我根本就看不到,这让我怎么瞄准呢?梅伯虽然没有看见猎物,可是既然大家都开枪,那他也只好从众了。不对不对,不是人人都开枪了,欧必忍就没有开火。费雅思开枪了,不过他瞄得太低,而且脉冲枪没有设置好,光束都发散了。纳飞也开枪了,还打中了那只兔子,在它的头上烧穿了一个洞,洞口还冒着烟。当然,梅博酷也开枪了,只是没有特意瞄准什么东西。耶律迈总结说:"纳飞好枪法。费雅思,你瞄得太低、动作不够协调,还有,把聚光器调紧一点。你,梅博酷,你想用脉冲枪在那块石头上面画兔子吗?我们这里不是蚀刻工艺课,也不是采石场。"说完耶律迈就带着纳飞捡猎物去了。

梅博酷说:"现在都那么晚了,你们俩去找死兔子,我们其他人可以先回去吗？"

耶律迈听了，冷冷地盯着他，说道："我本来还以为你想学一下怎么将兔子剥皮去内脏。不过现在看来，可能你永远也不需要学这门手艺了。"

哼，耶律迈，就你聪明！你教的学生学不好，你就靠挖苦取笑来给他们建立信心吗？至少我还开枪了，你也不看看欧必忍，他拿脉冲枪那样子就好像手上捧着别人的鸡鸡似的。不过梅伯没有把心中的怨气发泄出来，他只是看着耶律迈，问道："那我可以回去啦？"

耶律迈反问道："你以为你认得路吗？"

梅博酷说："我当然认得。"

耶律迈说："没问题，走吧，看还有谁愿意和你一起？"

没有人和他一起走，他们都被耶律迈吓着了，以为梅博酷不认路。其实梅博酷没有迷路，他很容易就找到原路往回走。为了确保方向是对的，他爬上一座小沙丘张望。没错，远处正是那个河谷。哼，英明神武的大哥，我也并非一无是处吧？虽然我不像你那样，老是骑骆驼背着花花草草在不同城市之间穿梭，汗流浃背地在沙漠里来来回回几十趟，可我还是有方向感的。

只可惜了他的长袍，不知什么时候在哪里划破了；还有他的裤子，在裤裆那里撕开了一个口子。梅博酷很注重穿衣打扮，总是追求尽善尽美，否则就会很不爽。现在他浑身上下都被汗水湿透，还沾满尘土，甭提有多难受了。唉，我永远也洗不干净了。

梅博酷来到峡谷的边缘往下看，以为会看到帐篷，哪知一顶帐篷也没有。

梅博酷一下子傻眼了。他想，他们抛弃我了。他们趁我不在，收拾帐篷跑路，把我一个人扔在这里不管了，为什么？就是因为我看不见那只该死的兔子！

然后梅博酷意识到他只是来到了营地的下游，只要向左边望去就能看到那些帐篷了。他现在所处的这个位置比营地更靠近海岸，如果急流海的浪有世俗海那么强劲，他在这里就应该能听到浪涛拍岸的声音了。这一带还有那群狒狒，在河岸和海边觅食，靠吃一些根茎、酸莓、野草、昆虫和小动物勉强活着。

我怎么来到这里了？我的方向感哪儿去了？

啊，对了，今天上午我们的确是沿着这条路过来的。我们出发的时候，老爸的那个懒婆娘还没起床，其他几个懒婆娘，尤其是我那个蠢得一点用处都没有的懒婆娘，她们分散在营地各处，也有的在菜园里，反正就是在偷懒。看来我应该在刚才那个地方转弯的，有什么大不了的，只是错过一个岔路罢了，我的方向感还是很好的。

可是梅博酷觉得很不是滋味，他想踢什么东西发泄一下，他想搞破坏，还想害人。

那些狒狒就在那里，就在他面前。这些蠢家伙明明像狗一样，还以为自己是人呢。有一只母狒狒正在发情，所以那些公狒狒互相扭打着，都想抓紧机会赶紧爽几下。瞧它们多贱啊……可我们自己不也是这样过活吗？

我干脆从这里走到峡谷底下，再沿着河边走回营地算了。沿路可能会碰上两只狒狒正在爽，我走到旁边给那只公的来个一枪爆头。这狒狒在高潮中结束生命，也可以含笑九泉了，是吧？而且我也开了杀戒，不让纳飞独大，真是一举两得！

梅博酷沿着崎岖不平的陡坡向下走，一路滑倒了几次，还弄破了膝盖。越往下走，梅伯发现越难瞄准，因为视线不够开阔，有好些石头和灌木丛把一些狒狒遮住了，包括正在争抢配偶的那几个。不过他又发现有几只小狒狒就在不远处，比别的狒狒离他更近一点，而且无遮无掩的，中靶的难度应该不大。

梅伯按照今天早些时候耶律迈教他们的方法，瞄准的时候把手肘撑在一块大石上面。可是即使有支撑点，他的手还是抖个不停。梅博酷努力地稳住双手，可是准星外面的世界反而跳得更厉害了。当他的手指按下发射钮的时候，整把脉冲枪都动了一下，那只狒狒安然无恙，而距离它六米远的灌木丛中冉冉升起一股青烟。狒狒肯定听到响声了，它猛地转身看着灌木丛中的小火苗，吓得直往后退。

不过很快它就回到灌木丛旁边，看着火焰，好像想从中学到什么秘密。这些灌木虽然很干，却还是活的，所以烧得很慢，散发出很多浓烟。梅伯再接再厉，不过这一次他特意向右偏转一点，以补偿按键引起的移动误差。而且他的手比刚才稳了一点，他还想起耶律迈强调瞄准的时候要放松……梅博酷现在完全按照耶律迈说的去做，这头狒狒马上就要永垂不朽了。

就在梅博酷按键的那一瞬间，一声尖锐的爆裂声在耳边响起。梅博酷吓得一哆嗦，这一枪打到了九霄云外。他转头一看，只见头上几米远的石缝正冒着烟，原来的那棵植物已经烧没了。梅博酷想起刚才发生的一幕，那只狒狒身旁的灌木丛也是这样起火冒烟……梅伯马上知道发生什么事情了：有人用脉冲枪射他。糟了，有强盗！营地危险了！那些强盗怕他回去通风报信，肯定要杀他灭口！梅博酷想，别杀我，我不会去报信的，我就躲在这里不作声。你们去干正经事好了，只要别杀我，怎么都行……

"你在干什么？你竟然射那些狒狒？"

在一阵碎石碰撞声中，纳飞滑下一个陡坡，站定在梅伯面前。

梅伯一看乐了，纳飞也是滑下来的，不见得比他高明多少；然后他才发现纳飞滑下来的时候好像没有失控，而且滑到底之后是站直的，而不是一屁股坐倒在地上。

这时候梅伯突然意识到，开枪射他的正是纳飞，而且只差几米就打中了。梅伯质问他说："你又在干什么？谋杀啊？可惜你的枪法太次，下次走近点再开枪。"

纳飞说："狒狒和人类很相近，我们不杀它们的，你脑子里想什么呢？"

"是吗？难道人类也坐在地上挖虫子吗？难道人类也总是盯着那些雌性，看谁的屁股变红了就扑上去吗？"

"梅伯，你的人生总结起来也差不多是这样了。"纳飞说，"难道你觉得我们应该吃狒狒的肉吗？"

梅伯说："我才不在乎呢。我射狒狒不是为了吃肉，就是想开杀戒，怎么着？这里会开枪的可不止你一个。"

说到这里，梅伯突然发现目前只有他和纳飞两人，没有第三者在场，而梅伯手上拿着一把脉冲枪……这其实是个意外，我的脉冲枪走火了。我本来正要开枪打一只动物，纳飞突然冒出来。我那时正在全神贯注瞄准，没听见他走近。爸爸，求求你，求你原谅我吧。我实在很内疚，这是我的弟弟啊！我要替他偿命……噢，儿子啊，我原谅你了。只可怜我的小儿子命苦，竟然在狩猎时横遭意外，不但连蛋蛋都被打掉了，还失血过多而死。我很难受，你就让我一个人默哀一会儿吧。我在这里哭的时候，你自己去外面找个女的爽一把好了。

这一天将会被记入史册，因为爸爸竟然希望梅博酷做他喜欢做的事情。

纳飞说:"你不能这样浪费脉冲枪的电池。耶律迈说过,总有一天这电池会用完的。而且他也说了,我们不吃狒狒的肉。"

"耶律迈还能放屁进长笛里吹奏一曲呢,我偏不爱听!"我手上拿着一把脉冲枪,几乎已经瞄准着纳飞……过后我可以重演案发现场,向他们展示我怎么转身,怎么被纳飞吓了一跳,脉冲枪怎么走火把纳飞胸口打个大窟窿……不对,这么近的距离,应该能把他打爆了,纳飞一下子就化作碎片,像天女散花一样洒落四周……只是我肯定会沾一身血回去……

这时候梅博酷感觉到一把脉冲枪顶住了他的脑门。

耶律迈说:"把你的脉冲枪递过来。"

梅博酷还嘴硬:"怎么了?我又没打算真的开枪。"

纳飞又开始唠叨了:"你都已经开枪了!如果刚才你枪法准一点,这狒狒就死了。"纳飞当然不知道梅伯那句话是什么意思,可是耶律迈知道。

"我再说一次,把你的脉冲枪递过来,枪柄朝前。"

梅伯很夸张地长叹一声,把枪上缴了。"既然你要小题大做,那我就陪你玩玩吧。你看谁不顺眼就可以拿脉冲枪指着那人的头,可是我连射个把狒狒也不行,凭什么?"

梅伯在这个节骨眼儿上旧事重提,说起沙漠里面的纳飞造反事件,耶律迈当然不高兴。可是他不理梅伯,转头和纳飞说话,脉冲枪却一直顶着梅伯的脑袋。耶律迈说:"纳飞,你以后再也不要用脉冲枪对着人瞄准。"

"我没有对着他,我是对着他头上那棵植物瞄准的,而且我还打中了。"

"是的,你的枪法很准,可是万一你开枪的时候打喷嚏呢?或者绊了一下呢？稍有不慎你就会把你二哥的头打掉了。所以你记住，以后再也不要对着人瞄准，对着人附近也不行，明白没有？"

纳飞说："明白了。"

啊，明白了，明白了，耶律迈大哥，我从今以后要像拍爸爸马屁那样拍你的马屁！梅伯快吐了。

耶律迈又说："不过你刚才那枪真的很准！"

"谢谢。"

"梅伯运气好，如果刚才是我看见他，我就打烂他的脚，让他以后都一瘸一拐的，这样才能让他记住我们不杀狒狒。"

耶律迈竟然在纳飞面前这样削梅伯的面子，真是岂有此理！

这种场面，怎么能缺少费雅思和欧必忍呢？耶律迈当着纳飞面教训梅博酷的时候，这两人刚好赶到，看了出好戏。

梅伯问道："狒狒什么时候变成神兽了？"

耶律迈说："我们不吃狒狒，所以不杀它们。"

"为什么不呢？"

"第一，狒狒对你没有造成任何伤害；第二，吃狒狒和吃人没什么两样。"

梅伯说："我明白了，你就像那些迷信的人，以为狒狒懂魔法。你们以为每一群狒狒都藏着一坛金子，所以你对它们好，喂它们吃东西，还任由它们掘地三尺、揭瓦拆墙。你以为它们将你吃穷之后，就会去藏宝的地方把金子拿出来送给你作为报答。"

"有人在沙漠迷路，全靠狒狒带路才脱险，这种事情发生过不止一回了。"

梅伯说："那又怎样？难道我们因此就要保佑它们长生不老吗？迈哥，我告诉你一个秘密吧，狒狒的寿命其实是有限的。反正它们横竖要死，为什么不顺便做一下靶子呢？我又不是非要吃它们不可。"

"多说无益，我已经决定了，从此以后禁止你拿枪，你也不用学打猎了。"

梅伯大怒："呸！凭什么你们人人都能拿枪，就我不可以？"

"脉冲枪是打猎用的，纳飞会是个好猎人，你不是。"

"你怎么知道我以后不能练成一个好猎人？今天只是第一天正式实战操练嘛。"

"只要我在世一天，你就不能再碰脉冲枪一下。"

梅博酷心都凉了。耶律迈这样羞辱他，为了什么呢？就因为一只蠢狒狒？耶律迈怎么能够这样对他？还要当着纳飞的面！梅伯说："啊，我明白了，你这是在向纳飞陛下表忠心。"

此话一出，当场一片死寂。梅伯有点怕了，他怕迈哥被刺激得太厉害，就算不杀他也会把他揍个半死。然后耶律迈开口了："纳飞，你这就把兔子带回营地，司徒博要把它放进冰箱里，等明天早上才开始炖。"

纳飞答道："好的。"说完他就沿着山坡跑下河谷了。

耶律迈又对费雅思和欧必忍说："你们俩跟他回去。"

费雅思和欧必忍刚刚从陡坡上滑下来，都是用屁股着地。费雅思站起来一边拍着身上的尘土，一边说："迈哥，不要冲动啊。"然后他就要转身跟着纳飞的脚步回去了。

梅伯知道费雅思这句话大概是他能够得到的所有的支持了，所以他拼命揪住这根救命稻草。"你回营地之后，请告诉我爸爸，迈哥的脉冲枪不是走火，我的意外身亡也不是意外。"

费雅思答道："如果你们两人赶快回营地，我就什么也不说。欧必忍，快走。"

欧必忍说："我可不是你的宠物狗。"

费雅思说："行，那你就留下来吧。"

欧必忍说："留下来干吗？"

费雅思说："这样你还要问吗？你就跟我走吧。他们有些家族纷争，我们别掺和进去。"

梅伯当然不想要他们走，迈哥动手的时候哪怕有个证人也好。他大声喊："我们没有什么纷争，耶律迈只是迷信罢了。他相信那些老掉牙的传说，如果你杀一只狒狒，整个部落就会来抢走你的小孩。对啦，艾雅肯定怀孕啦！你们俩快回来，我们一起走回去吧！"

可是他们没有回来。

梅伯马上软了："这个……我……真对不起，可是你也不用闹那么凶吧？我又没有真的打中那只狒狒。"

耶律迈凑到他面前："从今以后你再也不能拿脉冲枪。"

梅伯说："刚才其实是纳飞开枪打我！我打狒狒你就抢走我的枪，可是纳飞打我怎么你就不管他呢？"

"凡是不能用来吃的动物，我们都不杀，这是沙漠的法则。不过我禁止你用枪，不是因为狒狒。你自己心知肚明。"

"我不知道你在说什么。"

耶律迈说："因为你的手指蠢蠢欲动，因为你想杀纳飞。"

"噢，你已经学会读心术了，是吧？"

"我不用读心，我只需要看你的肢体动作就知道了。而且纳飞也不是笨蛋，他知道你在盘算什么。当时只要你的手指动一下，他就抢先一枪把你爆头了，难道你看不出来吗？"

"他才没种杀我呢！"

耶律迈道:"可能吧。你可能也没种杀他,不过没关系了,因为你再也没有开枪的机会了。"

梅伯从来没听过比这更蠢的话了。"就在几天前,在沙漠里面,你还想把他绑起来扔给野兽。"

耶律迈说:"几天前我们还有希望重返文明世界,可是现在这事情已经不可能了。无论我们喜不喜欢,反正我们已经困在这里,而且艾雅就算还没怀孕也快了。"

"你先学会怎么让她怀孕再说吧。"

耶律迈抡圆了左胳膊,一巴掌结结实实地拍在梅伯鼻子上。梅伯这才知道,刚才那句话是有点过分了。

"啊!哇!你这个混账王八蛋!"梅博酷捂着鼻子,一边惨叫一边骂。他知道他的手上一定沾满鲜血了。

耶律迈说:"嘿嘿,看来你受痛的时候,说话特别文雅。"

"看你做的好事,我的衣服也沾上血了。"

"你不是老幻想自己是个男子汉大丈夫吗?沾点血就更像了。"耶律迈说,"你给我听着,听仔细了,我可不是跟你闹着玩。下次你再想害人我就打断你的鼻子;以后我每发现一次就打断你的鼻子一次。现在爸爸这摊什么远征的破事儿,我也想逃走,可我最后还是失败了,你知道为什么吗?"

梅伯说:"就是因为上灵弄绳子比我在行呗。"

"所以我们已经困在这里了。将来我们的老婆会生小孩,这些小孩就是我们的下一代,你明白吗?我们这个集体只有十六个人,对于下一代来说,我们这十六个人就是全世界,他们将在这个世界里面长大成人。你这种小混混儿,因为别人不让你杀狒狒你就偷偷摸摸地想害人,这个世界容不得你这种人,明白没有?"

梅伯说："明白了，这个世界只容得下像你这种以打人为乐的壮士。"

耶律迈道："如果你老老实实我就不打你。从今以后别再想着害人，你就死了这条心吧。因为无论你怎么机关算尽，你始终是螳螂捕蝉，我总是黄雀在后，随时都可以把你灭了。明白没有？你这个跑龙套的小朋友！"

"我明白你现在是铁了心要拍纳飞的马屁。"梅博酷说完，硬着头皮等候耶律迈的老拳。可是迈哥却笑了："可能吧，可能我现在的确是在拍他的马屁。不过要是你没留意到的话，我这就告诉你，他也在拍我的马屁呢。可能我们从此可以和睦相处吧，怎么着？"

梅伯说："你的脑子进水了吗？怎么说话像放屁一样！和睦相处？哼，你什么时候变成慈祥的老大哥了？"

耶律迈说："你记住我今天说的话，否则咱们走着瞧！"

华纱看着他们分批回来了。首先是纳飞，他的背囊里装着一只兔子。这是他有生以来第一次捕获猎物凯旋而归，华纱看得出纳飞其实在拼命掩饰心中的得意，无奈他从来就不善此道，所以此刻脸上还是写满了自豪。跟在纳飞后面的是费雅思和欧必忍，都是满身大汗，神情萎靡，显得闷闷不乐。最后是耶律迈和梅博酷，一副趾高气扬的样子，仿佛这兔子是他们抓的；两人还有说有笑，好像正在商量征服宇宙的大计似的。

华纱想，我永远也没办法了解这两个人。这世界上还有谁比这两人差异更大呢？耶律迈是个强人，精明能干，野心勃勃，心狠手辣；而梅博酷则是个弱不禁风的小人，贪婪好色，阴险诡诈——可是这两人却总是用同一个鼻孔出气，经常一起对其他人冷嘲热讽，好像这世界就只有他们两人聪明。华纱明白，纳飞有点成绩就得意扬扬，是挺讨人厌的；可是至少他不会像梅博酷和耶律迈那样，走到哪里都让身边的人笼罩在愁云惨雾之中……

不对，我这样想不是很公平。华纱开始自省了：我还想着在沙漠里的那个清晨，想着纳飞的脑门顶着一把脉冲枪。我永远也不能原谅耶律迈！从今以后，在这个旅程中的每一步，我都会盯住他，确保我的小儿子安然无恙。梅博酷就有这个好处：这个人有贼心没贼胆，根本不用怕他能耍什么花样。

佛意漫说："我知道你们都饿了。可是现在离吃晚饭还有一段时间，不能浪费了，我这就把我昨晚做的梦告诉大家吧。"

这时候大家都聚在一起，坐在几块条石上面。这地方是司徒博和老佛爷一早就准备好的，他们把长条的石头围起来当凳子，大家吃饭和开会的时候就不用席地而坐了。

佛意漫说："我不知道这个梦有什么目的，也不清楚其中的含义，可是我知道这个梦非常重要。"

欧必忍说："如果那么重要，为什么上灵不直接告诉你这个梦是什么意思呢？"

佛意漫说："欧必忍，我妻子的女婿，因为这个梦不是上灵发给我的，他也不明白其中的意义。"

华纱留意到老佛爷还用"他"字来称呼上灵，有意思。羿羲和纳飞两兄弟成天都把上灵称为"它"，佛意漫却没有受他们影响，华纱觉得很欣慰。可能他已经老了，脑筋也僵化，缺乏想象力，可是华纱偏偏喜欢他坚持按照传统习惯去看待上灵，而不是把她说成一台储存人类历史的超级计算机。

佛意漫说："在我开始叙述这个梦之前，我先警告你们，因为这个梦不是来自上灵的,它背后可能有更深的含义,所以我有更多的理由为纳飞和羿羲高兴,也更加替耶律迈和梅博酷担忧。我觉得,我在梦里看到的是一片黑暗阴郁、死气沉沉的荒野。"

"你不用在梦里也能看到荒野。"梅博酷小声嘀咕着。华纱看得出来,梅伯的冷笑话很难掩饰他心中的恼怒——这个梦还没开始,他就先给点名了,梅伯心里很不爽。耶律迈当然也不高兴,只是他知道什么时候应该闭嘴。

佛意漫平静地盯着梅博酷,用目光命令他保持安静,警告他绝不能再插嘴。就这样盯了一会儿,佛意漫重新开始了。

第四章　生命之树

"我在梦里看到了一片黑暗阴郁、死气沉沉的荒野。"佛意漫开始叙述他的梦，可是他心里很清楚，听众们其实没办法了解他的感受。梦里的荒野虽然也是死气沉沉，却和现实中这片酷热的沙漠不一样。他的梦境潮湿、污秽，而且冰冷刺骨。佛意漫在梦中走着，依靠微弱的光线，勉强看见脚下的路，再远一点就看不清了。他可能在树林里，也可能在地底下，总之是在不停地往前走，明知道这样走下去没有出路，却还是忍不住希望坚持多走几步就会逃出生天。

"然后我看到一个人，穿着一件白色的长袍。他就像西夕都的教士，不过那些教士是凡人，主持礼拜仪式的时候也会累得满身大汗；而这个人显得非常自在，我第一反应是他肯定是个亡灵。我来到这个亡灵聚集的地方，可能我已经死了。他走到我面前和我说话，让我跟他走。"

佛意漫看得出，有些听众已经不耐烦了，特别是最不成熟的那几个人。佛意漫觉得很郁闷：为什么我只能够用言语来描述这个梦呢？那个人说话的时候，声音非常和蔼、非常热情，对我来说简直是一盏苦海明灯。他们体会不到我当时的感受，所以不明白为什么我要跟他走，不知道为什么我非跟他走不可。对于他们来说，这只是一个梦，而我正好说到最沉闷的那一部分；可是对我来说，这部分一点也不沉闷。

佛意漫继续说:"我跟着他在黑暗里走了好几个小时。我试着对他说话,可是他没有回答我。当时我已经确信他是上灵的使者,所以我就开始在心里向着上灵说话。我问上灵我还要走多久,目的地在哪里,这个梦是什么意思,上灵始终没有回答。我越走越不耐烦,忍不住对上灵说,如果这是一个梦的话,现在是时候让我醒了,估计天快亮了,你要说什么就快说吧。可上灵还是不理我。这时候我开始怀疑我不是在做梦,这一切都是真实的,人死了之后就来到这个没有一线生机的荒野,跟着一个不愿意和你说话的人,永远地走下去。"

梅博酷喃喃地说:"我们活着的时候也一样。"

佛意漫停下来,却不看梅伯,只是任由众人谴责的目光把他淹没。等梅伯老实了,佛意漫才继续说:"我以为这一切都是真的,于是我开始恳求上灵或者掌管这片荒野的神,我求他们大发慈悲,指点迷津,哪怕让我看到一点光明也好。就在我开始恳求的时候,这地方开始变亮了——这亮光不是来自太阳或者篝火,我看不到光源,只见到眼前光如白昼。我从刚才那个乱石岗走到一片原野上,风吹草浪,四处都是鲜花,一派生机勃勃的景象。我没办法向你们形容当时我的心情……这么说吧,那一瞬间我如释重负。在稍远的地方,大约三百米外有一棵树。隔了那么远我也能看见树上有翠绿的叶子,还结满了白色的果子。突然我闻到了那些白果子的香气,我不知道那是什么,只知道这些果子肯定很好吃,有可能是世界上最美味的食物。如果我能够尝一口,就永远也不会饿了。"

说到这里佛意漫停了一下,预计着梅博酷忍不住又要贫嘴,说他们现在就很饿了,巴不得这个梦快点儿结束……可是这次梅伯竟然学乖了，没有说话。

"我走到……不，我跑到那棵树下。那些果子不大，我尝了一口，非常甜，我在现实中没有吃过那么好吃的东西。"

"对，对，春梦也是这样……"这次轮到欧必忍插话了，他似乎想接梅伯的班。佛意漫低头不语，只听见有动静——是的，耶律迈站起来了。佛意漫不用看也知道发生了什么事情，因为这一招就是他传授给耶律迈的。耶律迈站起来，盯着欧必忍不说话，用眼神把他踩扁了。欧必忍嘟囔着道歉："对不起，请继续，请继续。"佛意漫又等了片刻，只听见耶律迈重新坐下的声音。估计接下来没有人敢再插嘴了。

可是他的思绪已经被打断了。刚才佛意漫觉得眼看就要找到合适的言辞去形容这果子的美味了，描述这果子如何让他觉得自己终于悟出了生命的真谛。

"这个果子，它就是生命。"这句话很空洞，根本无法描述他心情的万一。可是佛意漫知道，冲破混沌的良机已经一去不复返，他没办法描述得更清楚，他们永远也不可能体会他的感受了。"我品尝果子的时候，心里觉得无限的喜悦，人世间没有什么比这更完美了——我希望我的家人能够分享我的快乐。独乐乐不如众乐乐，我自己尝到了生命的滋味，怎么能把我的家人落下呢？所以我回头张望，想找你们。你们不在我来的方向，我于是再回头，只见大树旁边有一条河。我往上游看，华纱和羿羲、纳飞兄弟就在不远的地方。他们也在四处看，好像不知道应该去哪里，我一边挥手一边大声呼唤。他们终于看见我了，来到我身边。我把果子给他们，他们一吃下去我就知道，他们也体会到了我的感受，因为看他们当时的神情，仿佛他们生平第一次真正活在世上似的。他们当然一直都活着，可是直到现在他们才找到了生命的意义,所以他们才懂得为生命欢欣鼓舞。"

佛意漫说到这里,眼泪夺眶而出。这个梦境还是那么清晰、那么震撼,他说着说着就仿佛身临其境,满腔的欢欣喜悦眼看就要喷薄而出。虽然他已经干了一整天农活,虽然他已经满身尘土和汗水,可是佛意漫还能够尝到那果子在嘴巴里面的香甜,还能看见他们母子三人当时的表情,还能记得他当时心里多么渴望耶律迈和梅博酷也来一起品尝。

"这时候我想到我的长子和次子,耶律迈和梅博酷。我要找到他们,让他们也来尝一下这果子。然后我看到他们了,就在刚才华纱、羿羲和纳飞那个方向。我向他们挥手,大声呼喊。当时我觉得他们应该能够听见我的呼喊,可是他们好像装作听不见,最后他们甚至懒得继续装下去,干脆转身走远了。我站在原地,手里拿着果子,嘴里品尝着美味,鼻子里还能闻到香气。我知道只要他们愿意走过来尝一口,立刻就能够体会到我的快乐,可我没办法带他们过来。"

刚才佛意漫流下的是欢欣的泪水,但此刻他却是为了耶律迈和梅博酷哭泣,所以这眼泪是苦的。他们不愿意和他分享快乐,这没什么好说的了,所以佛意漫继续描述接下来的梦境。

"我的长子和次子拒绝来树下,这时候我才意识到这片草原上还有别人。你们知道,梦境变化无常,这地方本来一个人也没有,片刻之后就能出现成千上万的人。而且除了人之外,还有其他生物——有些在天上飞,有些在地上跑——这些不是普通动物,在梦里我知道他们和人一样,都是有智慧的生物。他们当中很多也看到这棵树了。大概他们听到我对阿迈和梅伯喊的话,听到我描述那果子如何好吃,所以也想来大树这里尝一下。不过他们距离这棵树好像更远一点,所以看不到大树在哪里,只能估算一下大概的方向。我在想,如果他们看不见大树,怎样才能找到这里呢?

"这时候我看见河堤上面有一排护栏,旁边是一条沿河小路,是他们来到大树这里的唯一通道。人们扶住护栏、沿着小路向大树的方向走;有些路段湿滑难行,他们就努力地抓着栏杆保持平衡,不至于跌进水里。在他们的前进途中,河里飘起一片浓雾,把他们笼罩起来。有些人没有扶住栏杆,或者掉进水里淹死了,或者迷失在雾里不知所终。

"那些扶住栏杆的人终于走出迷雾,重见光明。这时候他们已经走得很近,能够亲眼看见大树了。他们急急忙忙地跑过来,聚集在我、华纱、羿羲和纳飞的身边,伸手从树上摘果子。有些人够不着,我们就把果子摘下来递给他们。很快低处的果子都摘光了,纳飞和羿羲就往树上爬……"

羿羲小声说:"我爬树……"

人人都听见了,却都不怪他。他们知道羿羲此刻心中正在向往着和纳飞一起爬树的情形。

佛意漫继续说道:"你们爬到树上,摘更多的果子下来给他们。我看他们吃下去之后的表情就知道,他们和我的感受是一样的,尝到了天下最美味的食物。可是我也留意到有好些人吃了果子之后还偷偷四处张望,好像觉得很羞耻,怕被人看见。一开始我想不到他们竟然会有这种反应;然后我顺着他们的目光望去,只见在河对岸有一座巨宅,比女皇城中的豪宅更大,一面墙上竟然有一百多扇窗户。透过窗户,我看到屋里面全是锦衣华服的有钱人,每一个都容光焕发、谈笑风生。他们在唱歌跳舞,花天酒地,那热闹奢华的程度比美人区和涂鸦区的欢场有过之而无不及。可我知道,这种快乐只是海市蜃楼，是酒精造成的错觉。就算他们真的觉得快乐，也是因为他们的理智被酒精蒙蔽了——他们以为这就是人生的全部，却不知道就在河对岸这里有一种生命之果，可以给他们带来真正的幸福快乐，而不是这些虚假肤浅的物欲享受。我为他们感到悲哀，但发现我身边很多人虽然已经吃了果子，却还是很羡慕地看着豪宅中的人；他们心动了，想抛弃手中的果子，转而投奔豪宅，和里面的人一起寻欢作乐，莺歌燕舞。"

佛意漫没有告诉大家，有那么一瞬间，他的心被一丝妒忌刺得隐隐作痛。河对岸的欢声笑语让佛意漫感叹年华逝去，青春不再。他想起自己年少轻狂时，何尝不是高朋满座，夜夜笙歌？是的，佛意漫也有过风流倜傥、醉生梦死的岁月；他也曾经在温柔乡中流连忘返，在如火热吻中游戏人生。歌声和美酒曾给他带来无数欢乐，这些欢乐都是真实的，在他的生命中留下了不可磨灭的印记。

不过这一切到今天已经遥不可及了。凡是第一次的体验总是最美好的，第二次就已经逊色不少。当相同的剧情反复上演的时候，快乐也就悄悄地从指缝之间溜走，最后手里只剩下一段旧记忆。这时候佛意漫才意识到他已经老了，年轻时的欢乐已如逝水东流，不可复得。有一些故交不服老，还抖擞精神将这幕荒诞剧强演下去。无奈苍天有道，岁月无情，这批欢场遗老虽然竭力假装昔日欢乐没有褪色，可是他们自己却已经色衰粉褪，就像一个个破旧木偶，再怎么浓妆艳抹也掩盖不住其中的败絮，镶金戴玉的外壳恰恰是对流逝青春的莫大讽刺。

是的，佛意漫的确有点妒忌豪宅里的人。他还记得，自己曾经也是其中的一分子——或者至少努力成为其中一分子。可是，在这样一个群体中，有哪个人是其中真正的一分子呢？他们只是一群为了寻欢作乐而暂时纠集起来的乌合之众，聚散不定，变化无常。他们能够在一眨眼间抱团，也能在片刻之后散伙，分分合合，永无休止。这个"享乐之家"看似近在咫尺，其实从来都不曾存在过；每次它总在将要成型之时突然烟消云散，再出现时已经遥不可及了。

佛意漫意识到，面前这一棵树却是真实的：我们的齿颊之间还留着生命之果的芳香，这不是幻觉。我们有归属感，我们是妻子和丈夫，我们也是父母和孩子；我们在生命的康庄大道上前进，我们的梦想、记忆、基因和血脉将会跨越时间的长河，世代相传，生生不息；我们正在建造一座在我们死后也能屹立不倒的丰碑，这就是生命的意义。

再看看河对岸那些人，他们狂热地追求物欲享受，发疯似的逃避困难险阻，这样活着还有什么意义呢？世上没有什么是历久常新的，肤浅的东西在新鲜过后必然会黯然失色；只有真理才经得起时间的考验，老而益珍，越品越醇……

可是佛意漫没办法把心中所想的告诉面前的听众，因为他知道这些感受并不是这个梦的一部分，而是属于他自己的，是他本人对这个梦作出的反应，甚至可能和梦的原意大相径庭。

"豪宅里面的人发现我们聚集在树下，就开始哈哈大笑，还对着我们指指点点。我听见他们取笑我们上当受骗，只懂得站在野地里吃水果。他们还引诱我们过河加入他们的享乐之家，去体验生命的真正乐趣。"

欧必忍迫不及待地嘀咕了一声："好啊。"

"我看到很多人明明已经尝过生命之果，却还是抵挡不住诱惑，想过河去那座豪宅。他们把手中的果子抛弃在草地上，向河边走去。还有很多人没来得及品尝果子，甚至还没来到大树下，也转头向豪宅走去，去投奔那场永无休止的舞会盛宴。有些人在过河时淹死了，有些人被急流卷走了，也有很多人成功地游到对岸。他们湿漉漉地走进豪宅里，然后马上就走到窗前指着我们大笑不已。我一点也不生气，因为我刚刚发现了一件事情。我发现这条河非常肮脏，水面上翻滚着从下水道流出来的污秽之物；整个城市的垃圾未经处理就直接排到河里，顺着河水浩浩荡荡地向下游漂去。那些人从河里爬上岸的时候，衣服上的污秽脏物不停地往下滴。他们就这样浑身臭烘烘地走进豪宅，加入狂欢舞会。豪宅里面的每一个人身上都覆盖着一层从河里带上来的淅水油泥，臭不可闻。而且如果你仔细观察豪宅里面的人，你会发现他们其实都互相忌惮彼此身上的污秽和恶臭，他们聚在一起不多久就会被对方身上的恶心味道驱散。可是外面的人都没有发现这一点，他们还是对那个舞会趋之若鹜，害怕慢了半步就会被关在门外。"

　　佛意漫坐直了一点，靠在身后的大石上。他继续说道："我的梦基本上就是这样子了。到了最后，我还在找耶律迈和梅博酷，希望他们能够来树下和我团聚。我手上还拿着生命之果，嘴巴里还留着它的滋味——那么完美无瑕的香甜，持久不散，越品越鲜。我希望我的亲朋好友都来品尝一下生命之果，都成为它的一部分。然后我知道马上就要醒了——你们做梦的时候也试过半梦半醒的感觉——我想，我手里还拿着果子，我嘴里竟然还能尝到它的味道，这实在太妙了。我可以把果子带给阿迈和梅伯，这样他们就能亲口尝一下。等他们尝过之后，肯定会心甘情愿地来大树下和我们团聚。接着我就真的醒过来了，发现两手空空。华纱在我身边酣睡，做着她自己的梦，并不曾尝到生命之果；而纳飞和羿羲也在各自的帐篷里。这一切只是我的南柯一梦罢了。"

说到这里，佛意漫又坐直了，身体前倾，说道："可是我醒了之后还能尝到生命之果的美味，此时此刻这香甜味道还在我的嘴里，这就是为什么我一定要告诉各位。虽然上灵说他没有给我报梦，可是这个梦很真实，比我以前做过的所有的梦更真实。不，我当时感觉——现在也感觉——这个梦甚至比现实更真实。我在梦里吃果子的时候觉得自己真真正正地活在世上，那种存在感甚至比我醒来的时候更强烈。你们能体会这个梦的深意吗？"

华纱说："老佛爷，你放心吧，我们能体会。"

在场的人也窃窃私语，纷纷表示赞同。佛意漫左右端详着面前这群人，看见大部分都呈若有所思状，有几个还显得深受感动——他们可能是被佛意漫的情绪感染，而不见得是被这个梦的内容感动，不过至少他们因此而认真思考过了。佛意漫已经将自己的感想和他们分享，他今天的任务也完成了。

狄傲丽说："讲了那么多水果什么的，我真的饿了。"

柔珂接话道："还有河里的潲水垃圾……嗯，真香啊……我们晚饭吃什么？"

大家都笑了，就这样，严肃的气氛一下子就被破坏殆尽。佛意漫不能为了这个而生气，因为他知道人们不会因为一个梦就彻底改变，一步登天是不可能的。

而且这个梦意义深远，就算不是来自上灵，也必然是无比重要。我永远都会记得这个梦，如果我忘记了，生命就会变得匮乏无味。

负责煮饭的几个人去准备食物，开始上菜了。华纱来到佛意漫身边坐下，用一只手搂住他。佛意漫看着羿羲，只见他脸颊上还有泪痕。纳飞正和绿儿把臂共行，相敬如宾——这两人真是天生一对的金童玉女啊！对于其他大部分人，佛意漫并不熟悉，所以把眼光从他们身上匆匆扫过：他要找的是梅博酷和耶律迈。等他在人群中看见两个儿子的时候，佛意漫很意外地发现他们的表情既非感动，也不是恼怒；如果非要形容他们的脸色的话，佛意漫会用"恐惧"二字。为什么他们听了我的梦会害怕呢？

梅博酷低声说："他刚才其实是在造势，为日后打倒我们作铺垫。胡说什么做梦，其实是要把我们孤立起来——是了，他打算把我们两人赶出家门。"

耶律迈说："你闭嘴吧！他只是向我们暗示，他知道在沙漠里发生了什么。虽然他打算大事化小，不过他其实什么都知道。所以说，如果我们不再做什么蠢事的话，这事情大概就算到此为止了。"

梅伯冷眼看着耶律迈，说道："如果我没记错的话，在沙漠里面用脉冲枪指着纳飞的人是你，不是我，所以你就别再埋怨别人做蠢事了。"

耶律迈说："如果我没记错的话，今天早些时候有人做过一件蠢事……"

"这事情只有你看见，就连亲爱的阿飞也不知道。噢，不对不对，这事情根本就不是真的，完全是你凭空捏造的，你这个骗人精。"

耶律迈没有理会梅伯的恶言，说道："爸爸居然为了一个梦在那么多人面前掉眼泪，真是愚不可及。我只希望将来我不会像他这样子。"

梅博酷说："对啊，除了耶律迈，人人都愚不可及，唯独你聪明无比，鼻子放屁。"

耶律迈简直不敢相信自己的耳朵：梅伯竟然幼稚到出类拔萃的

境界了。"梅伯，我们还是十二岁吗？我们骂人的时候用'比'和'屁'来押韵，是不是就显得特聪明了？"

梅伯用最有磁性的声线说道："你真是个头大没脑脑大长草的笨蛋，这才是讽刺所在啊。只是你聪明过头了，所以没办法理解讽刺的手法。难怪你觉得身边的人都是蠢材——你不理解他们说的话，所以你就想当然地以为他们胡说八道。迈哥，我的好哥哥，我告诉你一个公开的秘密吧。营地里人人都知道，你可能懂得怎么在沙漠里生存，可惜你也就只懂这个了。就连艾雅也和其他女的开玩笑说你完事太快，她甚至在结束之后还不知道已经开始过了。而且，你也不懂得哄女人开心；我告诉你吧，迈哥，女人其实是很容易哄的。"

耶律迈将梅伯的讽刺当作耳边风，因为他太熟悉梅伯这一招了。从小到大，每次梅伯冷言相嘲的时候，耶律迈就把他痛打一顿。后来耶律迈终于醒悟，他其实落入了梅博酷的圈套——梅伯并不介意挨打，关键是他把耶律迈气得满脸通红，汗流浃背，打完梅伯之后拳头还隐隐作痛——他的情绪已经被梅博酷控制了。

所以后来耶律迈尽量不让自己的情绪失控。他离开梅伯，去炉灶那里加入准备晚饭的行列。艾雅正从锅中舀炖肉——今晚来不及煮兔子肉，所以汤里只有牛肉干，不过华纱放了足够多的调料，所以味道还是很好的。艾雅用长柄汤勺把锅里的汤和肉舀出来放在每一个碗里，她在火光映衬之下显得特别娇艳，耶律迈看得心醉神迷。他知道梅伯刚才是胡说八道，艾雅和他的夫妻生活琴瑟和谐，就算现在她还没有怀孕估计也不远了。耶律迈每念及此心中就泛起一丝甜蜜：他在人生旅途中寻寻觅觅的不正是她吗？如果爸爸说的生命之树就是爱情肉欲和生老病死的话，那么耶律迈已经尝到生命之果了——的确是很鲜甜，比世上其他任何东西更美味。爸爸梦见耶律迈没有去树下加入他的行列，他如果想让耶律迈因此觉得羞惭的话，他就大错特错了，因为耶律迈根本不需要爸爸引路，他早就已经站在树下了。

晚饭之后，纳飞和绿儿走向存放上灵索引的帐篷。他们本来迫不及待地想在晚饭之前去的，可是他们知道晚饭过后不会有剩饭做夜宵，错过晚餐就意味着要挨饿。这时候天色已经黑透了，他们走进帐篷，发现羿羲和如诗已经坐在里面，四手放在索引上面。

绿儿说："噢，不好意思，打扰你们了。"

如诗说："快来，我们正在问上灵对这个梦怎么解释。"

绿儿和纳飞相视一笑："这个梦的意思那么明显，还要解释？"

羿羲说："嗯，看来爸爸对你也是这样说。不过我也觉得他说得有道理，这个梦就像一堂道德伦理课，教育我们要照顾家庭，不要贪图享乐。就像给小孩看的那些故事书，引导他们向善。"

纳飞说："但是……"

羿羲道："但是为什么在这个时候给我们上这堂课呢？这正是我们要问的。"

绿儿说："你们别忘了，爸爸看到的一些东西，在慕斯将军和我们的梦里也出现过。"

羿羲问："什么东西？"

如诗提醒他们："羿羲当时不在场，我还没有把我的梦告诉他呢。"

绿儿说："我们也做了一些奇怪的梦，虽然每个人的梦境不尽相同，可是都有一个共同点，我们都看见了一些毛茸茸的会飞的动物。

虽然这些动物样子不是很好看，可是我在梦里觉得他们是天使。后来上灵说慕斯将军，也就是如诗和我的父亲，也看到这些飞兽了。还有我们的妈妈——她的名字叫杜思嘉，当时全靠她赶来阻止了如诗的婚礼——妈妈也梦见这些动物了。另外还有一些在地上的……"

如诗插话道："我还看见那些像老鼠一样的怪兽想吃小孩呢。"

绿儿继续说："爸爸这次做的梦也和之前这一系列的梦有关，因为虽然内容不同，可是他也梦见了老鼠和天使。你们回想一下，他说看见有别的生物在天上飞，还有的在地上跑，他还知道这些是和人一样的高等生物。"

羿羲说："我想起来了，不过爸爸只是提了一下就跳过去了。"

绿儿说："因为他没有意识到这是一个很重要的信号。"

"什么信号？"

绿儿说："这个梦不是来自上灵的。"

羿羲说："可是爸爸也说过，上灵告诉他了。"

纳飞说："哈，可是这梦是谁传过来的呢？上灵没告诉他吧？"

绿儿说："是地球守护者。"

羿羲问："嗯……"

"上灵回地球就是为了寻找地球守护者，"绿儿道，"我们千辛万苦回去也是为了见她。你知道吗，地球守护者进入我们每一个人的梦里，向我们展示一个新的世界，呼唤我们回去。爸爸的梦确实来自地球守护者，所以非常重要。如果我们能够把所有这些零碎片段整合起来弄明白……"

羿羲道："从地球实时地向你们报梦，那需要超光速运动……"

纳飞说："或者地球守护者在一百年前发出这些梦，然后它们以光速前进，现在才到达和谐星球。"

绿儿说:"她向还没有出生的人报梦?我以为你已经放弃这个猜想了。"

纳飞说:"我还是觉得这些梦其实是……没有特别指向谁。只是它们到达的时候,我们之中刚好有人睡着了,所以才做了这些梦。"

如诗说:"不可能,我的梦有太多和我有关的细节了。"

纳飞说:"为什么不可能?或者你只是将守护者发过来的梦和你自己的梦融合起来罢了。"

如诗说:"不是的,我的梦就是一个整体,完完全全来自地球守护者。而且守护者知道我这个人,你明白这意味着什么吗?地球守护者知道我,她其实是……无所不知。"

四个人沉默了片刻。

羿羲道:"可能守护者只是把这些梦报给它想邀请的人。"

纳飞说:"可别被你说中了。因为我没做过这样的梦,我和这些老鼠和天使始终还是缘悭一面呢。"

羿羲道:"我也没做过这种梦,我猜这可能是……"

如诗说:"可是我在梦中见到你了,所以如果守护者邀请我的话,她肯定也想要你一起去。"

纳飞说:"对,我们两人也出现在爸爸的梦里了,所以我们必须找出其中的意义。这梦肯定不是劝人向善那么简单,如果劝善是这个梦的目标的话,那守护者就彻底失败了。在梦里,耶律迈和梅博酷因为不肯去树下而被孤立,他们现在肯定已经气坏了。"

羿羲说:"那你们两人也一起来吧,把手放在索引上面,然后提问题。"

羿羲的浮椅伸出一条机械长臂托着上灵索引,他的手就直接放在索引上面;其他三人也围上来,把手放上去,一起反复默念着心中的问题……

羿羲突然说:"不行,这样子上灵没反应,索引不是这样运作的,我们一定要问很具体、很清晰的问题。"

如诗说:"那你就做我们的代言人吧,把我们的问题都说出来好了。"

和刚才一样,大家的手还是放在索引上,不过这次是由羿羲把问题说出来。他问了一句,大家静静地等着;羿羲再问一次,大家还是等着。可是始终没有答案。

纳飞说:"上灵你别这样,你吩咐的我们都照办了,现在就算你也很困惑,好歹也给我们一个答复吧。"

索引马上传来声音:"我也很困惑。"

羿羲很不屑地说:"哼,那你为什么不早说?"

"因为你们没有问我的看法,而是问这个梦有什么意义,所以我一直在搜索,可是我找不到。"

纳飞道:"你是说你还没找到?"

索引说:"我是说我找不到。我目前掌握的信息不够,而我也没有你们人类的直觉;和你们相比,我的程序太简单、太直接了。你们不要让我做力所不能及的事情,我只知道可观察范围内的事物,所以我没办法揣测地球守护者到底想干什么。刚才你们问的问题占用了我所有的资源。"

绿儿道:"好吧好吧,对不起了。不过如果你有什么发现的话……"

"如果我认为合适的话就会告诉你们。"

羿羲要求上灵:"就算你觉得不合适也得告诉我们。"

索引没有回答。

纳飞说："和上灵打交道真的很恼火。"

如诗说："如果你多尊重她一些，可能她就会更合作一点。"

羿羲说："这是一台计算机，如果你太尊重它的话，它就会开始以为自己真的是神了，到时候才更难打交道呢。"

绿儿突然对纳飞说："回去睡觉吧，这事情留待明天再说，现在晚了，我们该休息了。"

纳飞不用绿儿多说就乖乖地跟她回去了，留下如诗和羿羲两人。

他们静静地坐着，都没有说话。局促的感觉像烟雾一样在空气中蔓延，羿羲觉得好像呼吸也变得不畅顺了。今晚他和如诗来索引这里其实是为了询问爸爸那个梦的意义。他信心十足地向如诗展示如何操作索引，这是他的强项，就算有时候上灵犯糊涂了，羿羲也能够驾轻就熟地找到他要找的信息。不过现在索引已经被纳飞放回盒子里了，如诗和羿羲之间什么也没有——除了一段无法避免的婚姻——羿羲此刻不知道说什么好。

如诗说："我梦见你了。"

哈，她先开口了！羿羲其实很想说话，只是一直强忍着，此时他终于爆出一句："有没有尖叫着吓醒了？"不会吧，怎么说出这么蠢的话？无奈话已出口，收不回来了。幸好如诗笑了，她知道这是开玩笑，否则羿羲就要在地上找条缝钻进去了。

如诗道："我梦见你在飞。"

羿羲说："我经常飞，不过只是在别人的梦里飞。你不介意吧？"

如诗又笑了。

羿羲这时候不应该讲这样的话，他应该说正经的话题。他也明白，如诗这时候想认真地谈一谈，她主动迈出了最艰难的第一步；

可是羿羲却东躲西闪，用俏皮话来敷衍。开一两句玩笑可以帮助破冰，可是再这样下去如诗就没办法说正经事了。羿羲知道他有责任和如诗一起探讨这些难题，可是此刻他和如诗两人坐在索引帐篷里面，他脑子却一片空白，实在想不出这些难题到底是什么。羿羲只知道自己很害怕，因为如诗需要一个丈夫，而这个角色非他莫属，可是他却不知道怎么去做一个丈夫需要做的事情。当然，他懂得高谈阔论，他也知道如诗和熟人在一起的时候有说不完的话题——他看过如诗在班上声情并茂地演讲，也无意中听过她和别人的谈话。没错，羿羲和如诗可以聊天，可如果仅仅是为了聊天，他们就不需要结婚了，是吧？我会是一个怎样的父亲呢？儿子，你过来！再不来我就用浮椅把你砸扁！

教儿子是后话了，现在的问题是，他怎样才能做爸爸呢？羿羲心里其实也有想过这事儿是怎么做的，可是他想象不到有哪个女子心甘情愿参与这个活动。没错，这正是他说不出口的问题：如诗，这个剧本是关于我们生小孩的，你愿意做女主角吗？不过我们丑话说在前头，这其实是你一个人的独角戏，我的戏份就是躺在那里什么也不做，根本谈不上给你什么欢乐愉悦；等小孩出生之后，我一点忙也帮不上，最后我们都老了，你还得照顾我到死为止，不过那时候你可能已经照顾了我几十年，都习惯了。你要做好心理准备，一旦我有了妻子，大家就不会像以前那样照顾我。他们都会期待你一个人挑起这副重担，期待你一辈子给我倒便盆，期待你为我生儿育女。我实在想不出应该用什么话来说服你答应做那么多事情。

如诗静静地看着羿羲。她说："你正在喘气。"

羿羲问道："有吗？"

她说："是因为心情激动，还是因为你和我一样的害怕？"

似乎是害怕多一点吧。"因为激动。"

帐篷里面不是很亮,却也不会太暗。羿羲看得出来,如诗在这一瞬间好像下定了决心。她把手伸进上衣里面,不知道做了什么;等她的手拿出来之后,羿羲发现在如诗的衣服下面,她的胸部突然解放了。如诗的举动让羿羲更加害怕,可是同时也在他心里燃起一点欲火——从来没有一个女孩子这样子挑逗过他。羿羲隐约觉得这时候他应该有所动作,却不知道该干什么。

如诗说:"本来我对这些事情不是很在行……"

羿羲几乎要问:哪些事情?不过他心知肚明,也知道现在不应该插科打诨,所以他忍住没问。

如诗继续说:"可是我觉得,在我们做决定之前,应该先试验一下,看你对我有没有反应……"

"有。"

"也看看你能不能给我点什么……如果我们两人都能从中得到享受,那就再好不过了,是吧?"

如诗的话就像在平铺直叙地讲一件平常事,可是她的声音却在微微地颤抖,可见这事情对她来说并不是那么"平常"。羿羲突然想到,如诗可能并不觉得她是个漂亮的女孩子;毕竟在学校的时候,她就不是那种能够让男生垂涎三尺的女孩子。此刻羿羲第一次意识到,可能如诗也因为自己相貌平凡而自卑,甚至害怕羿羲不喜欢她,正如羿羲害怕他没办法满足如诗。如此看来,他们两人同病相怜,还挺般配的。这样一来,羿羲再不用整天担心如诗嫌弃他,他这就能够打起精神想一想,他可以做些什么去让如诗快乐。

如诗慢慢向羿羲靠近,说道:"我和我妹妹绿儿谈过,我让她估计一下,在男人做的事情里面,有哪些是你力所能及的。"她一边说一边把左手放在浮椅的扶手上，右手已经摸到了羿羲的大腿。他的大腿很瘦很瘦，几乎没有什么肌肉，羿羲还担心如诗摸着觉得恶心。然后如诗贴得更近了，羿羲突然发觉她的衣服已经碰到他的手了。

"绿儿说你能够系扣子。"

"是的。"虽然这不是个简单的任务，可是羿羲的确学会了给自己系扣子和解扣子。

"既然这样，我猜你也能够解扣子吧？"

这时候羿羲终于意识到如诗给他发出信号了。

他说："嗯……试验一下。"

她说："这是期中测验，就考你解扣子和脱衣服；通过之后还有一道加分题。"

羿羲用尽全力抬起手掌，好不容易够到了她前襟最顶上那颗扣子。可是这个扣子在他的反手方向，角度很不好。

"这角度不好，是吧？"说完如诗把右手放在他另一条大腿上，慢慢地往上移动，同时还把身体向前倾斜。这样一来，羿羲终于能够同时使用两只手给如诗解扣子，虽然他从来没有替别人解过扣子，可是做起来还挺得心应手。羿羲突然想到，将来有小孩之后，在他们学会自己穿衣之前，这门手艺可能会有用武之地。

如诗说："解下一个扣子的时候，你大概可以提高一下速度。"

羿羲确实解得越来越快。就在他的手指上下翻飞的时候，难免会碰到如诗的乳房。多少年来羿羲都在朝思暮想，希望有机会摸一下女孩子的胸部，却自知这是痴人说梦。如今，他每解开一个扣子，如诗就站起来一点，让他够得着下一个扣子。这样一来，如诗的胸部离羿羲的脸越来越近。最后他只要稍稍转一下头，就能够亲吻到她的肌肤了。

羿羲终于把最底下的扣子也解了，如诗的上衣向两边敞开。羿羲想，不行，不行，我做不到……可是他做到了，他转头轻轻地吻在如诗的胸前。光滑柔软的肌肤，上面还有几滴汗珠——这里没有经过日晒雨淋，确实与别处不同。无论是羿羲自己细嫩的双手，还是妈妈光滑的脸颊，都比不上如诗胸前的肌肤，羿羲的双唇从来没有尝过这种滋味。他忍不住又吻了她一下。

如诗说："你的解扣脱衣测验算是刚刚及格吧，可是加分题却做得很好，只是以后你不用老是这么小心翼翼的。"

羿羲说："我其实已经竭尽所能地使出野兽派的功夫了。"

如诗说："嗯，那好吧。不过你得知道，只要你真心实意想做这件事情，就肯定不会出什么差错的。"

"我是真心的。"羿羲说完，马上意识到如诗需要听他的表白，所以他补充道，"我很想和你做这个……你……你实在太完美了。"

如诗似乎往后缩了一下。

羿羲说："你就和我想象的一模一样，我觉得自己好像在做梦。"

如诗听了之后，这才放心继续，她想看看羿羲有没有反应。羿羲本能地想躲开，无奈他身体瘫痪，无处可逃。羿羲只觉又害羞又开心，他庆幸自己躲不开，这样如诗才能知道他确实有反应。羿羲生平第一次想，看来行动不便也是有一些好处的。

如诗说："我觉得我们的试验成功了，你说呢？"

羿羲道："是挺成功的……你想要我停下来吗？"

如诗说："我不想，可是这帐篷随时都会有人撞进来。"说着她就从羿羲身上移开，把衣服的扣子系上。羿羲虽然自己气喘吁吁的，却也能听见如诗的喘息声音。他说："对我来说，这简直算是剧烈运动了。"

"我希望你能为我发挥最大的潜力。"

羿羲道："只要你肯嫁给我。"

"我以为你永远也不会向我求婚呢。"

"你愿意嫁给我吗？"

"明天行吗？"

羿羲说："不行，我等不及了。"

"那我这就去找你的父母吧。"此时如诗的衣扣已经全部系好，她站起来转身走出了帐篷。羿羲这才发现她的内衣落在了地毯正中。他把右手放下来，按住了浮椅的操纵按钮，控制一条机械臂伸出去把那件内衣捡起来送到面前。羿羲仔细端详，把这件贴身内衣的构造看得一清二楚。这东西设计得的确很精巧，羿羲赞叹之余却忍不住埋怨：这件内衣的质料是弹性纤维，能够将女性的胸部紧紧地束缚着，羿羲替她们觉得难受。他希望她们只是在骑骆驼的时候才受这种束缚，平常不用受这种罪。刚才如诗真空的时候，一襟薄衣掩盖不住曼妙的身姿，羿羲看得如痴如醉；所以对他来说，女性被内衣束缚真是一个悲剧。

他命令浮椅把如诗的内衣放进椅子底部的一个小盒子里。刚刚放好，如诗就和爸爸妈妈一起进来了。爸爸说："这次真是事发突然，不过没关系，我们其实一直在等你们开口，早一点总好过晚一点。"

妈妈问："你们想要我们把所有人都召集来参加仪式吗？"

这些人来了之后，要呆站半个小时。他们就算不被婚礼闷坏，也会被好奇心折磨死——他们会好奇如诗和羿羲到底怎么同房。

羿羲说："不用，重要的嘉宾都在这里了。"

如诗说："呃……不好意思，我已经邀请绿儿和纳飞了，他们正在通知司徒博和谢德美换帐篷,完了就过来。"

羿羲倒没想起来——如诗和谢德美住一个帐篷,他和司徒博住一个。现在那两人被迫住一起,可是他们还没有准备好……

爸爸好像看出羿羲的担心,说道:"别担心,司徒博会搬来索引帐篷,谢德美还住回原来的地方。如诗搬进你的帐篷,因为那里有现成的……设备。"

"设备"包括他的专用厕具、洗澡盆、海绵球,还有一张防止长褥疮的气垫床。每天早晨,羿羲需要解手的时候,就会说,小诗,亲爱的,可以把我的小便壶和大便盆端过来吗?还有,我完事之后帮我擦干净,好娘子……

爸爸还在说:"纳飞和司徒博早上会过来帮你起床和……"

如诗抢着说:"他们会教我怎么做。羿羲,这些都不是问题,既然我答应嫁给你,就不会嫌这嫌那的,你自己也千万不要放在心上。"

羿羲想,你说得容易,做起来就……不过他还是点了点头,心中希望这是如诗的由衷之言。

纳飞和绿儿来了之后,整个仪式只用几分钟就结束了。纳飞站在羿羲身边,绿儿站在如诗身旁,爸爸和妈妈轮流致辞。这是一个货真价实的女皇城传统婚礼,是一个女人做主导的仪式,爸爸经常需要提示才不至于说错话。所以在婚礼过程中,妈妈经常轻轻说一句,爸爸就跟着说一句,似乎这也是仪式的一部分。最后结束时,华纱让新人四手相牵,如诗弯腰亲吻了羿羲。这是他的嘴唇第一次触碰到如诗的双唇,这感觉出奇的好,羿羲觉得很开心。他们亲吻的时候,如诗慢慢跪在浮椅旁边,她的胸部又压在了羿羲的手臂上。这一刻羿羲只想把所有人都轰走,只留下他和如诗两人继续这个未完成的"试验"。

可是纳飞和绿儿赖着不走,他们拉住羿羲和如诗说笑打闹,足足耗了半个小时才散去。终于,一对新人回到了羿羲的帐篷,再没有人影响他们继续"试验"了。如诗先褪尽衣裳,然后将羿羲从浮椅中抱出来。纳飞肯定已经告诉过如诗,羿羲虽然高,却很轻,如诗抱他肯定不费吹灰之力。可是现在如诗一下子就抱起了羿羲,似乎想不到他会那么轻,所以显得很吃惊。她帮羿羲脱了衣服躺在床上,然后将身躯尽量贴近他。这样一来,羿羲就不再是完全被动,他也能够有所动作。如诗投之以桃,羿羲报之以李;两人水乳交融,一起沉醉在他们亲手编织的温柔乡里。很快,羿羲就被卷进狂涛骇浪般的快感之中;最后,在如诗完全压在他身上的一刹那,羿羲无法自已,一泻千里。

如诗没有停下来,她还抱着羿羲继续缠绵。羿羲不停地吻着她,吻她的脸颊、她的肩膀、她的前胸、她的手臂……无论如诗身体的哪一部分靠近,羿羲就用嘴唇亲吻。他也尽力伸出双手环抱着如诗,努力触碰着她的后背和大腿,让她感受到他的抚摸——柔弱无力却实实在在的抚摸。我的付出这么微不足道,难道对她来说就足够了吗?难道她这样一辈子也不会厌吗?

羿羲不想捂在心里,所以他直接问如诗。

如诗道:"这样就很好了……你……已经完事了吗?"

羿羲答道:"这是我们的第一次,我没有让你太难受吧?"

如诗说:"多少有那么一点点吧。不过绿儿告诉我,别指望第一次就很震撼。"

"那你到底有多'不震撼'呢?"

如诗说:"嗯,虽然没到震撼的地步,却也相当震动。这么说吧,我的初夜可以说是一个彻底的惊喜,我已经在期待下一次,看看你有多少进步。"

羿羲问:"下一次?明天一早怎么样?"

如诗说:"可能吧……不过要是你半夜醒来发现我对你'上下其手',你可别吓坏了。"

羿羲道:"你说这些都是真心的吗,还是在装开心让我好受呢?"

如诗反问:"你呢?"

羿羲说:"我是真心的,这是我一生中最快乐的一晚,主要是因为……"

如诗等他说下去。

"因为我从来没想过这事情会发生在我身上。"

如诗说:"呵呵,现在米终于成炊了。"

羿羲说:"我已经回答了,到你啦。"

"我原来以为我要假装的,我也已经做好了演戏的打算。因为我知道,长远来说我们的婚姻是可以美满的——地球守护者给我报了梦,让我看到日后的幸福生活。为了我们的未来,就算一开始让我演戏也没关系。"

"啊……"

"可是我根本不需要演戏,你看到我的反应都是真的。我今晚很开心,而且我知道将来会更开心。你对我很好,很温柔,很体贴,很……"

"深情?"

"你真的对我一片深情吗?"

羿羲说:"是的,我是说真的。"

"啊……"

片刻之后羿羲意识到，如诗并没有说"啊"字，而是激动时忍不住叫了一声。在昏暗的灯光下，他看见如诗正在喜极而泣。羿羲知道，他们终于说出了彼此最想听的话。

睡觉的时候，羿羲躺在如诗身边，将手轻轻放在她的身上。羿羲想，我终于尝到了爸爸梦里那个生命之果。生命之果不是肉欲之欢，也不是传宗接代，而是两个人心心相印——我和如诗都敞开心扉，让对方看到自己内心深处的彷徨、感恩和爱意。我们一起伸手摘下果子，一起尝了第一口。爸爸这个梦其实还隐藏着更深的含义，就连爸爸自己也未必明白，可是我已经了解了：一个人如果只为自己摘果子，是不能体会其中美味的；你必须把它摘下来奉献给对方，这样才能体会其中妙处。我们做到了！当小诗把生命之果赠给我的时候，我也摘了一颗送给她品尝。和她一起，我让不可能实现的事情实现了。

第五章　守护者的真面目

绿儿一个人坐着，看着那群狒狒。其中有一只母的，背上有一块青黑色的疤痕，绿儿叫她无艳。此时无艳正在发情期，津津有味地看着几个公狒狒争相对她献殷勤。其中一只叫尤八，就是经常去人类帐篷串门的那位，他是最勇猛的，却始终得不到无艳的垂青。尤八越发变得暴力，他和无艳的关系却依然没有丝毫进展。尤八立威的惯常手段包括捶胸顿足，大呼小叫，张牙舞爪，把竞争对手吓跑。每一次他的对手都很快放弃，落荒而逃——可是当尤八追赶手下败将的时候，其他公狒狒却乘虚而入，围到无艳身边。等尤八凯旋归来，面前已经有了新的对手，于是另一个循环又开始了。

终于，尤八抓狂了，追着一个对手不放，又撕又咬，痛下狠手。这个苦主叫傻油，有一次去炉灶偷吃，抹了一脸的肥油，佛意漫从此给他取名傻油。尤八刚扑上去，傻油马上就转身把后背亮出来，算是投降了。可是尤八已经气昏头，不肯罢休，揪住傻油痛殴。其他几只公狒狒乐了，兴致勃勃地看好戏。

傻油好不容易挣脱了，一边逃窜一边哀嚎。尤八满腔怨气无处发泄，跟在后面穷追猛打，不时把傻油打得摔个大跟斗。

傻油被逼急了，使出惊天绝招。当时在围观群众里有一只叫婆罗丝的年轻母狒狒，刚生下一只小狒狒不久，傻油经常逗她的小狒狒玩。这时候傻油径直跑到婆罗丝面前，一把将小狒狒从它的怀里抢过来。婆罗丝很不耐烦地吼了一声，可是小狒狒却很开心，因为它认得傻油。

尤八凶神恶煞地赶到，继续殴打傻油，这下子可把傻油怀里的小狒狒给吓坏了。小狒狒厉声尖叫，一直在旁边打酱油的群众顿时警觉起来，婆罗丝也开始尖叫，求大伙儿帮忙。就在片刻之间，整个部落的狒狒一起怒吼着围上来，拳脚像雨点一样落在尤八身上。尤八顿时被打蒙了，情急之下竟然想把小狒狒从傻油手里抢过来，以为这样子就有护身符了。绿儿料到这招不灵，果然，它才伸手去抢，众狒狒就马上加大力度，把尤八往死里打。尤八被打得抱头鼠窜，落荒而逃。有几只公狒狒把它赶出好远一段距离，还站岗放哨不让它回来。绿儿担心尤八可能从此以后再也不能回去了。

等绿儿再回过头来看傻油，他已经不见踪影。大部分狒狒都聚集在婆罗丝母子那里，有的在亲切慰问送温暖，有的上蹿下跳庆祝胜利，有的还在骂骂咧咧，唯独不见傻油。绿儿往别处看，发现傻油离开了大伙儿，正在上游的灌木丛中和无艳风流快活着呢。只见无艳一脸逆来顺受的表情，眼珠子还不时骨碌碌地打转，既像是开心也像是嗔怒。绿儿不知道人在这种场合之中，脸上表情是否也这么古古怪怪阴晴不定……大概人在情绪激动的时候会精神恍惚，旁人看起来就分不清是快乐愉悦还是意乱神迷了。

经过这一役，好勇斗狠的尤八完败，甚至可能从此在部落里面再无立足之地；而处于劣势的傻油虽然打不过尤八，却赢了这场战争。

因为傻油把一个婴儿抢到手里了。

纳飞说："傻油真是走运，靓女无艳竟然看中他了，真想不到。"

绿儿说:"对啊,因为傻油对她展开鲜花攻势嘛。对了,我不会在这里待很久的。"

纳飞说:"我不是来叫你干活的,我来找你是因为我想和你在一起,反正从现在到晚饭之前我也没有活儿要干了。今天一早我就捕获猎物了;我把那只血淋淋的战利品带回家,放在我老婆的脚下,可惜她只忙着呕吐,没有循例给我一点奖赏。"

绿儿说:"你有没有发现,在三个人里面只有我整天恶心?如诗充其量就像打个饱嗝儿似的;柔珂还希望呕吐呢,可是她什么也吐不出来,所以也没有人同情她。而我整天吐个不停,人人都同情我,可是我又不稀罕了。"

"谁能料到我们这个殖民地第一个婴儿的诞生竟成了你们三个人的竞赛。"

绿儿说:"小孩对你有好处啊,有什么麻烦的话你就把小孩抓走当护身符。"

纳飞没看到傻油智取尤八那一幕,所以不明白绿儿的话。

绿儿解释道:"我是说傻油,刚才他抢了婆罗丝的小狒狒。"

纳飞说:"啊,对啊,狒狒是这样的。谢德美说过,一个公狒狒想要在部落里站得住脚,必须和一两个小狒狒搞好关系。打架的时候它可以把小朋友抱在怀里,小狒狒因为和它好,所以不哭;等对手扑上来,小狒狒肯定吓得大哭大叫,于是整个部落就动员起来围殴这个对手。"

绿儿道:"噢,原来这是惯用伎俩啊。"

"我还没有亲眼见过,你反而看见了,真是不爽。"

"你看,傻油在享受胜利的果实呢。"绿儿指着傻油的方向,只见这家伙还在和无艳快活。

纳飞问:"败寇在哪儿?我猜肯定是尤八。"

纳飞话音未落,绿儿已经指着远处的尤八。他孤零零地看着大伙儿,却不敢走近,因为有两个壮狒狒隔在中间戒备着。

绿儿说:"你啊,你得讨好一下我的小婴儿,否则我们这个部落没有你的立足之地。"

纳飞将手放在绿儿的肚子上,说道:"还没长多少啊。"

绿儿说:"没关系,我可以慢慢等。你来这里到底要干什么?"

纳飞很惊愕地看着绿儿。

绿儿说:"没有人知道我在这里,你也不例外;所以你走来不是找我,而是想一个人待着。"

纳飞耸耸肩道:"那现在我宁愿和你在一起了。"

绿儿说:"你太没有耐心了。上灵早就叫我们别着急,她说乌萨卡基地还需要几年才能准备好呢。"

纳飞道:"我们在这地方不能维持太久的,现在打猎已经越来越难了,而且我们距离群山东边河谷的人类聚居地太近了。"

绿儿说:"这些都不是你坐立不安的真正原因,你难受是因为地球守护者没有给你报梦。"

纳飞说:"我难受不是因为这个,而是因为你老在拿这个事情说我。对啊,你、小诗、爸爸、慕斯和杜思嘉,你们都看到那些天使和老鼠,就我没看到,那又怎么样?我知道,在一百光年外有一个星球,有一台电脑绕着这个星球转圈,这个电脑在我出生前一百年就给我下了判决书,认定我不堪大用,所以不给我报那些关于动物世界的春秋大梦。是这意思吗?"

绿儿说:"你真的很生气啊?"

纳飞大声道:"我想干一番事业,就算目前时机未到,至少也学点什么东西。可我现在只能干等着,浪费光阴,一无所获。我想用索引,可是羿羲和司徒博整天霸占着,而且他们用起来比我熟练多了……"

"可是索引对你说的话是最清晰的,其他人都比不上你啊。"

"它对我说话最清晰!太好啦……可惜它说的都是废话。"

"而且耶律迈也称赞你是一个很厉害的猎人。"

"对啊,我唯一的用处就是杀杀杀……"

绿儿看纳飞的脸色就知道他又想起贾霸的事情了。"你到底什么时候才愿意放自己一条生路呢?"

"等贾霸从下面那个狒狒山洞走出来告诉我他其实一直是装死的,那时候我就会原谅自己了。"

绿儿说:"其实你只是不喜欢等待。可是你想想,我现在怀孕了,我也想快点熬过这一段日子,我也想马上就把宝宝生出来,可是这事情需要时间,急不来,所以我只能耐心地等待。"

"至少你等待的时候能感觉到胎儿在你体内成长。"

"可是我吃什么就吐什么。"

纳飞说:"你也不是全部都吐出来的……你明白我的意思吧,我感觉不到事情有什么进展,我觉得自己是多余的……"

"可是我们吃的肉全是你打猎拿回来的。"

"得啦得啦,你赢啦!我举足轻重,你们没有我都活不了,我整天都忙得不可开交,我过得很愉快,行了吧?"说完他转身走了。

绿儿想叫纳飞回来,可是她知道这样做没好处。纳飞就是喜欢自怜自伤,绿儿给他打气其实阻碍了他情绪的发泄。前几天华纱阿姨才安慰过绿儿,她提醒绿儿别忘了纳飞还只是个男孩子,别指望他突然变成一个成熟稳重的成年人,像铁塔一样让她依靠。华纱还说:"你们两人都太年轻了,那么早就结婚,实在是身不由己。你已经成长起来了,有能力应付各种挑战……假以时日,阿飞也会成熟的。"

可是绿儿不知道自己有能力应付什么样的挑战。就像生孩子,她如今在荒郊野岭,身边没有女皇城的产科医生,绿儿想起就害怕。而且她不知道几个月之后还有没有足够的食物——现在食物供给全靠菜园子和打猎。可是真正擅长打猎的只有耶律迈和纳飞,欧必忍和费雅思就算去了也没什么贡献。她很快就要生产了,可食物供应随时都有可能中断。还有,万一大家突然决定出发,那可怎么办?绿儿现在整天呕吐已经够惨了,要是还骑在骆驼上晃悠……她真的宁愿天天吃骆驼奶酪了。

一想到骆驼奶酪的味道,绿儿顿时觉得胸中的恶心如惊涛拍岸般涌上来。绿儿想,这次好歹都吐出来吧。于是她跪倒在地上,胆汁胃酸涌上来,把她的口腔和喉咙烧得火辣辣的疼,还伴随着阵阵头痛,绿儿实在熬不下去了。

突然有一双手伸过来把她的头发从脸上拨开,再卷成一束提起来,这样子呕吐物就不会沾到头发上了。绿儿知道是纳飞回来了,她既想说一声谢谢,可同时也想让他走开,因为她不想被纳飞看到她现在这么狼狈不堪的痛苦样子。无奈纳飞是她的丈夫,理应和她共患难,绿儿明白她不能赶走纳飞,更何况她心里确实也希望纳飞陪一下她呢。

终于吐完了。

纳飞说:"吐那么久才出来那么一点,看来你呕吐的效率有待提高。"

绿儿喝道:"你闭嘴吧,我才不要你来逗呢。我只希望我的宝宝一下子已经十岁了,我回想起现在的难受劲儿,感觉不过是一件童年趣事罢了。"

纳飞说:"好!你的愿望已经实现了,这个十岁的宝宝就在这里,而且她还特别顽皮粗鲁讨人厌,和你十岁那时候一模一样啊。"

"我才不是那样呢。"

"你十岁的时候已经是圣湖先知了,对着成年人也敢指手画脚、出言不逊。你的威风谁人不知,谁人不晓?"

"我只是看到什么就说什么罢了!"绿儿说完才意识到纳飞一直笑嘻嘻的。"纳飞,你别取笑我。你把我逼急了我就谋杀亲夫,然后为你守寡。"

纳飞一边笑一边把绿儿抱入怀中,还想亲她。绿儿拼命扭头避开,说道:"别亲我!我刚吐完,嘴里都是怪味,能把你熏死!"

于是两人只是静静地拥抱着,过了一会儿,绿儿觉得舒服多了。

纳飞说:"我整天都在想着地球守护者。"

绿儿默默地想,如果不用牵挂宝宝,我也有心思去想地球保护者的事儿。

纳飞继续道:"我一直在想,可能它不是另一台计算机那么简单,可能它报给你们的并不是什么百年老梦,可能它对我们这群人了如指掌,可能它只是在等……等一个合适时机才和我说话。"

"可能它在等机会给你发一条私密消息呢。"

纳飞说:"我才不稀罕这消息是不是只有我能接收呢。我只是想做一次爸爸的那个梦,我是想亲身体会一下其中的感觉;我想知道守护者进入我脑子的时候和上灵有什么区别。"

我知道你想要什么,因为你每天总离不开这个话题。

"所以我一直尝试和地球守护者沟通。绿儿,你看到了吧,我已经疯到这个地步了。我一遍遍地祈祷说，求你把爸爸的梦境也发给我吧。"

"她没理你。"

纳飞说："对啊，因为我们隔了一百光年，它压根儿就没听过纳飞这个人。"

"这个嘛，如果你只是想体会一下佛意漫的梦境，为什么不让上灵发给你呢？"

"这个梦不是来自上灵的。"

"可是她肯定记录了你爸爸脑子里面所有思维活动，对吧？所以她可以把这段梦境读取出来，再展示给你看。你想想，就凭你从索引那里接收的高清意识流……"

"我完全可以获得身临其境的至尊体验！"纳飞兴奋地说，"怎么我一直想不到呢？怎么上灵一直想不到呢？"

"你也知道它不是很有创意的。"

纳飞说："它是迟钝得很有创意，幸好你不像它。"他在绿儿脸上亲了亲，再用力抱一下，然后蹦起来。"我得去跟上灵说。"

绿儿温和地说："代我问候它。"

"我……噢，我知道了，我不着急……我们一起走回去吧。"

"不用了，我真的想再待一会儿，看看它们让不让尤八回去。"

纳飞说："好，那你别错过晚饭就行，记住你是一个人吃……"

"两个人的饭。"

纳飞说："说不定是三个人哩。"

绿儿很配合，发出一声夸张的叹息，目送纳飞朝着河谷营地方向小跑而去。

华纱阿姨说得不错，他真是一个男孩子。那我算是什么角色呢？他的妈妈？不是，华纱阿姨才是他的妈妈。其实我还想要求他什么呢？他既勤劳又能干，我们吃的肉有大半都是他打回来的。而且他心地善良，性情温和——不管如诗怎么吹嘘，我偏不信他的羿羲比我的纳飞更温柔、更体贴。而且他也是我的好朋友，很多事情他只对我一个人说；当我诉说的时候，他总是耐心地聆听，及时地反馈。我们这群人里面，有好些女人都在抱怨她们的丈夫不愿意听她们说话。无论用什么标准衡量，纳飞都算是一个好丈夫，而且他已经比他的实际年龄成熟许多——问题是这种生活不是我所期待的。当时我带着他漂越圣湖的时候，我想着我和他将来能够一同建立宏图伟业。我想象我们将来可以像国王和王后，或者至少像男女双修的大祭司，携手做一番震撼乾坤的事业，让山河失色，使天地动容。可是现在我只能天天吐个不停，纳飞则像个十五岁小孩一样上蹿下跳，因为一台外星电脑不给他报梦而顾影自怜……

唉，我太疲劳了，脑筋已经转不动。我已经够难受了，哪里还顾得上别的东西。可能我对婚姻的憧憬终有一天会实现；也可能这幅美好的画面只出现在纳飞续弦之后，而我早就因为呕吐过度而死……

谢德美一生都活在旁人怪异的目光之中。最初是因为她是个神童，因为她关心那些小孩子不应该关心的事情。成年人虽然觉得她很奇怪，可有时候还是会笑着点点头以示赞许；可是她的同龄人就从来没有称赞过她一句。小时候谢德美就想，可能要等她长大之后人们才会接受她。可惜事与愿违，等她长大之后，她的同龄人也长大了，所以依然把她当怪物看待。不同的是，她这时候才能看清，那些人的脸上写满了恐惧、怨恨和嫉妒。

嫉妒！

是的，她的优良基因给了她超常的记忆力、超强的理解力和超人的洞察力，不过这是她的错吗？在她日常接触的人里，没有一个人的脑筋智力能够和她相比，可这并不是谢德美自己决定的。当然，世上也有人和她一样聪明，甚至比她更聪明，可是这些人都在远方的城市，甚至在别的大洲。全赖上灵的资源共享服务，谢德美才有机会研读他们发表的学术著作，知道这世上强中自有强中手。她对别人从来没有心存恶意，可她也没办法把自己的智力和别人分享——她能和别人分享的只有她的智力带来的成果。而那些人一边享用这些成果，一边还继续妒恨她的能力。

很久以前谢德美就得出一个结论：人类本性是都对能人敬而远之，只愿意和不如自己的人交往——大部分情况下他们都得偿所愿了。无奈现在谢德美困在这个十六人的小群体之中，每天和这些人抬头不见低头见。她只能默默地做好自己的本职工作：在花园除杂草、浇水、看着狒狒不让它们偷吃。当绿儿吐得太厉害的时候，谢德美还把她的活儿给包了；至于其他人，莎芙经常偷懒，柔珂仗着怀孕不劳动，狄傲丽自恃矜贵不肯卖力，谢德美都毫无怨言地帮她们干活。可是无论她怎么努力也没办法融入这个集体里，而且感觉越来越离群了。

谢德美明知其中原因，却也无可奈何。她知道，在婚姻成为主流价值观之后，每个成员都必须结婚才能真正融入这个集体。她以前研究过这个课题，所以很清楚：按照女皇城的传统，男女关系比较松散，聚散自如；到了这里，传统的交往方式只会让已婚人士坐立不安，因为他们害怕一夫一妻的稳定婚姻关系被第三者威胁。其实单身社会的本质就是不稳定，人们崇尚自由、随性、散漫和享乐。

就算在这里，有些成员还是向往那种生活方式——谢德美看得出梅博酷、欧必忍、莎芙和柔珂对目前的单一婚姻制度很不满意，可是他们还是很卖力地扮演配偶的角色，甚至表现得比真正专一的人更专一。结果就是谢德美觉得和身边的人越来越疏远，自己越来越离群。其实人们也没有刻意排挤她，如诗和绿儿还是像以前那么热情，艾雅对她也不错，华纱阿姨一点也没有变——她是从来都不会变的。那些男的对谢德美是……怎么说呢？客客气气的；而狄傲丽的态度总是冷若冰霜；至于莎芙和柔珂，这两人简直算是尖酸刻薄了。

最惨的是，这个小团体逐渐系统化地将谢德美排除在外，让她觉得自己的影响力越来越小。比如说，他们不再讲"男的做这个，女的做那个"，他们现在说的是"妻子都可以留在这里，让男的去"做什么什么事情。为什么那些女的都被统称为"妻子"，而那些男的却还只是"男的"，而不用统称"丈夫"呢？而且当谢德美指出这个现象的时候，那些女的突然变得像狒狒一样笨，完全不明白谢德美在说什么。

她们当然明白谢德美在说什么，至少比较聪明的那几个会明白，只是她们都不想说起这个话题，因为……因为她们都已经变成了恪守妇道的好妻子。在女皇城那么多年来，她们从来不需要因为结婚而将自己的身份置于他人之后；可是如今在野外只过了六个星期，她们就已经退化得和游牧部落里面的女人没什么两样了。谢德美想，人类天生避纷争好从众，这种特性已经深藏在人类的基因代码里，我们怎么都没办法逃脱。我真想把这段代码隔离出来，用个小铲子把它连根铲起；然后我再徒手拿着一块烧红的炭，把它烧成灰烬！谢德美知道，用铲子和火炭去对付基因片段，这想法多么荒唐；可是她对不公平的现实已经出离愤怒，简直到了不可理喻的地步。

谢德美从来没打算那么早就结婚,就算是结婚也只结一年,等我怀孕之后就不再续婚约。孩子的爸爸当然可以来看望小孩,可我就没有时间精力去和他厮混了。不过我的丈夫绝不能是一个没有脊梁的软骨头,一个卑躬屈膝的奴才!

谢德美来到营地之前,本来已经打定主意,既来之则安之,无奈相处之下司徒博这人越看越讨厌。他当初是被迫加入的:司徒博先是上了纳飞的当,拿着索引出了城;然后被迫发誓效忠,乖乖地跟着他们进沙漠。在这件事情上,谢德美可以原谅司徒博,因为当时他被打个措手不及,一下子蒙了;而且他寡不敌众,被迫屈服也是情有可原。可是谢德美来到营地之后才发现,司徒博整天都低声下气的,像个奴仆。有这样的同类,谢德美一想起就觉得耻辱。是的,他把那些没人愿意干的脏活苦活都揽上身——封填粪坑,挖新厕所,为羿羲清理大小便,煮饭炒菜,洗碗洗碟等等。谢德美没有因此而瞧不起司徒博,正相反,她很尊重这么勤劳热心的人,总之他比梅伯、欧必忍、柔珂、莎芙和狄傲丽这些懒精要强多了。谢德美看不起司徒博是因为他干这些脏活儿时甘之若饴的态度。这些活儿并不是非他干不可,他甚至没有主动提出要包干这些工作,只是自然而然地就将这些最苦最差的任务揽上身,好像这些工作本来就是应该由他完成似的。而且他还默默无闻地埋头苦干,以至于后来大家都习惯成自然,只要是常人难以忍受的恶心工作就自动交给司徒博去完成。谢德美想,这人真是天生奴才命!我以前从来想象不到会有这样的人,现在终于被我遇上了;这人就是司徒博,而且我还要被迫和他结婚……

谢德美不明白为什么上灵会允许司徒博利用索引轻而易举地连上她的存储空间。可能因为上灵也是个仆人,所以和司徒博同病相怜；也可能因为上灵最喜欢像奴才一样的人。我们这群人困在这里，不就是为了给上灵效劳吗？有我们做她的手和脚，上灵就可以启程回地球了。这群人都是她的奴隶……除了我！

这几个星期以来谢德美一直不停地对自己说，我不是奴隶，我不是仆人。可是现在她终于意识到，她开始慢慢变成一个仆人了。今天，就在谢德美挑水的时候，她突然醒悟了。她们把溪水运到炉灶那里让司徒博用来煮饭洗涮，这活儿向来都是谢德美和如诗姐妹一起做的。现在绿儿整天呕吐，弱不禁风，甚至体重下降，危及胎儿，如诗也忙着照顾妹妹，于是挑水的重活就全部落在谢德美一个人的肩上。她一直希望华纱发现她的苦况，希望华纱大声说一句"莎芙、狄傲丽、艾雅，快拿个扁担跳水去！你们也得干点什么"，可是她始终等不到华纱为她出头。如今每天谢德美挑着水从华纱面前走过，而莎芙和柔珂却在一旁说闲话，还装作给骆驼梳理鬃毛扎小辫，华纱却连一句公道话也不说。

谢德美想大声吼，你们忘记我是谁了吗？你们忘记我是女皇城中百年不遇的科学奇才吗？可是她知道问了也是白费，所以也懒得说什么。华纱阿姨确实已经忘记了，因为一个人以前是什么并不重要，这个营地是个全新的世界。在这里，如果你不是一个妻子的话，你就什么也不是。

所以谢德美今天一干完活儿就去找司徒博，因为她厌烦了在这个迷你国度里做二等公民的滋味。不管司徒博是不是仆人，他反正是唯一的结婚对象。就算这意味着谢德美要向现实低头，就算这是另一种形式的卑躬屈膝，就算她要嫁给一个她瞧不起的男人，这一切总好过慢慢变得人微言轻，最后消失得无影无踪。

可是一想到结婚之后司徒博要在她身上做的事情，谢德美就全身起鸡皮疙瘩。她脑子里只有绿儿整天呕吐的样子——看到了吧，这就是让男人把你当作精子银行的后果。

不是的，这不是我真实的想法，我只是气昏头罢了。基因的交融汇合其实是一件优美高雅的事情，我自己的生命就是这样诞生的，世间万物也是这样来到世上的。蜥蜴交配的时候，雄性蜥蜴趴在对方身上，细长的生殖器缠住雌性蜥蜴的身体寻找入口，其敏捷灵动简直可以与狒狒的尾巴相比；章鱼交配的时候，十六条触须缠在一起舞动；三文鱼在河床产卵的时候全身抖动……这一切都是那么优雅，都是生命之舞的一部分。

可是在这些场合中，雌性都有选择的余地——至少那些强壮和聪明的雌性懂得选择。她们会把卵子送给那些强壮、勇敢、聪明、有统治力的雄性，这样才能增大后代存活的概率。我不能让我的小孩天生就带着懦弱奴性的基因，如果要我年复一年地看着他们长得越来越像司徒博，连言行举止也是那副奴才相，我会越看越觉得羞耻，这样的话，我宁愿不生小孩了。

谢德美已经决定了，她和司徒博只能有夫妻之名，不能有夫妻之实。她很鄙视这个人，实在不愿意和他生儿育女。正因为司徒博是一个可悲的软骨头，所以他肯定会答应维持这种"半婚姻"关系的。

她来到索引帐篷的门口，鼓起勇气走进去向司徒博"提亲"。

司徒博正盘腿闭目坐在地毯上，把索引抱在大腿上，双手放在索引上面。他其实一天到晚忙个不停，难得有空闲的时候都用来和索引沟通。通常羿羲都和他在一起，不过傍晚的时候轮到羿羲在菜园值班，他浮椅上面的机械长臂相当好用，既能吓跑地上的狒狒，也能赶走空中的小鸟。这短短的一小时正是司徒博单独使用索引的时间,其他人通常都不来打搅他,算是对他的一点尊重吧——当然,前提是晚饭已经煮上了。可是如果有人心血来潮想用一下索引的话,司徒博还是得乖乖让位。

看看这人,闭着眼睛坐在那儿,一副煞有介事的样子,谢德美几乎要相信他真的能够和上灵沟通。不过司徒博哪有那么聪明,他充其量就是把索引的主要条目背下来,在需要的时候可以帮韦爵、纳飞、绿儿或者谢德美本人搜寻他们想找的信息。就算在使用索引的时候,司徒博也只是为他人服务罢了,这人真是一个彻头彻尾的奴才。

他抬头睁眼看着谢德美,很温和地问道:"你要用索引吗?"

谢德美答道:"不,我是来找你谈谈的。"

他发抖了吗?他的肩膀不自觉地抽搐了一下吗?不,他是耸了耸肩。

"我预计你总有一天会来和我谈的。"

"人人都这样预计,所以我拖了那么久才来。"

他说:"嗯,好啊,不过为什么是现在呢?"

"因为独身的人在这个小团体里面越来越离群,渐渐被大家忘记了。你可能过得美滋滋的,可是我受不了,我觉得很难受。"

司徒博道:"可是我不觉得大家忘记了你啊,至少开会的时候他们也会听你发言。"

谢德美说:"他们是很耐心地听,可是我并没有真正的影响力。"

司徒博道:"可这是上灵的远征计划,在这件事情上,没有哪个人有'真正'的影响力。"

谢德美说:"我想你还没明白目前的状况。你设想一下我们这是一个狒狒部落,你和我逐渐被边缘化,总有一天我们会变得什么也不是。"

"什么也不是……如果你不觉得这是个问题的话，那就好办了。"

谢德美想不到他会说出这样的话。"司徒博，我知道你没有一点野心；可是我作为一个人，不甘心就这样消失。我的提议其实很简单，我们去华纱阿姨那里弄一个结婚仪式，我们共用一个帐篷，仅此而已。其他人不需要知道我们之间发生过什么事情，我不想和你生小孩，我也不需要你陪伴，我们只是睡在同一个帐篷里面。这样的话，我们就不会离群了。事情就那么简单，你同意吗？"

司徒博说："好的。"

谢德美料到他会顺从的，可是他答应的时候流露出一点很微妙的情绪……

她说："原来这正是你想要的！"

司徒博面无表情地看着她。

"原来你一直以来就是想要这样的安排！"

又一次，他的眼中流露出一点……

"你害怕了？"

突然之间，司徒博的眼神闪出一丝愤怒的光芒。"你以为你是如诗吗？你以为你真懂得一个人和另一个人是怎么凑在一起的吗？"

谢德美从来没见过司徒博发怒，就连不动声色的愠容也没见过，更遑论现在这种怒气冲冲的发飙了。她做梦也想不到司徒博竟然也会有生气的时候，可是这并没有让她对司徒博的印象有所改观，因为谢德美只是想起一只狗被鞭子抽急了也会吠两声。

她说："我不管！你想不想和我上床都没关系，我也从来没想过要梳妆打扮去取悦男人——只有那些一无是处的女人才这样做，因为她们除了一对乳房和一个子宫之外，再也没有别的可以贡献给这个世界了。"

司徒博道:"我向来都很仰慕你在基因学领域的成就,尤其是关于所谓稳定物种的基因突变的研究。"

谢德美无言以对,因为她完全想不到这群人里面竟然有人会去阅读甚至明白她的学术著作。在他们眼里,谢德美只是一个懂得改造基因的人,她培育的一些珍稀品种能够在远处的城邦卖出好价钱——那么多年来她和韦爵父子基本上就是维持着这种合作关系。

"可是我忍不住替你觉得可惜,如果你能接触到索引里面那些基因记录的话,你就能看到那些物种刚刚从地球到达这里时的基因代码,这样的话,你的一些观点也就能够站得住脚了。"

谢德美惊呆了:"索引里面竟然有这些信息?"

"我是在几年之前发现的,当时这个索引并不想告诉我,现在回想起来,是因为这些基因信息有军事价值,可以用来制造瘟疫。不过这世上没有解不开的锁,我还是找到办法绕开这些封锁,也不知道上灵过后怎么想。"

"你怎么一直没和我说起这些事情?"

司徒博说:"你也没说过你还在做这方面的研究。那些论文是你刚毕业的时候写的,是你第一个认真做的项目。现在已经过了好多年,我以为你早已经转方向了。"

"你拿着索引就用来研究这些东西?基因学?"

司徒博摇头道:"不是的。"

"那又是什么呢?我刚才走进来的时候,你正在研究什么呢?"

"地球上面大陆漂移的可能方式。"

"地球!上灵有那么详尽的信息?"

"上灵并不知道它有这些信息,我是绕着弯将它们挤出来的。有很多事情其实上灵自己也被蒙在鼓里，可索引正是解开这些秘密的钥匙。我在上灵的储存空间里面发掘出一些东西，连它也觉得很兴奋呢。"

谢德美觉得很意外，忍不住笑起来。

司徒博说："你想这事情挺滑稽的是吧。"可是他没有笑。

"不，我不是这个意思，我只是……"

"你只是奇怪我除了会烤面包和埋大便之外，还懂点别的东西。"

司徒博这句话插中谢德美的痛处，她也生气了："我只是奇怪原来你也知道你自己有更高的价值。"

"你根本就不知道我怎么看自己，你也没有尝试去了解。你走进来摆出一副天女下凡的高姿态，说什么只要我不碰你你就愿意和我结婚，还指望我千恩万谢地接受你的恩赐。好啊，我接受了，现在你可以恢复以前那种态度，当我完全不存在好了，我没关系的。"

谢德美一生中从未试过对自己的所作所为感到如此羞愧。别人无视司徒博，她觉得不齿，可是她自己偏偏就是这样对待他的，她从来都没有考虑过他的感受，似乎这人的想法根本不值一提。直到这一刻，她提出的"半婚姻"方案所含的轻蔑意味深深地刺伤了司徒博，谢德美才幡然醒悟，知道自己做错了，必须及时改正过来。她说："对不起，真不好意思。"

司徒博说："没什么不好意思的。我们就当从没说过这番话，今晚就结婚，以后也不用再多说什么，行不？"

谢德美说："你真的很不喜欢我？"

"其实你根本就不在乎我或者其他任何人喜不喜欢你，只要我们不影响你工作就行了。"

谢德美笑了："你这句话倒说得不错。"

"看来我们两人都在暗中估算着对方有多少斤两,不过其中一个估算得准确一点。"

谢德美点点头,把这句讽刺的话硬生生吞了下去。"我们以后还会有话说的。"

"会吗?"

"你得教我怎么拿到那些关于地球的资料。"

"遗传基因的信息?"

"还有大陆漂移的资料。你别忘了,我带了很多胚胎和种子回地球恢复物种,所以需要知道地形地貌和其他各方面的资讯。"

司徒博点头道:"没问题,我可以教你,不过你也得明白,这些是四千万年以前做的推断,经过那么长时间,哪怕一点点的误差也会被无穷放大。"

谢德美说:"我是搞科研的,当然明白。"

司徒博道:"我本来就是个图书馆馆员,要是能够帮助你搜寻地球的资料,那就再好不过了。这其实是一个后门,我在农业信息里面找到一条路径——呵呵,说出来你也不信,其实我是从猪的繁殖方法那里找到这条隐秘路径的,有趣吧?来,坐在我对面,把手放在索引上面。我希望你对索引有足够的敏感度。"

谢德美说:"我应该够敏感的,韦爵和纳飞教了我几次,我也试过用它查资料。不过我大部分时间都用自己的电脑,因为我以为这个索引上面关于基因学的资料我都看过了。"

谢德美在司徒博对面坐下来,索引放在两人中间。他们都身体前倾,胳膊肘撑住膝盖,双手放在索引上面。她的手碰到司徒博的手,可是司徒博却没有把手缩开,甚至没有一丝颤抖,依然是那么平静和冷淡,好像完全没有留意到谢德美的存在。

她马上就听见索引的声音在回答司徒博的问题，说出各种路径、标题、副标题和目录的名称。可是这些名称就像耳边风一样吹过，完全无法进入谢德美的脑子，因为司徒博的手指还碰着她的手指。谢德美也不见得对司徒博有什么感觉，可是她想不到司徒博竟然对她也没有感觉。司徒博一个月前就已经知道谢德美将要嫁给他，或者是将要"被"嫁给他，所以司徒博肯定一直在留意着她。可是谢德美看不出司徒博心中对她存有哪怕一丝欲望：他毫不犹豫地接受了谢德美提出的无性婚姻，现在两人肌肤接触，他却没有一点点尴尬或不安。

谢德美突然觉得自己太难看了，简直是没人要，她从来没有这么自卑过。就在几分钟之前，她还那么鄙视眼前这个男人，如果他对她显示出一点点欲望，谢德美可能就要当场呕吐了。可事情偏偏就那么奇怪，才过了短短几分钟，司徒博好像完全变了一个人，他变得聪明、有趣、有思想也有意志。就算谢德美还没有爱如潮涌，也不见得对他想入非非，可是至少她已经开始尊重司徒博了。正因为如此，司徒博对她的冷淡才让她觉得难过。

这就像揭起了一块老疮疤，所有的新愁旧怨瞬间爆发：这世上竟然没有一个男人想要她，谢德美觉得无比羞耻。

司徒博说："你精神溜号了。"

谢德美说："对不起。"

司徒博没说话。谢德美睁开眼睛，只见司徒博正看着她。

"没事。"她一边说一边擦去挂在下眼睫毛的泪珠。"我不是故意分散你注意力的，我们重新开始好吗？"

可是他没有看回索引。"谢德美，我不是对你没有兴趣……"

什么？难道谢德美的心思都敞在外面吗？难道司徒博能够一眼

看穿她的掩饰，一直看到她痛苦的源泉吗？

"……我是对所有女人都没有兴趣。"

过了好一会儿谢德美才回过神来，然后她忍不住笑了："原来你是个菊花啊？"

司徒博平静地说："菊花这个词在古时候也用来指人的肛门，有些人听见这个称呼，会觉得受到侮辱。"

谢德美说："可是没有人猜得到。"

司徒博说："我一直都很小心确保没有人开始往这方面猜，所以现在我其实是把我的性命交到你手里了。"

她说："不会吧，哪有那么夸张。"

司徒博道："我有两个朋友就在狗城区被谋杀了。"

狗城区是那些找不到老婆的独身男人在城外的聚居地，因为单身汉是不能在城中过夜的。

"其中一个是被一群暴徒杀死的。那些人听到流言说他是个菊花男，就将他从二楼窗户倒吊下来，命根子也切掉，然后乱刀把他慢慢割死。另一个是被人假扮同志钓了鱼，他们把他逮捕了。可是押送去监狱途中出了个小意外——这可能是史上最古怪的意外——传说他想逃跑，却不小心绊倒摔了一跤，他的蛋蛋不知道怎么就脱落了掉在他喉咙里，同时还塞了一把扫帚柄或是枪杆子，总之他在别人赶来抢救之前就憋死了。"

"他们做出这样的事情？"

"嘿嘿，一点也不出奇。女皇城对于男人来说，可称得上居大不易。你也知道，男人天性需要主宰，需要支配；可是在女皇城中，我们必须接受现实，我们只是对女性有一点点影响力，除此之外，没有一样东西在我们的控制之中。活在狗城区的男人，仅仅因为他们住在城外，就已经被打上了'二等公民'的烙印，他们是一群没有女人要的'剩男'。长久以来人们都说，狗城区的居民不是真正的男人，因为他们没有能力取悦女性，他们的男性身份尚且成疑，所以他们对'菊花男'……"司徒博说这几个字的时候，语气中流露出强烈的鄙视。"……的恐惧和憎恨比别的地区都要猛烈得多。"

"那两个朋友……都是你的相好吗？"

"被捕的那个，我们交往了几个星期，他还想继续，可是我拒绝了，因为我怕再这样下去人们就会开始怀疑了。为了救我们两人的性命，我和他分手了，他伤心过度，所以才一头扎进陷阱里面。你看到没有，不止纳飞和耶律迈杀过人。"

司徒博流露出至深的悲伤和哀痛，谢德美从来没有感受过这么强烈的情感。她生平第一次意识到自己的象牙塔生活是多么安全。而且她也从来没有和谁有过如此亲近的关系，能够让她在其死后那么久还感到这么深沉的悲哀。那人死了有多久呢？

"那是多久以前的事情？"

"那时我二十岁，九年前吧。噢，不对，是十年前。我忘了，我今年已经三十岁了。"

"另一个呢？"

"那是几个月前……就在我离开女皇城的几个月前。"

"他也是你的相好吗？"

"噢，不是的，他不是同性恋。他在城里有一个相好，不过那个女的不想让别人知道，所以他就不提。她的婚姻很不如意，正在倒数着结束的那一天，所以他从来都不和别人说起这女的。正因为如此，关于他是菊花男的谣言才开始滋生。不过他直到死也没有把那个女的说出来。"

"那他可以说是很……仗义了。"

司徒博道:"他是蠢得难以置信。我早就警告过他同性恋者在女皇城的苦况,可他就是不信。"

"你把你的秘密告诉他了?"

"我那时候相信他是个守口如瓶的人,事实证明我是对的。后来我想,他好像是注定了要替我去死,好让我生存下来,等纳飞出现,然后一起拿着索引离开女皇城。"

对谢德美来说,这一切都是闻所未闻,甚至难以想象。"那你为什么还一直活在那里呢?为什么不去找一个没那么恐怖的地方?"

"就算别的地方没那么恐怖,可是我不知道对于我这种人来说,这世上是否有真正安全的去处,此其一。其二,上灵索引就在女皇城中,我哪里也不去。如今索引在这里,我真心希望女皇城被一把火烧成灰烬,我也希望慕斯把狗城区里每一个趾高气扬的恶棍暴徒都干掉。"

"上灵索引对你就那么重要?值得为了它留下来?"

"从小我就听说过上灵索引。传说有一个魔法球,如果你抱住它,你就可以和神说话,你可以命令神回答你的任何问题。我当时就觉得太神奇了。后来我看到一幅帕华索引的图片,和我想象中的魔法球一模一样。"

谢德美说:"可是那图片也不是什么证据,这魔法球只是一个童年梦想罢了。"

司徒博道:"我明白……其实我当时就明白了。可是不知不觉地,我发现自己在做准备,为我亲身接触魔法球的那一刻做准备。比如说,我一直努力学习,列举一些有价值的问题,到时候可以向神提问;还有,我人生中的每一步,每一个抉择,都让我不知不觉地朝着女皇城、朝着帕华部落存放索引的地方越走越近。同时，我也是一个勤奋好学的年轻人，这掩盖了我的……缺陷。我爸爸老是说我'你不时得放下书本，出去交朋友，认识个女孩子！如果你不认识女孩子，你将来怎么结婚呢'。我去女皇城之后，经常写信给爸爸，讲起我的众多女朋友，让他好受一点。不过我爸就开始跟我抱怨说女皇城一年一续的婚姻制度如何不好，如何违反自然规律，他很讨厌违反自然规律的东西。"

谢德美说："你一定觉得很难受吧。"

司徒博道："还好啦。我这样子的确是违反了自然规律。记得佛意漫梦里那棵生命之树吗？我永远也走不到树下，我也不是生命之链的其中一环，从基因的角度看来，我是一个黑洞。我记得曾经读过一个基因学学生的论文，论述'同性恋是自然界的一种剔除带缺陷基因的监控机制'这个假设的合理性。按照这个假设，有机体检测到基因中的某些缺陷，于是启动这个监控机制，使下丘脑发育不全，导致我们这种人有很强的性欲，却无法将性欲投射到异性身上。这种机制在基因世界里相当于一种自封闭的伤口；而我们，按照那篇论文的说法，则是人类的弃儿。"

谢德美脸红了——她很少脸红，也很讨厌脸红。"这只是我学生时代的论文，只是一个不成熟的推测，我从来都没有在学术界以外发表过。"

他说："我知道。"

"那你怎么找到的？"

"当我知道他们安排我和你结婚，我就把你写过的所有文章看了一遍。我想看看我有什么事情可以告诉你，有什么不可以。"

"你当初的决定是什么？"

"我决定守住自己的秘密。我从来不主动和你说话，所以我知道你不想要我的时候，心里如释重负。"

"可是你现在都告诉我了。"

"因为我看出来了，我不想要你，所以你很受伤，这倒是我当初预料不到的。像我这么一条人人都瞧不起的可怜虫，你居然还稀罕我的爱，我真想不到。"

真是越说越糟糕了。"我的态度就真的那么明显吗？"

司徒博说："也还好了，不过我的可怜虫形象则是我苦心经营的成果，我努力让自己成为这个群体中最默默无闻、最可怜巴巴、最卑躬屈膝的一个成员。"

想想他两个朋友的遭遇，谢德美终于明白司徒博的一片苦心了。

她说："这是一种伪装。为了保持单身，为了不引起别人的怀疑，你必须刻意和男欢女爱保持距离。"

"还得卑躬屈膝。"

"可是，司徒博，我们已经离开女皇城了。"

"我们一直把女皇城背负在身上。你看看这里的男人，比如说欧必忍吧，还有梅伯，这种人没有过人的天赋，无论在何种金字塔中都注定了身处最底层。这两人一方面是懦夫，另一方面却有相当的攻击性；他们没有胆气去挑战和扳倒高处的强者，可是心里却总是蠢蠢欲动想往上爬；他们没有冒险的魄力，所以注定只能追随耶律迈、佛意漫甚至纳飞这种强者——是的，纳飞，虽然他年纪最小，可是那些弱者还是得听他的。你能想象他们心里长久以来积聚了多少怨气。然后你再想象一下，一旦他们发现我是个怪物，我不是一个真正的男人，我的存在违反了自然规律，他们最害怕变成我这样子，你想想那时候他们会做出什么事？"

"佛意漫不会让他们伤害你的。"

司徒博道:"佛意漫不会长命百岁,而且我也不会把我的秘密告诉那些大嘴巴。"

谢德美说:"你那么肯定我不是大嘴巴?"

司徒博道:"我已经把我的性命交到你手里了。不过老实说,我不知道你是不是大嘴巴。只是既然我们被迫绑在一条绳子上,我计算过了,还是冒一下这个险吧。向你出柜之后,至少我再不用向你说谎,至少有一个人了解我的真面目。"

"我要让他们对你放尊重点儿。"

"不要!"司徒博大声说,"不要!你一定不能这样做!我们结婚之后,情况自然会有所改善,在这一点上,你是对的。可是你必须让我尽量保持隐身潜水的状态。你必须相信我,我知道怎样做才对我最有利——你自己也承认了,你从来就没有想象过世上有这样的事情。所以请你不要干扰我的生存策略,更加不要插手,否则最后我就会死在你的手上。你明白吗?我知道你绝顶聪明,论才智,你在当今世上算是一流的,可是你对我所处的境况一无所知,你什么也不懂,莽撞行事的话只会成事不足败事有余,请你务必不要插手!"

这一番话铿锵有力,振聋发聩,谢德美想不到司徒博竟会这般强悍,把她训斥得服服帖帖。谢德美心里很不满,本能地想反唇相讥;可是她马上转念一想,意识到司徒博是对的。至少在目前来说,她的确对他的状况不甚了解,最好还是让司徒博按照他的惯常策略来处理。

她说:"好的,好的,我什么都不说,什么都不做。"

司徒博说:"你下嫁给我,他们都知道你心有不甘,甚至会觉得你做出了伟大的牺牲。所以你做我的妻子并不会有失身份，反而更像个巾帼英雄。"

谢德美苦笑道："司徒博，真不好意思，其实我自己也是这样想的。"

他说："我知道。可我却有另外的想法，我其实非常向往这件事情。想象一下，我有权利每晚与和谐星球上最聪明的科学家独处；我和她分享一个帐篷，不用做别的东西，可以彻夜长谈！"

司徒博的溢美之言固然很中听，可是不知道为什么，谢德美隐约感觉到一丝悲哀。

司徒博继续道："在某种意义上，这其实也是一种婚姻，对吧？我们不会像其他夫妻那样生儿育女，可是我们有思想的交流。你可以把你的专业知识传授给我，我有什么不懂的话就通过索引自学。然后我也可以把我发现的一些东西告诉你。"

"那实在太好了。"

司徒博说："那我们可以做好朋友，这样的话，我们的婚姻比其他大部分夫妻更美满。你能想象欧必忍和柔珂都说些什么？"

谢德美笑道："他们互相之间有话说吗？"

"还有梅博酷和狄傲丽，表面装得一团和气，其实心里都在埋怨对方。"

"不是的，我觉得狄傲丽并不恨梅博酷，她装得太入戏，已经没办法抽离角色了。"

"嗯，你说得可能有道理，不过他们的婚姻也够恶心的了，是吧？而且他们还要生小孩呢。"

"是挺可怕的。"

两人笑个不停，眼泪都笑出来了。

这时候帐篷门突然打开，是纳飞来了。

纳飞说："我在门口拍了几下掌，可是你们没反应。然后我听见你们好像在大声笑，所以我才进来。"

两人马上回过神来。司徒博道："没事儿。"

谢德美说："我们正在商量婚姻大事呢。"

纳飞脸上顿时显出如释重负的表情，仿佛阴霾散尽阳光复现。他说："你们终于答应啦。"

司徒博说："我们只是比较固执，非要等到心甘情愿为止。"

纳飞说："我信你。"

司徒博道："说起来，我们应该去告诉华纱和佛意漫了。还有，你要用索引是吧？"

纳飞说："我是想用，不过我可以等你用完再来。"

谢德美道："你用吧，反正这索引一直在这儿，我们准备好了再回来吧。"很快他们两人就走出了帐篷，前去……哪里呢？

司徒博牵起她的手，带她来到炉灶这里。"现在应该是狄傲丽值班的，不过她总是开溜——你也知道她贪睡。没关系的，有一次我故意让尤八碰了一下热锅，他肯定回去把消息都传开了，因为从此以后不管饭菜有多香，再没有狒狒过来这里闹了。"

真挺香的。

"你怎么学烹饪的？"

司徒博说："我爸爸就是大厨，这是家传手艺，我从他身上学到不少本事。后来他小有名气，赚够了钱送我去女皇城深造。如今我在那么恶劣的环境下还能煮出这样的大餐，我想爸爸应该会为我感到自豪。"

"那些骆驼奶酪除外。"

"我想我已经找到一种野草可以去除一下骆驼奶酪的怪味儿。"司徒博一边说一边揭起锅盖。"今晚我放了比平常多一倍的骆驼奶酪，估计没人尝得出来。"他把汤勺端起来，谢德美看见上面垂下一团黏稠的糊状物。

她说："嗯……我都迫不及待想尝尝了。"

司徒博察觉到她这话的讽刺意味，说道："呵呵，我知道，大家一看锅里的东西这样子，肯定怀疑有奶酪味道。不过我想，那么多年来我们都喜欢吃奶酪，仅仅从最近这几个月才开始怕的，如果我做得好，说不定可以让大家回心转意呢。而且我们确实需要奶酪，因为她们生了小孩之后需要补充动物蛋白，奶酪就是很好的一个营养来源。"

她说："你把一切都计划好了。"

司徒博道："因为我有很多独处的时间，都用来思考了。"

谢德美说："从某种意义上，你才是这个群体的领导者。"

司徒博道："你最好不要在别人面前说这样的话，否则他们会觉得在某种意义上，你已经疯了。"

"我们在什么阶段吃什么东西，我们在哪里大小便，我们在菜园里种什么，这些都是你决定的。而且你还指导我们如何使用索引……"

司徒博道："如果我做得好，这些事情是不会有人留意到的。"

"你主动挑起大梁，根本不需要别人差遣。"

"其他好人也会这样做，这正是好人的优点所在。小谢，我其实是一个好人。"

谢德美说："现在我知道了——其实我早就应该看出来的。那时候我把你所做的事情都看成是懦弱，可是我本该知道其实那是智慧、坚强和慷慨。不过有些人并不值得你对他们那么好。"

终于,司徒博的眼中闪过一点泪光。虽然这点泪光转瞬即逝,可是谢德美看见了,而且她知道司徒博也知道她看见了。谢德美突然觉得,他们的婚姻绝不会像她最初预计的那么虚假空洞。她和司徒博本来都是被边缘化的人,正担心茫茫前路难寻知己,所幸他们找到了彼此,可以建立一段真挚的友谊。

司徒博尝了一口羹,然后盖上锅盖,将大汤勺挂在炖锅的侧面。

谢德美说:"我觉得我们可以来篝火炉灶这里聊天。人人想远庖厨,避之唯恐不及,所以这里肯定没有人干扰,也不怕隔墙有耳,最安全不过了。"

司徒博呵呵笑道:"我在这里干活的时候,欢迎你随时莅临指导。不过你得做好心理准备,烹饪是一门艺术,我有时候太投入,可能会冷落了你。"

"那我就跟你讲一些很有趣很刺激的话题,让你分心,老马失蹄。"

"你这样捣乱几次,他们就会央求我们离婚了。"

两人又大笑一阵。笑声停歇之后,现场陷入一片沉默之中。

谢德美开口道:"要不我这就去找华纱阿姨吧,她肯定愿意今晚就给我们举行婚礼,估计她比纳飞答应结婚更加觉得如释重负。"

司徒博说:"对,然后越多人出席越好。"

谢德美心领神会。"对,我们要让每一个人都看清楚了,我们是货真价实的两夫妻。"她的潜台词是:我永远也不会告诉别人,我们其实并无夫妻之实。

谢德美要去找华纱了。她刚转身,司徒博把她叫住。

他说:"小谢。"

"怎么?"

"请叫我司徒。"

"好啊。"谢德美答应着,想起她从来没听过他的昵称,因为从来没有人用过。

他说:"还有一件事。"

"什么事?"

"你读书时候写的那篇关于基因黑洞的论文,其实是错的。"

"我都说了,那只是猜测……"

"我为什么说你错呢?因为我知道我们这种人的实际情况。我在索引里面探索的时候看到地球科学家对同性恋的研究成果。原来这不是人体内部的什么机制在起作用,也和基因没关系,归根到底是取决于在胎儿下丘脑开始分化成型生长的时候,母体血液内男性荷尔蒙的水平。"

谢德美说:"可是那个参数几乎是随机的,没有什么实际意义。就算在那几天里碰巧稍稍低于平均值,也可能只是个意外而已。"

司徒博道:"意外可能还说得过去,随机就未必了。这事情唯一的意义在于,我们是天生残废。"

"就像羿羲那样。"

司徒博道:"羿羲看见我行走自如,也能使用双手,他肯定宁愿和我交换位置。可是羿羲和如诗在一起,让如诗怀上他的骨肉;其他人因此而真正尊重羿羲,把他看成这个集体的一员。我看着羿羲的时候,有几个瞬间——记住,只是几个瞬间而已——我突然很想和他交换位置。"

谢德美忍不住牵起司徒博的手紧紧地握住。她这个人很少有这种亲密举动,可是在此情此景这么做却显得恰如其分,因为她需要用友好的举动去安慰朋友。司徒博也稍稍使劲捏了一下谢德美的手作为回答,让谢德美知道她这个举动真的做对了。然后她转身快步离开,前去寻找华纱阿姨。

谢德美一边走一边想,我的未婚夫原来是个菊花男。可是这个噩耗对我来说竟然是个喜讯,因为我知道之后反而喜欢他更多了,真是难以置信!最近这个世界好像都乱套了。

谢德美和司徒博离开之后,帐篷里只有纳飞一个人。他一刻也没有耽误,将还带着余温的索引端在面前,很不客气地对上灵说:"你一直说爸爸那个关于生命之树的梦不是你发给他的,可是你从来没有提起原来你将他的整个梦都储存起来了。"

索引说:"当然了,如果连这么重要的信息都不备份的话,那我就算玩忽职守了。"

"你明明知道我多么希望地球守护者给我报梦!"

索引说:"我知道。"

"那你为什么不把爸爸的梦发给我!"

索引说:"因为这是你爸爸的梦。"

"这也不是什么秘密,他都已经说出来了!我要看他的梦。"

"这种做法不是很高明啊。"

"凭什么每次都由你来决定什么高明什么不高明?我受够你了!你还说杀死贾霸很高明呢。"

"的确很高明。"

"因为你双手不用沾上他的血!"

"可是我储存了你的恐怖回忆。再说了,当初耶律迈在沙漠里密谋害你,还不是我把你救了。"

"哼，你救我不过是想留着我的基因罢了。"

"纳飞，我是一台计算机，难道你指望我是因为喜欢你才救你吗？我的动机一直都很可靠，并不像你们人类的感情那么善变。"

"我不管你说什么，总之我就要看看守护者报的梦。"

"你自己也说了，你要守护者向你报梦；可是我把你爸爸的梦强行灌进你的脑子里，那是完全不同的事情。你爸爸的梦在我这里只是一段记忆而已。"

"他们看到地球上的那些生物，那些蝙蝠和老鼠，我也要看。"

"这只是猜测而已，地球上未必真有那些生物。"

"我要尝一下生命之果的味道。"

纳飞和上灵说话时，只是嘴唇在动，并没有作声。他越说越气，只觉胸中苦闷不堪。虽然纳飞也知道自己现在就像小孩子闹脾气，无奈他实在很想知道爸爸梦中的所见所感。绿儿、如诗、慕斯将军，甚至连绿儿那个古怪的亲生妈妈杜思嘉也见过这些生物，纳飞不甘人后，自然也想一睹为快。仅仅听他们的描述并不够，他要亲身体会，只有让六根清除六尘而生成清净六识之后，纳飞才会心满意足。就算是小孩子气也好，纳飞顾不了许多，他无论如何非要亲身感受一下不可。所以他直接命令上灵把爸爸的梦传给他。

从上灵的角度看，它指定的未来领袖正处于一种痛苦不堪的状态，很难预测会有什么严重后果。为了消除他的痛苦，上灵应允了。

纳飞还端着索引，梦境说来就来，眼前突然一片漆黑。就像爸爸描述的那样，有一个人让他跟在后面，然后就是永无休止地走着。不过还有一点别的东西——爸爸没有提起，他在梦中感到无尽的恐惧和彷徨，所有事情都不对劲，不知从哪里生出许多不可思议的念头，就像汹涌激荡的暗流，在意识深处澎湃。这不仅仅是一个荒野，更是一个精神上的地狱,纳飞多一秒也待不下去了。

他对索引说:"跳过这一段,带我跳过这一段,快让我出去!"

梦境马上消失了。

纳飞很不耐烦地说:"不是跳出这个梦,只是跳过这么沉闷的开场。"

索引说:"这个沉闷的开场和梦里其他场景一样,都是守护者发过来的。"

"快跳过去,我要从真正有事情发生的时候开始。"

"虽然你这是作弊,不过我还是答应你吧。"

纳飞很讨厌索引这样说话。它知道人类会将欲迎还拒的态度看成一种揶揄,所以它就经常模拟人的行为去揶揄他们。问题是纳飞知道对方是一台计算机,而不是一个人,所以这种玩笑不但不好笑,而且还闷得发慌。可是当他向上灵表示不满的时候,索引只是回答说其他人都觉得很好玩,纳飞不应该扫大家的兴。

这时候梦境重新降临,纳飞又被投入无尽的黑暗之中。他依然跟在领路人身后,不停地走着;痛苦的思绪还在心中暗涌,使纳飞无法集中注意力。突然,纳飞听到爸爸的声音,只听他苦苦哀求领路人和他说话,带他走出黑暗。这声音很奇怪,听起来不像是爸爸的,纳飞从来没听过。同时他脑子里却总觉得这就是自己的声音——其实这是爸爸的想法,而不是纳飞的念头。可无论是爸爸还是纳飞,他们的声音都不是这样的。最后纳飞终于意识到,在爸爸的耳中,他的声音就是这样子。在梦里,爸爸当然不会听到他在别人耳中的声音,他只会听见他想象中的自己的声音。其实这声音听起来很年轻,应该是在他刚刚长大成人的时候所听见的自己的声音,然后就一直在脑中固化到现在了。这声音比爸爸现实中的声音更加低沉，更有男子气概，也更年轻。可是无论纳飞怎样理性地分析，他始终觉得这声音不是爸爸的，而是他自己的声音——虽然他明知道这感觉是错的，却始终挥之不去。然后纳飞再次意识到，上灵这是在给他灌输爸爸在梦里的体验，梦里的感受和态度都经过爸爸思维的过滤，当然深深地打上了佛意漫的烙印。

纳飞又联想到心底那股暗流汹涌的思潮，一下子恍然大悟：那一个个扰人心神的念头，那些毫无意义的想法，那些恐惧和混乱，都是来自爸爸思维世界里面的意识流，是爸爸的意识对梦境不断地作出评估、解释、分析和反应。其中有些念头可能还不曾浮到意识表面，所以爸爸未必知道。这些滞留在意识空间底层的念头包括一些散碎的片段，比如"这只是一个梦""这是上灵给我报梦""我真的已经死了""我不是在做梦"，还有各种各样互相矛盾的想法，密密麻麻地堆积缠绕在一起。当这些念头从无意识空间上升到意识层面之后，爸爸的主观意愿对这些念头进行分类筛选，当他的注意力转向下一个想法的时候，上一个念头就马上石沉大海了。可是在纳飞的脑子里，所有这一切都是在机械地重播，所以那些杂乱的想法并不因纳飞的主观意愿而转移，反而混杂在他自己的意识流之中。结果纳飞脑子里突然塞进了两倍于平常的念头，其中有一半还不受控制。纳飞的脑子顿时失控，陷入混乱和恐惧之中。

爸爸说着说着就不再求那个领路人，转而向上灵苦苦哀求。他的声音像呻吟一般，充满着恐惧和焦虑，纳飞听在耳中，觉得无比的屈辱。爸爸之前也提过他曾哀求上灵，可是纳飞从未听过爸爸这样低声下气地说话。此时纳飞觉得自己好像在偷窥爸爸上厕所或者干什么不雅的事情。爸爸在梦里看到自己最狼狈的时候，而不是他在现实中的样子，更不是他在儿子面前的形象。可是我把这些都看到了，等于把他最隐私的自我都偷走了，我这样做简直是大逆不道。不过我可能还是应该了解一下爸爸软弱的一面，他竟然会在上灵面前呜咽哀诉，像个婴儿一样哭闹……以后我怎么能依靠他呢？纳飞突然想起自己也苦苦哀求上灵给他看爸爸的梦，然后他意识到，就算是世界上最坚强、最勇敢的人，他们在灵魂深处还是会有脆弱的时刻，只是没人看到罢了，因为他们从来不会让心底的梦魇左右自己的行为。我现在见到了爸爸最脆弱的时候，完全是因为我像间谍一样监视着他。

纳飞正要开口让索引停下来，梦境突然变了。纳飞发现自己身处爸爸描述的那一片原野之中。他马上就想找那棵树，可是只能跟随爸爸在梦里的目光，只能等爸爸看见之后他才能看见。

终于，在经历了无尽的黑暗和荒凉之后，爸爸看见了美丽的生命之树。纳飞不但自己松了一口气，而且还感觉到爸爸也在这一瞬间完全放松下来。可是对于纳飞来说，双重的放松竟然带来了意想不到的冲击，反而让他变得更紧张了，顿时觉得精神涣散、天旋地转。更糟的是，爸爸在梦中并不是正常地走到树下，而是瞬间穿越。他描述的时候以为自己一步步走，其实他是心念刚动，身形一闪，突然就来到了树下。

爸爸很喜爱生命之果的香气，对这些果子充满了渴望。爸爸的感受纳飞都能体会到，可是他已经被脑海中的混乱思绪弄得头痛欲裂，刚才那一下瞬间移动又害得他头晕恶心，所以生命之果的香味闻起来一点也不吸引，反而让他更想呕吐了。爸爸伸手摘了一颗尝尝，纳飞感到爸爸觉得很好吃。在刚开始的一瞬间，纳飞本人也觉得生命之果确实美味，好吃得绝无仅有、难以想象。可是眨眼工夫，纳飞自己的感受就被爸爸的强烈反应淹没了。原来爸爸当时完全被生命之果的味道和香气震撼了，所以他的反应有如山摇地动一般强烈，情绪已经失控。纳飞的大脑无法承受如此猛烈的感情冲击，顿时觉得痛苦万分。他吓坏了，冲着索引尖叫着要它停下来。

梦境消失了，纳飞一头栽倒在地毯上，一边喘气一边抽泣，努力想从如痴如狂的状态中恢复过来。

很快，那种疯狂混乱的感觉全部退去，纳飞也恢复正常了。

索引在他脑子里说道："这下子你明白我的难处了吧？为了和你们人类进行有效的沟通，我必须保证我发送的信息有足够的强度和清晰度。可即使是这样，你们大部分人还是以为他们脑子里听到的只是自己的想法罢了；他们必须有索引的帮助才能和我进行清晰的交流。不过你和绿儿是个例外，我向你们两人说话比其他人更容易、更清楚。"索引的声音沉默了一会儿，然后继续说："刚才在你脑子里发生的事情可不是闹着玩的，有一瞬间我还以为你要精神崩溃了。"

"你警告过我了。"

"不过我的警告不够全面，因为我也不知道后果会那么严重，以前我从来没有试过将一个人的梦境直接灌入另一个人的脑中。我已经决定了，下不为例，就算有人发脾气我也不管了。"

纳飞说："嗯，我赞同你的决定。"

"还有，你这样腹诽你的爸爸，实在很不厚道。他其实是一个很坚强很勇敢的人。"

"我知道。如果你一直在监听的话，你就应该发现，我在梦里就已经想清楚了。"

"我是怕你忘记了，因为人类的记忆是很不可靠的。"

纳飞说："你让我一个人静静，我不想和你或者其他人说话。"

"那你放开索引就行了——反正你可以随时放手的。"

纳飞将双手从索引上面拿开，翻了个身，跪坐在地毯上，然后站起来。直到这时候他还头昏脑涨的，感到一阵阵的恶心。

他踉踉跄跄地走出帐篷，看见羿羲和梅博酷在外面。羿羲说："我们这就去开饭，你刚才和索引聊得开心吧？"

纳飞说："我不饿，我有点不舒服。"

梅博酷怪叫了一声，纳飞听着觉得很像那些狒狒互相喊话时的叫声。"纳飞你不是打算装病偷懒不干活吧？绿儿这招用得好，你看了就想学，是吧？"

纳飞懒得理他，只是步履蹒跚地向他的帐篷走去。一边走一边想，我要睡觉，我现在只有一个需要：睡觉。

可是当他躺在床上的时候，纳飞才意识到自己根本睡不着，因为他还是头晕恶心，心神不定；既没办法思考，也没办法平静下来。

纳飞想，那我干脆去打猎吧。我去外面杀一只无助的小动物，将它剥皮去内脏，完事之后感觉就好多了，因为我就是这么嗜血的人。也可能内脏的味道让我更加恶心，真的吐出来之后可能就会好了。

纳飞离开营地的时候没有遇上别人——如果他们看到纳飞摇摇晃晃的样子，手里还拿着一把脉冲枪，他们可能不会让他出去。纳飞穿过小河，走上对岸的山坡。他们从来没来过这个地方打猎，一来是因为这边是狒狒的聚居地，它们都睡在山崖上；二来是因为这一带容易碰上人。如果沿着这个方向走远一点，他们就会走近山谷里一个叫鲁扎的村庄，到时候很容易被当地居民发现。可是纳飞当时已经神志不清，他只隐约记得自己曾经穿过一条小河，在河对岸发现一些好东西，而他此刻正想找一些好东西来提提神……或者……想死……随便吧，不管了。

纳飞的脑子在清醒和混沌之间徘徊。在清醒的时候，他反复对自己说，我本来应该等一下的，如果地球守护者想给我报梦，它早就给我报了；如果它一直没有给我报梦，我就应该耐心地等下去。而我却非要立即亲身体会不可，我实在太不该了，我本应等一下的。现在我愿意耐心等待，可是你永远也不会给我报梦了，对吗？因为我作弊了，索引说得不错，我作弊了，所以我不配……我知道自己现在已经是个废人，我逼上灵让我亲身体验一次，结果把我的脑子也烧坏了。从今以后我就是一个神经病人，既不能为你和上灵效劳，也不懂爱绿儿，对其他人也是一点用处也没有，我干脆从悬崖边上一头栽下去摔死算了。

等纳飞发现自己迷失方向的时候，已经是日落时分。他根本想不起来走了多远，只知道现在他正坐在一座小山丘顶上，无遮无掩的；如果附近有强盗或者猎人，一眼就会看见他。纳飞把头埋在手中，眼睛盯着地上，可是却感觉身前坐着一个人，这个人没有说话，却一直盯着纳飞。

纳飞心中默默地说道："你说话吧，要不就动手，给我一个痛快。"

那个陌生人说："喔，喔——喔。"

纳飞认得这声音，抬头叫道："尤八。"

尤八晃了两下，又叫了几声，看起来很高兴，因为终于有人认出它了。

纳飞说："我没有东西喂你啊。"

"喔。"尤八还是很开心。可能因为它被放逐之后一直孤零零，所以现在有人留意它，尤八就已经很满足了。

纳飞伸出一只手,尤八大胆地走上来,把一只前爪放在纳飞的手上。

在这一瞬间,尤八突然从一头狒狒变成一只长着飞翼的动物,它的脸也变得比狒狒更凶猛,更有智慧。这只动物的一扇飞翼一开一合,另一扇却没有动,因为纳飞将它的手握住了。纳飞知道,这就是绿儿所说的天使了。它突然开口向纳飞说话,可是纳飞一句也听不懂。天使又说了几句,这次纳飞大概知道它是在警告有什么危险。

纳飞说:"我应该怎么办?"

天使四处张望,愈发显得不安,后来更是露出恐惧的表情。它将手从纳飞手中抽出来,纵身而起,飞上了半空,在纳飞头顶盘旋。

这时候纳飞听到有什么东西刮石头的声音,他低头环顾四周,发现了声音的来源。那是几只更巨大、更凶猛的动物,也就是人们梦里见到的大老鼠。纳飞听过沙漠旅人说的故事:论强壮,一个成年人还比不上一只狒狒;而面前这些大老鼠甚至比狒狒还大一圈,看起来更强壮。它们的尖牙显得特别狰狞,可是它们的手——它们的是手,而不是爪——却更加吓人,因为它们手里都拿着石头,好像随时准备扔过来。

纳飞随即想到身上的脉冲枪。可是在它们扔石头把我砸倒之前,我能干掉几个呢?两个?三个?不过英勇战死总好过束手待毙。

好过?为什么好过呢?一个人死就已经很不幸了,多牺牲几条性命于事何补?只会让它们杀我杀得更加名正言顺罢了。纳飞干脆把脉冲枪摆在面前的地上,抚掌于膝前,等它们动手。

它们也在等,手臂还保持着准备投掷石头的姿势。天使仍然在上空盘旋,默默地见证着即将发生的一幕,偶尔发出一声长啸。

突然，纳飞觉得手里多了点东西。他摊开手掌，只见上面有一个果子，纳飞马上认出来，这就是生命之树上结的那些生命之果。

他把果子放到唇边尝了一口——天哪！爸爸说得没错，人生在世没有比这更美好的感觉了。其实他刚才也算是品尝过，只是被那些杂乱无章的思绪干扰了心神，无法领略果子的妙处；如今他心中平静，如同大病初愈，自然可以品出其中真味。

纳飞尝过之后，不假思索地将果子从唇边拿开，递给站在他正对面的一只老鼠。

老鼠低头看了看纳飞的手，又抬头回看他的脸，然后再低头看着那个果子。

纳飞想过把果子放在地上让老鼠自己捡，可是他马上想到，不行，这是生命之果，不是那些被风吹落待人捡的果子，所以不应该沾染地上的尘埃。这果子只能用手从生命之树上直接摘下来，然后传递到另一只手上。

那只老鼠用鼻子嗅了一下，往前走两步，又嗅了一下，然后把果子从纳飞手上拿过去，放在唇边咬了一口，汁水喷出来，有几滴还溅在纳飞的脸上。纳飞没怎么留意，只是当汁水流到唇边的时候才伸出舌头舔掉。他此时只顾定睛看着老鼠，只见老鼠呆住了、一动不动，生命之果的汁水从它的嘴角一滴滴地流出来。纳飞想，难道这水果把它毒死了？我不是有意的。

不，老鼠不是中毒，它只是太震撼而已。现在回过神来了，它从喉咙里发出一串急促的声音，然后碎步跑到离它最近的一个同伴面前，这个同伴用嘴直接把果子从它嘴里叼走。就这样，果子在它们嘴里传了一圈又回到了第一只老鼠那里。它走前几步，用嘴把果子送到纳飞面前。虽然被那么多老鼠咬过，可是这果子还没吃完。

纳飞的脸形和嘴形不像那些老鼠，没办法直接把果子叼住，所以只能伸手接过来。他虽然担心生命之果不知变成什么味道了，可还是马上放进嘴里，因为他知道他必须这样做。幸好，生命之果的香气不但没有改变，而且因为经过别人的分享，反而变得更香甜了。

纳飞细嚼慢咽，众老鼠也跟着一起，把嘴里残留的果汁和果肉都吞咽下去。

吃完之后，他们走到纳飞面前，把手中的石头放在他的脚边，将十四个石头堆成一个金字塔，然后就列队离开了。

天使立刻从半空中飞下来，在纳飞头顶盘旋，一双飞翼不停地拍打，嘴里发出尖叫。过了一会儿，它重重地降落在纳飞的肩膀，用飞翼抱住他。

纳飞说："我希望这个动作表示你现在已经开心了。"

天使没有说什么，纵身一跃飞走了。

然后纳飞站起来，发现他不是在一座石头山顶上，而是在原野之中，身边有一棵树，脚边是一条小河，沿岸有一条小径和铁栏杆，对岸则是一栋大宅子。他看到了爸爸的梦境。

纳飞知道自己在做梦，也预计着这个梦快完了，可是梦境就在这时候改变了。他看见自己站在人群里，人群里面有人、天使和老鼠，他们都在仰头看着天空中射下一道明亮的光柱。纳飞知道，他们是在等待，他们一直在等待，此刻终于等到了：地球守护者。

纳飞想走近一点，看清楚地球守护者的样子。可是那道光实在太强烈，他只能勉强看出守护者有四肢，还有一个脑袋，除此之外，就只看到刺眼的亮光了。纳飞觉得守护者就像一个太阳，无法直视，再多看一会儿就会双目失明。他只能闭上眼睛，让疼痛稍稍缓解。

纳飞知道，等他再张开眼睛，他已经走到守护者面前，能够看清楚它的真面目了。

"喔……"

他看到的是尤八的脸。

纳飞小声说:"喔什么?"

"喔——喔。"

纳飞说:"天快黑了,你还很饿是吧?"

尤八坐在后腿上,一副很期待的样子。

"我看看能不能给你找点吃的吧。"

虽然天色昏暗,可是纳飞很快就打了一只野兔,因为河谷的这一边还有很多野生动物。夜幕降临的时候,尤八还在狼吞虎咽,连一点肉丝也不想放过,还用石头把兔子的头骨敲开,将里面的脑子也吃了。还没吃完,尤八就已经一手一脸都是血污。

纳飞说:"你要是有一点点脑子,就应该趁着血迹没干赶回去,用剩下的肉讨好有小孩的母狒狒,她就会让你和她的小孩玩,这样你就可以正式成为这个部落的一员了。"

尤八当然听不明白,不过他也不需要明白,因为它已经本能地开始护食了。只见尤八偷偷摸摸地想把野兔尸体藏起来不让纳飞看见,似乎准备夹带私逃。纳飞与人方便,稍稍侧过脸,让尤八抓住这个机会狂奔而去。他听着尤八脚掌刨地的声音渐渐远去,默默说道:"老友,用这只野兔的血肉换回你在部落里面的一席之地吧。我看见了地球守护者的真面目,原来它就是你。"

说完纳飞就后悔了:这话对地球守护者有点不敬。他连忙对着守护者——或者对着上灵,也可能对着不知道是谁——说道:"谢谢你给我报梦,谢谢你让我看见爸爸和其他人的梦境,谢谢你让我成为他们的一员。"

现在谁行行好，帮我找到回家的路呢？

不知道是因为上灵的帮助还是靠他自己的认路本领，纳飞在月色中回到营地。绿儿已经开始担心，爸爸妈妈也是，还有其他人也在担心。他们将谢德美和司徒博的婚礼推迟了，因为如果纳飞身处险境他们还举行婚礼，那就太不应该了。现在纳飞安全回来，婚礼也顺利进行。没有人问他去哪里干什么了，好像大家都知道这事情太怪异，或者太精彩，或者太可怕，总之还是不说为妙。

晚上和绿儿躺在床上，纳飞把一切都说出来，从喂尤八到守护者报梦，和盘托出。

绿儿说："听起来好像今晚人人都得偿所愿嘛。"

纳飞问："你呢？"

绿儿说："你回家我就心满意足了。"

第六章　脉冲枪

他们的营地驻扎在梅博谷中，就在耶律迈河畔。大伙儿在这个营地滞留的时间比预期的长。首先他们要等待收割庄稼的季节；其次，绿儿怀孕之后狂呕不止，体质太弱，就算喝了谢德美按照索引配方调制的安胎止呕草药汤也不见效，华纱严禁大伙儿上路，恐怕害了绿儿性命。等绿儿终于熬过了晨吐阶段，恢复一点体力，三个孕妇——如诗、柔珂和绿儿——都已经大腹便便，很难再长途跋涉了。而且，莎芙、艾雅、狄傲丽和华纱女士本人也怀孕了。虽然她们都不像绿儿反应那么强烈，可是她们都不愿意挺着大肚子在沙漠里奔波劳碌，不想成天在骆驼背上晃悠，晓行夜宿，起早摸黑地拆装帐篷，靠硬饼干、牛肉干和甜瓜干来维持生命。

所以他们在营地里面逗留了超过一年，等到所有七个小婴儿都出生。在这批婴儿里面，只有两个男丁：佛意漫夫妇为小儿子取名奥义克，这是华纱父亲的名字；耶律迈和艾雅为他们的长子取名蒲储诺，是坚韧不拔的意思。艾雅还有意无意地提起，只有她的丈夫耶律迈才像佛意漫那么有男子气概，生的全是男丁。可是其他夫妇都不理会她的吹嘘，对各自的女儿珍爱有加。

绿儿和纳飞给长女取名索菲娅，意思是她将两人的灵魂缝在一起。如诗和羿羲的女儿是新生代中最年长的，他们为她取名德莎，意思是说她是两人所有人生问题的终极答案。柔珂和欧必忍的女儿叫喀纱缇娅，意思是美丽，在女皇城中是很常用的女孩子名字。费雅思和莎芙给女儿取名为费思敏娜，既有回忆的意思，也和费雅思的名字有关系，他们也叫她小娜。梅博酷和狄傲丽给女儿取名为芭丝丽姬娅，正是他们朝思暮想的女皇城的谐音。大家都知道这是梅伯在示威，每次叫这个名字，他其实是向逼他离乡背井的那几个人表达怨愤之情。佛意漫于是给小女婴取了一个昵称：小丝卡，就是乡下小姑娘的意思。大家都愿用这个昵称，梅伯开始很不满，无奈每次抗议都招来大伙的嘲笑，所以他也只能作罢。

奥义克和蒲储诺，索菲娅和德莎，喀纱缇娅，费思敏娜，还有小丝卡，他们就是这个殖民团体的新生代。他们的父母在梅博谷住了一年多，在一个清凉的早晨，他们也要随着父辈踏上征途了。父母们用薄布把婴儿很松散地包起来，放在背带里，绕过肩膀，挂在妈妈们的胸前，这样她们在路上也可以给小宝宝喂奶。除了谢德美之外，所有的妈妈都不用干搭帐篷这种重活——当然，等小孩长大点，她们就要重新干重活儿了。男人们在沙漠里生活和磨炼了一年多，皮肤晒黑了，身体也变得更强壮了。他们在妻子面前都有点昂首阔步的姿态，一来是为了他们共同缔造的生命结晶而感到自豪，二来也为他们能够照顾和养活妻子儿女而觉得骄傲。

当然，这里的"他们"不包括司徒博。司徒博还是一如既往地默默无闻，他和他的老婆还没有小孩，两人有时候好像完全消失了。在这群人里，司徒博和谢德美是唯一与华纱和佛意漫没有血缘关系的夫妇，也是唯一没有小孩的夫妇。在他们这一代人里，除了耶律迈夫妇就数这两人最年长了。从来没有人敢公开说司徒博和谢德美夫妇低人一等，可是也从来没有人真心觉得他们和其他人完全平等。

就在大部队集合准备出发的时候，绿儿抽空走开了。她胸前挂着熟睡的索菲娅，肩膀上托着一个熟透的甜瓜，来到狒狒日常活动的地方。那些狒狒显得烦躁不安，不过这也不出奇，因为最近人类的营地总是熙熙攘攘的，终日一片混乱。绿儿穿过它们进食的区域，众狒狒一直盯着她，看她到底要干什么。有些母狒狒还走上来看小婴儿。绿儿以前让它们摸过索菲娅，不过她当然不会让它像和小狒狒打闹那样和索菲娅玩耍。狒狒的玩耍方式太粗暴了，索菲娅那么柔弱，经不起折腾。

绿儿要找的是一只公狒狒，而不是那些母狒狒。她刚摆脱那群好奇的母狒狒，马上就看见她要找的尤八。一年前，尤八曾被放逐一段时间，后来它想办法哄住了女族长的大女儿，从此在这个母氏部落中飞黄腾达，位极人臣。绿儿让尤八看见她手中的甜瓜，再稍稍侧身避免吓着它，然后把甜瓜扔在一块石头上，摔得四分五裂。

不出所料，尤八吓得一下子往后跳开。可是它马上发现绿儿并不害怕，于是又往前走几步看个究竟。一直以来人类都小心翼翼不让狒狒发现一个秘密，如今绿儿就要向尤八展示这个秘密了。她伸手到地上捡起一瓣瓜皮，大声吃着上面连着的瓜瓤。

绿儿的咀嚼声吸引了其他狒狒的注意力，如她所料，是尤八首先开始模仿她吃甜瓜的。只是尤八不分瓜皮和瓜瓤，却还是吃得津津有味。吃饱之后，尤八蹦来蹦去，又闹又叫的，终于成功鼓动其他狒狒——尤其是年轻的那些——也去尝一下。

绿儿慢慢后退，然后转身离开了。

她听见身后有脚步声跟着她。绿儿回头一看，原来是尤八。她想不到尤八会跟上来——不过尤八总是做些出人意表的事情。它既聪明又好奇，智力只比人类稍逊一筹，可它的好奇心和好学精神有时候甚至比人更强。

"如果你想来就来吧。"绿儿说完,带着它走回上游的菜园子,那里一直是狒狒的禁地。甜瓜的最后一批还结在瓜藤上,有些已经熟了,有些还半生。尤八在菜园边上犹豫着不敢进来,因为长久以来众狒狒已经习惯了留在这条无形的边界之外。绿儿向它招手,于是尤八小心翼翼地穿过了菜园的边界。

绿儿领着它来到一个熟了的甜瓜那里,说道:"等甜瓜长成这样子才能吃。"然后她把甜瓜连着瓜秧捧到尤八面前,说:"要是甜瓜闻起来是这个味道,就能吃了。"尤八嗅了几下,捧起来摇了摇,然后将瓜往地上砸。砸了几下,瓜碎开了,它吃了几口,乐得冲绿儿叫个不停。

绿儿说:"我还没说完呢。你一定要认真上完这最后一课。"说完她捧起一个还没熟的甜瓜,只是让尤八嗅一下,却不让它接手。绿儿继续说:"不行,这个不能吃!因为种子还没成熟,如果你把这样的瓜吃光,它们明年就不能再长了。"然后她将没熟的甜瓜放在身后,指着尤八脚下那些散落一地的甜瓜说:"你应该吃熟的。谢德美说过,成熟的种子能够完整无缺地穿过你们的消化系统,然后在你们的粪便那里发芽生长。如果你教会你的同伴只吃熟瓜的话,这些甜瓜永远也吃不完。关键是要教他们学会耐心等待。"

尤八眼定定地看着绿儿。

绿儿说:"虽然你不知道我每句话说什么,可是你大概能了解我的意思吧。你那么聪明,肯定能够搞清楚。你把这群狒狒教会了,然后就去下一个部落传道,我们占用了你们的河谷一年多,这份礼物就当作是租金吧,请你拿去,好好地利用。"

尤八叫了一声。

绿儿站起来走开了。那些骆驼都已经准备好，他们都在等她。绿儿说："我把菜园交代给尤八了。"柔珂听了直翻白眼，可是绿儿一点也不在乎，因为纳飞正对着她微笑，如诗点头称是，佛意漫也赞了一句"做得好"，有这些已经足够了。

一声令下，所有骆驼都站起来。它们背负着帐篷、补给物资、装满胚胎种子的干燥箱和冷冻箱，还有，最重要的，人——不是十六个，而是二十三个人。耶律迈昨晚就说过，上灵最好尽快带领他们到达目的地，否则小孩渐渐长大，不能再和妈妈一起骑骆驼，那就麻烦了；除非上灵能在途中帮他们补充骆驼。

最初两天他们是朝着东北方向走，也就是当初从女皇城来的路。这条路虽然不是第一次走，可是已经过了整整一年，路上景物也认不出来了。而且放眼望去尽是千篇一律的黄沙灰石，走了一小时之后就看腻了。

在第二天将近傍晚的时候，梅博酷和耶律迈并排走了一段。"还记得你判他死刑那地方吗？我们已经走过了，是吧？"

耶律迈沉默了一会儿，然后答道："不，我们不会经过那里。"

"我觉得刚才看到那地方了。"

"你搞错了。"

他们静静地骑了一会儿。

梅博酷叫道："耶律迈。"

"嗯？"听起来耶律迈已经不耐烦了。

"如果我们拿了自己的帐篷，带上三天的口粮，往北走回女皇城，你说谁能阻止我们？"

耶律迈有时候觉得梅博酷的鼠目寸光已经达到愚蠢的地步。"很明显,你已经忘记了我们身上一分钱也没有。我告诉你吧,在女皇城里挨穷还不如在这里挨穷呢,因为在这里至少还有上灵帮你。你回到女皇城,上灵就不会管你的死活了。"

梅伯讽刺道:"噢,原来我们在这里住还有人帮忙呢!"

"我们在一个水源充足的地方住了超过一年,居然没有被发现,什么旅行者、强盗、私奔的情侣,一个都没有,连附近村庄也没有人一家大小过来郊游。"

"我知道,我们就像去了外星球,而且还是没有人居住的那种。我也不怕你笑话,那时候狄傲丽的肚子大了,行动也不方便,我开始连那些母狒狒也觉得好看了。"

梅博酷真是没用,已经到了无以复加的地步。耶律迈答道:"不奇怪。"

梅伯瞪着他,说道:"我说笑的,浑蛋!"

耶律迈说:"我说真的。"

"你已经把自己的灵魂出卖了,是吧?你现在是爸爸的乖儿子,你是纳飞一世。"

梅博酷怨恨纳飞是很正常的,因为纳飞三番四次地让他丢面子。可是耶律迈很早以前就决定容忍纳飞,只要他老老实实地待在自己的位置,只要他还有利用价值。其实现在耶律迈看人只关心一件事情:他能否为这个群体的生存作出贡献——他的妻儿就是这个群体的一员。从这个角度看,纳飞比梅博酷有用多了,偶尔提醒一下梅博酷也是有好处的。所以耶律迈答道:"我们在一起生活了一年多,你吃的肉都是纳飞每个星期打猎打回来的,你居然还说他只懂争宠?"

梅博酷说:"嘿嘿,我知道他除了争宠还懂别的,人人都知道。

实际上我们大部分人都认为他比你懂得还多呢。"

梅博酷肯定从耶律迈的脸色看到了什么东西，所以他说完之后，马上放缓骆驼的脚步，离耶律迈远远的。

耶律迈知道梅伯说这话是想惹他生气，不过耶律迈才不上当。他知道梅伯的人生目标很简单：逃离他的婚姻，避开他的小孩；回到女皇城，泡他的浴缸，坐他的马桶；每日品尝珍馐美味，闲来欣赏艺术作品——最重要的是城中有数不尽的无知少女，只需三言两语就手到擒来。其实如果梅博酷真的回去的话，不管他有没有钱，在女皇城怎么都能混得开；狄傲丽也是，她以前毕竟是著名童星，回去也不愁吃穿。对于这两个人来说，此去经年，前途渺茫，女皇城才是他们最好的归宿。

耶律迈想，这个话题其实早已经结束了，从上灵让我当众出丑的那一刻起，它就已经把回去这条路堵死了。上灵已经把话说得很清楚了，你想杀纳飞是吧？我就让你变成一个笨手笨脚的弱智，连个绳结也打不好。而且现在如果耶律迈要更改目的地，他要对付的不是纳飞，而是要让爸爸屈服。不行的，耶律迈已经没有别的出路了。再说了，女皇城算什么？他不是梅伯，梅伯只要能在女人堆里畅泳就心满意足；可是耶律迈有更高志向，他在城里必须高高在上，一言九鼎。可是如今他一文不名，心中的理想都成了妄想。

现在他有了艾雅和蒲亚，他深爱着妻儿。而且他对沙漠生活有一种特殊的感情，这种感情不但别人理解不了，甚至连爸爸也不明白。如果耶律迈回女皇城，艾雅总有一天会不续婚约，到时候他就身处一个很尴尬的地位，为了留在城内而找人结婚。耶律迈决不能忍受那种屈辱——如今在沙漠里，他可以和妻子小孩长相厮守，这才是男人应该过的生活。他不想拆散这个家，所以他已经不再梦回女皇城。或者说耶律迈至少已经不再渴望回去了,因为他梦想的那种生活已经遥不可及。

可怜梅伯和小丽还幻想着回去——不过这两个废人,就算走了也不会对我们这个团体造成任何影响。

当晚,在耶律迈和爸爸选择扎营地点的时候,他说起这事情:"你知道吗,梅伯和小丽还想回女皇城。"

佛意漫说:"不奇怪,这两人没什么想象力,一辈子只盯着一件事情,接受不了改变。"

"不过你也知道,这两人对于我们来说,几乎一点用处也没有。"

爸爸说:"嗯,至少比柔珂好一点。"

"呵呵,柔珂是极品。"

爸爸说:"其实他们多少还是有一点点用处的。虽然他们未必能完成分内的工作,可是我们需要他们的基因,我们需要他们的小孩来壮大这个集体。"

"我们的生活会容易很多,矛盾和麻烦也会少很多,如果……"

佛意漫说:"不行。"

耶律迈很生气:爸爸怎敢打断他的话?

佛意漫说:"这不是我的选择。如果是我说了算,谁想回去我都不会阻挠。可这群人是上灵选定的。"

爸爸一提"上灵"两个字,耶律迈就马上泄气了,因为这意味着理性的讨论已经结束了。

晚上扎营之后,耶律迈值夜。他决定了,在他当班的时候,如果梅伯和小丽要溜走的话,他就睁一只眼闭一只眼,放他们一条生路。从这里回女皇城应该不难认路——这一带的沙漠不难走,现在是他们回到文明世界的最好时机了。老实说,他们的胜算其实也不大。这一路上都会有强盗,现在可能更多,因为慕斯在女皇城当政,可能把很多恶棍暴徒都赶出城了。或许上灵会帮他们顺利回到女皇城,或许上灵根本就懒得管他们。无论如何,反正如果他们决定要搏一搏,耶律迈是不会阻挠的。

可是他们没有这个胆量。耶律迈甚至还延长了值班时间,可是他们根本就没有从帐篷里溜出来偷两头骆驼跑路。耶律迈最后叫醒了费雅思接班,然后怀着对梅伯的鄙视上床睡觉了。如果换了是我,我就会带上我的妻子和小孩,说走就走。梅博酷没有这魄力,他太容易屈服了。

第三天上午,他们来到了分岔路口。如果要回城的话,他们就必须转向北面。耶律迈认得这地方,佛意漫当然也认得,可是其他人都蒙在鼓里。他们不知道,从这里继续东行,他们的回头路就彻底断了。

耶律迈一点也不觉得难过。他和梅博酷不一样,一直以来,沙漠就是他生活的中心,他回女皇城不过是为了生意买卖和结婚娶妻。当然,他也向往城里的舒适生活,也把女皇城看作家乡;只是耶律迈从来没有很重的"家乡"情结,他从不会思乡,也没有乡愁,更加不会想到两眼泪汪汪。后来艾雅诞下儿子,当他把蒲亚抱在怀里,当他听到小宝宝的第一声啼哭,当他看见儿子的第一个微笑,耶律迈知道,对他来说,家,就是艾雅和蒲亚所在的帐篷。他不需要女皇城,只有像梅伯那样的弱者才会渴望回到某个特定的地方。

在未来几年里,这支远征队就是耶律迈的全部,他决心尽可能确保自己在这个小群体里身居要位,手中权力越多越好。在河谷定居的时候,司徒博的菜园子提供了将近一半的食物,而纳飞的打猎本领一点也不比耶律迈逊色,所以他没有机会脱颖而出,难以占据领袖的地位。可是现在，他们再次踏上旅途，在很多事情上，连爸爸也要听从耶律迈的建议。上灵给他们指明了大方向，可是具体行进路线则是由耶律迈制订的。他可以随时回头看着大部队里的艾雅，只要她不是在喂小孩，她的眼光必然追随着耶律迈。这个旅程让艾雅想起她丈夫对于这个团队来说是多么重要，她因此万分自豪，耶律迈也心满意足。

上灵告诉爸爸，如果他们有足够的补给，又找到一条安全易行的路线，连续不断走六十天就可以到达目的地。可是连续走六十天是不可能的。小婴儿长期经受酷热和干燥天气的煎熬，还在驼背上颠簸，绝对吃不消。他们必须找到另外一个安全的地方，休整一番；然后走一段路之后再安营扎寨休整。在每个营地，他们都需要逗留足够长的时间，种植庄稼，收割粮食，作为下一段路程的补给。大概一年吧，每个地方待一年，这段六十天的旅程估计要拖三年左右。在这段时间里，耶律迈才是真正率领大家前进的领头人。到了旅程结束之时，人人都会把他看作团队的领袖，而爸爸则蜕变成一个德高望重的元老顾问。这才是他应有的角色：顾问，而不是领袖。

我才是名副其实的领袖！到时候如果我同意上灵指定的目的地，没问题，我就带领他们前去，大家一定会安全及时地到达。不过如果我决定去别的地方，哼，那么上灵就见鬼去吧。

尼维迪姆河不是一条季节性河流，它发源于鲤鱼帝山脉的融雪山泉，可是流量从来都不大。当河流跌入克鲁提奥谷之后，到达低处的沙漠，在炎热干燥的环境之中，一路被黄沙吸收，在距离急流海很远的地方就断流了。

这条河流给南来北往的团队提供了最稳定可靠的水源，所以从北方的女皇城到南方的火焰诸城之间的商旅通道一直追随着尼维迪姆河。人们攀到鲤鱼帝山脉的山巅，跟着河水下山，直到它断流的地方。一年到头大概有十几支团队沿着尼维迪姆河河岸行走。在鲤鱼帝山脚，索引让他们扎营休整了一个星期，因为有一支北行的军事辎重运输队要从克鲁提奥山谷入口这里上山，再沿着对面的崎岖小路下山。

最狼狈的是，在等待期间，他们不能生火。索引警告说，押送军用物资的军队精神紧张，草木皆兵。一旦发现有黑烟，这些士兵就会以为有强盗，不管三七二十一先把人杀了再说。所以他们一行人只能很凄惨地吃干粮冷食，整天无所事事地坐着干等，等佛意漫宣布启程。其间免不了闹起矛盾来。

第二天就出事了，耶律迈和费雅思一起出去打猎的时候损失了第一把脉冲枪。费雅思在搜寻猎物踪迹方面有点天分，只是他本来不需要携带脉冲枪的。可是费雅思偏偏提出他也要随身带一把，不给的话就太削他面子了。而且有一把枪防身也是对的，因为他追踪小动物的时候，可能会有别的猛兽也在追踪同一个目标，说不定会碰上。

平常费雅思都不算笨拙，不过这次他在一条狭窄的岩层山路上行走的时候不小心绊了一下，他倒是勉强保持住平衡，却失手把脉冲枪丢了。这把枪摔在一块突出的岩石上反弹了一下，然后一直跌进谷底深渊之中，费雅思和耶律始终听不到枪砸谷底的声音。当晚费雅思描述这事情的时候，反复强调说："当时摔下去的有可能是我。"

耶律迈很想说，如果摔下去的是你，而不是那把脉冲枪，反而对大家都有好处。只是他没办法开口说这样的话。他们只有四把脉冲枪，而且没有办法补充。终有一天太阳能电池会停止充电，所以耶律迈总是小心翼翼地将其中两把保存在黑暗的地方。现在没了一把脉冲枪，耶律迈必须从存货里取出一把了。

"你为什么要去打猎呢？"佛意漫知道丢失脉冲枪的严重性，他这个问题是针对耶律迈的。携带两把枪是耶律迈的决定，向他问责也是应该的。

耶律迈似乎觉得佛意漫没有权力质疑他的决定，所以他冷冷地回答："因为我们需要肉。那些妈妈们光靠硬饼干和牛肉干是没办法给小孩提供充足营养的。"

佛意漫问道："可是我们也没办法生火烤肉，你打了猎物回来怎么办？让她生吃吗？"

耶律迈说："我本来打算用脉冲枪的高温把肉烤一下，虽然不能熟透，可是至少……"

佛意漫说："这是浪费脉冲枪的能源。"

耶律迈说："可是她们需要吃肉啊。"

费雅思恨恨地说："你们是不是想要我陪着那把脉冲枪跳崖自尽呢？"

耶律迈语带讽刺道："没人想要你自尽，这事情和你已经没关系了。"

如诗静静地看着他们说话。每次有冲突，她都在一旁仔细观察，看着人与人之间的连线如何变化。她知道眼前看到的这些线条都不是真的，只是她的大脑构建的一种视觉上的象征，是一种幻象。可是这种幻象所携带的信息都是真实的，这些信息就是人与人之间的关系，包括忠诚、憎恨、热爱等等，它们就像身边的沙石灌木一样,都是客观存在的。费雅思在这个群体里一直算是一个异类:没有人憎恶他,没有人怨恨他,可是也没有人喜爱他。没有人对他特别忠诚,他也没有和谁特别亲近。不过他和莎芙之间有一种很奇怪的联系,而他和欧必忍之间的联系就更加古怪了。莎芙对费雅思没有爱意,也没有尊重;他们的婚姻是有名无实,只是两人将就着过活而已。他们之间不存在忠诚、爱情甚至友谊。可是费雅思似乎对妻子有一种非常强烈的情感,如诗从未见过这种情感,所以不知道是什么。而他和欧必忍之间也有类似的联系,只是稍弱一点。这事情有点不合理,因为费雅思没有理由和欧必忍有那么紧密的联系。当初正是由于欧必忍和莎芙偷情被撞破,柔珂才几乎把莎芙杀了。为什么费雅思会和欧必忍建立了一种很强的联系呢?这种联系的强度——在如诗看来就是这一束线条的粗细——简直可以和这个团体中最牢固的婚姻相提并论,比如佛意漫和华纱之间的关系,或者耶律迈对艾雅的爱意,还有如诗和她的爱人羿羲之间日益深厚的感情......聪明伶俐的羿羲,讨人喜欢的宝贝,他全心全意地爱着她,他的声音就是她快乐的源泉......

如诗知道费雅思与莎芙和欧必忍之间的联系绝不是这种感情,而且他对其他所有人都没有丝毫的感情。那么为什么偏偏是莎芙和欧必忍呢?他们三人唯一的联系就是那一次通奸......

难道这就是根源?就是因为那两人的奸情?难道费雅思一直被这顶绿帽子困扰着无法释怀,所以才形成了那么强的联系?这就奇怪了,因为费雅思应该早就知道莎芙在外面勾三搭四,他们的婚姻关系向来都是松散的。而且如诗见过无数憎恨和愤怒的联系,如果费雅思对他们的情感是这两者的话,她早就认出来了。

在这一刻,费雅思和每个人之间应该有一丝愧疚的连线,他应该有将功补过的愿望。可是如诗什么也看不见,费雅思好像一点也不在乎,甚至还有点心满意足的味道。

莎芙说:"要是我们有四把枪的话,我们就应该有足够的能源去烤肉了。"

如诗很惊讶,想不到费雅思的妻子竟然旁敲侧击,挑起他的痛处。然后就是柔珂——说到落井下石,她自然不甘人后——她接着她姐姐的话,却说得更狠、更直接。她说:"费雅思,你本来应该走路留点儿神。"

费雅思转头看着柔珂,语带不屑地说道:"可能我应该向你学一下怎么走路才能又快又稳。"

这一类争吵很容易爆发,也能持续很久。如果任由他们说下去的话,就算是不懂解构的人也能预测后果了。佛意漫喝道:"别吵了!"

费雅思平静地说:"没有烤肉可不能怨我,还有三把脉冲枪呢。而且,又不是我不让生火的……"

耶律迈拍了拍费雅思的肩膀,说道:"其实爸爸认为我应该负全责。他是对的,本来每次打猎只应该带一把脉冲枪,这次是我判断失误了。如果我们真的有心埋怨你,就不是这样说话了。"

欧必忍说:"对啊,我们就该把你吃了。"

有几个人笑了,他们可能是被欧必忍的话逗笑的,也可能是为了缓和一下紧张的气氛。不过这话是从欧必忍嘴里说出来的,费雅思显得特别不满。如诗看到这两人之间的连线闪了一下亮光,变粗了,就像一条黑色的大缆绳把费雅思拴在欧必忍的身边。

如诗一直看着,希望他们再吵一会儿,她就能搞清楚这两人之间是怎么回事。可是就在这时候,谢德美开口了:"吃生肉不是不可以，只要那只动物是健康的，肉也够新鲜，那就行。吃的时候把肉的表面稍稍烤一下消毒，不用消耗太多能源就可以将表面的细菌都杀死。而且我们有足够的抗菌药，谁吃了生肉不舒服就可以吃药。就算抗菌素吃完了，我们也可以用现有的草药熬制。"

柔珂很嫌恶地说："生肉！"

艾雅说："我不知道我能不能吃下去。"

谢德美说："你只要充分咀嚼就可以了，或者先切成小片再吃。"

艾雅说："我怕那味道恶心。"

柔珂说："想想都恶心。"说完她还全身抖了一下。

谢德美说："这其实是心理障碍，你们为了小孩好，应该不难克服。"

柔珂发飙了："你连小孩都没有，还敢指手画脚教我们？"

如诗看得出，柔珂的话深深地刺痛了谢德美。这个群体有几个很深的隐患，其中一个就是谢德美，她与其他女人越来越疏远。如诗经常和绿儿商讨对策，想尽一切办法去改善，可是实在很难，因为最主要的障碍就出在谢德美自己身上。表面上谢德美说服自己不想要小孩，可是如诗看见她全副精力都放在一群小宝宝身上，而她自己却没有小孩。在潜意识里，谢德美已经对她"不要小孩"的价值观产生怀疑了。而偏偏还有像柔珂这样既没脑又没同情心的人，竟然当面说她没小孩，如诗看到谢德美和这个群体的联系在一瞬间又减弱了不少。

柔珂说完之后，众人都不说话，这种沉默更是雪上加霜。本来对于大部分人来说，在一个特别尴尬的社交场合，沉默是最恰当的反应：让惹事的那个人遭受无声的谴责，然后有人再开口的时候就可以转移话题了。可是如诗知道，谢德美对这一段沉默肯定另有一番理解。一方面她对于社交场合的礼仪不太在行,另一方面她特别在意自己没有小孩这件事情,所以对于谢德美来说,沉默表明大家都同意柔珂的说法,只是碍于礼貌不好意思说出来。这无异于在她的伤口上再划一刀,然后撒盐。

在这个群体中,谢德美和司徒博之间有着非常深厚的友情;她和绿儿和如诗之间也存在友谊,不过比前者逊色不少;还有就是谢德美对华纱阿姨的尊敬和爱戴之情。除此以外,她对其他人就只剩羡慕和埋怨了。

打破沉默的是绿儿。"如果小宝宝需要我们吃肉,那么不管生的熟的我们也必须吃。不过我想问的是,我们真的那么缺营养吗?一个星期没有肉都不行吗?"

耶律迈冷冷地看着她,说道:"你怎么养小孩我不管,我小孩喝的母乳里面必须有足够新鲜的动物蛋白。"

艾雅问道:"不会吧,耶律迈,我一定要吃生肉吗?"

耶律迈说:"是的。"

纳飞说:"没事的,你吃不出有什么分别。"

纳飞这句话有点过分了,大家一起转头盯着他。艾雅说:"肉是生是熟,我想我能分辨出来,有劳你费心了。"

纳飞说:"我的意思是,我们这群人或多或少都受上灵影响,所以我刚才问它能不能让我们吃生肉的时候觉得能够下咽,让我们觉得生肉的味道没什么不妥。它说这个它做得到,前提是我们不要心存抗拒。所以只要我们不要老想着'吃生肉'这件事情,上灵就可以影响我们的感官,让我们吃不出有什么不同。"

一时间没有人回答。纳飞随心所欲地与上灵交流,如诗看得出来,这种看似不经意的密切关系让很多人心灰意冷——包括佛意漫,他只能在精修入定或者有索引辅助的时候才能够与上灵交流。

羿羲问:"你叫上灵给我们的食物调味啊?"

纳飞说:"上灵特别擅长将人们变蠢,阿羲你还记得我们那时候的经历吧?既然是这样,为什么不叫它让我们在味觉方面变得迟钝一点呢?"

欧必忍说:"我可不想被上灵洗脑。"

梅伯看着欧必忍笑道:"别担心,不用上灵动手,你本来就够蠢了。"

第三天,纳飞打了一只小鹿一样的动物回来,蹄至背将近一米高。他们把猎物切成小块,用脉冲枪烤了表面,然后小心翼翼地吃进肚里。然后他们发现,原来生肉并不像想象中那么难吃——也可能是上灵胜利完成任务,真的让他们吃不出区别。剩下的日子里,就算不生火,他们也能够熬过去了。

可惜上灵没办法变一把脉冲枪出来。

在渡过尼维迪姆河的时候,他们又损失了两把脉冲枪,这是一次很愚蠢的、完全可以避免的意外。他们选择一片宽阔的浅滩渡河,可是骆驼都很紧张,要不停驱赶着才肯迈步,途中难免有推挤碰撞。偏偏有一叠行李没有绑好,从驼背上跌下来,里面的东西散落一地,都泡在冰冷的河水里。

耶律迈当时想着先集中精力把其他骆驼都送到对岸,回头再收拾残局。过了好一会儿他才突然想起两把脉冲枪就在那堆散落的行李之中。他连忙找到脉冲枪的袋子,打开一看,外面裹着的布已经浸透了。脉冲枪虽然很耐用,却不是为水下作业设计的;这样泡了一刻钟之后,水都渗到里面,内部的零件很快就会腐蚀生锈。不过耶律迈还是将两把枪收好，只盼望它们日后不会坏掉——只是这个希望实在太渺茫了。

耶律迈大声质问："这些行李是谁打包的？"

打包的那个人好像失忆了。

佛意漫说："这就奇怪了。看来是这头骆驼自己打的包，而且它绑绳结的功夫不是很到家。"

众人都笑了，笑得很不自然。这么严重的事情，他竟然拿来说笑？耶律迈猛地转身看着爸爸，正想发飙；可是当他和爸爸的目光一接触，马上就止住了，因为他看得出佛意漫神情严肃，并不是在说笑。于是耶律迈点点头，俯身坐下来，让众人知道他准备让佛意漫接手处理这事情。

佛意漫说："谁给这头骆驼打的包，这人自己心知肚明。要找出是谁很简单，我只要问索引就行了。不过我不打算惩罚这人，因为这样做没有好处。将来如果我觉得有必要，我会向大家公布到底是谁那么疏忽，害得我们连防身武器也没了；不过现在你就安心龟缩起来吧。"

还是没有人承认。

佛意漫不再说了，而是向耶律迈点点头。耶律迈心领神会，他站起来，将硕果仅存的一把脉冲枪捧在身前，说道："这把是我们用得最多的枪，所以它的充电电池也消耗得最快，我们要吃肉就全靠它了。如无意外的话，它还能用好几年；等它的充电电池也耗尽之后，我们就没有备用的了。"

他走到纳飞面前，把脉冲枪递给他，纳飞小心谨慎地接过。

耶律迈说："你是个好猎人，这把枪在你手上能够发挥最大效用。不过你一定要好好保管，我们的性命，我们小孩的性命都指望你了。"

纳飞点头表示明白了。

耶律迈转身对其他人说:"以后谁要是发现这把脉冲枪有危险,一定要马上发出警告,或者立即采取措施去保护它。除此以外,在任何情况下,除了纳飞,谁也不许碰这把脉冲枪。我们也不能再用它来烤肉,在危险的地区我们就吃生肉好了。好吧,现在继续走吧,在这里待久了容易被人发现。"

傍晚时分,他们来到了另一个岔路口。从这里往南走是有人聚居的山谷地带,里面有德芙达和尼炽两个城市,人们就在这片位于沙漠和大海之间的贫瘠土地上顽强地生存着。东南方则是华苏利亚山脉,再过去就是火焰谷的北入口。佛意漫率领众人走进华苏利亚山脉。可是不少人都在想,如果从这里向南去德芙达或者尼炽城的话,他们不但能购买脉冲枪,还能买到像样的食物。最重要的是,他们能够见到新的面孔,听到别人的声音。几乎人人都想去山谷双城那里休整一趟,就算不能久留,哪怕盘桓一两日也好。可是佛意漫带着他们一直上山不回头,而且晚上扎营的时候也不敢生火,怕被山下的居民看到。

接下来的行程非常缓慢,因为索引发来警告,迎面有三支团队沿着火焰谷北上。其中两支来自火焰诸城,另外一支来自南方更远处的繁星诸城。对于远征队的大部分成员来说,这些城市是一个个传奇,有些甚至比女皇城更古老,有更多的故事。那些古代英雄传说的开头通常是"很久很久以前,在繁星诸城那里……"或者是"古时候,在火焰诸城,人们都……"他们之中很多人都暗暗盼望,这些神话一样的城市正是上灵要带他们去的目的地。

为了避开来往客商,他们必须远离团队通道。在沙漠的时候还容易点，因为沙漠里的路本来就无所谓有、无所谓无，随便走哪一条都没有太大区别。可是在这个地区，地形地貌千奇百怪，和谐星球上恐怕找不到更险恶难行的路了；只要稍稍偏离主线，路况就立刻有天渊之别。他们好不容易翻过了华苏利亚山脉，来到一个植被比较繁茂的地方。只见这里绿草如茵，四处都是藤蔓灌木和嶙峋怪石，还有零零散散的几棵树。最古怪的是这一带的阶梯地貌，好像有人把几千张大小高矮不一的桌子拼凑起来，每个桌面都是平的，可是没有一个桌面在同一个水平面上。在这些长满了青草的桌面之间就是悬崖阶梯，有些只有一米高，有些将近一百多米甚至五百米高。

来到火焰谷，他们发现眼前景象更加怪异了。在地表和山壁上有一些缺口裂缝，从里面涌出令人作呕的恶臭，把他们熏得直做鬼脸，不敢用鼻子吸气。耶律迈和佛意漫不敢掉以轻心，宁愿绕远路也要尽量避开这些臭气。后来司徒博发现，在白天的时候，索引能够对这些气体进行实时光谱分析，他们可以根据结果判断哪些臭气对人体是无害的。

再走下去，有些裂缝不散发臭气，却冒着浓烟或者喷出火焰，形成一条条粗大的烟柱和火柱，在几英里外就能望到，大家看得胆战心惊。耶律迈再三保证这些烟火其实比臭气更安全；谢德美也让大伙儿安心，说这些烟火并不会爆炸。于是他们前进的时候就专门朝着有火柱的地方走，目的是要利用明火烤肉和烘面包。这是个玩命的活儿：大厨师要跑上去，把生肉和面包放在离火柱很近的地方，这样才能有足够的热量把东西烤熟。不过这就意味着如果大厨师动作稍慢的话，他自己也会变成烤肉——只有司徒博、纳飞和耶律迈愿意冒这个险。大家把纳飞打回来的猎物收拾干净，抹上调味料，放在平底煎锅里面,然后三人在众人的喝彩打气声中轮流上阵,飞快地跑到火柱附近,把一锅肉放在地上,再狂奔而回。取肉就更艰难了,因为端起一个滚烫的热锅可不像扔下一个凉锅那么快,有时候他们回来之后全身都在冒烟。绿儿心疼纳飞,说她宁愿吃生肉也不想守寡;纳飞则坚持说这些烟只是身上的汗在蒸发罢了。

不过真正能利用的明火并不是很多,因为这些火柱往往不在水源附近,所以有将近一半的时间他们还是只能吃凉食。

火焰谷的景观壮丽辉煌,只是在这片绚烂美景的背后隐藏着恐怖的杀机。每走一步他们都能感受到一股可怕的力量,这股暗流汹涌的力量被禁锢在和谐星球的内部,一旦爆发足以将无数巨石推上几百米的高空。

这地方除了让他们敬畏交加之外,还让他们尝到了造物弄人的苦涩。按照原来选好的路线,大家来到一个热水湖旁边。湖两侧是几百米高的悬崖峭壁,既无法渡湖,也不能绕路,这是一个死胡同。佛意漫和耶律迈决定原路返回,走几天回头路,然后另选一条距商旅通道更远但离大海更近的路。

梅博酷很刻薄地说:"上灵怎么就算不出这是条死路呢?"

佛意漫解释道:"索引确实显示了这个湖,所以我们才走这条路。可是上灵没办法探测出湖的两侧没有可以行走的路。"

柔珂抱怨说:"那么之前三天的路都白走了。"

华纱答道:"可是我们看到了那么多壮丽的景象,你在女皇城中做梦也看不到吧。"

柔珂说:"对啊,除了做噩梦的时候。"

华纱说:"有些著名的音乐家还把这些景色写进他们的作品里。说起来,你和莎芙在这一年多里,除了给小宝宝哼几句之外,都没有正式唱过歌。艾雅也是,虽然她的歌唱事业还没有起步,可她的声音也是非常好听的。"

如诗想告诉华纱阿姨别费唇舌了——有一条陈年疮疤,一天不平复,她们一天也不会有真正的歌声。这条旧疮疤当然就是莎芙和柔珂那件惨案了。当年柔珂将莎芙和欧必忍捉奸在床,盛怒之下挥拳重创了莎芙的声带。后来不管是莎芙真的失声还是她不愿开口,总之从此以后莎芙再也没有唱歌了。只要莎芙不唱,柔珂就不敢开口唱,因为她怕惹来莎芙的报复。至于艾雅,当初在女皇城中籍籍无名的时候,莎芙和柔珂两姐妹——尤其是前者——已经是城中著名的歌星了,所以直到今天她也只能活在莎芙姐妹的阴影当中。柔珂还放话出来,如果她不能唱,她就不想听到艾雅那五音不全的小鸡嗓音。柔珂这话说得太刻薄,实话实说,艾雅其实是很有天赋的,她的音色虽然不算浑厚,却很纯净,像铃声那么清脆悦耳。无奈每次艾雅想唱几句的时候,柔珂就装出痛苦不堪的样子;艾雅自觉无趣,就不再唱了。所以现在大家即使来到了壮美绝伦的火焰谷,也只能空叹眼前有景唱不得,柔珂刻薄在上头。

没有了音乐和歌声,如诗和绿儿却从谢德美的话语中发现了另一种艺术、另一种诗意。谢德美对大自然力量的描述就像狂想曲那么热情奔放:"这里本来是一片完整的大陆,后来分裂成两个板块。它们像两只手并排放在桌面上,相向平移,互相挤压;然后板块接触的边缘——也就是两个拇指那里——受压上升,两个掌心相对翻转;接着就是五对手指继续互相挤压,掌根却向外分开……"

谢德美是在绿儿的帐篷里面发表这番演说的。她盘腿坐在地毯上,两个膝盖上面各坐着一个小宝宝。她用手臂环绕着她们,一边说一边用两只手掌演示着大陆板块的变动,两个小宝宝都看得很入神。如诗发现谢德美的声音语调有一种魔力,特别吸引小婴儿的注意力,每次她说话的时候所有的婴儿都仔细聆听。有时候小宝宝哭闹得厉害,连妈妈也哄不了,反而是谢德美可以让她们恢复平静。柔珂和莎芙心存妒恨,所以从来不让谢德美接近她们的小孩。狄傲丽正相反,她总是把小丝卡扔给谢德美带着,一直等到她的乳房胀奶胀得不行了才回来把小孩抱走。

只有绿儿和如诗才是真心想和谢德美在一起,有时候她们甚至需要用小宝宝做借口。比如说,我们洗澡的时候你能不能帮忙看一下小孩?所以才有了眼前这一幕:在绿儿的帐篷里,如诗和绿儿两姐妹互相为对方擦背洗头,一洗身上的风尘;谢德美则坐在地毯上对小宝宝说话。

谢德美继续说:"手指受挤压上升,形成了北方的高山;掌根向两边分开,就形成了急流海和烟雾海;在上升部分的正中心就是我们所在的火焰谷。总有一天,两个掌根彻底分开,剖头国就会沉入大海;火焰谷则变成世界上最壮观的一座孤岛,被一片不断扩张的大洋包围着。这里其实是和谐星球上最活跃、最危险却又最美丽的地方。"

绿儿的女儿索菲娅闻言,在喉咙里发出咯咯的声音,好像小动物在低吼。

"对啦对啦,小丫丫,火焰谷最适合你这样的小动物啦。"谢德美总是把索菲娅叫作小丫丫。

如诗说:"那两个拇指呢,那地方会怎样?"

谢德美道:"拇指这里,也就是杠杆支点,旋转的中心,就是女皇城。这里是全世界最稳定的地方,是和谐星球的心脏所在。其他各大洲没有一个地方的湖泊像女皇城圣湖那样冷热交融,深不可测；也没有一片土地像女皇城这么年代久远，亘古不变。女皇城可算是和谐星球上最平静的地方了。"

如诗说："从地质学的角度说。"

谢德美说："你要考虑人类因素的话，我问你，人类对环境造成的干扰有多大呢？我们不能用日月时分秒来衡量，甚至不能看年份，因为这些时间单位就像白驹过隙，眨眼就没了。在一个充满生机的世界里，要估算有意义的改变，我们至少需要用一代一代人作为计量单位。"

绿儿问："可是我们四千万年来都没有进化了，那么说来，人类是不是已经走到尽头了呢？"

谢德美反问："难道你觉得这些小孩子都没有进化吗？新物种的形成，只能发生在这个物种和它所携带的基因遭遇灭绝危险的时候；个人乃至群落的危难都不足以触发这种在物种层面的改变。在物种灭绝的关头，绝大部分的基因变异方式都会被淘汰，只剩下为数不多的几种有利于该物种生存的变异形式。所以一个物种看起来好像几百万年来都没有改变，可是一旦为环境所迫，这种改变就会在瞬间爆发。其实人类的变异一直都存在，只是这些变异方式没有显现出来罢了。"

绿儿说："你说得好像这是一个精心部署的计划似的。"

谢德美道："对啊，女孩子从小到大其实都在接受这种教育吧？老师说这是上灵的计划，每一代人都经历性交、受精、妊娠、出生、成长和成熟，然后再性交，周而复始，代代相传，这就是上灵的计划。可是我们现在知道真相了，是吧？上灵只是一台在半空飞行的机器，它的任务就是要实现人类先驱者的遗志。它按照祖先的意愿，把人类尽可能分散各地，限制我们的进步，不让人类拥有自我毁灭的能力。虽然上灵帮助我们避免了地球的覆辙，可是正因为它替我们消除了物种灭绝的危机，所以无形中也导致人类这个物种停滞不前、无法进化。纳飞和羿羲发现上灵对人类的驯服能力日趋式微，所以我们才会踏上这个旅途，是吧？我们走到今天这一步，其实并不在上灵的初始计划当中。有时候我忍不住想，任由上灵虚弱至死也未必是坏事。没有上灵的豢养，我们的子孙后代就会遇上物种基因灭绝的危机，然后人类才有可能在患难中再次进化，变成新的物种。"谢德美一边说一边弯腰凑到小德莎面前，往她脸上吹气，小德莎总是被逗得大笑。"你就是新人类的典范吗？小莎莎。"

"你真的很爱小孩。"绿儿的语气带着一点哀愁。

谢德美道："我是爱别人的小孩，因为我需要做自己事情的时候，总能够把小孩还给他的父母。可是你们，呵呵，你们就无处可逃了。"

如诗没有被她的话哄住。谢德美说这句话的时候并非言不由衷，她宁愿不要小孩，因为她觉得没有小孩也没关系，这种想法是真诚的——或者说，她希望自己的想法是真诚的。

可是在谢德美和每一个小宝宝之间都存在着强大而紧密的联系，如诗相信这是因为谢德美内心深处极度渴望生小孩，而那些小宝宝都在潜意识中感应到这种母爱，所以她们之间才能建立如此深厚的感情。谢德美很想要小孩，因为她很想融入这条代代相传的基因之河。而且如诗亲眼见证了谢德美和司徒博的感情逐渐升华成她所见过的最深厚的友谊，她越来越肯定谢德美是很想和司徒博生儿育女的。如诗很希望谢德美的愿望能够实现。

她甚至问上灵为什么谢德美没有怀孕，可是上灵一直没有回答。绿儿说她问上灵的时候，上灵很明确地叫她别管闲事。

如诗想，就算这是闲事，可我们还是有权祝愿谢德美得到幸福吧？上灵召集我们这批人，不就是看中我们的基因吗？会不会是上灵一时疏忽，没发现司徒博或者谢德美没有生育能力？如果真是这样的话，那上灵就太笨了。

这时候谢德美还在絮絮叨叨地解释说，发现火焰谷的地质历史的人其实是司徒博。"索引在他手里就变成了一件乐器，能够奏出天籁之音。有些信息隐藏在数据库中，连上灵也不知道，却被他发现了。那些资料只有当初的开拓者才能明白；他们把这些信息放在上灵的储存空间，却设置一些程序，使上灵无法独自找到这些信息。可是司徒博发现了几个后门，就是一些古古怪怪的隐藏路径，他通过这些后门发现了很多秘密。"

如诗说："我也听说了。你们知道羿羲本人就是索引高手，可是他说起司徒博的功力，简直是惊为天人。"

谢德美道："你就别客气了，司徒博整天说羿羲才是真正的探索高人。"

如诗说："羿羲说他之所以也擅长搜索，完全是因为他做不了别的事情，所以有很多空闲时间。这两人总是互相吹捧，我觉得他们已经是莫逆之交了。"

谢德美道："我知道，羿羲能够看出司徒博的才华。"

绿儿说："我们都看得出来啊。"

谢德美问："是吗？我怎么觉得人人都把他看作一个'公仆'呢？"

如诗道："我们把他当成大厨，因为他做菜最好吃；我们把他看成档案管理员，因为他做事最有条不紊。"

谢德美道："呵呵，别提他做事怎么有条理了，没几个人在乎这个，大部分人都只是留意到他的烹饪功夫罢了。"

绿儿说："还有他在农业方面的成就。"

谢德美笑了："是吗？可是他并没有受到应有的尊重。"

如诗说："不懂尊重别人的只有几个，其他人其实都很尊重司徒博。"

绿儿说："我就很尊重他，而且我知道纳飞也敬重他。"

如诗也说："还有我、羿羲和佛意漫，我都看得很清楚。"

绿儿问："至于其他人……其实你也不太在乎了吧？"

谢德美道："我也这样和他说过，可是他偏偏要低调，保持仆人的角色。"

如诗看得出来，至少在这一个瞬间，谢德美几乎就要敞开心扉、尽吐心中言了。可是如诗不知道怎样才能鼓励谢德美捅破这一层纸——是应该继续提出问题引导她说下去，还是应该保持沉默，让谢德美自由发挥呢？

如诗选择了沉默。

谢德美也沉默了。

最后谢德美很夸张地嗅了几下，把鼻子凑到索菲娅的尿布跟前，问道："我们的臭臭工厂又出新产品了吗？现在轮到我这个万年阿姨享福了，绿儿妈妈，你的小宝贝需要你出马了。"

她们一起大笑。谢德美当然愿意给小宝宝换尿片，她说怕麻烦把小孩扔回给妈妈，这都是说笑而已。

不是，这话不仅仅是说笑，谢德美其实是在掩饰她心中深深的遗憾。她似乎在有意无意地提醒自己，她和她丈夫都不是这个集体的真正一员。如诗知道谢德美刚才差点儿就要透露心底的一个秘密……可惜那个契机已经永远错失了。

绿儿跪在地毯上弯腰给小宝宝换尿布的时候，谢德美看得目不转睛，而如诗则在一旁观察着谢德美。绿儿当时已经快洗完澡了，身上只有一条裙子围在腰间。此时她已经是在产后几个月，身形体态非常丰腴：一对乳房因为哺乳而变得沉甸甸的；小腹没有完全收回来，显得有点松弛。谢德美看着绿儿，心里在想什么呢？她有没有想起绿儿以前苗条的身形呢？如今绿儿已成玉环，剩下谢德美独似飞燕……她是否也渴望这种转变呢？

可是谢德美的思路却转了一个方向，她问："绿儿，昨天我们在湖边的时候，你有没有想起女皇城的圣女湖？"

绿儿答道："啊，当然有了。"

谢德美说："你以前是圣湖先知，昨天你有没有想过再一次浮在湖里做梦呢？"

绿儿犹豫了片刻，答道："可是我们没有船，所以我没法去湖心，而且湖水也太烫了。"

谢德美说："太烫了？"

绿儿道："是啊，纳飞试了一下。你也知道，他下过圣女湖，所以能够对比。"

"可是你不希望做回以前的自己吗？哪怕是一会儿也好？"

谢德美语气中充满了强烈的渴望，如诗一下子就明白了，她说："可是绿儿还是以前那个自己。就算她白天骑在骆驼背上，就算她夜晚睡在帐篷里，就算她成天都要给小宝宝喂奶，可她依然还是那个圣湖先知。"

谢德美问："她现在还是吗？我知道她以前是圣湖先知，可是现在呢？我们的身份难道不是受限于我们所做的事情吗？我们的身份难道不是由我们身边的人决定的吗？"

如诗道："当然不是了。以前在女皇城中，我是解构者，难道除此之外我什么也不是吗？难道绿儿仅仅是圣湖先知？而你也仅仅是一个基因学家？不是的！虽然在别人眼中我们都扮演着某一个角色，可是在这个角色之外，总会有另一面的自我。别人以为我们的人生只是照本宣科读出一个事先编排好的剧本，可是我们知道这个剧本并不是我们的全部。"

谢德美问道："那我们现在的身份是什么？我的身份又是什么？"

绿儿说："你总是一个科学家，因为只要你醒着，你的脑子里就不停地思考着科学方面的问题。"

如诗道："你也是我们的朋友。"

绿儿补充说："你还是我们这群人里面的万能博士。"

如诗道："还有，你是司徒博的妻子，我想这个身份对于你来说是最重要的。"

如诗话音刚落，谢德美竟然把德莎放回地毯上，站起来小跑着出了帐篷，两姊妹都惊呆了。如诗虽然只瞥到谢德美的脸一眼，却已经看见她脸上的泪水。如诗只是说妻子这个身份对谢德美来说是最重要的，然后她就哭了，就像一个怀疑丈夫不爱自己的女人被触到了伤心事。可是谢德美怎么会怀疑司徒博呢？她就是司徒博生活的中心，人人都知道在这个群体里面没有比谢德美和司徒博更亲密的朋友了——当然如诗和绿儿除外，不过她们两人本来就是亲生姐妹，所以没有可比性。

这两人之间出了什么问题吗？谢德美是那么坚强的一个女人，为什么说起这话题就变得如此脆弱呢？虽然百思不得其解，可是如诗也没有问上灵，因为她知道上灵的答案是沉默——或者是绿儿得到的那个回答：别多管闲事。

他们走了几天回头路，然后选另外一条路南下。这样做最大的好处是能看见大海，最大的坏处也是能看见大海——准确来说，他们能看见位于急流海最东面的多柔菲亚湾。在晴朗的夜晚——最近没有一晚不晴朗——他们遥望海湾的对岸，能够看到多柔菲亚城的点点灯火。

他们都知道，这个所谓的"城市"，其实只是一个地处沙漠边缘的破落小城镇，里面充斥着流氓、盗贼、奸商和破落户，无论男女都既暴力又愚蠢。这样一个破地方，根本不能和女皇城相提并论。他们反反复复地互相提醒，努力回想以前听过的关于那些沙漠小城的故事，这些故事无一例外都是说，哪怕这是世界上剩下的唯一城市，你们也不要去。

可是多柔菲亚的确是世上剩下的唯一城市了——至少在他们的世界，这将是他们见到的最后一座城市。一个多星期之前他们本来可以去那里看看的，可是佛意漫率领他们沿尼维迪姆河直接上山，捏碎了他们返回文明世界的最后一个希望——当然，从某些人的角度看，是消除了重返文明的最后一丝危险。

纳飞看着众人瑟缩在冷夜里，遥望远方的灯光。大家不敢生火，只能默默地喝冷水吃凉食，嚼着牛肉干、硬饼干和甜瓜干，耳边尽是小宝宝吮吸咂嘴的声音。欧必忍眼中含着泪水——泪水！对他来说，城市算什么呢？不就是个磨枪的地方吗？至于要流眼泪吗？还有那个莎芙，眼定定看着下面，好像望夫石一般。她怀里还抱着一个小宝宝，心里却牵挂着那个污秽不堪的小城镇。两年前她还对那地方不屑一顾，就算有人出二十倍价钱请她去登台演出，她也只会冷笑——可是现在,她竟然对那小城心驰神往。

幸好,那些人唯一能做的就是看看而已,因为他们既没有渡海的船,也没有体力游那么远。而且他们所处的地方也不是海滩,而是一个千米高峰,脚下是近似悬崖的崎岖陡坡。估计很难找路让骆驼下去;就算他们成功地牵着骆驼到达海滩,也还得再走好几天路程才能绕到对岸;如果没有骆驼的话,那就完全没戏了,因为他们能随身携带的饮用水撑不了几天。因此,不可能有人偷偷溜走跑去多柔菲亚城——除非整个大部队一起去;不过如果是这样的话,他们还要再走至少一个半星期的回头路,途中必须想方设法避开北上的团队。其实想这些也没有意义,因为爸爸是无论如何不会带队回去的。

可纳飞还是忍不住老在想,这些人到底有多渴望回城呢?

他自己又有多渴望呢?

这才是让纳飞烦心的地方:他自己也想去那个城市。其他人回城的动机是什么,纳飞不清楚;不过如果他没有猜错的话,他们的想法肯定和纳飞的原因不一样。纳飞一直以来对绿儿绝无二心,他们已经建立了一个小家庭,无论将来身处何方,这一切都不会改变。纳飞其实是想给索菲娅一张舒服的小床,给妻子儿女一座宽敞舒适的房子;他希望索菲娅长大之后可以去上学;他还想挑选自己喜欢的朋友和邻居——在目前这群拼凑而成的乌合之众里面,大部分人他都不喜欢。对于纳飞来说,这些就是远方那片灯光的全部意义所在。此刻他躺在一片向大海方向倾斜的草地上,只要稍稍侧目望去,就完全看不出自己是在高出海面一千米的山峰之上。你可以假装只要走过这片草地就可以来到海边;然后划船穿过这个小小的海湾,这个旅程就结束了,你就到家了。你可以洗个澡,上床睡觉,醒了之后发现早餐已经煮好了。你睡觉的时候把妻子搂在怀里，然后隐约听到小宝宝醒来的声音。于是你悄悄下床，把小宝宝从摇篮里抱出来，放入妻子的怀中。她迷迷糊糊地将一个乳房从睡衣中解出来，把乳头放入小宝宝的嘴里。小宝宝安详地蜷在她的臂弯中，发出吮吸咂嘴的声音。你躺回她们的身边，窗外已经有几声鸟叫，不远处的街道也慢慢开始苏醒，隐约传来晨市小贩的叫卖声：鸡蛋、野莓、奶油、甜面包、蛋糕……

上灵，为什么你要这样折腾我们？你等下一代人不行吗？你都已经等了四千万年了，为什么就不能等我和绿儿的曾孙长大成人呢？你为什么不能让羿羲和我研究和制造古代那些会飞的神奇机器呢？有了那些机器，我们只需要几小时就可以到达目的地了。其实我们只是需要多点时间而已，我们只是想在世界毁灭之前好好活一辈子罢了。

上灵在纳飞的脑子里说，别在这里无病呻吟了。不过这可能不是上灵，而是纳飞的理智在提醒自己：我已经想得够多了，是时候回到现实了。

他们营地旁边有一汪泉水，上灵说这泉水叫沙泽，纳飞不知道人们为什么那么无聊，还给这么一个微不足道的地方命名，也不知道为什么上灵竟然还把这地名保存下来。这天清晨，天色还没亮，费雅思站完最后一班岗就来叫醒纳飞出去打猎。他们上一次吃肉已经是在三天前。如今这个营地适合狩猎，为了有所收获，就算在这里逗留两天也在所不惜。通常费雅思比较眼尖，善于发现动物的身影或者踪迹；然后纳飞就跟着费雅思一路追踪。来到猎物附近之后，纳飞就蹑手蹑脚地前进，不发出半点声响。等猎物出现在视线范围内，纳飞才拿出那把珍贵的脉冲枪，仔细地瞄准，估算猎物下一步移动的方向、速度和距离，最后才按下扳机。一道死光射出，在猎物的心脏那里烧穿一个洞，余热立刻将伤口封住，所以不会流很多血。只是猎物倒地的时候，伤口那里会有高温潮湿的烟雾，把地上的沙石都染成红色和黑色。

纳飞早就厌倦了杀戮，可这是他的职责所在。此时费雅思站在纳飞的帐篷外面，在纳飞躺的这一侧，轻轻地刮了几下帐幕。纳飞本来就在半梦半醒之间，这一下马上就醒了。他不想吵醒绿儿和索菲娅，所以轻手轻脚地起床穿衣，从盒子里拿出脉冲枪，然后离开温暖的帐篷，走进寒冷的黑暗之中。

费雅思点头示意——他们尽量避免说话，怕吵醒了营地里的小宝宝——然后转身慢慢张望，最后定格在下山的方向。这个方向不是去城里，而是朝着大海，不过也是往山下走。纳飞通常觉得下山打猎是挺蠢的，因为这意味着他们回营地的时候必须把猎物往山上运，可是这一次他却很想往下走。纳飞并不想放弃他们的任务，也从没想过要背弃爸爸或者上灵，可是他心中有另外一个自己，渴望着大海，渴望着海湾对面的世界。所以当费雅思指着那片面向大海的草坡，纳飞点了点头。

他们离开营地，走了一段路，来到山脊边沿，在这里歇息一会儿，小解一番，然后开始在乱石堆中艰难地往山下走。面前的斜坡都躲在阴影之中，因为晨曦只会出现在他们的身后。纳飞没说什么，因为费雅思司职追踪，向来都做得不错，也颇引以为豪，所以纳飞觉得不应该质疑他，这样才能更好地合作。

这段路很难走。幸好黑暗正在慢慢散去，晨曦逐渐照亮天幕。不知道是受纬度还是沙漠干燥空气的影响，这片天空变亮的速度远比女皇城的天空快。不管是什么原因，纳飞好歹能够看清路面了。只见眼前尽是嶙峋怪石和悬崖峭壁，最敏捷的动物来到这里也会举步维艰。费雅思啊费雅思，你来这里是想找什么样的动物呢？哪些动物会生活在这种环境中呢？

纳飞就是这样子，他明明知道这里有大量植被，肯定能找到猎物，却还是忍不住杞人忧天。其实真正的困难在于怎么把猎物运回去——这就是为什么耶律迈总是派出射手和追踪者这种双人组合。以前有不止一把脉冲枪的时候，通常都是纳飞和费雅思搭档，耶律迈和欧必忍配合；耶律迈兄弟做射手，另外两人负责追踪。成功之后，他们就把猎物切成两半，一人一半搭在肩膀上运回来。通常都是纳飞和费雅思的收获多些，一方面是因为纳飞的枪法更准，另一方面是因为欧必忍不能很专注地追踪猎物，老是走神，所以耶律迈经常要分心帮他。

可是费雅思却有非常强大的专注力和观察力，经常能发现别人遗漏的蛛丝马迹。他可以连续几小时不停地追踪同一只猎物，就像一只斗犬，咬住了对手就死活不松口。他们两人战绩彪炳，费雅思功不可没，因为他总能够成功地将纳飞带到猎物附近。剩下那一半功劳，当然就是纳飞的了：他能够无声无息地潜到距离猎物很近的地方；他的瞄准沉稳精准，这群人里无出其右者。纳飞和费雅思堪称最佳拍档，只是他们活了那么久，做梦也想不到自己竟有这样的本领。

很快，费雅思就找到线索了。这些很小很浅的痕迹通常只有费雅思能看见，纳飞经常看不出哪些是动物留下的印记，所以他早就放弃了，一心跟着费雅思的脚步前进。不过纳飞沿路都提防着在附近捕猎的猛兽——那些猛兽可能以为人类是一个威胁，也可能把人类当成一顿大餐——只要纳飞留点儿神,就不会被打个措手不及。他们现在追踪的那只猎物引着两人在下山路上越走越远,纳飞在晨光之中清楚看见一条成形的小路一直通向山脚的海滩。他顿时心猿意马,竟想沿着这条路走到尽头,将双脚泡进多柔菲亚湾的海水里……一想到自己的软弱,纳飞就不禁心生惭愧。可是费雅思并不打算走这条路,而是带着纳飞走向一面特别陡峭和特别危险的山崖。纳飞心中又嘀咕起来,为什么有动物会走这条路呢?这是什么动物呢?纳飞没有问,因为保持缄默是狩猎的金科玉律,他向来以恪守律则为豪,自然不会轻易犯禁。

他们来到整条路上最险要的地段,这里有一块巨石,其表面是一个光滑的斜面,上面没有突出的岩层,人一旦走上去就只能靠鞋底的摩擦力阻止自己失足滑落几十米深的山崖。费雅思停下脚步,伸手一指,示意猎物就在大石对面。真是晴天霹雳,因为这就意味着纳飞翻越险境的时候,还必须腾出一只手拿着脉冲枪,随时准备开枪——他瞄准开枪的时候,甚至可能还身处陡坡之上。

可是他们辛辛苦苦追踪了那么久,绝不能因为这一时半刻的困难而前功尽弃,重新开始。

费雅思将身体紧贴着崖壁,纳飞走到他前面,然后从枪袋里掏出脉冲枪,义无反顾地踏上险坡。

就在这一瞬间,纳飞的脑中突然冒出一个念头:别走,费雅思想害你。

纳飞想,真是荒诞!怕这个陡坡很正常,我毕竟也是人;可是我怎么会怕费雅思呢?他要害我的话,刚才我从他身旁走过的时候,他只要轻轻挤一下,我就摔下去了。

别再走了。

什么？仅仅因为我突然变得杯弓蛇影，就害大家没肉吃吗？不行！

纳飞强压着心中的恐惧，硬着头皮走上陡坡。他弓着身体，用力将鞋底蹬住地面，增大摩擦力。即使是这样，他还是觉得脚下虚浮——此举实在太冒险，而且以这样的姿势根本不可能瞄准开枪。

纳飞终于走到一个可以将对面情形尽收眼底的位置。他停下来，仔细搜寻猎物所在，却什么也找不到。这种情况也很正常，因为他们打猎时都不说话，费雅思没办法告诉纳飞猎物的具体位置。那只动物可能天生有绝妙的伪装色，纳飞走近了被它嗅到或者看见，那动物就会一动不动，完全隐没在背景之中。有时候那只动物要过好久才稍微动一下，这才被纳飞发现。现在是比拼耐心的时候，可是纳飞却身处如此危险的陡坡，而且还无遮无掩的；如果他再走近一点，那只动物可能会被惊起逃窜，那他们就前功尽弃了。

纳飞小心翼翼地移动双手，把重心移到双脚和一只空手之上，另一只手则端起脉冲枪，开始对着面前的山石瞄准，整个区域都被纳飞覆盖。猎物在那一丛灌木里面吗？或是躲在一块大石后面，随时准备蹿出来？

他的姿势本来就很难受，要一动不动就更难了。虽然纳飞长得很强壮，能够将一个姿势维持很久，可是他却从来没试过现在这个姿势。纳飞感觉汗珠从额头渗出，混杂着皮肤上的泥尘向下滴。如果滴到眼里就痛死了。可是再怎么痛他也不能擦汗，否则就吓跑小动物了。

问题是，这只动物在哪儿呢？

别想什么动物了，快离开这个斜面陡坡吧！

不行，我绝不会向内心的恐惧屈服！我要带肉回去分给母亲和婴儿。如果我空手回去，怎么向大家交代？难道我说因为我在一块石头上面埋伏的时候突然胆怯，所以害你们无肉可吃？

身后传来费雅思移动的声音，难道他也要穿过这个陡坡？费雅思这样做实在是愚不可及，他走过来到底为了什么呢？

为了杀我。

纳飞怎么就没办法摆脱这个念头呢？费雅思为什么走过来？因为他知道纳飞至今还没见到猎物，所以他走上来给纳飞指一下。可是费雅思怎么指给纳飞看呢：纳飞不能回头看他，而且这里容不得两人并排，所以费雅思也不可能走到纳飞前面。

啊？不会吧，费雅思要开口说话！

他说："你这样太危险了，会滑下去的。"

话音刚落，纳飞右脚底下的摩擦力突然消失，他的右脚向身体内侧一滑，左脚再也撑不住了，整个人开始向下滑。这只是电光石火的一刹那，可是纳飞觉得好像时间也停顿了。他一只手拼命地刨着岩石表面，另一只手还拿着脉冲枪，只能将枪柄死劲往下按。可惜这些挣扎都是徒劳的，纳飞下滑的势头丝毫没有减缓。这山崖越往下越陡峭，纳飞一下子就从下滑变成凌空下跌，他知道，这次死定了。

耳边传来费雅思的尖叫："纳飞！纳飞！"

绿儿在小溪旁洗衣服，突然脑中闪出一个念头。

他没死。

没死？谁没死？为什么这个人会死？

纳飞没死，他会回来的。

绿儿马上明白了，这是上灵在对她说话，让她放心。可是绿儿怎么可能放心呢？虽然她知道纳飞没事，心中稍宽，可是现在她非知道事情的来龙去脉不可了。

他摔了。

他怎么摔的？

他的脚在石头表面滑了一下。

纳飞走路向来都很稳，为什么会突然滑一下呢？你瞒着什么？

我一直都在仔细观察着费雅思和莎芙与欧必忍的相处，发现费雅思心中暗藏杀机。

纳飞滑倒和费雅思有什么关系吗？

我一直都看不透他的图谋，直到他们穿过一个陡坡的时候我才发现。费雅思之前已经破坏了三把脉冲枪，我知道他想破坏最后一把，可是我没有在意，因为就算脉冲枪没了，总能找到其他武器。可是我直到最后一刻才发现，他的计划是射人先射马：要毁坏脉冲枪，最简单直接的办法就是把纳飞引到一个危险的地方，碰一下他的脚，让他连人带枪跌下悬崖。

他脑子里盘算这样的计划，你竟然一直都没发现？

费雅思下山的时候，心里想的是找一条去海滩的路，然后沿着海边走到多柔菲亚城。他一边想着这条路线，一边带领纳飞追踪一只子虚乌有的猎物。费雅思有极强的专注力，能够心无旁骛地想着这条路线，直到最后一刻才暴露真实企图。

你有没有警告纳飞？

有。可他不知道那是我的声音，还以为是他自己内心的恐惧，所以把我给"克服"了。

那么说来，费雅思原来是一个杀人凶手。

费雅思就是这种为了报仇不择手段的人，他还一直记恨着欧必忍和莎芙在女皇城中的通奸。

可是他看起来那么冷静。

他是冷酷。

现在怎么办？上灵？怎么办？

我会继续观察。

你就会袖手旁观，却不给我们一点点提示。如诗已经看到费雅思与莎芙和欧必忍之间的强大联系，你也明明知道费雅思的企图，却就是不肯告诉如诗。

这是你们祖先给我设下的限制：只观察，不干涉；只有在我的目标受到威胁的时候才出手。如果我阻止每一个坏人干坏事，那你们还有自由吗？人类还能是人类吗？所以我只是看着他们密谋盘算，通常他们都会主动改变主意，并不需要我干涉。

你就不能让费雅思变蠢一会儿，或者让他健忘几分钟？

我已经告诉你了，费雅思有非常强大的专注力。

那现在怎么办？怎么办？

我会继续观察。

你告诉佛意漫了吗？

我告诉你了。

我应该告诉谁吗？

没用的，费雅思肯定矢口否认，而纳飞直到这一刻还蒙在鼓里。我之所以告诉你，是因为我无法预测费雅思下一步的计划。

那我该怎么办？

你是人类，你能够在程序预设范围之外进行思考。

不，我不信，我不信你连一个计划也没有。

如果我有计划，这个计划就是让你自己决定对策。

如诗！我要告诉我姐姐。

如果我有计划，这个计划就是让你自己决定对策。

你的意思是不是说我不应该找如诗商量呢？如果我找她商量，那么这个对策就不是我"自己决定"的了，是吗？莫非"找如诗商量"就算是我决定的对策吗？

如果我有计划，这个计划就是让你自己决定对策。

然后上灵就不再说话了，绿儿顿时觉得形单影只，无依无靠。眼前只有一堆还没洗的衣服摊在溪边的草地上，她手里还拿着索菲娅的一件罩衣，一直泡在水中。刚才她只顾与上灵说话，忘了把手从水里拿出来，现在已经冻僵了。

我一定要和如诗说，这就是我的第一个决定：找羿羲如诗夫妇商量对策。

可是我得先把这些衣服都洗了，这样才不会让人起疑心。没错，目前还是不要走漏风声为妙。

纳飞毕竟没事……或者说，至少纳飞没死。可是费雅思竟然是个心怀杀机的狠角色，欧必忍和莎芙恐怕永无安宁之日了。还有纳飞，如果费雅思怀疑纳飞洞悉了他的阴谋……更别说我了，万一费雅思发现我也知道……

上灵怎么能够任凭事态发展到这个地步呢？这一切都是她一手造成的！她竟然让这么可怕的恶人和我们同行！我们还要天天与他为伍，一起扎营，一起上路；前面的路不知有多远，可能要走几个月，也可能是一年半载，甚至会是几十年的光景。

我知道，上灵其实是希望费雅思主动放弃心中的恶念，因为她必须允许我们成为真正的人类，让我们自己完成善恶之间的取舍；这种独立自主，在如今这个生死关头尤其显得重要。可是，上灵，现在有人要杀我的丈夫啊！你竟然袖手旁观，任由纳飞自生自灭！如果他有什么三长两短的话，我永远也不会原谅你，我永远也不会再为你效劳了。"

上灵没有回答，可是绿儿自己却想到了答案：上灵的任务是在宏观上保护这个世界，而微观个体的生死荣辱并不是她的职责所在，任其自生自灭也是正常。

纳飞摔蒙了，躺在草丛中半晌也没回过神来。他从悬崖陡坡滑下，在空中跌落了五六米，竟然落在一条突出的岩层之上。刚才在悬崖上面因为山壁弯曲阻挡了视线，所以纳飞看不见这条岩层。虽然只有五六米高，也把他摔得眼前一黑，气也喘不过来。万幸的是他并没有受伤，只是屁股着地的地方有点酸痛罢了。

如果不是这条岩层接住他，他就会继续往下再跌一百几十米，肯定粉身碎骨了。

我竟然大难不死？这不是真的吧？刚才我太蠢了，不应该待在那个地方瞄准的。看来我当时心里的恐惧是有道理的，我怎么就不懂跟着感觉走呢？就算错失了那只猎物又如何，我们总能找到另外一只，可是如果我死了，去哪儿给索菲娅再找一个爸爸呢？去哪儿给绿儿再找一个丈夫呢？去哪儿给大伙儿再找一个猎人呢？

去哪儿再找另外一把脉冲枪呢？

纳飞回过神来，四下寻找。脉冲枪不在这个岩层上，别处也看不见。他刚才做自由落体运动的时候肯定不小心松手了，然后脉冲枪摔下来，反弹到别处去了。到底摔到哪儿呢？

他手脚并用地爬到岩层边缘往下张望——只见下面是大体笔直的悬崖，只有零星几处突出。这些突出的地方都不够宽，要是脉冲枪下落的时候碰到它们，只会弹一下之后继续往下跌，不跌到底是不会停下来的。如果脉冲枪真的跌到谷底的话，纳飞从这里是无论如何看不见。它会不会栽到灌木丛中呢——那些真是灌木吗？或者是高大的树冠？

"纳飞！"这是费雅思在叫他。

纳飞应道："我在这儿呢！"

费雅思叫道："老天保佑！你受伤了吗？"

纳飞说："我没受伤，可我在一片突出的岩层上面，就在你脚下十米左右吧。再往下就是悬崖，摔下去的话就直接到底了。我在这里看不出有路能够直接爬回你站的地方，不过看来南面可能有路可以上去，你能不能也往南走？我可能需要你拉我一把。"

费雅思问："脉冲枪还在你手上吗？"

唉，人家当然会问起脉冲枪了！纳飞觉得很羞愧，脸也红了。他说："不在，我肯定在跌下来的时候松手了。如果你在上面看不见的话，那脉冲枪就是跌到崖底了。"

"上面没有，你滑下去的时候手里还拿着。"

纳飞说："那就在谷底了。来，我们向南走吧。"

可是纳飞很快就发现，沿着崖壁上的岩层前进，说得简单，做起来就难了。刚才摔那一下，虽然没有造成身体上的损害，却留下了心理阴影。纳飞这时候可狼狈了，连站起来也不敢；他怕站在悬崖的边沿，更怕再次失足摔下去。

然后纳飞转念一想，我刚才摔下来并不是因为我的平衡能力不好，只是因为脚下的摩擦力不足以支撑我的体重罢了。现在我身处的这片岩层根本就不是陡坡，我完全可以站得稳稳当当。

于是纳飞鼓起勇气站起来，背贴着山壁，深深吸了一口气。他对自己说，来吧，走吧，就沿着这片岩层向南慢慢走，只要转过那个弯，可能就柳暗花明了。可是他越给自己打气，眼睛就越发忍不住盯着悬崖外面的万丈深渊，那一片虚空距离纳飞的脚边还不到一米。我要是向外倾斜一点点，肯定会失去平衡摔下去。在这里摔下去的话，绝对一跌到底，畅通无阻。

不行！我不能有这样的想法，这样的心理素质，以后怎么成大事？这种岩层我走过数百次，易如反掌，不值一提……不过，现在如果我面向山壁，而不是看着外面的深渊，可能会有所帮助。

于是纳飞转身背向深渊，使出前所未有的力度将全身紧紧贴住山崖，一步一步地侧行，每跨出一步他的自信心就增强一分。

绕过一个转角，纳飞发现这条岩层断了，可是头上两米处却有另外一片山岩，从那里爬回山顶就很容易了。

"费雅思！"纳飞一边大声叫着一边走到距离上一片岩层最近的地方。他一伸手几乎可以够到头顶那片岩层，问题是那片岩层的边缘部分很不结实，好像一捏就碎。要是费雅思能过来接应，那么就安全多了。"费雅思，我在这儿呢！你快来帮忙好吗？"

还是没有回答。纳飞不禁想起刚才开始穿越陡坡的时候，脑子里突然想起一个念头：别再往前走，费雅思在密谋害你。

这会不会真是上灵发过来的警告？

奇怪。

纳飞决定不等费雅思了。他把手伸至极限，够到头顶的岩层边上，然后将手指插进草丛的泥土里。最初那些泥土不受力，一扒就散；纳飞不气馁，继续往下扒，终于牢牢地抓住了底下坚固的岩层。有了受力点之后，纳飞双手一发劲，身体上升，肩膀就越过了岩层的边缘；然后他将一只脚扬起，勾住岩层边缘，顺势一翻，整个人就上去了。脱险之后，纳飞仰面朝天躺着，长长地出了一口气。他刚刚从悬崖上摔过一次，大难不死，竟然马上又做这么危险的事情——刚才攀爬的时候，他的双手随时都有可能打滑，再摔下去的话就很难再落在下面的岩层上，那他就死定了。纳飞简直不敢相信自己竟敢再一次以身犯险，居然又一次死里逃生。

费雅思这时候才出现。他说："啊，你已经爬上来了？看看这边，我们刚才就是走这条路来的。"

"我必须找回那把脉冲枪。"

费雅思说："脉冲枪肯定已经摔坏了，它经不起这么强烈的碰撞。"

纳飞说："我可不能空手回去告诉他们我把脉冲枪丢了。它肯定就在下面，就算摔成四五十块，我也要把这些碎片带回家。"

费雅思问："摔烂了和弄丢了，有什么不同吗？"

纳飞说："有的。如果他们没有亲眼看见这把脉冲枪，他们心里就会留下一根刺，老想着如果我当初去找一下，可能会找回来。这把枪太重要了，关系到我们每个家庭的肉食供应，你不明白吗？"

费雅思说："我当然明白。既然你这么说，那我们就非找不可了。来吧，我们走这条路下去，应该很好走。"

纳飞说："我知道，这条路一直通向海滩。"

费雅思问道："哦，是吗？"

"从这里往下走，然后向左拐一下，看到吗？"

"噢，好像是的。"

费雅思原来压根儿没想过去海边，纳飞自己反而早就留意了下去的路……纳飞不禁有点惭愧。

不过他们没有走到海滩，而是好不容易来到一片灌木丛中，脉冲枪肯定落在这一带。很快他们就找到了,整把枪从中间一分为二,内部的小零件散落各处,只能拾回一些,其余的都不知所踪。这把枪算是彻底没救了。

纳飞还是把他们能找到的大大小小的零件都捡起来,放进自制的枪袋里面,牢牢地打了一个结。是时候回去了,前面有好长一段上山的路。纳飞让费雅思走在前面领着,因为他更擅长认路,费雅思很爽快地答应了。其实纳飞是不敢让费雅思走在自己身后,怕他再搞什么小动作——以带路为由,既能让他走前面,也把纳飞心里的怀疑遮得严严实实,真是天衣无缝。

上灵,这就是你发给我的警告吗?

上灵没有回答,或者没有直接回答这个问题。纳飞脑子里只是出现了一个很清晰的念头:回营地之后找绿儿说。不过纳飞本来就打算找绿儿尽吐心中言,尤其要把这次濒死经验好好向她诉说一下,所以他以为这个念头只是他自己的想法,而不是上灵的回答。

第七章　弓　箭

最后一把脉冲枪也毁了，这个消息一传出，大伙儿顿时炸了锅，就连佛意漫和耶律迈也沉不住气了。他们把脉冲枪的零件摊开放在一块布上，旁边是耶律迈珍藏的那两把进了水用不了的脉冲枪。司徒博坐在旁边，将索引搁在大腿上，对着索引读出那些零部件的序列号，看能不能从两把完整的枪里拆换一些零件。所有人都在看着，焦急地等待。只有少数几个人有足够的定力安坐一旁，大部分人不是站着就是来回踱步，嘴里还念念有词。

司徒博最后说："没办法。索引说，就算我们收集了必要的零件，也没有组装所需的工具，要生产这些工具的话，至少需要五十年才能达到足够的技术水平。"

耶律迈说："上灵这回真是得不偿失。他把人类的科技水平限制在那么低的水平，我们就算能够生产这些武器，却不知道其中原理，所以一旦出现故障，根本就没办法修理。"

羿羲说："上灵也料不到会发生这样的事情。"

梅博酷道："随便吧，反正我们这次死定了。"

狄傲丽开始号啕大哭，眼泪很真，不像是演戏。

纳飞说："对不起。"

耶律迈道："哼，原来你也有悔恨的时候，我们太欣慰了。其实你爬去那么危险的地方干什么？我们只剩下一把脉冲枪，就被你这样糟蹋了。"

纳飞说："猎物就在那一带。"

佛意漫问道："如果你的猎物从山崖上跳出去，难道你也跟着跳吗？"

爸爸竟然加入耶律迈的声讨行列？纳飞仿佛听到晴天霹雳，一下子蒙了。

耶律迈还没说完呢："小弟，我就把话说明白了吧，如果可以选择，我宁愿是脉冲枪落在岩层上面，换成你从山崖上摔下去跌个粉身碎骨，这样至少不会连累大伙儿。"

这话实在太不公平了，纳飞忍不住还嘴："之前那三把枪又不是我弄丢的。"

爸爸接口道："之前那三把就算丢了，我们还有第四把，所以后果远远没有现在严重。你明知这是最后一把脉冲枪，为什么还冒那个险？"

华纱说："你们骂够没有？我们都知道，纳飞自己也同意，他不该拿最后一把枪冒险。可是现在不错也错了，你们除了埋怨纳飞之外，是不是应该想想对策呢？这把枪没了，我们困在这个怪地方，还不知道怎样才能吃上肉呢！"

纳飞心里默默说，妈妈，谢谢你。

费雅思说："你们就看不出来吗？我们这个远征计划已经完蛋了。"

佛意漫厉声道："胡说！上灵的大计是拯救和谐星球，避免四千万年前地球的灾难在这里重演！我们只是损失了一件武器，怎能就这样放弃呢？"

艾雅说："武器算什么？关键是肉啊，我们需要吃肉啊！"

谢德美说："现在除了营养问题之外，还有别的难处。就算我们在这里扎营，马上开始种庄稼吧。第一，现在不是播种季节，肯定种不活；第二，就算我们成功种活了可以补充蛋白质的作物，还来不及收割，我们就已经严重营养不良了。"

佛意漫问："严重到什么地步？"

谢德美说："有些人会饿死，尤其是小孩子。"

柔珂发出一声哀号："天哪，我的小宝宝要被你害死了！"

柔珂这声哭喊顿时引起哀声一片。在喧闹声中，纳飞默默地问上灵：除了脉冲枪，还有别的打猎方法吗？

你有什么建议吗？

纳飞想，他们就地取材的话，能够制造什么样的武器呢？他记起孤威国的士兵随身携带长矛和弓箭，这些东西除了打仗之外，还能用来打猎吗？

这时候他脑子里出现一个念头：

能够杀人的武器，应该也能够杀动物。用长矛打猎，需要一群猎手协作去驱赶猎物，否则你很难走近射程范围，就算有梭镖投掷器也没用。

弓箭呢？

本来一把好弓的射程范围是脉冲枪的四倍，只是弓箭不容易制造。

那么一般的弓呢？我们只需要它有脉冲枪的射程就可以了，这种弓容易做吗？你能教我做一把吗？

能。

你觉得我能用弓箭打猎吗？我要多久才能学会射箭呢？

这个只能顺其自然，水到渠成。

上灵这个回答聊胜于无，好歹给了纳飞一线希望。

纳飞把注意力放回眼前这群人身上，这时候大伙儿已经把佛意漫逼急了。他说："难道这一切都是我造成的吗？难道是我要求上灵把我们带到这片穷山恶水吗？难道是我要求上灵让我们在沙漠里面生小孩？难道是我要求上灵让我们在荒郊野岭流浪、成天忍饥挨饿吗？你们以为我不想有一个安乐窝吗？"

纳飞看得出来，人人都想不到佛意漫居然也和大伙儿一起抱怨。可是佛意漫这种态度于事无补，有几个人害怕得脸色都变了，他们想不到这个集体的中流砥柱竟然也有崩溃的时候。耶律迈冷眼旁观，脸上流露出不屑。纳飞知道，爸爸这时候的确失态了。其实爸爸完全没有必要抓狂，他只要像纳飞那样，静心问一下上灵，知道天无绝人之路，他就可以安心了。

这时候费雅思又说话了："我说啊，你们没有必要吵，纳飞和我发现了一条下山路，很好走。就算我们不能带骆驼，只要有一天的食物和水，我们就可以沿着海湾走到多柔菲亚城了。"

耶律迈说："什么？骆驼都不要了？那么帐篷呢？"

谢德美问："还有冷藏箱和干燥箱呢？"

梅博酷说："我们兵分两路好了。我们先去城里，其他人带着驼队绕路下山。没有女人小孩，你们不用一个星期就可以到达了。然后我们就一起回女皇城，或者到时候你们说去哪里就去哪里呗。"

马上有人小声地表示赞同。

纳飞说："不行！这事情关系到和谐星球的命运，关系到上灵的大计，我们自己受点苦算什么！"

欧必忍说："我可没有报名参加你们的伟大计划，你叫嚷的这些口号我都听恶心了。"

莎芙道:"多柔菲亚城就在对面,我们走路很快就可以到的。"

耶律迈说:"笨蛋!没错,你们肉眼就能看见那座城市,还能看见那个海滩一直通向城里,可是这不等于你们能轻易就走到那里。一天就走到?笑话!就算你们在过去一年里变结实了,你们也不可能抱着小孩走那么远的路,更别说还带着饮用水和食物了。而且在沙滩上面走路特别艰难特别慢,你们带的东西越多就走得越慢,走得慢就需要带更多补给,带更多补给你们就走得更慢。"

柔珂叫道:"难道我们就困死在这里吗?"

莎芙说:"你闭嘴吧!"

纳飞道:"我们不会困在这里,也不需要放弃这次远征计划。在发明脉冲枪之前,人类就已经有别的武器可以打猎了。"

梅博酷问道:"什么?你想把那些动物勒死是吧?哦,不对,应该是用钢丝刀割头,就像你对付贾霸那样。"

纳飞强压心头怒火,说道:"我是说弓箭。上灵知道怎么制造弓箭。"

欧必忍说:"上灵懂得做弓箭又怎样?我们没人懂射箭。"

耶律迈说:"欧必忍终于说对一次了。射箭需要几年功夫才能练好,要不我也不用带这些脉冲枪了。其实弓箭比这些脉冲枪更好用,因为射程更远,弹药无限,对肉质的损害更小。可是我不懂射箭,更别说制造了。"

纳飞说:"我也不懂,可是上灵可以教我。"

耶律迈说:"就算他在一个月之内教会你,我们也等不了一个月了。"

纳飞说:"一天!给我一天时间,明天太阳下山之前,如果我还不能打到猎物,那我就同意费雅思和梅伯的提议,先去多柔菲亚城休整一段时间。"

梅伯说:"如果我们到达多柔菲亚城,我就再也不参加什么远征探险了。除非是回女皇城,否则我这辈子再也不骑骆驼了。"

莎芙也点头称是。

纳飞说:"我只需要一天时间,然后你们说什么都行。我们的食粮还充足,也不差这一天,这个地方还是挺安全的。"

耶律迈说:"你这是浪费时间,因为你根本不可能成功的。"

"既然这样,就给我一天时间证明你是对的,也没有什么害处吧?可是只要有上灵的帮助,我肯定能够做到,因为所有的知识和信息都在它的数据库里,而且这一带的猎物也不少。"

费雅思说:"那我一起去帮你找猎物吧。"

"不行!"说这句话的是绿儿。她刚才一直没说话,现在突然喊这么一句,纳飞吃了一惊。"纳飞必须单独完成这个任务。这个任务注定了只能由他和上灵参与。"说完绿儿目光坚定地看着纳飞,眼神似乎另有深意。

纳飞想,绿儿好像话中有话。然后他又记起今早在山上打猎时脑子里出现过的念头:费雅思心怀不轨,害他从悬崖摔下去。莫非上灵也向绿儿说话了?难道我的恐惧并非杯弓蛇影?所以绿儿才坚持让我一个人去?

佛意漫说:"那你是打算明早出发吗?"

纳飞说:"不,我马上就走。我希望今天之内可以造出一套弓箭,明天就有一整天时间打猎。我毕竟是新手,一开始肯定很难的。"

梅伯说:"纳飞你这个笨蛋,你以为你是谁啊?霹雷希斯的英雄啊?"

纳飞大声说:"我不是什么英雄,可我决不能眼睁睁看着这次远征计划失败!我不会让区区一把破了的脉冲枪拦住我们的去路,我也不会让你从中作梗!这一次我肯定成功,你就算掏空你的鼻屎鼻涕来赌我也不怕。"

梅伯看着纳飞忍不住笑了。"阿飞,小兄弟,咱们就赌一场好了。我用满腔的鼻屎鼻涕来赌你失败。"

"赌就赌!"

"不过我们还没说好你输了的话罚什么呢。"

纳飞说:"随便你,反正我赢定了。"

"嗯,如果你输了……你就要给我做牛做马。"

众人纷纷嘲笑梅伯。艾雅轻蔑地说:"你输了就抠鼻屎鼻涕,别人输了就给你做牛做马,梅伯,我就知道你是这副德行。"

梅伯说:"我又没逼他赌。"

纳飞道:"说个时限吧,就……一个月。"

"一年。一年之内我说什么你都得照做。"

佛意漫说:"荒唐,荒唐,我禁止你们这样做。"

梅博酷说:"纳飞,你已经答应了。如果你现在反悔的话,大家都会说你是个反复无常的小人。"

"梅伯,等我把猎物扔在你脚边的时候,你再说我是什么人吧。有一点可以肯定,我绝不是反复无常的小人!"

就这么说定了,他们在这里等纳飞回来,以明天太阳下山为限。

纳飞离开众人,先去厨房帐篷取饼干、牛肉干和甜瓜干,再去小溪灌水。有了食物和水,再加上腰间的佩刀,纳飞别无所需了。

他跪在溪边,将水壶泡进水里。这时候绿儿来了。

纳飞问:"索菲娅呢?"

绿儿答道:"小诗看着她。我本来有话对你说的,可是却被刚才那个……会议给打断了。"

纳飞说:"我也有话对你说,不过现在事态严重,我们没有时间多说了。"

绿儿道:"你有时间带上这个吧。"

她手里拿着一卷细绳。

绿儿继续说:"我知道弓必须有弦,上灵说这种细绳做弦是最好的。"

"你问上灵了?"

"她觉得你太匆忙了,连弓弦也不带就跑出去,很快就会后悔的。"

"我真的忘记了。"他把细绳接过来放进腰间小袋,然后低头亲了绿儿一下。"谢谢你总是这么照料我。"

绿儿说:"纳飞,我也不能总是守在你身边啊。你今天出去之后,上灵对我说话了,而且还很清楚呢。"

"哦?"

"你摔倒的时候,费雅思就在你身旁吗?"

"是的。"

"当时他离你多近?有没有可能是他做的?比如说,推一下你的脚……"

纳飞马上回忆起当时可怕的一幕:他面对着山崖,右脚突然一滑,而且是朝着左脚方向侧滑!如果是摩擦力不够,不是应该向下滑吗?怎么会侧滑呢?

纳飞说:"我明白了!当时上灵想警告我,可是……"

"可是你以为这只是你自己内心的恐惧,所以就置之不理。"

纳飞点点头。绿儿知道上灵的声音有时候的确很像自己心中的念头,也很像自己内心的恐惧。

绿儿说:"你们这些大男人,总是怕被人笑胆小。你难道不知道吗?恐惧是一个物种在进化过程中赖以生存的最基本的机制。你却对自己内心的恐惧置若罔闻,你这样做不是一心寻死吗?"

"娘子所言极是,无奈这是为夫体内的雄性激素使然,我实在是身不由己。呵呵,若然为夫没有这些激素,娘子的婚姻生活就缺少很多乐趣了……"

绿儿一笑,可是笑容很快就没了。她说:"上灵还告诉我别的东西了。费雅思一直在盘算着……"

可是这时候欧必忍和柔珂悠悠地踱过来了。柔珂问道:"小弟,你心里有别的想法了吧?"

纳飞回答说:"我心里总是有三四个想法,不像你,每次只能有一个念头。"

柔珂说:"我只是来祝你一路顺风,得心应手。我真心希望你能够带一只小破兔子回来给我们吃,否则我们就只能去城里吃香的喝辣的,那真是人寰惨剧啊,对吧?"

纳飞说:"呵呵,我觉得你说的那么好听,其实不是真心的。"

欧必忍说:"哼,如果我觉得你有一丝机会成功的话,我早就把你的手断断了。"

纳飞反唇相讥:"就凭你?如果连你也能打断我双手,那我就真的连一丝机会也没有了。"

绿儿道:"别吵了!还不够烦吗?"

柔珂说:"嚯,看看谁跳出来做和事佬?看你的小样儿还没长开，可能老了之后才会像个人样吧。"

柔珂这些讽刺人的话实在太幼稚，只有学校里面那些小孩子才能说得出。纳飞忍不住哈哈大笑。

柔珂被纳飞笑得很不爽："你就笑吧，至少我可以一路唱着歌儿回女皇城，舒舒服服地过日子。我将来可以继承妈妈在城里的那座豪宅，你的爸爸有什么留给你？你的老婆没爹没娘、没马没房，你在女皇城里连个窝儿也找不到。"

绿儿走前一步，和柔珂面对面站着，纳飞第一次留意到她们几乎一样高——原来绿儿在过去这一年里还长高了。纳飞想，绿儿其实还是个小孩子。

绿儿说："阿珂，你说话的时候小心点儿。你可能只是把纳飞当作你的小弟弟，可是以后你和他说话的时候，请记住，他是圣湖先知的丈夫。"

柔珂挑衅说："圣湖先知在这里算什么？"

"在这里当然不算什么。可是如果我们回女皇城的话，阿珂，你也要为你的演艺事业考虑一下，圣湖先知的敌人能有前途吗？你和我作对有好处吗？"

柔珂脸色倏地变成惨白："你……你不会……"

绿儿说："我当然不会滥用我的影响力去害人，而且我们也不回女皇城。"

纳飞从没见过绿儿如此霸气的一面。他在女皇城中长大，那么多年来圣湖先知的名号如雷贯耳，可是现在纳飞每晚与绿儿相拥而眠，已经逐渐淡忘了这个女人当初在女皇城中如何声名显赫，忘记了她做的梦、她说的话如何被人们口口相传。有一次她冒着生命危险，半夜出城找纳飞，救了他爸爸一命——那一夜，她并没有摆出高高在上的架子。还有一次,纳飞被贾霸手下追杀,绿儿带领他一路逃到圣湖。在那个男人禁地,就算绿儿单枪匹马面对着一群气势汹汹要置纳飞于死地的女人,她也只是很平静、很镇定地说话,而不像刚才那么嚣张跋扈。

纳飞突然想通了:绿儿这副傲慢威严的样子只是装出来的,她的个性里面本来并没有这样的气质,她这样说话完全是为了有效地与柔珂沟通。纳飞的同母异父姐姐是个一朝得志就骄横跋扈的小人,只有这种气焰嚣张的恐吓之辞才能说到她心坎上。绿儿这招很灵,柔珂扯着欧必忍的袖子,两人悻悻地走了。

纳飞说:"你真的很厉害啊!将来索菲娅第一次和你顶嘴的时候,你也用这种语气和她说话吗?我都等不及了。"

"我要把索菲娅教育成一个知书达理的淑女,我永远也不需要用这种语气去骂她。"

"我不知道你还能这样说话呢。"

绿儿笑了:"我也是才知道的。"说完她亲了纳飞一下。

"你刚才说费雅思怎么了?"

"如诗看到一些东西,不是很明白,上灵向我解释了一下。原来费雅思心里一直还记恨着当年莎芙和欧必忍给他戴绿帽的事情。"

"他还记着啊?"

"上灵说他一直密谋着报仇雪恨。"

纳飞笑了一声,说道:"费雅思?他一直是镇定沉稳的楷模嘛,妈妈说她从没见过有人在那种情况下还能够保持如此镇定。"

绿儿说:"我猜他是想着君子报仇十年不晚。我们已经发现很多蛛丝马迹,费雅思实际上并不像他装得那么沉静温顺。"

纳飞道:"没错,他其实一点也不合作。梅伯和狄傲丽,还有欧必忍和莎芙,他们整天哭闹着要回城;可是费雅思不说话,他表面上很合作,却在暗中捣鬼,把脉冲枪都弄坏,逼我们回去。"

"你不能不承认,他这招很高明。"

"如果在这个过程中,我刚好挡了他的道,哼哼,他杀我的时候眼睛也不会眨一下。我在想啊,如果贾霸有费雅思这种心机,他可能现在已经在女皇城称王了。"

"不会的,纳飞,贾霸再有心机也是死路一条。"

"为什么?"

"因为上灵还是会让你把他杀了,只有这样才能拿到索引。"

纳飞想不到绿儿会说这样的话。他看着绿儿,说道:"连你也拿这事情说我?"

绿儿摇摇头,坚定地说:"我说起这事情,只是为了提醒你,其实你也是一个狠角色。为了实现上灵的计划,你敢作敢为敢担当,有勇有谋有分寸,费雅思在你面前算什么?再过几个小时就天黑了,快出发吧,纳飞,你一定会成功的!"

纳飞孤身上路,脸上还感受着绿儿双手的温暖,她的轻声软语犹在耳际,她的信任和鼓励还在纳飞心窝中发烫。此刻他真的觉得自己像是传说中的霹雷希斯群雄中的一位,尤其像威力高奴。威力高奴为了解放同胞,不惜以身犯险,将萨维斯特大神的心脏吃掉;从此霹雷希斯人过上长治久安的和平生活,不再钩心斗角自相残杀。纳飞小时候看过小人书,其中有一幅关于这个场面的插图,只见威力高奴一头扎进大神的胸膛,而萨维斯特则用又长又尖的指甲将他的背脊抓得血肉模糊。这个场景深深震撼了纳飞幼小的心灵:世上竟然有这么伟大的英雄,为了将同胞从邪恶之中拯救出来,甘愿身受永恒的痛苦。

对于纳飞来说，这样的人就是好人，这样的人才称得上英雄。如果他能够把贾霸当作萨维斯特大神，那么杀死贾霸就是一件正义的好事。

可是这个念头转瞬即逝，纳飞好受了片刻就被那个噩梦般的回忆拖进痛苦之中：当时贾霸醉卧街头，纳飞正是趁他无法反抗将其杀死。然后纳飞突然想到，他长久以来被这个恐怖的回忆折磨，一直活在内疚和羞愧之中，可能这就相当于威力高奴刺神之时背上所受的伤痛——威力高奴的痛苦是肉体上的，而纳飞的痛苦则是精神上的。

不想了。没错，我杀死了贾霸，这件事情就收回记忆里吧，别老是让它冒出来。我现在有更重要的事情要想：我必须造一副弓箭，打一只猎物，在明晚天黑之前带回营地，否则上灵的计划就前功尽弃了。

欧必忍蹲着走进费雅思和莎芙的帐篷。自从柔珂在女皇城中将他们捉奸在床之后，这是欧必忍第一次和莎芙私下见面——其实也不算真正的"私下"，因为费雅思也在场。不过既然费雅思首肯这次会面，看来他们之间的关系已经破冰了。

费雅思说："劳你大驾了。"

费雅思的语气好像带点讽刺意味，欧必忍顿时觉得自己肯定做错了什么事情，所以才招来费雅思的讥讽。嗯，难道是因为他动作太慢？"你让我自己过来，别带上柔珂。可是我很难说走开就走开，因为她老是盘问我上哪儿去，然后盯着我，确保我没有去别的地方。"

从莎芙上扬的嘴角看来，她看着欧必忍被柔珂束手束脚，心里肯定幸灾乐祸。可莎芙不是应该同病相怜才对吗？她自己何尝不是被费雅思日夜监控呢？嗯，也很难说，费雅思毕竟不像柔珂那么记仇；记得一年多以前事发当晚，他就没有生气，所以莎芙可能不像欧必忍这么凄惨。

现在看着莎芙，欧必忍已经想不起来当初为什么会对她心醉神迷。莎芙的身材已经走样了——生完小孩之后，她的乳房胀得太大，腹部也收不回去；还有，她的脸上已经出现双下巴和黑眼圈。漂亮二字再也不能用来形容莎芙了。不过即使在当年偷欢之时，欧必忍也不见得是垂涎她的相貌和身材。一方面，他看中了莎芙的名声——她毕竟是女皇城中数一数二的天后级歌星；另一方面……欧必忍，你就老老实实认了吧……因为她是柔珂的姐姐。那段日子，欧必忍瞒着柔珂，经常与莎芙厮混。每当看到柔珂那副趾高气扬的架势，他就很想把这事情摔在柔珂脸上：你以为你很好看，很性感吗？我现在就证明给你看，我完全可以找一个比你更好看，更性感的女人！事实上，欧必忍知道自己什么也证明不了——莎芙和他上床，并不是因为他这个人有多好，纯粹因为他是柔珂的丈夫；如果欧必忍不是柔珂的丈夫，莎芙根本不会浪费口舌和他多说半句话。欧必忍和莎芙为了伤害柔珂而走到一起，虽然成功了，可他们至今还在为这件事情还债。

现在事情终于出现转机：费雅思拉上欧必忍和莎芙一起共商大计。在这个被佛意漫和华纱的几个儿子统治的小集团里面，欧必忍被排挤已久；如今看来，他终于找到组织了。

费雅思说："我觉得这场远征闹剧该结束了，你们说呢？"

欧必忍苦笑道："以前有人试过反抗，可是纳飞却耍些小花样把他们都镇压了。"

费雅思说:"现在是最后的机会了——多柔菲亚城就在眼前,我们根本不需要耶律迈带路。要是错过了这一村,以后就很难找到这一店了。昨天我找到一条下山的小路,虽然崎岖,可是我们完全可以走下去。"

"我们?"

"你、莎芙和我。"

欧必忍看看正在他们身后睡觉的小娜,问道:"你想半夜三更带着小婴儿逃跑?"

费雅思说:"晚上有月色,我认得路,而且我们不带小孩。"

"什么?不带小……"

"欧必忍,你不是真的那么傻吧?你仔细想想,我们的目的不是逃跑,而是迫使他们放弃这个远征计划。我们这样做不是为了自己,而是为了他们好!他们对上灵的荒唐计划一味盲从,不能自拔,我们的目的是要拯救他们。我们离开大部队前往多柔菲亚城,其他人就不得不跟着一起来。可是如果我们带上小孩的话,一来小宝宝经不起折腾,二来我们也会走得很慢。所以把小宝宝留下来,他们就被迫把小娜送过来给我和莎芙,还得把柔珂和喀纱缇娅送回给你。不过他们必须绕远路,所以小孩就会舒服很多。"

欧必忍说:"嗯,听起来好像也有点道理。"

费雅思道:"承蒙夸奖。"

"这样说来,要是纳飞打不到猎物,我们当晚就走吗?"

费雅思说:"你不会蠢到真的相信他们会信守诺言吧?就算纳飞打不到猎物,他们也会想出别的借口继续上路。他们不会管我们小孩的死活,他们只会把我们重返文明的最后一丝希望也扼杀掉。小欧,好兄弟,我们不能再等了!我们必须抢在纳飞和上灵耍新花样之前就动手！"

"那……我们什么时候出发？晚饭后？"

费雅思说："不行，这样很容易被人发现，他们一下子就追上来把我们抓回去了。这样吧，今天晚上我自告奋勇值倒数第二班，然后你报名守最后一班岗。我值班的时候就去唤醒莎芙，然后刮你的帐幕。柔珂以为你去换班，所以她不会疑心，肯定转身又睡。今晚月色很好，适合赶路，等他们起床的时候，我们已经走出很远了。"

欧必忍点头称是："不错不错。"然后他看了莎芙一眼，她的表情还是一如既往的难以捉摸。欧必忍想知道莎芙在想什么，于是他问道："可是你在哺乳期间，离开小孩久了，会不会胀奶？"

莎芙没有正面回答："如诗的奶水喂四个小孩也足够了，她天生就是做奶妈的命。"

她说话还是那么刻薄，不过至少莎芙表态了。欧必忍说："好吧，算我一份！"

说完之后，他突然心生怀疑，费雅思安的什么心呢？"可是，有那么多人，你为什么偏偏叫上我呢？"

费雅思说："因为你不是他们当中的一员。你既不信奉上灵，也不受家庭忠孝观念的约束，而且你也对现状不满。除了你，我还能信任谁？如果莎芙和我两人走了，他们就会拐带我们的小孩继续上路。所以我们需要再找一个人，将另一个家庭拆散，除了你，我还能找谁？如果你说司徒博和谢德美，没错，他们和其他人没有任何血缘关系，他们没有小孩，所以带上也没有用。至于如诗和绿儿，哼，她们本来就是上灵的忠实走狗。噢，对了，还有狄傲丽，可是不知道为什么她对梅博酷那么死心塌地，而且她这人又懒又胆小，肯定不会一起来——就算她想来我也不愿意带上她。所以只剩下你了，欧必忍，老实说吧，我叫上你纯粹是因为你没狄傲丽那么讨人厌。"

欧必忍对他的解释深信不疑，于是拍胸口道："行！我跟你走！"

谢德美一直等着。终于，她看见司徒博走出了佛意漫的帐篷。他肯定是去借索引了——现在不能生火煮食，所以司徒博有更多时间做研究。谢德美连忙找了个借口，离开了洗衣大军，临走前她还求如诗等会儿帮忙把她和司徒博的干衣服都收回来。

司徒博走进来，小心翼翼地把索引夹在手臂下面。谢德美就在帐篷里候着他。

司徒博问："你是想一个人待着吗？"

谢德美道："我想和你谈谈。"

司徒博坐下来，把索引放在一旁。他这样做是为了显示出他并不急着用索引，好让谢德美安心，可是谢德美知道他其实恨不得马上就开始用。

谢德美道："多柔菲亚城是我们回到文明世界的最后一个机会了。"

司徒博点点头——他并不见得同意谢德美的观点，他只是表示明白谢德美的意思。

她继续说："司徒，我们不属于这个集体，在这群人里面我们始终是外人。你留在这里的话，一辈子都做牛做马，我留下来的话，我一生的研究心血就全部白费了。我们硬是熬了一年多，对他们已经仁至义尽了。当初纳飞逼你发誓，完全是因为怕你回城报警。可是现在这种危险已经不存在，你也不用死守这个誓言了。"

"小谢,我不是因为那个誓言才留在这里的。"

"我知道……"谢德美说到这里已经开始哽咽了,泪水忍不住向下流。

司徒博说:"你在这里度日如年,以为我看不出吗?我们原来以为披上婚姻的外衣你就可以过得很好,可是我们错了。你渴望得到归属感,可是如果不生小孩,你就始终找不到归属感。"

谢德美顿时觉得一阵恼怒:司徒博居然这样分析她,他肯定已经暗中观察了一段时间,然后"诊断"出她的毛病在哪里,而且他还说错了……至少没有全说中。谢德美怒道:"这和归属感没有关系!我说的是我的生活。我在这里什么也不是,既不是一个基因学家,也不是一个母亲。起码你还能做一个称职的用人,我甚至连用人也做不好。研究索引我也不在行,因为我总是听不清它的声音。我和人说话的时候,只能越来越多地拾你的牙慧,因为我懂的话题别人都听不懂。我看到人家的小宝宝,自己忍不住想要一个——我之所以渴望要小孩,不是因为别人有我也要有,而是因为我不想被生命遗弃。我想把我的基因流传下去,我想看到一个和我长得很像的孩子!你能理解吗?我不像你,我完全可以生儿育女,可是如今我困在这群人之中,被迫压制自己的生育本能。如果我不走,将来我死了之后就烟消云散,没办法在这世上留下一丁点痕迹!"

谢德美这一番话激昂慷慨,说完之后帐篷里一片死寂。他在想什么呢?他会怎么看我呢?我知道这番话会给他带来伤害,因为我说得好像我很讨厌和他结婚似的。其实不是的,他是我最好的朋友,在这一生中我从来没有向别人敞开过心扉——直到我遇上了他。

谢德美低声道:"我不该这样说话的,可是我看到远处那座城市的灯光就忍不住想,我们可以回到一个能实现我们生命价值的世界去。"

司徒博说："在那个世界里，我的价值不见得很高。而且你忘了，我怎么舍得离开索引呢？"

他这样都不明白吗？谢德美说："那就把索引也带上！我们拿了索引，顺着海湾逃走；因为没有小孩拖累，他们肯定追不上我们。有了索引，你就掌握了大量信息，可以利用这些资讯发家致富，再加上我的专业知识，我们可以赚够钱离开多柔菲亚城。在他们的驼队赶到之前，我们已经回到北方的广阔天地了。而且他们也不需要索引，绿儿、纳飞、佛意漫和如诗他们不用索引也能够和上灵自由沟通，你说是吧？"

司徒博道："他们不需要索引，所以我们拿走也不算偷。"

谢德美说："唉，我们当然是偷，不过我们偷的只是他们不需要的东西，而不是从穷人碗里偷米饭，所以我们的良心会好过一点。"

司徒博道："噢？原来良心好不好过是由作恶程度大小决定吗？我还以为一个人只要有良知，就会不以恶小而为之呢。很多正直的人因为撒了一个小谎而良心备受谴责，反而不如一个穷凶极恶的杀人犯活得舒坦。"

"既然你那么正直……"

司徒博道："是的，我是个正直的人，你也是。"

"可是我们和这群人在一起，每一天都活在谎言里！"这句话很伤人，可是谢德美管不了那么多了。她渴望改变已经到了抓狂的地步，脑子里面想到什么就全部喷出来。

可是司徒博却不以为忤，反而显得若有所思。他说："是吗？你真的觉得这一切都是个谎言吗？如诗有一天和我谈起，你和我之间的关系，其亲密程度，在这群人里面算是数一数二的。我们无所不谈，互敬互爱——她看到我们之间的感情是一种爱。我相信她，你呢？"

谢德美低声说："是的。"

"既然如此，那么这个所谓的'谎言'从何谈起呢？唯一的假话是，我和你是一起繁衍后代的配偶。如果连这件事也成真了，如果你肚子里怀上了一个小生命，那么你的心结从此解开，这个谎言就再也不会折磨你了，对吧？因为到时候你就不再是一个有名无实的妻子，而是一个真正的母亲，你再也不会觉得被生命遗弃了。"

谢德美仔细端详着司徒博的脸，却找不到一丝一毫的讽刺神情。"你能吗？"

"我不知道。以前我从来没有试过，一来没兴趣，二来也找不到人和我一起去尝试。可是如果在这个过程中，我能够通过自己的想象得到一点满足，那么我当然很愿意把这份爱的礼物送给我最好的朋友。虽然这事情对我来说可有可无，不过对于你来说，却是长久以来的渴望。"

谢德美道："这是施舍吗？"

司徒博说："这是爱！你对比一下其他男人，他们每天晚上和妻子上床，不就是为了满足一下生理需要吗？他们这样做和抓痒排尿有什么区别吗？和他们相比，我们这种难道不是更纯粹的爱吗？"

谢德美从来没有想过司徒博会提出和她生小孩。他不是注定了不能和女人亲近吗？

司徒博继续说："当你做一件事情，纯粹是为了满足爱人的需要，而不是为自己谋利，难道这不是真爱吗？有哪个丈夫敢自称有这样的境界？"

"可是你看了一个女人的身体，不觉得恶心吗？"

"在同性恋者里面，有些人的确反应强烈，可是大部分人只是觉得……没兴趣。就像正常男人看到其他男的那样，既不会觉得恶心，也没有什么感觉。不过我可以告诉你怎么做才能激起我的性欲，而且我也可以想象着以前的爱人……呃，只是请你原谅我的……不忠，为了送你一个小孩，我这实在是万不得已。"

"可是，司徒博，我不想你送一个小孩给我。"谢德美突然想到这个念头，不假思索就冲口而出，却也表达得很清楚。"我是想我们一起生一个小孩。"

司徒博忙道："对，我就是这个意思。我就是小孩的父亲，这个身份我完全不需要伪装。而且我的状况，严格来说，并不是遗传的。所以如果我们有一个儿子，他未必会……像我。"

谢德美说："司徒，你难道不知道吗？我多么希望我们的儿女能像你啊。"

司徒博道："儿女？小谢啊小谢，你不要未到大海就开始乱撒网嘛。我们还不知道能不能完整地做一次呢。最怕是一次过后，我们尴尬得要死，再也没有下次。这样的话，你可能因为尝试次数不够而无法怀孕。"

"可是你至少会完整试一次吧？"

"我答应你，我会一直努力尝试，直到我们成功为止，或者直到你喊停为止。"司徒博凑上去亲了亲谢德美的脸颊。"对我来说，最难办的是，我心里一直把你当作我的亲妹妹，和你做爱就好像乱伦一样。"

谢德美道："啊？你别这样想。你怕乱伦的话，还不如担心一下绿儿和如诗的小孩。这两家的小孩因为父亲是兄弟，母亲是姐妹，所以如果他们互相喜欢的话，那才真是犯了禁忌。至于你和我，从基因学角度看，我们没有一点关系。"

司徒博说："可是我们两人却特别亲近。你帮我一起做这件事情吧，如果我们成功的话，我们的生活将会平添许多乐趣。至于另外一条路，偷了朋友的东西逃之夭夭，违抗上灵的旨意，最后我们还得分道扬镳，这样做有什么快乐可言呢？小谢，请你不要离开我，我们生个小宝宝，皆大欢喜。"

上灵数据库里面储存了本地植被分布的详尽信息，它也知道不同文化和不同地区的工匠各自用哪种树木制造弓箭，所以纳飞很容易就找到了他需要用的树。可是上灵没办法把造弓的手艺教给纳飞。其实纳飞并不算笨手笨脚，只是他从来没做过木匠活儿；而且除了给动物剥皮去内脏之外，纳飞也没怎么用过刀。夜色降临的时候，他已经弄坏了两把弓——仅仅是做弓已经把他折磨得焦头烂额了，还有箭怎么办呢？

别人穷一生精力练就的本领，你不可能一小时就学会的。

这是上灵对他说话吗？还是他自己气馁的念头？

纳飞沮丧地坐在一块平整的石头上，手中拿着一把新磨的快刀，第三条弓木横放在他的膝盖上。经过两次失败之后，纳飞对于木工活儿还是没有培养出什么感觉。他只学会了无数种错误的运刀方法，每一种都能把木头削坏；他也领会到原来木头很容易在不应该的地方裂开，也特别容易裂开成一个错误的角度。纳飞好久没试过这么狂躁了——上一次是上灵把爸爸的梦灌进他的脑子里，几乎把他逼疯。

纳飞想起上次的经历，不禁全身抖了一下。可是……回想起来，这未尝不是一条路……

纳飞小声说："上灵，这个世界上有那么多制造弓箭的能工巧匠。就在这一刻，肯定有一个工匠正在削木头吧？"

"有是有，不过他们都有很好的工具。"

"那你随便找一个工匠，给他灌输一个念头，规定他只能用一把刀子削木头。然后你再把他的思路和动作都传到我脑子里，让我体会一下。"

你会疯掉的。

"这样的话……你从数据库里面找一个工匠的资料，这个人总是习惯用一把刀削木头，因为他喜爱运刀的感觉，而且他已经熟练到不假思索的地步。四千万年那么久，肯定有这样的高人吧？"

啊……不假思索……熟能生巧，动作已经成了条件反射……

"爸爸在那个梦里总是全神贯注地留意每一个细节，所以我的大脑没办法承受他的记忆。可是一个熟练的工匠不必多想，只需要双手动作就行了。你把这些技巧传给我，让我感受一下，我或者也能够建立这种条件反射。"

我从来没这样做过，按照最初的设计，我是不能进行这种操作的。而且我把这些信息传给你的话，你可能还是会疯掉。

纳飞道："我可能会疯掉，也可能会成功。可是如果我失败的话，你的远征计划就彻底破产了。"

且让我试试吧。给我一点时间，我需要在人类历史上搜索这样一个工作时不必思考的高手……

纳飞等着。一分钟……两分钟……突然，一种奇怪的感觉袭来，纳飞感到一阵麻痒。这种麻痒并不是他手臂自身的感觉，而是内心的一种悸动——他需要动手，他需要移动手臂上的某些肌肉群。纳飞想，来了，来了，这是保留在肌肉和神经里面的运动记忆。我必须学会接收这些记忆,让我自己的躯体完全听从别人的指引,学会别人手掌、手指、手腕和手臂的移动方式。

纳飞转动着刀柄,换成一个他觉得最舒服的角度。然后他开始让刀刃沿着木头表面滑动,并没有真正切进去,纯粹是感受着木头表面的形状和质地。终于,他找到了——或者说,他感觉到——一个最佳的切入口,他可以从这个地方开始削树皮了。纳飞顿时运刀如风,刀刃在木头表面上下翻飞,如鱼得水。他感受着木头对刀刃的阻力,并从每一次碰撞中学会应对之道:特别硬和特别软的地方都必须绕开,遇上易裂的部位就减几分力,遇到大的阻力则增加相应的力度……

终于,在太阳西沉、月上中天之时,纳飞削出了一条光滑漂亮的弓木。

新鲜的木头耐力不够,弓弦绷紧一会儿就会变松。

纳飞想,我怎么知道的呢?然后他不禁哑然失笑:他连弓也懂得造,这点常识当然是不在话下了。

我们可以先收集一些小树苗,拿一部分做弓,剩下的先晾干处理之后收起来,留着以后用。一路南下都会有充足的树木资源,所以不需要在这个地区收集太多木头。

纳飞拿出绿儿给他的那卷丝绳,很仔细地将线头缠绕在木头的一端,牢牢地绑在他特意切出来的凹槽里面。接着他将丝绳沿着弓木拉到另一端,缠在另一个凹槽里面,然后用力拉紧,使其处于一种绷紧的常态。以后当纳飞放箭的时候,弓弦就可以弹回绷直的状态,而不是松垮垮的摇摆不定,这样才能保证箭能够按照瞄准的方向飞行。没错,就是这样子,这条弓弦绷到这个程度刚刚好,纳飞信心十足,仿佛已经做过无数次了。他很熟练地把弓弦绑紧,最后将多余的丝绳割断收起来。

他小声对上灵说:"如果我去想,反而做不好。"

因为这是一种反射,深藏在意识的下面。

"可是将来我还能想起来吗？我能教给别人吗？"

你会记得其中一部分,然后在做的时候犯一些错误,不过最终会全部想起来,因为现在这些记忆已经深植在你的脑子里面了。不过你可能很难向别人解释清楚,反正他们可以看着你做,有样学样就可以了。

这把弓做好了,纳飞将弓弦解开,紧接着开始造箭。上灵先带他来到一个小鸟聚居筑巢的地方,这里有大量的羽毛。然后他来到一个小池塘,边上有很多芦苇。这种芦苇的秆子特别结实,像木头一般坚硬,可以做箭杆。最后是箭头,在一个小山坡的侧面,有很多细碎的黑曜石,纳飞把它们都收集起来。

关于造箭纳飞其实一窍不通,可是他在无意识中任凭手指上下翻飞。按照这样的进度,在天亮之前他的弓和箭就会齐备,或者还能抽空睡几个小时。真正的考验在白天:他必须找到猎物,用箭将其射杀,然后把战利品带回营地。

如果我成功了,事态会如何发展呢？那时候我就是英雄了！我回到大本营的时候,可以昂首阔步,尽管摆出一副凯旋而归的架势。我身上和手上还沾着猎物的鲜血,更加彰显我的彪炳战绩。因为我智勇双全,大家才有肉可吃；因为我坚持不懈,这次远征才得以继续。我能人所不能,我就是威力高奴,我就是救世主！在我爸爸也退缩的时候,是我勇敢站出来力挽狂澜。我们将会勇往直前,穿越星际,重新踏足人类的故土——地球。这是我一个人的胜利……因为我制造了这张弓和这束箭,因为我把肉带回给那些妈妈们……

纳飞沉醉在美妙的幻想之中，脑中突然闪出一个念头：如果日后再出什么差错，要是旅途中发生什么不幸，他们就会全部怨到我头上。从此以后这就变成了我一个人的远征，就连爸爸也会对我马首是瞻。我这样做必然会严重削弱爸爸的威信，爸爸退位之后，谁做首领呢？在今天之前，答案只有一个：耶律迈。谁有实力和他竞争呢？在这群人里面，除了少数几个上灵的追随者之外，其余人等只会服从耶律迈的指挥。可是现在如果我回去当了英雄，无形中就和耶律迈分庭抗礼——我并没有实力压倒他，仅仅能够和他竞争，却足以导致这个小团体分裂成两大阵营。最后无论谁赢了也只能是惨胜，弄不好还会引来血光之灾。我们的远征大计经不起这种打击。

我必须低调！我要想办法把肉带回去喂小孩，同时还要保证爸爸的威信和地位不受影响。

纳飞苦苦思量着对策，他的双手却一刻也没闲着。他熟练地把最笔直的芦苇秆挑出来，在顶端刻出一条用来卡弓弦的凹槽；再绕着顶部的圆周划出一圈螺旋形的小缝，用来固定羽毛；最后把芦苇秆的另一端劈开几瓣，把细小的黑曜石尖冲外夹进去再绑好，做成箭头。

司徒博躺倒在谢德美身边，汗流浃背，疲惫不堪，甚至觉得自己有点力不从心了。这事情吃力不讨好，除了耗费体力之外，实在不能带来什么乐趣。可是司徒博知道，这事情对于谢德美来说非常重要；从某种意义上来说，对于他也同样重要。虽然司徒博一开始并没有什么生理反应，可是后来逐渐有所改善，最后终于胜利完成任务。他想起以前一个伴侣说过，男人在有需要的时候，可以和任何动物进行交配，前提是那只动物能乖乖地待着不动，而且不咬人。

他这个观点大概不无道理……

　　一直以来司徒博在心底隐藏着一个愿望：当他终于和一个女人上床之后，他的脑子里面某个部分——比如说某个腺体——会突然被唤醒，有如醍醐灌顶，从此便悟了正道，不再沉迷于龙阳之好。他也不用再离群索居，他的生命之歌也被纳入大自然的和谐主旋律之中。可惜，现实是残酷的。大自然没有什么主旋律，只有一串串刺耳的杂音。在一个物种里面，只要有足够数量的个体孜孜不倦地进行繁殖，这个物种就可以生存下去了。至于其中微不足道的一小撮——像我这一小撮——是否繁殖后代，已经不重要了。大自然不是小孩子的生日会，不用邀请每一个小朋友都出席。不管司徒博的基因有没有流传下去，他这一副臭皮囊到最后还不是一样尘归尘土归土？

　　可是从另一个角度想，虽然司徒博在谢德美身上并没有获得什么肉欲之欢，谢德美为了取悦司徒博也累得筋疲力尽，可是他们获得的乐趣其实已经升华到另一个层次了——因为他为谢德美奉上了一份最珍贵的礼物：生命。凭借着最原始、最简单的摩擦与碰撞，司徒博的神经得到充分刺激，终于形成反射性的肌肉收缩，百万雄兵汹涌而出。它们将在谢德美的体内存活一到两天，在这期间力争上游，朝着它们的另一半进军。虽然司徒博只是在尽责任，虽然他对谢德美没有丝毫性趣，虽然他全程都在想着另外一个无法和他生儿育女的情人，可是在这些小生命看来，那一切都不重要。它们活在另一个维度、另一个空间、另一个世界，谢德美心驰神往的生命之网正是在这个世界里编织而成。如今谢德美的生命已经被纳入网中，她再也不用担心遭到遗弃了。

　　而我呢？虽然我的基因遗弃了我，可我还是回到了网中。我一出生就像一条滑溜溜的小鱼，从生命之网滑下来，本来以为永远都会流离失所。可是我主动选择回来，所以现在我就回来了。我肯定能够成为一个很好的父亲，因为我之所以为人父，并不是受本能驱使，而是出于心中的大爱。为了这份爱，我克服重重困难，逆天而行，我才是真正的床上英雄。顺风的时候，谁都能够返航靠岸；唯独我有真本事，能够抗风逆流而上，终于到达幸福彼岸。

希望这些小家伙给我争气，也能顺利到达彼岸。只是僧多粥少，竞争惨烈，它们当中的绝大多数都难逃一劫。按照谢德美的说法，这种关系到生死存亡的竞争是一种很好的机制，可以保证优胜劣汰。

它们之中最强大、最坚定的那位佼佼者，希望它能够一击即中，顺利冲破目标卵子的细胞壁，将它的螺旋状脱氧核糖核酸与谢德美的DNA结合，形成受精卵，然后长成胚胎——我以后就再也不需要重复今天的苦差事了。

不过要是这次失败的话，为了谢德美，再试多少次我也愿意。

司徒博摸到谢德美的手，轻轻地握住。她没有醒，可是她的手也轻轻地握住司徒博的手，十指相缠，你中有我，我中有你。

天黑了。索菲娅喝了最后一顿奶，已经睡着好久，绿儿牵挂着纳飞，无法入睡。上灵不断地安慰她，纳飞进展很顺利，一切都会好起来的。可是绿儿还是忍不住担心。

好不容易睡着了，绿儿却被噩梦折磨着。她总是梦见纳飞贴着山崖爬行，手上一会儿拿着一张弓，一会儿拿着一把脉冲枪。在梦里，山崖越来越陡，后来竟然反转了，纳飞就像一只虫子似的悬空扒住不放。可是最后他总是力竭松手，堕入万丈深渊……

然后绿儿就退回半梦半醒的状态，意识到这只是个梦，于是挪一下汗湿的枕头，又尝试重新入睡。

最后，绿儿做了一个全新的梦。在梦里，纳飞并没有遇险，而是在一个闪闪发亮的房间里，四壁光线像银像铬，如铂如冰。只见纳飞躺在一大块冰上面，他的体热将冰融化，整个人慢慢沉进冰块里，冰块随即重新凝结，竟然把纳飞封在里面。绿儿想，这个梦是什么意思呢？然后她又想，既然我知道这是一个梦，那是否意味着我其实是醒着的；如果我是醒着的，为什么这个梦还不结束呢？

虽然绿儿这样想，可是这个梦并没有结束。绿儿看到纳飞并没有困在冰块里，而是整个人沉到底，从下面出来了：先是他的脊背和臀部，接着是他的脚跟和小腿，然后是手肘和手指，最后连纳飞的后脑也开始出来了。绿儿思忖道，是什么力量让这块冰浮在半空呢？为什么这股力量不能让纳飞也悬在空中呢？

他的身体一路向下沉，最后从半空一米多的地方跌落在闪亮的地板上。纳飞睁开眼睛，一副如梦初醒的神情。他从冰块底下翻身而出，离开了冰块投射出来的阴影，在亮光中站起来了。绿儿发现纳飞的身体发生了翻天覆地的变化：光线照在纳飞身上，他的皮肤闪闪发亮，就像全身抹了一层极薄的涂料——这一层物质和四周墙壁是同一种材料，裹在纳飞身上就像一件盔甲，也像一层全新的皮肤。纳飞闪着银光……绿儿突然意识到，这不是在反射别的光，而是纳飞自己在发光。他身上这层物质从他体内吸取能量，每当纳飞想到身体哪个部位，或者移动一下手脚，甚至只是低头看一眼，这个部位就会闪出耀眼的光芒。

绿儿不禁惊叹：看看纳飞吧，不仅仅是一个凡人英雄，他已经变成神了。他可以像上灵一样闪光，他就是上灵的躯体。

这真是无稽之谈。上灵只是一台计算机，哪里需要一副血肉之躯呢？如果上灵不幸被困在人体里，它就会失去海量内存和光速运算能力——上灵对人的躯壳肯定是避之唯恐不及。

可是眼前的纳飞举手投足间都闪耀着光芒，绿儿忽然又觉得他的肉身正是上灵的躯体——可是这种解释实在不合理。

在梦里，纳飞走到绿儿面前，把她拥入怀中。当绿儿与纳飞紧紧贴着的时候，她感觉到纳飞身上那层闪光的盔甲竟然开始向她的身体渗透，她的全身好像覆盖了一层薄薄的汗珠。于是绿儿的身体也开始发光，她的皮肤仿佛拥有了自己的生命，似乎每一条神经都呐喊着要和这层只有一个分子厚度的金属薄膜连接起来。绿儿忽然意识到，每一个闪光的地方正是一条神经与这层薄膜的连接点。她离开纳飞的怀抱，可是这层新的薄膜却依然留在她身上。就这样，虽然她没有像纳飞那样穿越冰块，却还是得到了一层崭新的皮肤。绿儿想，我身上裹着的就是纳飞的皮肤。可是她脑中同时还有另一个念头：我和纳飞一样，也被上灵附体了；我像行尸走肉般过了那么多年，到现在才算是真正活过来了。

这个梦是什么意思呢？

绿儿在梦中问这个问题，所以她只能得到一个梦一般的答案：绿儿和梦中的纳飞共赴巫山，壮怀激烈，在极乐之中迷失了自我，甚至忘记了这只是南柯一梦。云雨过后，绿儿看见自己的小腹迅速胀大，一个闪闪发亮的小宝宝瞬间降临世上，被纳飞抱在怀中。小宝宝也身披着这层崭新的皮肤，所以充满了生命力。多么漂亮的小孩啊，多么漂亮……

快醒醒。

绿儿仿佛听见一个铿锵有力的声音。

快醒醒。

她一下子坐起来，四处看看到底是谁在对她说话。

快起床。

没有人对她说话，原来这是上灵的声音。可是既然上灵向她报梦，为什么现在又要打断呢？

圣湖先知，快起床，别声张，赶快趁着月色出发。你要去纳飞出事的地方，也就是救了他一命的岩层那里。费雅思打算在那里杀死他的妻子和情敌，你必须抢先一步埋伏好等着他们。

可是既然他已经起了杀心，我哪有能力阻止他呢？

放心吧，只要你出现就足够了。关键是你一定要在场，现在就赶快出发吧。费雅思还在守夜，他以为只有他和莎芙是醒着的，所以放松了警惕。再过一会儿他就会去叫醒欧必忍，你那时候才出发就太晚了，还没走到山边就会被他们发现的。

绿儿迷迷糊糊地走出帐篷，也不知道自己是不是还在做梦。

她很迷惑地问上灵：为什么我非要去悬崖那里不可呢？为什么我不能把费雅思的阴谋直接告诉欧必忍和莎芙呢？

因为如果他们相信你，那么费雅思就再也无法在这个群体立足了。如果他们不信你，费雅思也会对你怀恨在心，从此你就永无宁日了。相信我吧，只要你按照我说的去做，人人都能活下来……人人都能活下来。

你有把握吗？

当然。

你不见得有未卜先知的本领，到底有几成把握呢？

成功的机会大约有六成吧。

啊？才六成？那么剩下的四成呢？

剩下的四成就交给你了。你是个聪明人，一定能想出对策的。

希望我对你的信心和你对我的信心一样足。

你对我没信心,是因为你对我的了解不如我对你的了解那么深。

亲爱的上灵,没错,你能够读出我心里的想法,可是你永远也无法真正了解我,因为你既不能体会我的感受,也无法按照我的思维方式去运算。

你们人类太自大了,非要往我的伤口上撒盐是吗?你以为我不知道我的局限吗?快去悬崖那里吧,切记要加倍小心。虽然有月色,可是这条路还是很危险的。嗯……欧必忍已经醒了,幸亏你快一步出来了。快走吧,别让他们追上来;距离太近的话,他们就会听见你的声音或者看见你的背影了。

耶律迈留意到莎芙和欧必忍各自从库存里额外多拿了几壶水,心里登时明白了:有人想逃去多柔菲亚城。可是耶律迈没法相信这两人能商量出什么计划来——在柔珂的严密监视下,这两人根本没机会私下交谈。嗯……这背后肯定还有别人,而且这个人还是个使诈高手,因为耶律迈根本没发现还有谁额外多拿水了。

不过事情很快就水落石出:费雅思竟然自告奋勇守最讨厌的一班——倒数第二班;而在这之前欧必忍已经分到了最后一班。傻子也能猜到他们打算在费雅思值夜的时候逃走。这帮蠢货!他们以为一人拿着两壶水就可以下山走到海边,然后沿着海岸线绕到对岸吗?他们抱着小孩,不可能走那么远……岂有此理!他们原来是打算把小孩扔在这里不管了!耶律迈心中大怒,几乎不敢相信这是真的。可是仔细想想,这肯定就是他们的计划!耶律迈对欧必忍的厌恶顿时再创新高,可是费雅思……很难想象费雅思会这么没心没肺。这人一直都很溺爱女儿,还用他自己的名字给女儿命名,现在怎能忍心抛弃小宝宝呢？

不！不对！费雅思绝对不会抛弃自己的女儿。这种事情只有欧必忍才做得出，他甚至连柔珂也可以扔下不管——反正他们的婚姻已经名存实亡了。费雅思……费雅思不是这样的人，他肯定另有所图。他是不可能心甘情愿地和莎芙与欧必忍结伴回城的——正相反，他是想告诉我们，在他换班之后，莎芙和欧必忍逃跑；他发觉之后就一路尾随他们下山，想劝他们回来；可是他赶到时已经太晚，那两人已经失足跌入悬崖，摔成肉酱了……

耶律迈很奇怪：这些事情我是怎么知道得那么清楚的呢？为什么这些推测都显得不容置疑呢？

于是耶律迈给自己安排了午夜那一更。和费雅思交班之后，耶律迈回到帐篷，闭目养神。他心中保持着清醒，并且调匀呼吸，装出熟睡的样子，以防费雅思过来察看的时候起疑心。可是费雅思并没有过来查探，也没有去欧必忍的帐篷，只是一直在那里耗着。终于，耶律迈敌不过倦意，沉沉睡去。

也不知道过了多久，耶律迈突然惊醒，只觉心跳加速，似乎预感到有什么事情将要发生。外面隐约传来声音，耶律迈一下子坐直了，在黑暗中仔细聆听。他耳边是艾雅和蒲亚在熟睡中的呼吸声，除此之外很难辨别出其他声音。耶律迈静静地起床，走出帐篷。费雅思已经不在了，外面一个人也没有。

耶律迈无声无息地来到费雅思的帐篷。两个大人已经走了，只留下小宝宝费思敏娜在那里。这两个禽兽，竟然连自己的女儿也忍心抛弃，耶律迈怒不可遏。不管费雅思的阴谋是什么，杀妻也好，弃女也好，其邪恶程度都堪称登峰造极了。

耶律迈想，就算费雅思逃到天边，我也要找到他，到时候他就要血债血偿。我知道这群人里面有笨蛋有蠢材也有懦夫,却不知道竟有如此黑心之人。想不到费雅思会这么狠毒,看来我一点也不了解这个人。哼,反正以后我也不用费神去了解他了,因为我一找到他就会将这人就地正法。

骗他们下山简直是易如反掌,这两人对费雅思深信不疑。一直以来他都假装不计前嫌,卧薪尝胆整整一年,费雅思终于迎来了回报。这一年里,他面对欧必忍的时候,始终掩饰着心中的激愤,只是保持着一种冷若冰霜的态度。如果他在这段时间里流露出哪怕一丝愤怒,欧必忍也绝对不会像现在这么信任他,更加不会死心塌地跟在他身后,就像一只公猪乖乖跟随着屠夫上屠宰场。至于莎芙,虽然她整天都阴沉着脸,可是她对费雅思也没有起疑心。

这条路挺难走,费雅思不止一次停下来帮助他们越过一些危险的地方。月色昏暗,这两人看不清这条路其实危机重重。费雅思总是很细心地帮助他们:每当遇上陡坡或者高落差的石阶,他就会很小心地牵住莎芙的手,领着她前进。他还不时对欧必忍低声道:"欧必忍,看到那条树枝吗?你要抓牢了!"欧必忍要不就答应一声"知道了",要不就点头称是。费雅思知道,欧必忍心里其实在想,就算你不提醒我也看到了,我是堂堂男子汉,处理这点困难哪用你帮忙?真是笑话!欧必忍这条可怜虫,死到临头也不知道,竟然那么自豪,还真把逃跑当壮举了。一会儿等我把你们两人的尸体从谷底运上去的时候,我会泣不成声,其他人也会陪我一起哭泣。我会把小宝宝抱在怀里,声泪俱下地哄着她;我会告诉她,你的妈妈已经去世,从今以后你就是孤儿了……不,你还有一个好爸爸!我会将你养大成人,教你学会什么是礼义廉耻。你会出落成一个好女孩,身上没有你妈妈那些缺点。你爸爸是个好人，无奈你妈妈水性杨花，欺人太甚；她和别人厮混我还能忍了，可是她偏偏要和她的妹夫勾搭。莎芙，我的好妻子，你竟然和欧必忍这种卑鄙下贱的人渣上床——既然你不仁，就休怪我不义了。

费雅思低声对两人说："你们看到那块石头没有？就是被月光照得发亮的那一片，纳飞和我当时就是非要从这里跨过去不可。"

欧必忍点点头。

费雅思继续道："在下面有一片岩层突出来，纳飞摔在上面大难不死，其实这条岩层才是真正的路。这条路上面唯一难走的地方也不过是一个两米落差的石阶罢了，再往后就是一条贴着崖壁的小道。越过这片悬崖之后就可以一马平川直达海边了。"

费雅思领着两人经过他昨天躲藏的地方——他当时就是躲在这里看着纳飞在死亡线上苦苦挣扎，一直等到纳飞快要成功了，费雅思才叫嚷着走出来装作要帮忙的样子。现在他会帮助两人爬到那片岩层上面，他自己当然就不跟着下去了。费雅思打算到时候一脚踹在欧必忍头上，把他踢下悬崖。然后莎芙就会恍然大悟，终于明白为什么费雅思要把他们带过来了。这贱人会低三下四地求饶，还会挤出几滴眼泪，抽抽搭搭地恳求他的宽恕和体谅。不过这一切都太迟了，费雅思只会捡起地上的大石头，一块接一块地往莎芙身上砸去，逼她在那条狭窄的岩层上面躲避奔走。最后他会把莎芙赶到最狭窄的地方，石头还是雨点一般往她身上招呼。莎芙终归会失足滑倒，或者被石头砸中失去平衡，在尖叫声中摔下悬崖。她临终前的尖叫绝对是天籁之音，费雅思日后肯定可以反复回味，受用无穷。

然后费雅思会沿着那条真正的小路下山，找到两人陈尸之处，也就是脉冲枪摔得粉碎的地方。如果谁还没断气，他也可以毫不费力地将其脖子扭断——摔断脖子一点也不出奇，肯定不会有人起疑心的。只是费雅思觉得从那么高摔下来，连脉冲枪都砸得粉碎，人不太可能会幸存。那个讨人厌的纳飞，真是百足之虫死而不僵；如果他不是好运气被那条突出的岩层接着，早就摔成肉酱了！哼，这小子也只是烦人一点罢了，费雅思才没心思管他的死活——只要脉冲枪都坏掉，他们就必须重回文明世界。就在他们启程回去之前的一刻，正是费雅思报仇的最好时机，因为没有人会怀疑他。"我估计他们是听见后面有追兵，连忙加快脚步；而且夜路难辨，所以就更危险了。后来我看到两人朝着那片岩层走去，我知道那里特别危险，所以我就大声喊他们。可能他们听不清，也可能他们不在乎……唉，天哪，莎芙，你怎么就扔下女儿不管呢？你怎么就扔下我不管呢？"我甚至可以挤出两滴眼泪，这样就天衣无缝了。他们不信我还能信谁？人人都知道我老早就已经原谅他们了，我甚至还将这两人的奸情忘得一干二净。

其实我是一个很随和的人：我不要求别人做圣贤，我只踏踏实实地做好自己的本分。可是如果有人把我当虫豸一样看待，如果有人当我是透明的，如果有人觉得我无足轻重，哼哼，我会记住这些人！一刻也不淡忘，一个也不宽恕，这就是我的座右铭！我能够忍辱负重，卧薪尝胆，等时辰一到我就会让他们知道我的厉害！这些人临死之前才发现，他们一生中所犯最大的错误就是小看了费雅思！莎芙在石头雨中左闪右躲的时候，心里肯定就是这样想的。最后她避无可避跌落悬崖的时候，她心中最后一个念头可能是：如果我当初真心待他，我就有幸可以看着女儿长大成人了。

费雅思说："到了。我们必须在这里往下爬，下面就是那片岩层。"

莎芙面露惧色，而欧必忍则装出一副大无畏的样子，说道："没问题！"无奈他的表情根本掩盖不住内心的恐惧，就算他吓得尿湿了裤子恐怕也是这种表情吧。

费雅思说："莎芙先下去。"

莎芙问："为什么我先下？"

"因为我和欧必忍可以合力把你放下去。"主要是因为我打算等欧必忍下去的时候在他头上踹一脚，那时候你已经困在下面，只能眼睁睁看着我动手，一点办法也没有。

这个计划真是天衣无缝！莎芙在悬崖旁边蹲下来，正准备转身下去，后面突然传来一个可怕的声音。

"莎芙，上灵禁止你下去！"

三个人同时转身，只见绿儿站在月色之下，一袭白袍在风中猎猎作响。

费雅思大惊：她怎么知道的？她怎么知道要来这里等着？我还以为上灵也同意我的复仇计划呢。如果上灵不想让费雅思报仇，如果他不想让欧必忍和莎芙受到应有的惩罚，为什么他一直不阻挠费雅思的计划呢？为什么上灵非要等到最后一刻才横加干涉呢？不行！费雅思绝对不能接受功败垂成的结局——箭在弦上不得不发，最后结果只有一个：悬崖下面躺着三具尸体，而不是最初计划的两具。事成之后他也不再回营，而是拿着三壶水直奔多柔菲亚城；在追兵赶到之前，他早已经逃之夭夭了。就算他们追赶他到西夕都或者剖头国，费雅思也会矢口否认，反正死无对证，谁也拿他没办法。唯一可惜的是他将会永远失去女儿——不过这也算是对他杀死绿儿的惩罚吧。用父女亲情来抵偿绿儿的人命，这个世界是公平的。费雅思不欠这个世界什么，这个世界也不欠费雅思什么。最终尘埃落定,各得其所,天道循环,善恶有报。

绿儿说:"莎芙,你知道我是谁,我现在以圣湖先知的身份告诉你,如果你下了这个悬崖,就永远也见不到你的女儿了。在上灵眼中,人世间至恶之罪莫过于遗弃亲生骨肉。"

费雅思说:"你妈妈抛弃你和如诗,也算是至恶之罪吗?省省吧你,别再骗我们说上灵眼中怎么怎么样。你丈夫不是说了吗?上灵不过是一台计算机罢了,是我们的祖先留下来监视我们的。我的妻子才不会那么迷信上你的当呢。"

不对,不对,费雅思不该在这里浪费唇舌,他应该马上动手!他应该三两步走到绿儿面前,一把将她推下悬崖。这女的弱不禁风,肯定经不起这一推。另外两人看见费雅思为了逃跑不惜杀人,肯定更加听话,二话不说就赶快上路——他们还以为能顺着这条路去城市,却不知道这原来是一条不归路。浪费唇舌去和绿儿争论,此举实在不智。费雅思怎么突然变蠢了?

绿儿还在说:"上灵选中了你们三人参加这个团队。如果你们胆敢违抗上灵的旨意,一意孤行,非要走下这个悬崖不可……别怪我没有预先警告,你们没有一个人能活到天亮!"

"嘿,我真不知道原来你还懂算命哪?"费雅思一边还嘴,心里一边呐喊着"杀死她",可是他的身体却好像不听使唤。

"上灵告诉我,纳飞已经把弓和箭都做好了,而且那箭射出去的时候又平又直。所以这次远征将会继续,你们也必须一起走下去!如果你们现在跟我回去,我能保守秘密,你们的女儿永远不会知道你们曾经想过抛弃她们。上灵会信守承诺,你们会得到一片富饶的土地,你们的子孙后代将会建立一个伟大的国家。"

欧必忍说:"这些承诺是上灵许给佛意漫的几个儿子的,又不是许给我，和我有什么关系？我在这里不过是被你们使唤的仆人罢了。万一耶律迈大王有什么不满意，他还会对我大声呵斥。"

费雅思说："住嘴！她说这些话是为了引诱我们上钩，你这样也看不出来？"

绿儿道："上灵派我来拯救你们的性命。"

费雅思说："你骗人！我的性命有什么危险？为什么要你来救？这话说出来连你自己也不相信。"

"费雅思，我告诉你，如果你的计划成功了，你在五分钟之内必死无疑。"

费雅思问："哦？是吗？这个奇迹是怎么发生的呢？"

此时身后传来耶律迈的声音。在这一瞬间，费雅思知道，一切都完了。

耶律迈道："因为我会赤手空拳把你杀了。"

费雅思觉得一阵狂怒，再也无法压抑心中的愤恨。为什么还要压抑呢？耶律迈一来，费雅思这回就死定了，临死前好歹也痛痛快快骂一场吧！他猛地一转身，对着耶律迈吼道："是吗？你以为你很了不起吗？你以为你比我高明吗？哼，老实告诉你，你根本就不是我的对手！每一步我都占了你的先机，你做梦也想不到是我，因为你压根儿就没有怀疑过我。你这个蠢货，总是在装腔作势，吹牛说只有你能带领我们前进，可是你却没有真本事让大家回头！你做不了的事情，如今是谁做到的？"

"让大家回头？该不是你……"耶律迈说到这里停住了。费雅思从他眼神中看出，耶律迈恍然大悟：脉冲枪！"原来是你！你这个阴险的懦夫，害我们所有人身陷险境，害我的老婆孩子吃不饱！大家都想不到我们之中有人那么恶毒狡猾，竟然处心积虑……"

绿儿这时候插嘴道:"行了,别说了!你再说下去的话,有些事情就要曝光了。"

费雅思突然明白了。绿儿不想耶律迈在欧必忍和莎芙面前捅出费雅思破坏脉冲枪的阴谋,否则他就难逃责罚了。绿儿不希望费雅思受惩罚,更不希望他因此而丧命。绿儿是圣湖先知,也就是上灵的代言人。那就是说,上灵不想他死。

你猜对了。

费雅思脑中突然响起一个很清楚的声音。

我不想你死,我不想绿儿死,我不想莎芙和欧必忍死。我希望每一个人都活着,你不要逼我做出选择。

耶律迈道:"你们三个,快回来。"

欧必忍说:"我实在不想再受苦了,我想回城去,我在这里一点人生乐趣也没有。"

耶律迈说:"我知道,在城里,你可以穿好吃好,也可以夸夸其谈,人们被你的外表骗了,还以为你是个真正的男子汉,却不知道你其实是个又蠢又懒的懦夫。不过你别担心,我们离回城也不远了,纳飞失败之后,我们就回……"

欧必忍说:"可是绿儿说纳飞已经造好弓箭了。"

耶律迈看了绿儿一眼,得到一个肯定的眼神。他说:"能够造弓箭不等于他懂射箭。如果纳飞今天能带猎物回来,我才相信上灵真的能帮他。不过,圣湖先知,这是不可能的。你的丈夫一定会尽力,却绝不会成功。我不是低估上灵的威力,也不是看扁纳飞,只是有些任务是不可能完成的。等纳飞失败之后,我们就转头向北去多柔菲亚城。你们几个根本不需要私下逃跑。"

费雅思听了,心里一片雪亮。不管耶律迈是否真的相信纳飞会失败,他说这番话其实是为了让莎芙和欧必忍以为今天发生的事情只是逃跑未遂。耶律迈并没有打算把费雅思的计划告诉这两个冤大头。难道耶律迈压根儿就不知道?可能绿儿也未必知道吧?她说如果他们三人爬下悬崖就会死,大概是说耶律迈宁愿把他们杀了也不会放他们逃跑。嗯,看来我这个秘密还没被戳穿。

耶律迈说:"你们即刻原路返回,我就不惩罚你们。现在还早,我们快点赶回去,别人都不会知道这事情。"

欧必忍说:"好吧,我答应你。真对不起,谢谢你放过我们。"

欧必忍从耶律迈身边经过,朝着山顶走去,莎芙默默地跟在后面。

耶律迈说:"绿儿,你也快回去吧。今晚多亏有你,我也不需要问为什么圣湖先知会提早埋伏在这里,我只是想说,如果不是你拖延片刻,今晚就难免有血光之灾了。"

费雅思听了,心中不禁忐忑起来。耶律迈说得那么露骨,难道不怕那两人听见吗?他说的血光之灾莫非是指他追上来之后,把我们杀死作为惩罚?

绿儿从他们身边走过,跟着另外两人上山去了。现在只剩下费雅思和耶律迈两人。

耶律迈问道:"你本来打算怎样?是趁他们爬下去的时候动手吗?"

唉,原来他什么都知道。

"如果你刚才伤了他们一根毫毛,我就会把你大卸八块。"

"是吗?"

耶律迈突然伸手,闪电一般掐住费雅思的咽喉,把他整个人按在山崖上。费雅思立刻无法呼吸,痛苦万状。他拼命抓住耶律迈的手臂,又用力去抠他的手指,可是耶律迈纹丝不动。糟了,他这次不是恐吓,也不是示威,而是来真的了。费雅思顿时魂飞魄散,情急之下去挖耶律迈的双眼——只要能让他放手,什么招数都要用上了。可是耶律迈的另一只手突然揪住费雅思的胯下,用力一捏。费雅思痛得撕心裂肺,想大声尖叫,可是咽喉却被掐住,连气也喘不上来,更别说叫嚷了。这时候他突然觉得恶心想吐,有些胆汁胃酸竟然涌上咽喉流入口中。他想,这股滋味大概就是死亡的味道了。

耶律迈在他的咽喉和胯下同时用力捏了一下,然后放开了费雅思。最后这一下似乎是告诉他,耶律迈其实还远没尽全力。

费雅思一边呻吟一边喘气,每吸入一口气喉咙就痛一次,胯下的刺痛也是一阵一阵的,比喉咙更甚。

耶律迈说:"你知道我为什么私下教训你吗?因为你还有利用价值。如果我当着大伙儿的面把你弄成这样子,你就彻底废掉了。不过我希望你从此记住这一幕。下一次你又开始玩阴谋诡计的时候,记住,绿儿在盯着你,上灵在盯着你,还有,最要命的是,我也在盯着你。从这一刻开始,小费,好朋友,我再也不会给你半点机会;如果我察觉你又在阴谋搞破坏或者害人,不会等你动手,我会半夜去你帐篷直接扭断你的脖子。你已经尝过我的厉害了,应该知道我说到做到,你也根本不是我的对手。记住,只要我在世一日,你就休想报仇。你别再想着害莎芙和欧必忍,更不用想着报复我。哼哼,我也不逼你发誓,你这种小人发誓就好比放屁一般。我知道你肯定会服从我的命令,因为你虽然阴险,却只是个懦夫,一点苦头也吃不了。刚才那种痛苦足够让你铭记一辈子,和我作对就是这样的下场,看你以后还敢吗?"

费雅思知道耶律迈说得对。刚才那一幕在他身心留下难以磨灭的恐惧和痛苦，他实在没有勇气再承受一次，所以费雅思永远也不会再和耶律迈正面冲突。

可是，耶律迈，君子报仇十年不晚。总有一天，总有一天你会年老体衰，那时候我才开始动手。我先把莎芙和欧必忍杀掉，你没办法阻止我，因为你根本想不到是我干的。然后我再找你，当面告诉你，我把那两人杀了。你会很抓狂，却无可奈何，因为你已经是一个虚弱无助的老头子。那时候就轮到我笑了，我会以彼之道还施彼身。你将亲身体会到我今天所经历的痛苦和恐惧，你会难受得想大叫，却喊不出半句，因为你根本没办法呼吸。我向你保证，你今天对我做的一切我都会双倍奉还。就在你躺在地上奄奄一息的时候，我会把下一步计划告诉你——我要将你灭门！你的妻子、儿女全部会死在我手上；我还会把你关心喜爱的所有一切都毁掉。虽然你明知道我的计划，却没办法阻止我。看着你郁郁而终，我终于得到满足，因为你是受尽折磨才死掉，人世间没有比这更惨了。

不急，耶律迈，我一点也不急。每天晚上我都会在梦中把这一幕复仇戏预演一遍，所以我永远也不会淡忘。而你会慢慢把这事情忘了，直到突然有一天我帮助你回忆起今天发生的一幕。这一天终归会到来，就算等几十年我也愿意跟你耗下去！

费雅思歇了好一会儿，终于回过气来，也能走路了。耶律迈把他拖起来，推推搡搡地赶着他回营地。

黎明时分，他们几人已经回营，一切恢复平静，除了在场的五个当事人，没有别人知道昨晚在月色之下半山之中所发生的一幕。

日出的时候，纳飞回来了。当时司徒博正把甜果酱抹在饼干上面分给众人做早餐,绿儿则在睡眼惺忪地喂索菲娅吃奶。她一抬头,看见纳飞穿过草地,迎着朝阳大步走来,晨曦映在他的头发之上,流光溢彩。绿儿立刻想起昨晚那个奇怪的梦,梦里的纳飞身披一层无形的金属护甲,全身上下都闪闪发光。

这个梦是什么意思呢?然后绿儿转念一想:在这个紧要关头,她还哪有空去想一个梦的含义呢。

"你怎么回来了?"羿羲大声问。德莎小宝宝坐在羿羲的大腿上,如诗刚好走开了,可能去小解吧。

作为回答,纳飞举起双手,一只手上是一张弓,另一只手则握住五支箭。

绿儿一下子站起来,向纳飞奔去,怀里还抱着索菲娅。她一跑起来,身体晃动,索菲娅没办法继续吃奶,开始大声哭闹。可是绿儿顾不上小宝宝了,她踮起脚跟亲了纳飞一下,然后用空闲的那只手紧紧地拥抱着他。

绿儿说:"你真的做了一把弓!"

纳飞反问道:"区区一把弓算什么?这是上灵手把手教我的,不算我自己本事。可是你今早所做的……"

"哦?你也知道发生什么事情了?"

"上灵给我报梦,我一睡醒就马上赶回来了。"

"那你也知道要保守秘密吧?"

纳飞说:"我知道。不过我们两人之间说也无妨嘛。我想告诉你,你是一个了不起的奇女子,也是我见过的最坚强最勇敢的人。"

纳飞的称赞,绿儿听着特别受用,可是她觉得自己受之有愧——因为绿儿当时其实怕费雅思杀人灭口怕得要命,似乎谈不上"勇敢"二字。后来耶律迈赶到,绿儿顿时如释重负,几乎喜极而泣。算了,这些糗事还是暂且按下不表,日后再说吧。在这一刻,绿儿只想享受一下纳飞的溢美之词。他们并肩走回营地,纳飞的手臂搂在绿儿身上,她默默地细品着这一刻的温馨。

羿羲等他们走近之后说道:"我怎么只看到弓箭,却看不到猎物呢?"

梅博酷满怀希望地说:"你放弃啦?"

纳飞答道:"我还有整个白天呢。"

耶律迈问:"那你为什么回来呢?"

这时候人人都从帐篷里面走出来,聚在一起观望。

"我回来是要得到爸爸的指引。制造弓箭其实易如反掌,有上灵指导的话,谁都可以做。现在关键是请爸爸给我指出一条明路,告诉我应该去哪里打猎。"

佛意漫奇道:"阿飞,我不是猎人,我怎么知道去哪里打猎呢?"

纳飞答道:"我想知道这附近哪里的动物不怕人,可以让我走得很近才放箭。而且那地方必须有足够数量的动物,因为我一开始那几箭肯定会失手的。"

佛意漫说:"那你就带上费雅思帮你追踪吧。"

耶律迈连忙搭话:"不行,不行。纳飞说得对,今天他必须单独行动,费雅思和欧必忍都不能参与。"

绿儿当然知道耶律迈这样说的用意,可是佛意漫还是不明就里。"那就让耶律迈告诉你去哪儿打猎吧。"

纳飞道:"耶律迈不见得比我更熟悉这一带。"

佛意漫说:"那我就更加一窍不通了。"

纳飞说:"无论怎么说,我只会听你的命令行事,你让我去哪里我就去哪里。事关重大，不能靠运气。爸爸，请告诉我去哪里打猎吧，否则我们就没希望了。"

佛意漫站着不动，静静地看着小儿子。绿儿不明白为什么纳飞非要这样做不可——以前他去打猎，从来都不需要佛意漫的指引——可是她知道这事情背后肯定有重大干系，大概这次远征的成败全系于佛意漫身上，看他是否能够决定纳飞应该去哪里狩猎。

佛意漫说："我去咨询一下索引。"

"爸爸，谢谢你。"纳飞说完，跟着佛意漫走进帐篷。

绿儿看着四周正在等候的众人，不知道他们各自打什么算盘。她遇上耶律迈的目光，只见他嘴角勉强挤出一丝笑意。绿儿也微微一笑作为回答，心里想不出耶律迈对这个局面是怎么看的。

幸好如诗给绿儿解开了心中的困惑。她小声说："你的丈夫很聪明！"

绿儿很吃惊地转头看着姐姐——她甚至没有注意如诗是什么时候回来的。

"昨天纳飞力争要继续这个远征计划的时候，佛意漫的领导地位已经动摇了，这个集体的凝聚力也随之变弱。今天早上我醒来之后就发现情况更加恶化，这群人已经到了混乱崩溃的边缘。另外，费雅思和耶律迈之间突然产生了一种刻骨铭心的怨恨，我不明白这是从哪里冒出来的。刚才纳飞带着弓箭回来的时候，佛意漫的威望被进一步削弱。如果纳飞这时候趁机夺权，我们这个集体就会马上分崩离析。幸好纳飞没有野心，他不动声色地将领导权还到他爸爸手上。我现在看到这个集体已经在恢复当中了。"

"小诗，有时候我真的宁愿拿我的天赋来跟你交换。"

如诗道："我的天赋嘛，有时候是挺实用，施展起来也不麻烦；

可你是圣湖先知啊。"

这时候绿儿还在给女儿喂奶，索菲娅在她怀里拼命吮吸着，发出吧唧吧唧的声音，似乎怕绿儿又开始跑起来，恨不得赶快把她吸干。绿儿忍不住笑出声来，其他人听了，转头看着她。他们好像在想，现在前途未卜，祸福难料，有什么可乐的？

纳飞和佛意漫一起从帐篷里面走出来。佛意漫一扫之前的颓气，恢复了昔日的领袖风范。他拥抱了纳飞一下，指着东南方，大声说道："纳飞，你将会在那个方向找到猎物。尽快回来吧，今天我破例允许你们生火炖肉。就算被多柔菲亚城的人看见炊烟也没关系，等他们越过海湾来这里查探的时候，我们早已启程南行了。"

佛意漫如此自信地下达命令，绿儿知道，很多人听了可能会心生绝望而不是希望。他们对回城的渴望是其性格上的弱点，不是什么光彩的事情，所以他们也不会继续纠缠着要回去。费雅思的阴谋有可能导致他们回城，可是同时也会让他们的人生失去意义——如果纳飞成功的话，他们的远征得以继续，他们就有机会成就一番大事业。

如果纳飞成功的话。

耶律迈问纳飞："你懂射箭吗？"

纳飞说："我不知道，昨晚太黑了，我还没试过呢。不过我知道我的射程肯定不远，因为我还没有锻炼出拉弓所需的肌肉群。"说着他笑了笑，继续道："我要找一头又蠢又慢，或者又聋又哑的猎物，而且那只倒霉蛋还必须在上风口才行。"

没有人笑。他们只是呆呆地站定了，目送纳飞沿着他爸爸指定的方向坚定不移地大步走远。

纳飞走后，营地里弥漫着一股特别紧张的气氛。大本营向来都很紧张，因为人与人之间总是存在着摩擦，为了避免争吵，人们经常强忍着怨气。可是这次不同，现在的紧张气氛是等待造成的。大家都无事可做，除了看小孩之外就只能枯等，心中难免揣测，纳飞能不能凭着一副弓箭创造奇迹呢？

众人皆愁的时候，唯有谢德美和司徒博是例外。他们两人其实也不是显得特别快乐，他们和平常一样，依然是少说话，默默做自己的事情。可是绿儿注意到这两人今天有点儿不寻常，好像特别在意对方，还不时互相凝望，似乎在竭力掩饰着一个眼看就要泄露的秘密。

将近日到中天的时候，索菲娅已经尿湿两件衣服了。绿儿洗小孩衣服和尿布的时候，谢德美把脱光了的小宝宝抱在怀里，一边逗着她玩，自己也一边哧哧哧地笑着。她以前就算是逗小孩，也很少这么快活的……绿儿恍然大悟：谢德美肯定是怀孕了！已经拖了那么久，人人都以为她没法生小孩了，谁料如今会铁树开花。

绿儿不假思索就直接问谢德美。毕竟在场没有别的人，而且绿儿是圣湖先知，她想知道的事情，没有哪个女人能瞒得住。

谢德美吓了一跳，答道："没有啊！呃……我是说，可能吧，哪能那么快就知道呢？"

绿儿这才知道，原来谢德美没有怀孕是因为她和司徒博一直没有开始造人。他们结婚肯定只是为了方便，两人可以共用一个帐篷。不过一直以来他们都是好朋友，彼此了解很深；如今两人的关系更上一层楼，终于有了夫妻之实，所以谢德美今天容光焕发。

绿儿说："呵呵，反正我就先恭喜你吧。"

谢德美脸色一红，低头看着小宝宝，挠她的痒痒。

"也可能很快就会怀上了。有些女的是很容易怀孕的，比如说……我吧。"

谢德美说："不要告诉别人。"

绿儿道："你的变化，如诗肯定看得出来。"

"那除了她，你就不要再告诉别人了。"

绿儿说："好，我答应你。"

可是谢德美脸上还留着一个诡异的微笑。绿儿知道，谢德美刚才透露的事情只是冰山一角罢了。她想，没关系了，我也不是什么事都非要知道不可。你和司徒博之间的事情和我没有关系，如果你不说，我也不会去翻查。不过无论发生了什么，我只知道你比以前更快乐了；这一年来，我从没见过你像现在这样对前景充满希望。

可能只是我自己对前景充满希望吧——因为今天凌晨我们顺利化解了一场血光之灾，而且最难得的是耶律迈也站在上灵这一边了。

就算费雅思是一个暗藏杀机的恶人又怎样？就算欧必忍和莎芙忍心抛弃小宝宝又怎样？只要耶律迈不再和上灵作对，什么困难都能迎刃而解。

纳飞在中午之前就顺利回营，突然出现在营地边上。当时并没有人翘首以盼，因为谁也没料到他那么快就成功了。

纳飞大喊一声："司徒博！"

司徒博当时正和羿羲在佛意漫的帐篷研究索引。他闻声走出帐篷，应道："纳飞，看来你成功咯？"

纳飞伸出双手，各拿着一只剥了皮的兔子，说道："今天就打了这么多，我是特意提前回来的，因为爸爸说今晚开锅炖肉！司徒，我们生火吧，这一顿总算有些动物脂肪和蛋白质填肚子了。"

这样一来，远征计划得以继续下去，却不是所有人都欢欣雀跃。

不过当热腾腾的炖肉端上来之后,每个人都露出了笑容,至少以后不用担心挨饿了。

佛意漫主持晚餐的时候显得很愉快。绿儿心中思忖,他如果借着这个契机退休,将领袖的位置传给儿子,他会不会从此活得轻松点呢?不会的,权力固然伴随着千斤重担,可是失去权力却是生命中无法承受的轻,禅让二字,谈何容易?

他们围坐在一起吃晚餐的时候,绿儿闻到纳飞一身臭汗——他在野外奔波了一整天,难免会散发出异味,绿儿早已司空见惯;而且这里不是女皇城,没人能够维持以前的卫生标准,不过汗臭味毕竟会让人不快。这时候大伙儿正听着梅博酷吟诵他以前演戏时学过的一首古体艳情长诗,绿儿连忙小声说道:"你臭死了。"

纳飞说:"娘子教训的是,为夫确实需要洗澡了。"

绿儿道:"今晚我帮你擦背。"

纳飞回答说:"终于轮到我了……每次我看着你给小娅娅洗澡,我心里那个羡慕妒忌恨哪!"

绿儿说:"你今天太棒了!"

"其实没什么,全靠上灵硬是将制造弓箭的知识灌进我脑子里,我只管拼命削个不停。刚才打猎就更简单了,那些动物看了我也不会逃,它们不是我杀死的,是自己蠢死的。"

"那些固然很棒,可是我觉得最了不起的是你懂得处理好和你爸的关系。"

纳飞说:"这真的没什么可夸奖的,我只是做好我的本分而已。你今天凌晨的表现才真正算得上智勇双全,惊世骇俗,为夫今晚一定要好好服侍一下娘子才行。"

绿儿道:"好是好,不过我得先把你洗得干干净净的,否则我还没享受着就被你熏晕了。"

纳飞突然一把将她搂在怀里，将她的鼻子往自己的腋窝拱。绿儿连忙挠他痒痒，挣扎着逃开。

华纱在篝火对面看着两人打闹，想道：他们毕竟还是小孩子，还那么年轻、那么爱闹，难得他们还保持着这份童真。可惜总有一天，当成年人的责任压在他们肩上的时候，这一点童真也会随之消失，就算他们开玩笑也不会像现在闹得这么欢了。纳飞，绿儿，尽情享受这段无忧无虑的时光吧。管他是在沙漠还是城里，管他头上是砖瓦还是帐幕，今朝有酒今朝醉，这大概就是快乐的真谛吧。

第八章　安居乐业

翌日清晨，大家收拾打点，装好行李物资，骑着骆驼朝东南方向进发。没有人说什么，大家都心知肚明，往这个方向走，目的是要尽量远离多柔菲亚湾。穿越火焰谷依然是困难重重，他们陆陆续续走了好几次回头路。每天一早佛意漫会将索引的指示告诉耶律迈，然后耶律迈就带着费雅思先行查探地形。这一带地势起伏不平，他们经常下了一个山头又上另一个山头，耶律迈总能找出最容易走的一条路。

几天之后，他们找到另外一眼可饮用的泉水。他们打算在这里稍作停留，制造弓箭，所以就把此处命名为箭泉。纳飞先去四周查探，将上灵数据库里面提到的适合做弓的树木都取样带回来，然后众人四处砍伐，很快就收集了几十根树苗。他们把其中一些即刻削制成弓，以解燃眉之急；剩下的任其晾干，留待以后制成经久耐用的强弓。他们还做了几百支箭，男男女女一起练习。耶律迈说："说不定哪一天我们的生命就要托付给各位女箭手了。"

练习了一段时间，大家发现，枪法高超之人，箭法也会很准。真正的挑战在于锻炼出足够强大的肌肉和力量，这样才能够将弓弦拉到最大，稳稳当当地瞄准，射中远处的猎物。在头一个星期里，人人都练得腰酸背痛，连胳膊也抬不起来。柔珂、狄傲丽和华纱老早就放弃，怎么也不肯再练了。可是莎芙和如诗却持之以恒，练成了相当不错的箭法，不过她们只能用小弓。

羿羲想办法将箭杆染成一种很古怪很鲜艳的颜色，这样一来射丢的箭就比较容易找，可以减少浪费。

在他们制造了相当数量的弓箭之后，大伙儿又踏上了征程。他们在温泉和火柱之间前行，路上还不忘练习射箭。众人的手臂日渐强壮，内心油然生出自豪的感觉。男人之间经常较量箭法，竞争激烈。几个女人发现他们比试的时候，都瞄着远处的箭靶，对莎芙和如诗射程范围之内的目标视而不见。如诗私下说："他们是怕输给我们女的丢面子，呵呵，就让他们自个儿比去吧。"

在不知不觉间，他们的前进路线变成与商旅通道平行，有时候还相当贴近，他们被迫吃了几天生肉。一天清晨，佛意漫捧着索引走出帐篷，大声宣布："上灵吩咐下来，从这里开始，我们必须往西，穿过群山，走到海边。"

欧必忍说："我猜啊，那个海边没有别的城市吧？"

没有人理他，更加没有人提起上次在急流海边发生的小插曲。

耶律迈问道："为什么现在就转向西边呢？这条火焰谷我们只是走了一半路程，商道都是直达南端的火焰海。如果我们往西走，恐怕会走不下去。"

佛意漫说："这里往西还有几条小河。"

耶律迈说："肯定没有。如果有水源的话，过往团队早就发现了，那边肯定已经开辟成商旅通道，可能连城市都有了。"

佛意漫道："不管怎么样，我们必须向西走。上灵说了，我们这次又要驻扎一段时间，种植庄稼，收成之后再继续前进。"

梅博酷问："为什么又要扎营呢？我们明明一路走得好好的，小孩子也健康成长，为什么要中途停下来呢？"

佛意漫答道："因为谢德美怀孕了，越往下走就越不方便了。"

众人都很惊奇地看着谢德美。她脸色一红，竟然也显出诧异的神情。谢德美说："我也是今天早上才有点怀疑……有没有怀孕，我自己也不能确定，上灵怎么会知道呢？"

佛意漫耸肩道："反正他知道就是了。"

耶律迈说："小谢，这个时机实在不是很好。其他女的要喂小孩，都暂时不怀孕了，可是现在我们那么多人要等你一个。"

司徒博竟然出言反驳："迈哥，有些事情是人算不如天算，我们也是身不由己，你怎么能怨到我们头上呢？"

耶律迈盯住司徒博，缓缓说道："我不是怨你们。"不过他也没有再多说什么，马上就出发，往西探路去了。

这一次他们走进了火山群之中。羿羲通过索引发现，这是一片矗立在急流海畔的火山带，至少有五十座火山，有些是活的，有些还在沉睡期。他们沿途还发现有些地方的岩浆还没有完全变成火山土。羿羲说："最近一次火山爆发就在去年，不过是在南面更远一点的地方。"

佛意漫道："上灵可能想让我们避开那些活跃的火山，所以才指示我们去急流海的北面。"

上山的路已经够难走了，下山的路竟然更难行。这一带山势险峻，植被茂盛，整片山坡覆盖着密密麻麻的丛林。

羿羲说："这一带受海洋气候影响，冬天总有朔风从海面吹袭过来，夏天则天天下暴雨。云雾来到这里被群山挡住，只能上升，遇到冷空气，所有水汽都凝结成雨水落到山坡上，所以山上这里有一大片雨林，山下海边反而没那么潮湿。"

在旅途之中，只有羿羲不用干重活儿，所以他是唯一一个有空钻研索引的人。他把索引随身带着，有一只手好像已经粘在上面拿不下来似的，大家都见怪不怪了。司徒博对羿羲倾囊以授，把很多小技巧和后门都教给他，如今羿羲已经快要青出于蓝了。他将从索引中学到的知识说出来与众人分享，就算有人心里不以为然，可是嘴上也不好说什么，因为这些知识已经是羿羲能做出的全部贡献了。

有一天他们来到一条崎岖不平的山沟里，突然感到一阵强烈的地震。有两头骆驼被震倒在地，其余的骆驼顿时陷入恐慌之中，驻足不前，只懂得原地打转。

羿羲大叫道："快走！我们必须马上离开这条山沟！"

佛意漫问道："离开？怎么离开？"

羿羲吼道："怎么都行，只要能离开就行！索引说这次地震将山顶的一个湖震开了，我们再不逃就要被冲走了！"

这个时机真是坏透了——耶律迈和费雅思跑到前面探路去了，而纳飞和欧必忍正在山上打猎。不过佛意漫毕竟见多识广，经验丰富，自有应付危机的一套方法。他迅速把山沟两壁都扫了一眼，随即在一堆乱石中找到一条向上的小路。这条小路通向侧面的一个小峡谷，他们可以沿着这条小路离开山沟，直上山顶。

佛意漫吩咐说："我最熟悉骆驼的能耐，所以我在前面引路；绿儿，你负责带领女人小孩跟着我；梅伯，你和司徒博负责驱赶那些运行李的牲口，记住，供给物资在前，干燥箱和冷藏箱押后；羿羲，你走在他们两人附近，时刻留意着索引的信息，情况紧急的时候就让他们扔下骆驼，逃命要紧。你们首先要保住自己性命，阿羲，记住了，留得青山在，不怕没柴烧。你们都听明白没有？"

这时候每个人都已经吓得双眼圆睁，听了佛意漫最后这个问题，大伙儿都点头答应。

艾雅说:"耶律迈还在山沟里,我们得找人通知他呀!"

佛意漫道:"第一,阿迈自己能听到上灵的声音;第二,山洪来势太猛,我们去通知已经来不及了。艾雅,现在我们唯一能做的就是拯救他的妻儿,为他保存一点血脉了。来吧,大家出发!"说完他勒转骆驼,向山上走去。

骆驼并不擅长攀爬,它们慢吞吞的脚步简直可以把人逼疯。可是慢归慢,大家还是稳步上升。这时候发生了两次余震,幸好比初震减弱了不少。佛意漫率领妇孺顺利到达山顶,他脑中闪过一个念头,想下去帮忙;可是绿儿提醒他,一路上有几处地方特别狭窄,容不下两头骆驼并排行走,他下去只会帮倒忙。佛意漫只好作罢。

运输驼队走到半山腰的时候,羿羲大喊一声:"来不及了!快跑!保命要紧!"确认梅伯和司徒博都听到了之后,羿羲掉转骆驼,往山上狂催,从驼队之中拼命向前挤;无奈他手无缚鸡之力,根本没有力气催逼坐骑往前冲。梅伯赶上羿羲,一把将他的缰绳抢过来,拉着羿羲的骆驼越跑越快。很快,他们来到一个特别狭窄的地方,羿羲的坐骑因为装了浮椅,所以特别宽,没办法和梅伯并排过去。梅伯还没等自己的坐骑跪倒就不假思索地从骆驼背上滑下来,放开自己的缰绳,扯着羿羲的坐骑穿过狭缝。很快司徒博也赶上来了,大声叫道:"索引在哪儿?"

羿羲没有力气把索引举起来,只能指着腿上的一个包说道:"在这儿,不过这个包缠在前鞍上面。"

梅伯让羿羲的坐骑站定不动,司徒博驱赶骆驼靠上来,迅速伸手把包解开,高举在头上跑开了,看动作好像挥舞着战利品似的。

羿羲对着梅伯喊:"别管我,你快跑吧。"

梅伯不理他，硬扯着羿羲的坐骑越过了运行李的驼队。

没走多久，只见司徒博、绿儿、如诗、谢德美、莎芙和艾雅一行人站在前面等着，梅伯知道这里已经离山顶不远了。司徒博肯定已经把索引交给佛意漫，华纱和剩下的女人已经把小宝宝都抱到最高处了。梅伯吼道："羿羲给你！"说完他把缰绳塞到司徒博手中，随即转身跑回峡谷，迎上第一头运货的骆驼，拉着它快跑几步，把缰绳塞进绿儿手里："拉上去！"

就这样，他让每个女人都拉走了一头运货的骆驼。这时候远处传来轰隆隆的水声，连脚下的地面也在颤抖。梅伯大叫道："赶快！赶快！"

所有的载货骆驼都被牵走了，人手刚刚好，只剩下梅伯自己的坐骑无人照料，落在最后。那头骆驼被轰鸣的水声和颤抖的地面吓坏了，越走越慢。梅伯大声叫道："姑婆！快跑过来啊，姑婆！"可是梅伯正在拉着最后一头载货骆驼，无法分身。这只牲口运的是冷藏箱，长远来说，比梅伯自己的坐骑重要多了，所以他只能让姑婆自生自灭了。

司徒博喊道："梅伯，快放手啊！水来啦！"

他们所在的峡谷在山沟的侧面，从站的地方可以看到一堵比山沟还高的水墙排山倒海似的扑过来，众人本能地往更高的山坡上逃去。已经站在峡谷顶的人倒是没有危险，因为水墙没有那么高。

水墙扫过峡谷口，有一部分山洪呼啸着灌进峡谷，与山体撞击，竟然激起比山沟水墙更高的浪头。走在最后的两头骆驼和梅伯顿时被大水卷起，向上冲了一段路，落地的时候已经快到峡谷顶了。梅伯在浪涛中听见女人的尖叫声，好像有人喊他的名字——是狄傲丽吗？紧接着大水迅速退却，梅伯觉得一股巨力把他向下拖去。有一瞬间他想放开缰绳自己逃命,可是随即想到那头负重的骆驼已经匍匐在地上,比梅伯自己一个人沉稳多了。于是他拼死揪着缰绳,紧紧地靠在骆驼身侧,好歹没有被大水拖走。这一人一兽,在生死关头互相救助,先是梅伯拉着骆驼上高处躲避洪峰,然后是骆驼为梅伯抵挡退潮,终于携手逃出鬼门关。可怜梅伯的坐骑姑婆无依无靠,被大水卷进了山沟的涛涛巨浪之中。

梅伯整个人都湿透了,全身发抖,还紧紧地揪住缰绳不放。过了片刻,他觉得有人将他抓住缰绳的手指一根一根地掰开,把缰绳拿走了,然后很多双手把他搀扶起来,把他带到众人等候的地方。佛意漫紧紧地拥抱着梅伯,老泪纵横道:"儿子,我还以为你死定了,儿子……"

艾雅也失声痛哭:"迈哥怎么办呢?他怎么逃得掉呢?"

华纱轻声说:"还有费雅思……"

有好几个人转头看着莎芙,只见她的脸绷得紧紧的。

人们见到莎芙和艾雅的反应相差那么大,难免对莎芙有微词,绿儿连忙出来打圆场:"在担心和害怕的时候,每个人的反应都是不一样的。"其实绿儿知道莎芙心中根本不在乎费雅思的死活,这一点可能连莎芙自己也未必知道。

可是绿儿现在心里最牵挂的当然是纳飞:他和欧必忍在山上,应该没有危险,不过他们肯定担心坏了。

她默默向上灵说,请让纳飞知道我们都安然无恙。还有,请告诉我,耶律迈和费雅思都没事吧?

上灵的答案马上传来:没事。

绿儿连忙告诉大伙儿。

大家将信将疑地看着她。绿儿重复了一遍:"上灵说了,他们都没事。你们就别再担心了！"

山洪迅速退去，水面急剧下降。佛意漫和司徒博一起走下峡谷，只见谷底一片狼藉，四处是断树残根，连很多巨大的石头也被冲得移了位。

可是峡谷的场景和山沟比起来简直是小巫见大巫。就在片刻之前，山沟里还植被茂盛，驼队举步维艰。有时候为了避开枝节缠绕的藤蔓灌木，他们必须在小溪里前行。可是如今山沟里什么也没剩，所有植物连同两旁山壁上的树木都被洪水卷走，甚至连山谷底部的泥土也被尽数冲走，露出了光秃秃的石头。山沟里现在只剩下山洪退走后落下的几块巨石和少数沉积物。

佛意漫说："你们看看，在山沟底部，大石头分布在两边，而沉积物都聚集在中间的小溪附近。"

的确如此。山洪过后，那条小溪变宽了，在厚厚的泥层中冲出了一条一米深的河道。新形成的河堤还不稳固，有好几处塌方，很多泥土滑进水中。估计山谷底部需要很长一段时间才能稳固下来。

司徒博说："六个星期之内这里就会重新长出很多植物，五年之后你就看不出大水的痕迹了。"

佛意漫问道："司徒，这条山谷就像一条大路，直达海边。如果我们贴着山沟的边缘前进，你觉得安全吗？"

"不安全也得走，因为我们没有别的路。耶律迈查探过，他说山谷顶上经常有悬崖或者高山挡路，根本没法走。"

佛意漫说："嗯，那我们就顺着山沟的边缘走吧，希望不再出什么意外。"

他们在山顶稍歇，清点行李物品，将包裹和箱子重新绑紧在驼背之上。佛意漫说:"我们只损失了一头骆驼,实在是不幸中的万幸。"

司徒博把他的坐骑牵到梅伯面前,递过缰绳。

梅伯说:"不用啦。"

司徒博说:"请收下吧。从今以后,我每走一步都是在向我最勇敢的朋友致敬。"

佛意漫小声道:"收下吧。"

梅伯接过缰绳,说道:"谢谢你。不过今天没有懦夫,人人都是勇士。"

司徒博拥抱了梅伯一下,然后就回去和谢德美一起帮女人和小孩骑上骆驼。

这一天下来,司徒博、梅伯和佛意漫三人都没什么机会骑在骆驼背上。他们再启程的时候,收到了上灵传过来的一个图像,只见一只骆驼陷在泥里,一下子就没顶了。以防万一,三人整天都在驼队前后穿梭,确保那些骆驼不会走近山沟中心的松软厚泥层。一路上又湿又滑,人和牲口都非常容易摔倒,所以他们走得很慢。终于,大部队来到了山谷尽头,前面是一条开阔的河流。这里也被山洪破坏得不轻,只见河两岸都是一片乱石泥沙,很多树木横七竖八地倒在岸边。他们沿着河岸前行,和山谷里面相比,这里地势较为开阔,山洪失去了席卷一切的威力,所以残留了很多石头树木,反而让路更难走了。

"这边!"

喊话的是耶律迈,他后面跟着费雅思。他们站在半山腰,骆驼就在身后不远的地方。虽然山势很陡峭,可是爬上去的话其实也不太费劲。

耶律迈大声喊道:"我们在山顶这里找到一条路。"

几分钟后大家会合了,耶律迈和费雅思各自拥抱了妻儿。羿羲留意到这条新路要穿越一片森林,这片森林不如山上的茂密,他说:"嗯,我们应该离海边不远了。"

"这条河在前方不远处有一个急弯,转向西面。"费雅思说话的时候,一手搂住莎芙,另一手抱着小宝宝,让小孩依靠在他的肩膀上。"从那里你就可以望见急流海了。越过这条河继续向南还有另一条河,两条河中间是开阔的草地,还有几片小树林,最难得的是那一带地势很高,所以我们再也不用怕洪水了,谢天谢地!刚才地震的时候,我们只是担心你们会不会出事,根本没想到会有山洪跟在后面。然后迈哥突然很想看看大海,非要往上走不可。等我们走到山顶,后面就传来巨响,紧接着河水发疯似的涌上来了。后来我们还接到上灵传过来的一个影像,只见你们都骑在骆驼上面,顺着河流稳稳当当地漂过来。"

佛意漫说:"羿羲从索引那里得到警告了。"

羿羲道:"幸好我们兵分两路,如果当时多几头骆驼在场,只会被洪水卷走。梅伯为了抢救运货的骆驼,把他自己的坐骑也牺牲了。"

耶律迈说:"羿羲,我们先抓紧时间出发,这些英雄事迹留着今晚扎营的时候再分享吧。我们可以在天黑之前到达两河之间的那片高地,今晚月色不好,我们必须趁着有亮光快点搭好帐篷。"

晚上大伙儿围在篝火四周吃晚饭,然后一直坐到深夜。今天发生的事情太震撼了,大家都没什么睡意,纷纷讲着白天发生的故事。而且纳飞和欧必忍还没回来,大家希望火光可以帮助两人找到这个新营地。

临睡前，如诗来绿儿的帐篷道晚安。纳飞还没回来，绿儿只能和小宝宝睡了。如诗说："绿儿，不知你有没有看出来，这次山洪暴发，竟然大大增强了这个集体的凝聚力，这真是个绝无仅有的奇迹。就连梅伯也开始懂得什么是荣誉感了……"

绿儿说："嗯，这变化可喜可贺。"

如诗道："希望他不要老是自吹自擂，要不就会讨人厌了。"

绿儿说："他也是时候成熟点了吧。"

"可能他只是需要一个契机去发现自己人性中的光辉。羿羲说梅伯当时没有一丝犹豫，二话不说就跳下骆驼，冒着生命危险救羿羲。"

"还有司徒博呢，他抢救了索引，然后带领我们下去帮忙……"

"我知道。我不是说梅伯是唯一的英雄，可是你知道司徒博向来就很不错的，做好事并不出奇。还有，后来他把自己的坐骑让给梅伯，非常慷慨大方。他这样做，一方面让这个集体的成员更加紧密地团结，另一方面却把他自己抢险救人的事迹都抹掉。结果就是我们只记得梅博酷的英雄形象，却将司徒博淡忘了。"

绿儿说："嗯，可能这正是司徒博想要的。"

如诗道："可我们是不会忘记的。"

绿儿说："没错，我们会记住的。你也快去睡觉吧，这些小家伙才不会管我们睡够了没有，早上到点了她们准要起来闹的。"

纳飞和欧必忍回来的时候，已经是第二天早上了。他们当时距离洪水很远，无奈却在河对岸，想来新营地的话，要不就穿越山谷，要不就渡过小河。最后他们带着骆驼一直绕到小河入山谷之前的上游地带，避开受灾最严重的地区，然后趁着退潮的时候渡过沼泽浅滩。纳飞说："后来骆驼过河都过怕了。"

欧必忍高兴地说:"可是我们这次打了两头鹿!"

等所有人都聚齐了,佛意漫发表了一番简短的谈话,正式宣布在此处扎营。"我将北边这条河命名为奥义克河,他是我们这支远征队伍里面第一个出生的男丁。南面这条河命名为蒲储诺河,他是下一代人里面最年长的男丁。"

华纱很不满:"为什么不用德莎和索菲娅命名?她们是小孩子里面最年长的。"

佛意漫看着华纱,一言不发。

"哼,这样的话我们最好在小男孩懂事之前就离开这里,我可不想他们从小学坏,仗着长了小鸡鸡就自觉高人一等。"

"如果我们只有两个小女孩,爸爸肯定会用她们的名字命名的。"羿羲想打圆场。

可是大家心知肚明,就算只有两个女婴,要命名也轮不到她们。在接下来的几个星期里,华纱坚持把这两条河称作"北河"与"南河",而佛意漫则同样固执地用两个男孩子的名字来称呼这两条河。主要是因为男人经常外出过河或者钓鱼,他们相互之间传递信息的时候总要提到沿河各处发生的事情,所以到最后只有奥义克河和蒲储诺河这两个名称被广为接纳。也不知道其他人有没有留意到,反正绿儿发现华纱阿姨从来不用佛意漫指定的河名,每当别人说起的时候,她总是板起脸一言不发。

对于这个问题,绿儿与纳飞只讨论过一次,纳飞竟然一反常态,一点也不同情他妈妈。"在女皇城的时候,你们女人把持一切,华纱女士怎么就不介意?我们连圣湖也不能看一眼,也没见她愤愤不平。"

"可那里是女人的圣地啊!全世界就只有这么一个特别的地方

了。"

纳飞说:"这有什么大不了的?不就是给两条河取两个名字罢了。等我们走了之后,根本就没有别人知道这些名字。"

"那为什么不叫南河、北河算了?"

纳飞说:"世上本无事,庸人自扰之。妈妈闹就让她闹去,你不要把火引到我们家里。"

"我只是想知道你为什么随大流?"

纳飞叹道:"唉,你仔细想一想,如果我真的用南河、北河这名字,爸爸听了会怎样想?其他男的听了会怎么想?那时候就真的会产生分裂了,我可不想被大伙儿孤立起来。"

绿儿暗自沉思。

她说:"好吧,我明白你的苦衷了。"

然后绿儿再想了想,问道:"可是在妈妈发难之前,你也不觉得用男孩子命名有什么不对,是吗?"

纳飞不回答。

"我知道了,就算在此时此刻,你还是不觉得这事情不对,是不是?"

纳飞说:"我爱你。"

绿儿道:"别岔开话题,快回答我。"

纳飞说:"我已经回答你啦。"

绿儿道:"如果我们生的全是女儿,那你怎么办?"

纳飞说:"那我就和你一直'办'下去,直到生出一百个女儿为止。"

绿儿露出厌恶的神情:"做梦吧你。"

纳飞说:"这是你的梦。"

绿儿决定不和他计较。当晚他们做爱的时候，她还是一如既往地全情投入。完事之后，纳飞沉沉睡去，绿儿却忧心忡忡，难以入眠。如果男人们把这个集体变成女皇城的反面极端——父权氏族社会，这将意味着什么呢？

绿儿很不理解：为什么我们一定要这样争斗呢？本来我们有机会在和谐星球创造一个独一无二、公平公正的社会，男女之间可以保持均衡的状态；可是就连纳飞和羿羲这么善良的人也乐意打破这种平衡。难道男人和女人之间真的存在永恒的战争吗？我们非要踩着对方才能向上爬吗？莫非这是我们的基因决定的吗？人类社会非要由一个性别统治另一个性别不可吗？

绿儿想，我们其实和狒狒没什么两样，大概这就是现实吧。在和平安稳的时候，女人可以做主，她们主持家政，互相串联，维持着亲友之间和邻里之间的友好关系。可是现在我们变成游牧民族，整天在生死边缘挣扎求存，这时候就轮到男人做主了，女人根本说不上话。如此说来，文明的真正含义原来是女人统治男人。每当这种模式被打破之后，我们就将其诟病为"不文明""野蛮"，或者"大男人主义"。

他们在两河高地生活了一年，谢德美顺利产下一子。她和司徒博为小孩取名帕达洛——就是礼物的意思，昵称是洛奇。本来他们打算只住一年就拔寨启程，可是当洛奇出生之后，另外三个女人又怀孕了——其中包括华纱和绿儿。这两人身体最弱，妊娠反应最大，不能上路奔波。所以他们又多住了一个收割季节。丰收之后再过了几个月，除了莎芙之外，其余两个孕妇各自生了一个小宝宝。这时候远征队伍已经有三十人了，其中第一批出生的小孩已经满地乱跑，大部分也开始说话了。他们就在这时候踏上了下一个阶段的征程。

这两年大伙儿过得相当美满。这一带降雨充足，水土肥沃，他们可以种植多种多样的庄稼，远不是当年的贫瘠沙漠能相比的。而且这一带动物众多，每次打猎总能收获甚丰。就连骆驼队伍也壮大了，在两年之间它们一共生了十五头小骆驼。不过要给它们配新鞍就难办了，因为没有人懂得造鞍的技术。可是他们想了个办法：他们选出四头最温顺纯良的骆驼，每一头上面固定着两个小孩；然后这四头骆驼总是和女人骑的骆驼并肩而行，这样一来，妈妈可以随时照顾小孩。有些小孩子刚刚坐上骆驼背的时候吓坏了，因为离地太高。可是很快他们都习惯了，不但不害怕，反而乐在其中。

从两河草原到海岸，这一段路畅通无阻，甚至比女皇城西南面的广袤大沙漠更好走，他们从来没试过前进得如此神速。只用了三天大伙儿就来到了一个水源充足的海湾，那些男的对这一带都很熟悉，因为他们在过去两年中经常来这里狩猎和捕鱼。第二天早上，佛意漫宣布了一条坏消息：他们不能继续往南走了，必须从这里转向西边。

西边……西边是一片茫茫大海。

从这里望向西面的海中，在大约两公里外有一个怪石嶙峋的小岛。佛意漫遥指着小岛说："在这个小岛后面有一个大岛。我们上了那个大岛之后，还要走很长一段路，相当于从梅博谷到这里的距离。"

纳飞和耶律迈趁着退潮的时候出发，沿着浅滩向小岛走去。这段路程大部分都可以步行，只有中间一小段需要游泳。可是那些骆驼却在水边驻足不前，怎么赶也没用。看来只能做木筏了。耶律迈说："我以前倒是做过木筏，不过是在淡水河，从来没有试过用来渡海。幸好这一带的海水很平静,应该没问题。"

于是众人开始砍伐树木,让砍下的木头都浮在海面上;再用沼泽芦苇抽丝缠成绳子,将一根根木头捆起来。他们用了整整一个星期造木筏,然后用了两天渡海。他们先把骆驼——每次只能运一头——送上小岛,然后是行李物资,最后才是女人和小孩。在小岛上,大伙儿就地扎营休整。翌日兵分两路:一部分男的撑着木筏绕到小岛的西南端,那里是大部队前往大岛的起航地;其余人等带着驼队走陆路。两批人会合之后,依样画瓢,分批渡海,终于在忙碌奔波了一个星期之后成功到达大岛。完事之后,他们将所有木筏都推回海里,目送它们逐渐漂远。

大岛的北角是崇山峻岭,还有茂密的森林。一路南下,高山逐渐变成丘陵地带,然后变成广阔的草原。他们来到岛上一个特别狭窄的地方,站在高处远眺,只见南面的地势继续走低,向西可以看见急流海,向东望则是火焰海。再走了一段路,大家开始明白为什么这一片海域叫作火焰海了:海里矗立着许多火山,其中一些还在冒烟,离很远也看得见,估计是最近一次小爆发造成的。

羿羲向众人解释道:"这个岛本来一直是大陆的一部分,火焰谷一直延伸到这个岛上再往南一点的地方。五百万年前,这里突然发生巨变,这个岛从陆地分裂出去。海水虽然隔断了火焰谷,却浇不熄谷中的火焰。"

他们在亘久不变的女皇城中长大,多数人都以其古老历史为荣,并不热衷于变化更替,对造就沧海桑田的大自然威力也是不甚了了。然而在这里,虽然时间尺度也是用百万年来衡量,他们却依然能够亲身体会到这个星球蕴藏的巨大威力,顿时觉得人类的渺小和卑微。

羿羲说:"我们既不卑微也不渺小,因为我们见证了这些变化。

我们明白何谓世间变迁、沧海桑田。我们知道宇宙万物——无论是生命还是死物——总处于无穷无尽的变化之中,唯独变化才是永恒的。只有人类才懂得时间和因果的概念,只有人类能够承前启后,根据历史塑造自我,在变化中开创未来。"

过了这一片草原,这个岛逐渐变宽,地面也变得崎岖难行了。这种地形地貌似曾相识,正是与之前经过的那个火焰谷如出一辙——羿羲说中了,这里果然是火焰谷的延续。不过这一带比较安静,既没有喷气口,也没有火焰柱,连地下水也纯净许多。越往南走,空气就越干燥,他们慢慢走进了群山之中。

羿羲看着索引给大家上课:"这一片山脉竟然有名称,叫达拉托山脉。在这个岛从大陆分裂出去之前,这一带曾经有人定居。对了,对了,在火焰诸城里面,最古老、最伟大的那个城邦就是在这里。"

"你是说思古诺伊城?"绿儿问道。她想起一个传说:这个城市里全是守财奴,他们聚敛了和谐星球上大部分黄金,分散藏在无数个地下金库里。最后他们为了独霸财宝,不惜与外界断绝来往,将整座城市也藏起来了。

"不,应该是华比亚尼城。"羿羲一说出这名字,人人都想起传说中的苔藓石头城。这座城市建在一座高山上,无数的小溪从每一个房间里流过。在山顶的房间温度太低,溪水会结冰,所以山顶的居民必须生火融冰,好让下面的人有水可用。

大家问道:"我们能看到这座城市吗?"

羿羲说:"这里已经荒废了一千万年,不过因为整座城市都是用石头砌成,所以现在还能残留一些废墟。我们其实一直沿着一条古路走着,前面就到了。"

这时候大家才发现他们真的沿着一条古路前进。虽然这条路已经被侵蚀得不成形了,还经常被沟壑截断,可是他们总在无意中回到最容易走的路中心。有些地段有很明显的开山凿路的痕迹,还有几个小山谷,里面填了一些石块,至今还没有被完全腐蚀掉。羿羲说:"如果这一带再多些雨水,那就什么也不剩了。可是这个岛向南漂移了一段距离,现在其实和南部大沙漠处于同一纬度,所以空气比较干燥,腐蚀也少,虽然过了那么久,还是有人类活动的遗迹留下来了。"

耶律迈说:"在这一千万年里,总有人走过这条路吧?"

羿羲道:"没有!自从这个岛从大陆分离出去之后,就再没有人类踏足了。"

梅博酷轻蔑地说:"你怎么知道?"

"因为上灵阻止人类过来,他们甚至想不起这里原来还有一个岛。我猜上灵是要把这个岛保存下来……给我们。"

从他们望见华比亚尼城到真正到达,驼队走了整整一天。这座城,远看就像一座表面很古怪的高山,走近了大家才发现那是一个个在石头里面挖出来的窗户。这座山本来就很高,那么这个在山表凿出来的城市肯定也很大了。

城东北有一条小溪,他们就在那里扎营,然后开始探索。他们先顺流而下,只见这条小溪一直流出城外;然后大伙儿再逆流而上,发现小溪在城内向下流的时候形成许多瀑布,瀑布附近的墙长满了厚厚的青苔,温度比外面的沙漠热空气低很多。

众人轮流出动,每次都成群结队地在古城遗址里面上下求索,只留下几个人照顾小孩和看着骆驼。在古城里面,只要附近没有小溪,建筑物内墙的腐蚀程度并不算太严重,却无论如何也比不上外墙保存得那么好。为什么外墙比内墙保存得更好呢?大家开始并不明白,直到发现一套沟渠系统的遗迹,众人才恍然大悟。原来传说是真的,这套导水系统贯通全城,将日常用水送进城里的每一个房间。最不可思议的是相邻的房间直接连通,没有走廊过道,也没有门。如诗说:"难道他们不需要隐私吗?如果每个房间都是一个过道,可以让别人随便经过,那他们岂不是没有私人空间?"

没有人能够回答。

羿羲说:"在鼎盛时期,这里的人口一度超过二十万。当时这地方还没有南移,水资源充足,城北几十公里以内的土地都适合耕种。他们在城内储存了十年的粮食,城里还有水,所以从来不怕敌国入侵围城。敌军就算把城外的农田庄稼都烧毁,华比亚尼城的人也不怕。因为到最后总是围城敌军自己熬到粮草不继,城里还是吃喝无忧。唯独大自然才有力量把华比亚尼变成一座死城。"

纳飞问:"火焰谷经常发生地震,为什么这座城市没有毁于地震呢?"

"我们只是没有看见东面的山坡而已,索引显示这里曾经有两次强烈的地震,华比亚尼城从中裂开一个大口,海水倒灌进来,半座城都沉到海里了。"

司徒博说:"这个洪水滔天的场面何其壮观!呃……我是说从安全的地方看过去……"

羿羲继续道:"东边临海的半座城沉到水里之后就只剩下山壁了,面向内陆的这半边城却保存了一千万年。可是我们没办法估计这遗址还能维持多久,因为城里面的小溪从内部将其腐蚀,外面逐渐变成一个空壳,终有一天会塌的。可能一开始只有某部分破损,紧接着附近区域承受不住额外的压力,也开始倒塌;于是产生雪崩效应,整座城就像沙滩上的沙堡垒,瞬间就轰然倒地了。"

绿儿说："传说中有英雄诸城，我们终于见到了其中一座。"

欧必忍说："这么说来，这些传说都是真的咯？不知道思古诺伊城是不是也在附近呢？"

羿羲道："我问过了，索引说不是。"

欧必忍叹道："唉，可惜了，那么多黄金……"

耶律迈说："哼，你找了那些黄金到哪儿卖去？你打算把金子当面包吃还是当衣服穿？"

欧必忍挑衅地说："怎么了？我做一下发财梦也不行啊？难道我们只能做有实用的梦吗？"

耶律迈耸耸肩膀，不和他争论下去。

他们绕着华比亚尼城的西面走了整整一天，发现整座山的表面都被这座古城覆盖了。离开古城遗址之后，驼队来到一条大路，这条大路地势很高，而且在路两边看得出修葺整齐的痕迹，可见这条路是交通大动脉。羿羲说："古时候这条路连通了火焰诸城和繁星诸城，可是现在走过去只剩一片荒漠了。"

队伍离开大路，向地势较低的地方走，来到一片没有河流的大草原。这个岛在这里又变窄了，东面可以看到繁星海，西边很远处隐约有一条蓝色亮光，那是急流海。他们继续往下走，慢慢就看不见西面的海洋了。上灵让他们沿着东海岸前进，那里雨水充足，海产资源也很丰富。

这条路很不好走，赤日炎炎，路上又没有河流，他们中途停了三次，就是为了打井取水。佛意漫和耶律迈从年轻时就对这种地形环境司空见惯，如今一路走来自然是驾轻就熟，无惊无险。驼队离开达拉托山脉之后，又走了十天，来到海边。这一带的海岸线转成东南走向,上灵让他们沿着海岸线向南行。越过几座小山丘之后,草丛越发茂密,树也越来越多。然后驼队走过一片低矮的风化岩石山,穿越一条河谷,再翻过几座小山,终于来到一片风景优美的土地上。

只见一片片森林与草地梅花间竹地分布,四处花团锦簇,花丛中传来蜜蜂的嗡嗡声——将来不愁没有蜜糖了。草地上有很多条清澈见底的小溪,汇聚成一条宽广的河流,蜿蜒着奔向远方。谢德美下了骆驼,检查一下土壤,说道:"这些土比沙漠里那层薄薄的草地好多了,土里不仅仅长着草根,而且是真正的表土层。我们可以在这里种植庄稼,不用担心破坏原有的草地。"

在这次旅途中,耶律迈首次不用和佛意漫商量营地的位置,因为这个地方放眼望去,没有一处不适合扎营。

耶律迈说:"爸爸,这片土地足够养活西夕都的全部人口,可以让他们丰衣足食了,是吧?"

佛意漫答道:"现在这里归我们独享了,这地方是上灵为我们准备的,一千万年……我们终于来了。"

"那我们就在这里定居了吗?这就是我们的目的地吗?"

佛意漫说:"我们在这里至少要住几年,因为上灵还没准备好让我们飞入太空返回地球,现在这里就是我们的家了。"

耶律迈问:"我们要住几年呢?"

佛意漫答道:"这我就说不准了,不过有一点可以肯定,我们既然准备长住,就应该建造木屋,把旧帐篷改成雨篷和帘子。从现在开始,我们不再跋山涉水,下一次出发就是要飞上星空了。我把这个地方命名为多斯达提奥克,因为这里可以满足我们的一切需要。这条河就叫华纱河,因为它和我妻子一样的坚强,一样的充满生命力，它将永不停息地为我们提供生存所需的一切。"

华纱轻轻点头，表示她认同和接受这份荣誉。绿儿看到她的嘴角露出一丝笑意，这表明华纱明白了她丈夫主动和解的一片苦心。

他们把村庄建在华纱河出海口旁边的一片高地上——这片海域叫作南部海，他们原来已经如此深入南方，连急流海和繁星海都抛在身后了。在一个月之内，大家就建了很多座以茅草盖顶的木屋。在这个纬度，庄稼全年生长，随便哪里都适合开垦种植。而且这地方每天都下雨，偶尔有风暴袭来，但很快就刮过，不会造成什么破坏。

这里的动物也很驯良，丝毫不怕人。有一种野山羊，很明显和女皇城外山上放养的那些山羊是同种的，他们很快就把这些野山羊驯服，将其变成家畜。有了羊奶之后，人们再也不需要喝骆驼奶，这种"极品"就全部留给小骆驼独享了。"骆驼奶酪"这个名词也有了新的含义：人们把小孩吃饱喝足之后拉在尿布里面的便便委婉地称作骆驼奶酪。

一晃眼过了六年，其间有更多小宝宝降临世上。现在一共有三十五个小孩子，年纪从几个月到八岁不等。众人合力耕作，平分收成。男人们定期外出狩猎，回来之后把鲜肉腌制成咸肉干，兽皮则做成皮革。华纱、羿羲和谢德美负责开办学校，给小孩子上课。

现实生活不是幸福美满的童话故事，难免有矛盾与争吵。为了一点鸡毛蒜皮的小事儿，柔珂整整一年不理睬莎芙；欧必忍有一次与梅伯大吵之后，负气出走，在远处建了一座小木屋离群独居。人们心里也有怨气——有些人觉得别人干活不够卖力，有些人觉得自己的任务比其他人的劳动更有价值。而且在男女之间总是存在一种暗流汹涌的紧张关系，女人遇事自然找华纱做主，而男人只服从佛意漫或者耶律迈的决定。可是无论再怎么争斗，大家最后总能消弭压力，平息矛盾，将种种危机尽数化解。这个集体的三巨头风格各异：佛意漫忠心耿耿地为上灵效劳；华纱常怀悲悯之心，对众人关怀得无微不至；耶律迈则全心全意为了这个集体的生存发展而努力。大伙儿在这三巨头之间找到了一个平衡点，互相迁就扶持着走过那么多年的风风雨雨。大家每天辛勤劳作，当时有什么不满也暂且埋藏在心底，过后遇上开心快乐的时候，这些积怨也就消解得无影无踪了。

　　这么多年来，大家过着衣食无忧的好生活。每当忆起往事，再看看今朝，没有一个人不暗自希望上灵会忘记他们的存在，让他们在多斯达提奥克平静地度过幸福的一生。

第九章 边 界

索菲娅七岁的时候，似乎已经完全明白了这个世界是怎么运作的；可是如今她已经八岁了，反而产生了许多疑问。

与多思达提奥克的所有小朋友一样，索菲娅对各个家庭之间的简单关系了如指掌。比如说，德莎莎和她的弟弟妹妹都是属于如诗和羿羲的，喀丝、诺基亚还有他们的弟弟妹妹是属于柔珂和欧必忍的，小娜和她的弟弟妹妹则是属于莎芙和费雅思的……如此类推，总之每一群兄弟姐妹各自属于他们的爸爸和妈妈。

在索菲娅八岁之前，她眼中的世界只有一个奇怪之处：爷爷和奶奶，也就是佛意漫和华纱，他们有两个小孩子：小奥和亚亚两兄弟——这两人可能是孪生兄弟，正如小娜所说，这两兄弟只有一根脑筋。奇怪的是，爷爷和奶奶好像同时也是其他爸爸妈妈的爸爸妈妈。索菲娅之所以有这个印象，是因为在某些奇怪的场合中，大人不仅叫奶奶"华纱女士"或者"奶奶"，还叫她"妈妈"；她还经常听到自己的爸爸、蒲亚的爸爸耶律迈以及小丝卡的爸爸梅博酷称呼爷爷"爸爸"。

在索菲娅的心里，这意味着佛意漫和华纱就是"首席父母"，所有人类都是他们生的。不过现在她长大了，知道这是不对的。谢德美上课时说过，在很遥远的地方还生活着千百万人，那些人不可能都是爷爷奶奶生的。然而那些地方只是传说而已,索菲娅并没有亲眼见过;对她来说,多斯达提奥克,这个安全而又美丽的地方就是全世界。在这个世界里,似乎没有一个人不是来自佛意漫和华纱的婚姻。

实际上,成人的世界已经很遥远,足够满足索菲娅的好奇心了。其他很多神秘的地方,像女皇城、剖头国、孤威国、地球、和谐星球……她根本就不关心也不向往。这些地方有的是星球,有的是城邦,有的是国家,索菲娅怎么也搞不清楚到底哪个是哪个。在索菲娅的世界里,最突出的莫过于德莎莎和蒲亚之间的战争:他们为了争夺在小孩世界里的统治地位而展开了持续不断的权力斗争。

德莎莎在所有小孩里最年长,这个优势赋予她无以伦比的权力。德莎莎一点也不客气,她滥用这点权势,抓紧一切机会欺压弱小,逼他们为她服务,给她做跑腿,事后连一点感激之心也没有。如果哪个小弟小妹不听摆布,德莎莎就禁止他们参加所有游戏——办法很简单,她只要说如果那个小孩参加的话,她就退出,这招总能把众人唬住。对于年纪相近的女孩子,德莎莎也是一样欺压,不过手段会狡猾一点。她不要求同龄人做跑腿,却要求她们服从她的决定;如果谁敢唱反调,就会遭到孤立——不是粗暴地驱赶,而是礼貌地排挤。索菲娅的年纪排第二,只是比德莎莎晚出生三天,所以她想不出任何理由去接受一个低人一等的角色。德莎莎自然容不得有人和她平起平坐,而其他女孩子也没有勇气起来反抗,结果就是索菲娅经常离群独处,整天形单影只。

就在德莎莎在女孩子和年幼小孩当中经营她的建国大业的时候,耶律迈的长子,也就是在男孩子里年纪排名第二的蒲亚,同时也在男孩圈子里发展势力,坐上第一把交椅。蒲亚敢藐视德莎莎的权威,当面嘲笑她，其他年纪比较大的男孩子就会跟着蒲亚起哄。德莎莎自然不会吃哑巴亏，立刻将那些男孩子赶走，不让他们一起玩。可是这种惩罚对于那些男孩子来说根本就不管用，他们本来就不稀罕和女孩子玩，他们更希望得到领袖蒲亚的认可，希望和他一起玩。最大的打击来自德莎莎自己的弟弟笑笑，他竟然也加入蒲亚的一方，借助蒲亚的势力摆脱他大姐的铁腕统治。索菲娅自己的二弟小亚也是属于蒲亚阵营的，三弟摩亚比二弟小一年，算不上年长，可是有时候也加入蒲亚一方。索菲娅丝毫不介意，甚至有点幸灾乐祸，因为这对德莎莎来说是雪上加霜。

当然了，在双方的斗争白热化的时候，索菲娅还是会站回女孩子一方。她会和其他年长的女孩子一起，对那些造反的小男孩交替使出冷嘲热讽或者不理不睬这两招法宝。可是在索菲娅心里，她其实很向往加入蒲亚的阵营。男孩子的游戏少不了有打打杀杀，比如狩猎游戏，真是又刺激又好玩。如果他们让她加入，索菲娅就算做小鹿也愿意。她宁愿被他们拿钝头弓箭追着四处跑，哪怕身上挨两箭，也好过被德莎莎骑在头上作威作福。索菲娅曾经向二弟暗示过，可是小亚却装出一副要呕吐窒息的样子，索菲娅只好作罢，从此不再提起。

最让她羡慕的却是小奥和亚亚两兄弟。他们是爷爷和奶奶的儿子，小奥在男孩子里面最年长，亚亚排第四。他们两人要是有心把蒲亚拉下台的话其实易如反掌：除了年龄优势之外，这两兄弟无论做什么事情都共同进退，二人合力有足够威力逼迫其他男孩子俯首称臣。可是他们从来不欺负人，也不在意谁说了算。因为他们老觉得自己是大人，所以不屑和小孩子一起玩，只是偶尔有兴致的时候才参加一下蒲亚他们的游戏。亚亚有一次很傲慢地告诉索菲娅："我们和你们的爸爸妈妈是同辈的。"索菲娅当场反驳说亚亚比她还矮一个头,而且他的小鸡鸡就和兔子的小鸡鸡一般大小。其他小孩子虽然对亚亚心存敬畏,可是听了索菲娅的刻薄话之后都忍不住哈哈大笑。亚亚没有和索菲娅争,只是很不屑地看了她一眼,悻悻地走开了。不过索菲娅发现从那之后亚亚再也没有在别的小孩面前小便了。

索菲娅从来不骗自己,不过她必须承认,诚实是一把双刃剑,她之所以经常被其他小孩孤立,就是因为她管不住自己的嘴巴。如果索菲娅看见有人欺负弱小、厚此薄彼或者自私自利,她就忍不住出言谴责;如果有人做好事,她也会开口称赞——无奈好话总是容易被人遗忘,坏话却被人记一辈子。所以索菲娅在小孩圈子里面没有真正的朋友,他们都忙于向德莎莎或者蒲亚献殷勤,没空和索菲娅来往。至于小奥和亚亚,他们两人更是孤芳自赏,成天只沉浸在大人梦里面,不去理会索菲娅。

在索菲娅八岁那一年生日,除了爸爸妈妈,再没有别人关注索菲娅;可是德莎莎的生日却非常隆重,大家都小题大做,把她捧成世界的中心。索菲娅很绝望,难道她一辈子就注定做一个无人关注的小人物吗?德莎莎就已经够讨厌了,她凭着自己年长就整天欺压别人;现在大人竟然把她的生日办成一个盛大节日,他们为什么要助长她的气焰呢?

爸爸当然有一套解释:他说这个节日不是关于德莎本人,而是因为她的出生标志着新生一代的降临。可是大人们怎么想并不重要,关键是他们这种做法,无异于助纣为虐,大大地巩固了德莎莎的铁腕统治,一时间连蒲亚也被德莎莎的风头盖过。最惨的是小奥和亚亚,他们和其他小孩一起成为德莎莎的陪衬绿叶。两兄弟整晚都闷闷不乐,他们觉得自己不属于这"新生一代",所以不应该得到这种待遇。大人们怎么能这样干涉我们小孩的世界呢?他们漫不经心地插一脚进来,就把原有的等级结构都破坏了。难道在大人的心中,我们小孩子的生活都只是过家家吗?

最近索菲娅突然想出了一个意义深远的真知灼见:大人世界和小孩子世界的运作原理其实是一样的,只是小孩子永远都必须服从大人罢了。那一天,索菲娅洗完澡,妈妈给她梳头。"年纪越小的男孩子就越恶心。"索菲娅说这话的时候,心里想的是三弟摩亚。这小子最近发明了一个恶作剧:将鼻屎抠出来抹在姐姐妹妹的衣服上,把她们气得吱哇乱叫。索菲娅决不能容忍三弟的恶行:蹭她身上固然不行,最讨厌的是摩亚还把鼻屎抹在四妹身上,可怜素娅年纪还小,逃不出三弟的魔爪。

妈妈说:"呵呵,也不一定啦。男孩子长大之后一样可以很恶心,只是换了一种方式罢了。"

妈妈只是随口说出这样一句话,可是索菲娅却有如醍醐灌顶,茅塞顿开。她脑中出现这样一幅画面:就拿喀丝的爸爸欧必忍举例吧,如果他挖了鼻屎抹在妈妈的衣服上,那会怎样呢?不可能的,索菲娅知道这种场景是不可能发生的。只是除了挖鼻屎之外,大人们肯定还会做别的恶心事情。索菲娅想,我以后要盯着欧必忍,看他到底做什么恶心事。

为什么索菲娅非要针对欧必忍呢?因为她看见大人开会的时候,每逢他说话,妈妈就显得很不耐烦,可见妈妈一点也不尊重欧必忍;其实爸爸也一样看不起欧必忍,只是他捂住不让别人看见罢了。所以现在索菲娅一想到大人做恶心事,自然而然就想起欧必忍了。

从那天开始,索菲娅就全神贯注观察身边的大人。她想找出在那么多个妈妈当中,谁是成人版本的德莎莎;在那些爸爸里面,谁是成人版本的蒲亚。在观察过程中,索菲娅逐渐明白了很多事情,这个世界再也不像以前看起来那么简单和清楚了。

有一天她和爸爸妈妈说起婚姻大事,猛然发现了很多震撼人心的真相。索菲娅最近才悟出一个道理:所有小孩总会长大,然后互相配对生小孩,开始一个新的循环。她之所以想起这个,是因为托娅有一天突然说起蒲亚其实对德莎莎心怀不轨。托娅的意思是这事情很龌龊、很恐怖,可是索菲娅意识到托娅说的事情并不可怕,而是一个总有一天会发生的预言。蒲亚和德莎莎不是挺般配的吗?将来蒲亚就像耶律迈,而德莎莎看着蒲亚的眼神就像艾雅看耶律迈的眼神那么专注投入。或者德莎莎会变成她妈妈如诗那样——如诗比她的丈夫羿羲强壮很多,她能够把羿羲抱起来走来走去,还像服侍小婴儿一样给他洗澡。或者蒲亚和德莎莎会将现在的争斗持续一辈子,将来还唆使他们的小孩造对方的反。

接下来索菲娅开始想,她将来会和哪个男孩子结婚呢?会不会是第一批出生的同龄男孩?那就只能是蒲亚或者小奥——想起这两人索菲娅就觉得很厌恶。第二年出生的那些男孩呢?德莎莎的二弟笑笑,蒲亚的二弟纳迪亚,还有那个"成年人"亚亚,哼,真是琳琅满目、应有尽有!至于第三年出生的那批小男孩,他们就是和她的可恶三弟摩亚同年纪的,索菲娅做梦也不能想象和那么幼稚的小男孩结婚。

有一天早上,爸爸不用出门打猎,一家人可以围在一起吃早餐,索菲娅趁机提出这个问题:"你们说,我将来是不是只能和笑笑结婚呢?"她提起笑笑,因为她觉得他是那么多男孩子里最不讨厌的一个了。

妈妈不假思索地回答说:"绝对不行。"

爸爸说:"这是被禁止的。"

"那我和谁结婚呢?小奥?亚亚?"

爸爸说:"也不行,他们不比笑笑强到哪儿去。怎么了,你打算近期内就结婚吗?"

妈妈说:"阿飞,她当然在想这些事情了,女孩子差不多在这个年纪就开始考虑了。"

"嗯,那她得记住了,她不能和亲生的叔叔结婚,也不能和双重表亲结婚。"

爸爸说的话,索菲娅完全听不明白,不过她隐约觉得这些字眼背后隐藏着一些黑暗的秘密。笑笑做了什么伤天害理的事情才变成一个"双重表亲"呢?

索菲娅道出心中疑问,妈妈答道:"笑笑不是做错了什么事情,只是他的妈妈如诗是我的同父同母姐姐,也就是说,我和如诗有相同的爸爸和妈妈;而萨克笑的爸爸羿羲是你爸爸的同父同母哥哥,就是他们有相同的爸爸和妈妈,也就是你的爷爷和奶奶。所以你和笑笑有相同的长辈和祖先,在那么多小孩子里面,你们的血缘关系是最密切的,所以你们绝对不能结婚。"

爸爸说:"如果我们能够避免的话……"

妈妈说:"反正我们可以避免笑笑……而且我觉得奥义克和亚赛也不行,他们是华纱和佛意漫的儿子。"

索菲娅听了爸爸妈妈这番话,虽然面如平湖,其实胸中有如炸开了惊雷。如诗和妈妈是同父同母的姊妹,却不是奶奶和爷爷的女儿;爸爸和羿羲是亲生兄弟,奥义克和亚赛也一样,他们之所以是亲生兄弟,因为他们都是奶奶和爷爷生的。可是既然他们用了"亲生"这个字眼,表明还有别的兄弟不是"亲生"的……难道还有别的儿子不是佛意漫和华纱生的？怎么可能呢？

爸爸问："怎么了？"

"没怎么，我只是……我到底能和谁结婚呢？"

爸爸开始教训了："你现在想这个也太早了……"

妈妈插嘴道："很多小男孩虽然现在很讨厌，可是等你们都长大之后，你就会觉得他们其实挺好玩的。亲爱的小宝贝，我知道你非要等到长大那一天才会真正相信妈妈的话，现在你就先把这句话放在心里，就当作是一个信念吧。等那精彩的一天来临的时候……"

爸爸喃喃地说："你是指那可怕的一天吧。"

"……你可以垂青一下……比如说，帕达洛。他的爸爸妈妈是司徒博和谢德美，他的二妹是妲布丽奥塔，除了这三人之外，没有别人和他有血缘关系。"

索菲娅现在才第一次意识到司徒博和谢德美不是任何人的亲戚，难怪帕达洛总把奶奶和爷爷称作华纱和佛意漫了。帕达洛对爷爷奶奶直呼其名，索菲娅很不乐意；可是现在看来，虽然他好像对爷爷奶奶不敬，可实际上并不是这样的——他们两人的确不是帕达洛的爷爷或者奶奶。难道别人早就知道这些吗？

爸爸补充道："还有啊，帕达洛只有一个，将来到了适婚年龄的女孩子却有那么多……"

妈妈急忙喝止："阿飞！"

"……你实在没办法的话，也只能……圣湖先知刚才怎么说来着？啊，对了，你只能垂青一下蒲储诺和纳迪斯尼了，因为他们的妈妈艾雅和别人没有血缘关系，而他们的爸爸耶律迈只是我的同父异母哥哥。同样道理，你也可以考虑乌弥内，因为他的爸爸费雅思不是我们的亲戚，他的妈妈莎芙只是我的半个姐姐。"

索菲娅顾不上蒲亚、纳迪亚和小鸟,她追问道:"莎芙怎么会是你的半个姐姐呢?是不是因为你已经有那么多兄弟,已经容不下整个姐姐了?"

妈妈道:"唉,太混乱了,真是噩梦!我们非要今天早上解释清楚吗?"

可是爸爸却认认真真地开讲了。他向索菲娅解释说,佛意漫以前在女皇城的时候和另外两个女人结过婚,分别生下耶律迈和梅博酷。之后他和华纱结婚,生下羿羲。然后华纱女士不和佛意漫"续婚约",却嫁给了另外一个名叫贾霸的男人。贾霸与华纱生下两个女儿,就是莎芙和柔珂。过后华纱还是没有和贾霸续婚约,却找回佛意漫。从此他们每年都续婚约,先是生下了纳飞;然后这两年又生了小奥和亚亚。

"你明白了吗?"

索菲娅只能麻木地点了点头——此刻她眼中的世界已经被搅了一个天翻地覆。谁和谁是亲戚,这已经是够乱的了;更恐怖的是,一个人结婚竟然不需要结一辈子。这样一来,小孩子的妈妈和爸爸有可能各自和别人结婚,他们生的小孩只会认妈妈,却把妈妈的丈夫当作陌生人!太可怕了!当晚索菲娅就做噩梦了。在梦里面,很多大老鼠跑进她家里,趁着爸爸熟睡把他抬走了;妈妈醒了之后竟然一点也不在意,她把一个高大版本的蒲亚领回家里,对索菲娅说:"在老鼠把他抬走之前,这个就是你的新爸爸。"

索菲娅哭醒了。

妈妈一边安慰她一边问:"菲娅,你梦见什么了?告诉妈妈,你为什么哭了?"

索菲娅把梦境告诉妈妈。

妈妈立即领着索菲娅走进爸爸妈妈的房间,将爸爸叫醒,让索菲娅把梦向爸爸说一遍。这个梦最可怕的地方是蒲亚搬进他们家里,取代了爸爸的位置,可是爸爸对这部分没有兴趣。他好像只对大老鼠感兴趣,他还让索菲娅反反复复地描述那些老鼠长什么样。索菲娅只知道这些是老鼠,它们都很大,它们把爸爸抬走的时候还发出怪笑,好像在互相吹捧说它们有多聪明。除此之外,索菲娅实在想不出别的话去描述这些大老鼠了。

爸爸说:"不管怎样,这是新生代里面第一次有人梦见大老鼠。而且这个梦不是上灵发送的,而是来自守护者。"

妈妈说:"这个梦也可能没有什么意义,那些老鼠可能是别人说起旧梦的时候提起过,她从别人那里听回来罢了。"

于是爸爸妈妈问索菲娅以前有没有听过大老鼠的故事,索菲娅不明白他们到底在说什么。说起老鼠,她只是听别人说,总有老鼠去粮仓偷吃,除此之外她就再没听过别的老鼠故事了。难道其他人也会梦见大老鼠吗?大人真是奇怪,好端端的家庭被拆散,他们不管;小孩子被迫接受"半个"姐姐、"半个"弟弟,他们也不管……放着那么多可怕的事情不管,他们却关心起梦里的大老鼠。爸爸甚至吩咐说:"以后你如果再梦见大老鼠或者其他古古怪怪的动物,你必须第一时间告诉爸爸妈妈!这事情非常重要,记住了!"

汇报完毕,索菲娅回到自己房间。妈妈帮她盖被子的时候,索菲娅鼓起勇气问道:"妈妈,如果你不和爸爸续婚约,我们的新爸爸会是谁呢?"这个问题捂在她心里,好像有虫子咬一样难受,现在终于一吐为快。

妈妈脸上顿时露出恍然大悟的神情,她怜爱地说:"噢,菲娅,心肝小宝贝,你原来是担心这事情啊?我们离开女皇城之后就不再实行那一套制度了。在我们这里，结婚是一辈子的事情，直到死了才分开。所以啊，爸爸永远是这个家庭的爸爸，我也永远是这个家庭的妈妈。我们不会变的，你就放心吧。"

索菲娅放下心头大石，终于能够安心睡觉了。在她沉沉入睡的过程中，索菲娅脑中还闪过几个念头。她想，在女皇城生活真可怕，每一年你都不知道爸爸妈妈会和谁结婚。这就像你住在一栋怪屋子里，今天你还在走的地板，明天可能就变成天花板了。还有，我是新生代里面第一个梦见大老鼠的，这好像是一件很光彩的事情，我应该为自己感到自豪才对……可惜我以前不知道自己有这样的本事。还有，洛奇是唯一和其他人没有血缘关系的男孩子，也就是说，他是最好的结婚对象；哼，我一定要嫁给他，好让德莎莎知道，谁才是最好的！

安顿好索菲娅之后，纳飞和绿儿就没怎么睡了。关于索菲娅这个梦，他们各自有不同的着眼点。对于绿儿来说，最重要的是终于有一个新生代成员显示出超能力——上灵挑选他们这些人进行配对，就是为了让他们的后代拥有这些超能力。而且绿儿私底下还有一个想法：既然她是圣湖先知，那么她的小孩理所当然首先收到上灵或者守护者的报梦——她知道这个想法其实挺虚荣的。绿儿真的很想带女儿去河水里入静，看她能不能自己学会进入一种特殊的睡眠状态，以便接收上灵和守护者传过来的梦。当年绿儿就是自己无师自通的，此时她很想立即知道女儿到底有没有这本事。

对于纳飞来说，"索菲娅做梦"这件事的意义在于：经过了那么漫长的等待，终于又有人接收到信息了。虽然这条信息模糊不清，虽然它和一个幼稚小孩的困惑想法有关，可是这条信息到底是来自地球守护者，甚至比上灵报的梦更加重要。

上灵的梦已经没以前那么稀罕了，因为他们整天都能够利用索引和上灵进行对话。可是索引只允许他们访问上灵的储存空间，却不让他们过问上灵的打算，也不许他们查探上灵到底给他们制订了多少个年度工作计划。和往常一样，大伙儿只能耐心地等着，等待上灵主动开始报梦或者直接在人的脑子里说话。可是在多斯达提奥克这么些年来，上灵既不报梦也不说话。他们在利用索引搜寻之余，每每问及上灵的大计，得到的回答只有一个：留在此处耐心等待。

可是地球守护者却不受上灵的限制，更不会按照上灵制订的时间表行事。它有能力把梦从地球送出，跨越一百光年，直接传进人们的脑子里。问题是纳飞没办法揣测守护者的意图，因为那些梦和接收人自身的忧思顾虑混杂在一起，已经失真变形了——索菲娅的梦就是明证。在不同人的梦里，有一些内容是反复出现的。比如说如诗和索菲娅，她们都梦见老鼠攻击家人；在她们的梦里，老鼠都是以敌人的身份出现的。这好像在暗示，到达地球之后，这些大老鼠可能会给他们造成一些麻烦。另外也有人梦见老鼠、天使和人在地球上和平相处，不分高下。纳飞实在想不明白这些梦到底是什么意思，不过有一点可以肯定：地球守护者并没有停止给他们报梦。可能这意味着大事将临，大概他们下一阶段的旅程即将展开了。

纳飞早已经等得不耐烦了。和其他人一样，他也很热爱在多斯达提奥克平静的田园生活；可是他始终忘不了，当前的生活并不是这次远征大计的目标。他们还有一个艰巨的任务尚待完成：穿越茫茫宇宙，回到人类发源地。他们的回归标志着人类长达四千万年的放逐生涯正式结束，纳飞一直渴望着完成这一壮举。多斯达提奥克的生活太封闭也太舒适，似乎一切已经走到了尽头。纳飞不喜欢这种感觉，他觉得身处一个困局，未来已经被固化，唯一可预见的改变就是垂垂老去。

　　他默默地说：上灵，地球守护者已经醒了，你呢？你会让我们踏上下一个阶段的旅程吗？对于索菲娅的梦，他和绿儿有迥然各异的反应，纳飞都看在眼里。绿儿这种心态，纳飞既蔑视也羡慕。蔑视，是因为绿儿竟然把多斯达提奥克当作了她生活的全部——她心里只顾着小孩子，她听到这个梦的第一反应竟然是新生代有人可以继承她的衣钵，她还为索菲娅成为新生代做梦第一人而沾沾自喜。这些鸡毛蒜皮的事情，和地球守护者的觉醒相比，简直是不值一提。与此同时，纳飞看见绿儿对目前的生活如此眷恋和牵挂，顿时心生羡慕。他忍不住想，绿儿比他快乐得多，因为她的世界总是围绕着小孩、家庭和集体旋转。我活在一个更宽广的世界里，但与这个世界没有很亲密的联系；绿儿活在一个比较小的世界里，却能够与她的世界互动，能够互相改变对方。我怎么就做不到呢？

　　因为她是她，我是我，我不能变成她，她也不能变成我。我不如她那么看重作为独立个体的每一个人，我也不像她那么关注他人的感受，这是我的弱点。如果我能学她这样观察入微，懂得用心去体会别人的感受，我就不会在无意中说出那么多刺耳的话，做那么多伤人的事，可能我的两个哥哥就不会那么恨我，我们的人生道路也会因此而完全改变，迈哥和我可能老早就成为好朋友了。看看现在，虽然耶律迈尊重我的狩猎本领，开会的时候也愿意听我的意见，可是我们之间还是很疏远。他时刻都在提防着我，怕我篡他的位。再看看绿儿，她却没有在女人圈子里面惹人妒忌。作为圣湖先知，她完全可以另立山头，和妈妈一决高下；在别人眼中，她是妈妈的潜在竞争对手，就好比耶律迈是爸爸的对手、我是耶律迈的对手。奇怪的是，绿儿和妈妈之间没有一丝火药味，她们是一个团结的整体，而不是竞争对手。为什么耶律迈和我、耶律迈和爸爸不能团结起来呢？

可能我们男人天生就缺少那种团结一致、万众一心的特质，如果是真的就太可惜了。绿儿能够和其他女人——包括她不喜欢的那些——保持那么密切的关系，她和那些小孩子也是那么亲近。而我呢？我在男人圈子里形单影只，和他们都很疏远，我能不觉得孤单和寂寞吗？

纳飞带着这些沉重的思绪好不容易睡着，可是只睡了几小时，天没亮就醒了。起床之后，纳飞发现绿儿已经起来了，正在厨房里煮粥。她也是没睡够，所以一脸倦容，好像煮着煮着早餐就要睡着了。绿儿说："今天学校休息，我们要看着小孩，想补睡一觉也没戏了。"

纳飞说："让他们自己去外面玩好了。嗯，当然，两个孪生兄弟不能自己玩……他们交给小诗看着，我们就可以回房睡觉了。"

绿儿道："或者我们轮流睡，那就不用麻烦别人。"

纳飞幽怨地说："轮流睡？娘子，你的夫君孤枕难眠啊。"

绿儿没好气地说："我就是要睡觉，别的什么也不想。你们男人的精力怎么就那么旺盛？已经累得站都站不稳了，居然还不忘那事儿。"

"只有两种男人能够忘记那事儿，阉人和死人。"

绿儿说："我们还要把索菲娅的梦告诉你父母。"

"我们需要告诉所有人。"

绿儿说："我觉得这样不妥当，恐怕会惹人妒忌。"

"得了吧，除了你之外，还有谁会在意哪一家小孩首先得到报梦呢？"话虽这样说，可是纳飞心里很清楚，所有的父母都会在意。绿儿说得不错，是应该低调一点。

绿儿做了个鬼脸，说道："就你从来不妒忌别人！你太高尚了，我都妒忌你了。"

纳飞说："不好意思。"

绿儿继续道："而且啊，拿这个梦小题大做对索菲娅没有好处。你得吸取德莎的教训，她本来就爱欺负其他小孩，小诗已经很担心了；我们还把她的生日会办成节日一样，过后她就变本加厉了。"

纳飞说："有时候我看见她逼其他小孩给她做跑腿，干些无谓的事情，我就想给她两嘴巴。"

"可是华纱女士说过……"

"小孩的事情我们不要插手，应该让他们自主建立小孩的社会，自己想办法对付独裁暴君，我知道，我知道。"纳飞说，"可是我总忍不住怀疑，她这样做对吗？她这套教育理论毕竟只在女皇城这个象牙塔中才有用武之地。你记不记得，我们这次远征，最初一两年里，大家闹了多少矛盾？不就是妈妈那套理论造成的后果吗？"

绿儿道："当然不是了！折腾得最厉害的那几位恰恰是在华纱学校里待得时间最短的。比如说耶律迈和梅博酷，他们一到自立年龄就马上离校；还有费雅思和欧必忍，这两人压根儿就不是华纱女士的学生。"

"你真是个简化论者，不过你这次有点以偏概全了。看看司徒博吧，他是我们这群人里最好最聪明的一个，可他却不是妈妈的学生；而柔珂和莎芙虽然是她的亲生女儿，却和其他害群之马一样坏。"

"这恰恰证实了我的观点，因为莎芙和柔珂并不是你妈妈的学生,她俩是在德琳的学校受教育的。至于司徒博,他本来就是特例,算不得准。"

这时候,希尔普和希普尔两兄弟歪歪扭扭地走进厨房,纳飞和绿儿不能继续肆无忌惮地说话了。

等绿儿和纳飞把手头的事儿干完,终于有空歇一会儿,两人却已经睡意全无。他们前去佛意漫和华纱的房子,向他们汇报索菲娅的梦。

在路上,他们看见一群年长的男孩子在玩投石器,比谁扔得远。绿儿和纳飞驻足观看,主要是想观察一下二子查维亚和三子摩提噶的表现。两兄弟看见父母来捧场,自然加倍卖力。可是绿儿和纳飞并不在意两兄弟能投多远,他们更关心兄弟二人与其他男孩子的相处之道。摩提噶总是和旁边的人嬉戏打闹——他心知自己比其他男孩年幼许多,所以特意扮演一个搞笑闹腾的小丑角色,他就是采用这样的策略,努力要挤进这个小圈子。至于查维亚,他因为年长,所以原本就是这个小圈子的一员,不需要做出额外的努力。可是查维亚的性格太温和、太纯良,而且他好像对蒲亚特别崇拜,这尤其让绿儿和纳飞担心。蒲亚这个小孩骄横嚣张,不值得查维亚那么尊敬他。

这时候发生了很典型的一幕:摩亚扔投石器的时候,不小心把笑笑的胳膊砸了。笑笑痛得眼泪都快流出来了,蒲亚却在旁边冷嘲热讽:"笑笑最爱哭鼻子,笑笑从小不害臊,笑笑一辈子长不大,笑笑老了还是'小小'。"他这是拿笑笑名字的谐音来嘲弄,虽然妙,却非常刻薄,这时候说这样的话,无异于雪上加霜。笑笑只能可怜兮兮地转向小亚求助。其他男孩也没在意,小亚却主动将手搭在笑笑的肩膀上,然后向三弟摩亚吼道:"你这个人头猪脑!扔的时候小心点嘛！"

　　绿儿和纳飞互相看了一眼，会心地微笑了。查维亚只是说了很简单的一句话，做了一个很本能的动作，可他安慰了笑笑的同时，并没有高高在上的恩赐意味；最关键的是他把众人的注意力从笑笑的疼痛和眼泪转移到罪魁祸首摩亚身上——他不小心伤了人，理应受到谴责。小亚此举大方得体，不显山露水，所以没有对蒲亚在男孩圈子的首领地位造成任何威胁。

　　纳飞说："那些男孩子有麻烦的时候不自觉地就去找查维亚求助，他什么时候才会意识到自己成了大伙儿的及时雨呢？"

　　"可能他天性就是这么古道热肠，所以在不知不觉间就充当了这个角色。"

　　纳飞说："我真羡慕他……如果我小时候能学他这样就好了。"

　　"哦？你为什么做不到呢？"

　　"唉，绿儿，你知道我这人的脾气。如果是我，我就会跳出来骂蒲储诺。我会谴责他这样讽刺笑笑是不公平的，因为犯错的不是笑笑，而是摩亚。我还会说，换了是蒲储诺被砸了，一样会流眼泪。"

　　"呵呵，没错，这才是你说的话。"

　　"对啊，然后蒲储诺从此就恨上我了。"纳飞也不需要指出得罪首领的后果，难道绿儿陪他一起经历的风雨还不够多吗？

　　绿儿道："我觉得最难得的是其他男孩子都很爱戴查维亚，而且他也配得上。"

　　"希望摩亚能够学学他二哥怎么做人。"

　　绿儿道："摩亚还是个小孩子，我们也不知道他将来会长成怎样一个人。呵呵，不过我敢保证，他长大之后还会像现在这样吵吵闹闹，碍手碍脚，走到哪里都引人注目。我反而希望索菲娅能够跟二弟学一下。"

纳飞说："嗯，这个嘛，每个小孩都有自己独特的个性。"他和绿儿转身离开投石竞技场，继续向爸爸妈妈的房子走去。纳飞其实很明白绿儿的心事，他自己又何尝不担心呢？索菲娅一直都很孤独，也不合群；在所有小孩子里面，只有她一个被其他人孤立。纳飞和绿儿不明白为什么，因为索菲娅并没有干坏事得罪人，她只是没办法在小孩世界的等级制度中找到自己的位置。或者她有一个位置，只是不愿意就座罢了。纳飞想，现实就是这么讽刺：查维亚甘心屈就在蒲储诺之下，我们觉得担心；而索菲娅不甘人下，我们也担心。可能我们真正的愿望是，我们的儿女都成为首领；可能我希望自己的野心能在他们身上实现吧。这是不对的，我的小孩能出落成今天这样子，我应该很满足了。

绿儿肯定也有同样的想法。她打破沉默，说道："人类社会荆棘满途，他们在各自打拼，其实已经做得很好了。我们应该做的只是在旁边观察，在他们需要的时候提供安慰，必要时还可以给一点提示。"

必要时还可以把骄横跋扈的德莎女皇头下脚上倒过来晃一晃，把她的傲慢和自大都晃掉。不行，我们插手的话就会升级成家庭之间的矛盾。就算他们把全世界得罪了，也不忍心得罪小诗和阿羲。

佛意漫和华纱饶有兴致地听完索菲娅的梦。爸爸说："一直以来，我偶尔也想一下，上灵什么时候才会再有动作呢？不过我必须承认，我并没有认真问过他，因为这里的生活太舒适了，我不是很想催上灵。"

妈妈说："其实上灵也不是我们能催的。她有她的时间表，并不会按我们的意志转移。上灵最初让我们在那个荒凉贫瘠的沙漠河谷里住那么久；后来又带我们去南北河高地扎营，那里比沙漠好很多了；现在我们定居的这里可能是和谐星球上最好的地方了。其实上灵并不在乎我们过得怎样，她只是想把我们聚在一起，随时听候她的差遣。就目前情况看来，上灵根本不打算带我们去地球，她是想把我们的小孩带走。这其实也还好了，不过我还是宁愿她带走我们的曾孙辈，那时候我们早就死了，不用经历生离死别的痛苦。"

绿儿说："我们所有人都会有这想法。"

纳飞忍住不说话。

他不说话也没用，正所谓知子莫若父，爸爸说："所有人……除了纳飞，他是时刻准备着改变。阿飞，你真是天生劳碌命，安稳一会儿你就坐不住了。你注定只能在矛盾和忧患之中活出生命的真谛。"

纳飞反驳道："爸爸，我一点也不喜欢矛盾和冲突。"

佛意漫说："你可能不喜欢矛盾，可是你总能在矛盾中崛起。儿子啊，我只是说出一个事实罢了，并不是谴责你。"

华纱道："问题是，关于索菲娅这个梦，我们需要采取什么措施吗？"

绿儿急忙说："不要，什么也别做，我们只是来汇报一下。"

爸爸道："可是如果其他小孩也收到守护者的梦，却没有和父母说呢？我们是不是应该提醒家长多留意一下小孩的梦？"

华纱说："你说了之后，柔珂和狄傲丽就会开始教导儿女'应该'做什么样的梦；要是小孩没有梦见大老鼠，她们就会对小孩不客气了。"

众人哈哈大笑，不过心里都知道华纱所言不差。

爸爸说："好吧，那我们现在暂时不做什么，继续观察，耐心等待，做好自己的本职工作。时机成熟的话，上灵自然会有动作。对了，我们还应该精心教育下一代，把他们培养成不吵架、不顶嘴的模范少年。"

绿儿开玩笑地问道："噢？这算是成功家教的标准吗？不吵架、不顶嘴就算是好小孩了？"

华纱笑了，挖苦道："如果是这样的话，那么好小孩就净是些没脊椎的软骨头了。"

爸爸说："亲爱的，如此说来，这些好小孩绝不可能是华纱出品了。"

汇报完毕，他们回到家中，继续一天的工作。可是纳飞不甘心，他不愿意在这里枯等。这些年来守护者一直没有发送幻象，纳飞已经够心烦了；现在难得守护者又开始报梦，却只有索菲娅有能力接收。索菲娅，最孤独、最离群的小孩，她年纪太小，就算接收了守护者的梦也很难理解当中的真正含义。

为什么上灵拖了那么久呢？如果不着急的话，为什么九年前它赶众人出城的时候却如此匆忙呢？大家放弃了熟悉的生活，也抛开了对前途的憧憬，跟随着上灵一头扎进大沙漠。现在总算有一个完满的结局……不对，这不是结局！前面还有一百光年的旅程在等候着他们，与之相比，他们这几年走过的路途根本不算什么。问题是迄今为止，纳飞还没有发现任何迹象表明下个阶段的旅程真有展开的一天。

快回答我！

上灵没有回答。

不久之后，轮到绿儿做了一个梦，这一次纳飞终于忍不住要出手了。那天晚上，纳飞睡得好好的，忽然被绿儿吵醒。只见绿儿在睡梦中饮泣呻吟，继而放声痛哭。纳飞把她摇醒，温言相劝，帮助绿儿脱离梦境，逐渐平静下来。

纳飞说："这是个噩梦，你刚才做噩梦了。"

绿儿说："是上灵，上灵迷失方向了，她迷失方向了。"

"绿儿，快醒醒，你是在做噩梦。"

绿儿道："我已经醒了，我是想把这个梦告诉你。"

"你梦见上灵了？"

"我在梦里看见自己——是年轻时候的我，大概索菲娅的年纪吧。我以前梦见自己都是这样子的。"

纳飞突然想起，绿儿像索菲娅那么大的时候……其实这并不是什么年深月久的前尘往事。几年前他们从相知到结合的时候，绿儿还是个十几岁的少女。她在梦里看见童年的自己，与她现在的容貌比起来，其实能相差多少呢？

纳飞说："你看见童年时候的自己？"

"不，我是看见一个和我长得很相像的人。我当时第一反应是，这是圣湖先知；然后我又想，不对，这其实是上灵附在圣湖先知的身上。你也知道，女皇城很多女人都相信我是上灵的化身。"

纳飞说："对，我知道。"

"所以我明白了，眼前这个小女孩是上灵，她只是借我的面目出现罢了。上灵正在很抓狂地寻找，不知在找什么东西。每当她以为自己找到了，低头一看，却发现还是两手空空。然后我突然意识到她苦苦找寻的是一只大老鼠，当她抓住大老鼠紧紧抱住的时候，老鼠突然变成天使飞走。上灵没有察觉这个变化，还以为老鼠从她怀里溜走了。我想我们在这里等了那么久，是因为上灵陷入一个困局，找不到出路了。"

纳飞的思绪却定格在老鼠和天使那里。他问道："难道这是守护者报的梦吗？可是守护者怎么能在一百年前就预知上灵今天有麻烦呢？"

绿儿说："守护者的信息以光速前进，这只是我们的猜测。可能她有别的威力，只是我们不知道罢了。"

这些女人，对守护者只是一知半解，就理所当然地将其当作女性，就像她们对待上灵那样，以"她"字称呼守护者。纳飞每念及此，心里就很不是滋味。她们用"她"来称呼上灵，没问题，纳飞知道反正上灵只是一台计算机。可是地球守护者到底是什么，谁也不知道，就这样贸然称之为"她"，这些女人未免太自大了。就算它真的是一个神，或者类似神的存在，纳飞也不希望这是个女神。

绿儿继续道："可能守护者一直在观察着我们，对我们了如指掌。她现在想唤醒我们，然后通过我们唤醒上灵。"

纳飞说："上灵并没有睡着，我们成天通过索引和它说话。"

绿儿道："我只是把我的梦境如实告诉你。"

"明早我们一起去找羿羲和司徒博谈谈吧，看看他们能从索引那里发现什么。"

绿儿道："现在，我们马上去。"

"半夜吵醒他们？他们都有家小的，这样不太好吧。"

绿儿道："就是半夜才不会有人打搅我们呢，而且现在天也快亮了。"

她说得不错，透过窗户上的羊皮纸，纳飞看见一丝晨光点亮了夜空。

司徒博一下子就醒了，纳飞和绿儿还没走到门前，他就已经将门打开。过了片刻，谢德美也来了。大家低声商量了几句，谢德美就去找羿羲和如诗。众人在存放索引的索引堂集合，绿儿把她的梦详细说出来，然后司徒博和羿羲马上开始在索引中搜寻答案。

两人工作的时候，其他人只能默默地等着。绿儿首先坐不住了，说道："我得回去看着小孩了，反正我在这里也帮不上忙。"

"我也是。"如诗附和着，然后谢德美很不情愿地跟着姐妹俩走了，各自回家去。纳飞知道，说到搜寻索引，他也帮不上忙。羿羲和司徒博以探索上灵数据库为毕生事业，他没办法和两人相比。而且纳飞任由绿儿一个人回家，他自己却默不作声留下来，装出一副能帮忙的样子，另外两个女的肯定心存不满。可是纳飞知道自己留在这里还可能有点用，回家反而帮不上忙。绿儿成天在家，所以小孩日常的起居饮食都是她负责照顾；而纳飞经常外出打猎和劳作，无论他是否在家，也不会对小孩的生活造成太大影响。这并不是说绿儿和儿女不在乎纳飞，他们都很在乎，只是就算纳飞偶尔不回去帮忙，也不会对他们造成什么不便就是了。

所以纳飞留在索引堂。他听着司徒和阿羲轮流向索引低声提问，不时也问他一两个问题。除此之外，纳飞坐在这里，就是一个闲人。

他把一只手伸出来放在桌面上，手指背面接触着索引。纳飞说："你陷入了死循环，是吗？"

索引答道："没错，我是在绿儿接收到守护者的梦之后发觉的。羿羲和司徒博正在想破解的办法。"

纳飞说："这个环路肯定是隐藏在你最初始最底层的编码当中。如果它是在你的自编程序当中，你很容易就能够将其发现并且破解了。"

索引答道："是的，司徒博也做出了同样的假设，我们正在顺着这个思路想办法。"

纳飞想起绿儿的梦,说道:"在这个死循环里面,你肯定以为找到了什么东西,可是实际上你什么也没找到。"

索引回答的时候,会不会显得不耐烦呢?它说:"是的,羿羲从一开始就提出这一点了,所以我们正在尝试寻找一些我没办法察觉的信息。只是这个任务相当艰巨,这些信息连我也检测不到,你们就更难发现了。"

至此纳飞意识到,他所有的想法不过是跟着两人的脚步,而且已经远远落后了。他叹了一口气,将手从索引拿开,坐回椅子里,老老实实地等着。在这么重要的关头,他竟然只能袖手旁观,纳飞很不情愿。他自嘲地想,这就是耶律迈经常说的,无论我参与什么事情,总想做主角当英雄。上次耶律迈是怎么说的呢?他说如果他不阻止我的话,我就会想办法在他的自传里当上主角了。现在也是一样,上灵陷入死循环,我们必须找出背后原因。这分明不是我的强项,我却幻想着能够在这事情里发挥举足轻重的作用。其实上灵现在不停地转圈,始终走不出死循环,浪费着它的时间,也浪费我们的时间……

浪费我们的时间?我和妻子儿女过着平静富足的生活,这算是浪费时间吗?如果这是一种浪费,那么我宁愿余生都在这种浪费中度过。

可怜的上灵,它就像一个迷路的猎人,把自己困在一个死局里,整天都在同一片区域兜圈而不自知。

想到打猎,纳飞想象自己在空中俯瞰大地,就像看地图一样;然后他回想着上一次打猎走过的路线,在脑海中看着自己的路线在树丛中绕来绕去,进退反复,总是形成一个个重叠交错的封闭圈子。不过纳飞从来没有在同一个方向经过同一棵树,所以他一直没有意识到这一点，只是现在看了地图才能发觉。

这就是上灵应该做的：找寻它过往的轨迹和路线。

纳飞伸手摸着索引，把自己的想法告诉上灵。

索引依然没有一点怨气，耐心得让人抓狂。它回答道："你说得不错，司徒博已经建议我搜索最近几年的记录，检查我有没有重复的行为。可是我只能记录你们人类的行为，却没有办法追踪我自己的行为模式。我没有'上灵自传'这个子程序，因为我的数据库只能储存我对你们人类做过的事情。很明显，无论是什么让我困在死循环里，这事情都不会对你们人类产生直接影响，所以不会在数据库里留下痕迹；或者这些程序编码隐藏在最底层，我没办法检测出来。不管是哪个原因，总之我不可能追踪我过去的运行路线。"

又失败了。纳飞这次没有将手拿开，他不想一会儿伸手一会儿缩手，怕影响其他两人。

怕影响别人？才不是呢，纳飞只是怕尴尬：虽然他努力想做贡献，可惜这次尝试还是徒劳无功，要是被司徒博和羿羲发觉了，面上无光。

纳飞一早被绿儿的梦吵醒，现在其实很困了。如今坐在这里无所事事，他开始打瞌睡。纳飞干脆趴在桌上，头枕着一只手臂，另外一只手还碰着索引。

迷迷糊糊的，纳飞又回到了半空，俯瞰着他的打猎路线图。在半梦半醒之间，他想，可能我也困在一个死循环里面，可能我真的在不知不觉之间绕圈子。

索引答道："你没有绕圈子，只是你追踪的那些动物在绕圈子罢了。"

纳飞默默地说，我可能也一样，我可能绕着一些很大的圈子在转,以为在追踪猎物的足迹,却想不到这其实是我自己留下来的痕迹。可能有时候我其实是在追赶自己:我发现了自己的踪迹,心里还想,这只猎物特别大,够我们吃一个星期了!然后我就追啊追啊,一直追不上……终于有一天我追上了,却发现原来是我自己饿得奄奄一息,躺在那里等死……接着我意识到其实我已经饿疯了,竟然幻想着灵魂脱离了身体……然后……

纳飞想,我已经在打瞌睡了。

索引说:"这幅是你的打猎路线图,你自己看看吧。除了追踪猎物的时候,你从来没有绕过圈子。"

纳飞脑海中出现一幅多斯达提奥克的地图,包含了附近的山脉,图上标出了那么多年来他打猎走过的所有路线。

纳飞默默地说,我把这一带都走遍了,是吧?

可是纳飞马上发现自己错了,因为他看见了一片他从来没有涉足过的区域。这片楔形区域靠近群山边缘,旁边就是一片大沙漠。纳飞在附近打猎无数次,竟然没有一次走进过这片区域。

纳飞问,你有没有其他人的狩猎路线图?

另一幅地图立刻出现,叠加在他自己的路线图上,纳飞"知道"这是耶律迈的;然后是费雅思和欧必忍各自的路线图;最后叠加的是群体狩猎的地图。这几幅路线图互相嵌在一起,形成了一个密密麻麻的网络,覆盖着多斯达提奥克地区。

除了群山之中的那一片楔形区域。

我们从来没去过的这片区域,这是什么地方呢?

索引问:"你说什么?"

我是说地图上的这片空白区域,从来没有人去过。

索引说:"地图上没有空白区域。"

纳飞把所有注意力都集中在那片楔形空白上面，在心里大喊，看到没有？就在那里！

"你对我说话的时候，好像在指着什么东西；我也看得出你把注意力都集中在某一处。可我却看不出你在地图上选中了哪个地方。"

莫非在这地图上有些区域连你也不知道？难道你也被瞒住了？

"和谐星球上面没有什么区域是我不知道的。"

你为什么带我们来多斯达提奥克？

"因为我把这个地区专门留给你们，让你们在这里等待，等到我准备好为止。"

准备好做什么？

"准备好让你们带我回地球。"

为什么我们要在这里等呢？

"因为我在准备的时候，你们需要在一个资源充足的地区维持生命，而这里就是最近的地点了。"

最近？这地点距离什么最近？

"距离你们最近，距离你们所在的地方最近。"

纳飞看得出，再说下去就要陷入死循环了。他试着用不同的方法去查探：你什么时候才能准备好让我们带你回地球呢？

索引说："在我召唤你们的时候，我就准备好了。"

你从哪里召唤我们？召唤我们去哪里？

索引答道："我从多斯达提奥克召唤你们。"

召唤我们去哪里？

索引答道："召唤你们去地球。"

纳飞恍然大悟：地图上的这片空白区域，索引既看不见也说不出名字；正是他们需要去这个地方，展开下一阶段的旅程：飞向太空,前往地球。

索引说:"我可以说出和谐星球上任何地方的名字,无论是哪一个人什么时候给一个地方取了什么名字,我都能够告诉你。"

那请你告诉我这个地方的名字。纳飞一边想一边集中注意力。

"你必须指向一个地方我才能够告诉你。"

纳飞突发奇想,在脑海的地图上画了一个圈,把那片空白区域圈在里面。

索引答道:"乌萨卡。"

纳飞想,"乌萨卡",听起来好像是一个很古老的名字,读音有点像"门槛"这个单词。他问索引,乌萨卡是什么意思?

"乌萨卡就是这个地方的名字。"

纳飞又问,这个地方是从什么时候开始有这个名字的呢?

"这名字是华比亚尼城的居民最先使用的。"

他们是从哪里学到这个单词的呢?

"这个单词在繁星诸城和火焰诸城很常用。"

这个地名最早在哪里出现过?

索引问:"什么地名?"

上灵不可能那么快就忘记了这个名字,所以它肯定是遭遇屏蔽程序了。纳飞问道:在火焰诸城,"乌萨卡"这个地名最早在什么时候出现过?

索引道:"两千万年之前。"

在繁星诸城,这个地名出现得更早一些吗?

"当然了,繁星诸城本来就比火焰诸城更古老。这个地名首次出现在繁星诸城,大约是在三千九百万年之前。"

乌萨卡这个单词在繁星诸城的语言里是什么意思?

索引答道:"和谐星球上的所有语言相互之间都有关联。"

上灵又答非所问了。纳飞只能再换一种问法,绕开上灵内存中的屏蔽程序:在三千九百万年前,在繁星诸城的语言里面,有哪一个单词和乌萨卡最接近?

索引答道:"Vuissashivat'h。"

这个单词在当时是什么意思呢?

"登陆。"

从哪里登陆?

索引说:"从一艘船上登陆。"

可是这地方在群山之中,为什么它的名字会和"从船上登陆"有关呢?难道这一带以前是海岸线?

"这一带的山脉非常古老,早在形成火焰谷的那次地壳大裂变之前,这些山脉就已经存在很久了。"

那么乌萨卡地区从来不曾有过海岸线了?

索引道:"没有——自从人类从宇宙飞船登陆和谐星球以来,这里就不曾有过海岸线。"

上灵说起宇宙飞船的时候,用了"登陆"这个单词。纳飞知道上灵已经尽其所能证实了他的猜测:乌萨卡正是人类的宇宙飞船在四千万年前着陆的地方;如果真的有宇宙飞船保存下来的话,最有可能就是在乌萨卡这里了。

纳飞又有了另外一个想法:上灵,你也在乌萨卡这里,对吗?宇宙飞船着陆的地方,正是你的所在。你所有的中央处理器和存储设备都保存在这个地方。

索引问:"什么地方?"

纳飞已经完全清醒,他站起来,椅子腿刮在木地板上发出噪声打断了其余两人的沉思。纳飞对他们说:"我要去找上灵。"

羿羲说:"我们明白,上灵把你和它的对话都向我们展示了。"

司徒博说:"太妙了,我怎么都想不到从打猎路线图入手。"

纳飞其实不是有意的。被司徒博这样称赞,他觉得很开心,差点儿就不想坦白了。可是如果不说实话,任由他们觉得他有多聪明,与说谎无异。所以纳飞答道:"我其实在打瞌睡,狩猎路线图只是我在半梦半醒之间想到的一个疯主意罢了。上灵当时已经意识到,它就算知道答案也说不出来,所以它也觉得通过地图来和我沟通是行之有效的。事实很简单,上灵其实是自己骗自己说出了真相。"

羿羲笑道:"好吧,阿飞,我们就同意你的自我鉴定结果吧。你不是真的非常聪明,行吗?"

纳飞说:"那事实就是这样嘛。上灵想到一个曲线救国的办法,帮我绕过他系统内置的屏障,我所做的只是用心聆听罢了。我这就出发,如果有人问起,你们就说我去狩猎。对绿儿和你们的妻子,你们当然不要隐瞒,就直说我去寻找上灵。其实这两种说法都不算错。"

司徒博若有所思地点点头,说道:"没错,多年来我们在这个水土肥沃的地方安居乐业,丰衣足食;突然之间要抛弃这么安逸平静的生活,重新开始漂泊,相信没有人会觉得欢欣鼓舞。有一些人的抵触情绪会比更加强烈,所以我们在查个水落石出之前,还是不要声张了。"

羿羲做了个鬼脸,说道:"这次麻烦大了,我们这个小团体恐怕要面临分崩离析。无论最后结果如何,中间过程带来的损害已经不可估量。我现在反而觉得,要是过去这几年我们没有活得这么舒服就好了。"

纳飞摇头道："事情未必会发展到那个地步。我们之所以聚在这里，完全是因为上灵的召唤。还有别忘了，地球守护者也在呼唤我们回去呢。"

司徒博说："人人都被召唤了，可是有谁真正愿意响应呢？"

纳飞说："现在我已经响应了。"

羿羲道："那么你别忘了带上一套弓箭，路上顺便打些野兽回来给我们做晚餐。"他其实是叫纳飞帮他们圆谎，只是没有直接说出来罢了。

羿羲说的有道理：无论纳飞在路上遇到什么，有防身武器总是好的。所以纳飞经过自己家的时候，专门进去取弓箭。

绿儿很烦躁地问："如果你不需要弓箭，你就不会专门回家一趟，你也不会想起来和我道别或者解释一下，对吧？"

纳飞说："我当然先回家找你了。"

绿儿道："胡说，我知道你肯定已经交代另外两个人给我传话，好让你偷偷溜走。"

纳飞耸肩道："殊途同归罢了，反正我会确保你知道这事情的来龙去脉就是了。"

绿儿说："不过这事情的起源是我的梦……还有索菲娅的梦。"

纳飞有点不耐烦地说："这梦是你做的，所以你现在就非要做主不可吗？"

绿儿也不耐烦了："不，阿飞，我是说，因为我今天做了这个梦，所以在这件事情里，我应该是你的拍档，我们应该是平等互助的合作伙伴。可是你却把我当小孩子一样对待。"

"我怎么把你当小孩子对待了？我没有叫他们告诉索菲娅吧？"

绿儿问道："纳飞，你的行径和狒狒有什么区别？你这样对待我,好像在这个集体里只有男人说话才算数,我们女人的意见完全无关重要。你为什么不承认呢?你为什么一点内疚也没有呢?"

纳飞说:"我怎么像狒狒了?我只是做了一个普通男人都会做的事情。当我按照男人方式做事的时候,你不能骂我不像人,你充其量只能说我不像女人。我只是没有对你百依百顺罢了,怎么就突然变禽兽了?你以后别这样骂人!"

纳飞说完之后也觉得有点诧异,想不到自己那么生气。

绿儿轻声说道:"原来我们这个家庭也避免不了。"

纳飞说:"这都是你主动挑起来的!你以后别再骂我是禽兽。"

绿儿说:"我不骂你可以,可是你自己得像个人样啊。我们要做文明人,首先必须战胜内心的兽性,而不是放纵甚至以此为荣。为什么我说你像狒狒?因为你根本算不上文明人!在你心里,女人是可以欺负的弱者,而不是平等的朋友;这种观念不除,你永远也做不了一个文明人。"

纳飞呆站在门口,怒气攻心:绿儿对他实在太不公平了!她说文明人必须克服兽性,这句话没错;可是她不应该用这话来攻击纳飞。"你是我的妻子,我一直把你当朋友看待。我以为我们互敬互爱,并不需要计较哪个梦是谁做的。"

绿儿说:"我生气不是因为你摘了我的果子。"

"噢?"

"我是觉得很委屈。你刚才做的那个梦,还有你和上灵商量得出的结论,这些你都没有打算与我分享,所以我才生气。你想想,要是今早我从梦中惊醒,直接跑去找如诗和谢德美诉说,然后再让她们把讨论结果转达给你,你会怎样?"

绿儿这样一说,纳飞才明白她为什么生气。纳飞说:"呃……对不起……"

迟来的道歉已经不足以平息绿儿的怒火了。她悻悻地说:"快走吧,去找上灵吧!找你的宇宙飞船,找你的着陆遗址,找到之后你就是我们的救世主了。今晚我睡着之后,在我自己的梦里,主角也变成你;我只能祈求你给我留一个跑龙套的小角色,比如说,跟在你身后为你提衣角。"

纳飞听了这番话,气得几乎摔门而出。耶律迈就是这样损纳飞的,绿儿只是鹦鹉学舌罢了。好久之前纳飞就和她倾诉过,他告诉绿儿,耶律迈的话是如何伤人,如今绿儿竟然把这番话摔回纳飞脸上,她实在是太狠了。纳飞所做的一切,并不是因为他渴望做大英雄,而是因为他满腔激情驱使他去探索未知世界,去推动历史的车轮前进——别人不理解就算了,绿儿怎么会不知道呢?如果绿儿爱他的话,肯定会理解他的。纳飞很生气,差点儿扬长而去。不过如果他真的负气出走,绿儿这番刺耳苦涩的话就会沿路纠缠着他,让他不得安宁。

所以纳飞大步走进小孩的房间。除了索菲娅,其他小孩还在睡。他们刚才争吵的时候虽然压低了声音,可是激烈的言辞还是把大女儿吵醒了。纳飞和每一个小孩吻别,最后一个是索菲娅。他不想吵醒弟弟妹妹,所以很小声地向她说道:"爸爸这就出发去寻找世间所有好梦的源泉。"

索菲娅小声回答说:"爸爸,你把每个好梦都给我留一点。"

纳飞又亲吻了女儿一下,然后离开房间回到厨房。在他们的屋子里,厨房是最主要的活动空间,此刻绿儿正在火炉旁搅拌着锅里的粥。

纳飞说:"谢谢你总是在梦里给我留一个位置,我在梦里也始终会为你点一盏灯的。"说完他亲了绿儿一下。绿儿也亲回纳飞，纳飞心中大石马上落地。他们其实并没有解决刚才的纷争，可是纳飞知道，就算他们生对方的气，在盛怒之下心中爱意依然不减。这就足够让纳飞摆脱烦恼，安心上路了。

纳飞现在必须保持一个平静的心境，因为他需要全神贯注，克服上灵的阻挠，找到那个隐藏的宇宙飞船基地。纳飞怀疑，过去打猎的时候，一定有某些保护机制迫使他们在不知不觉中改变了方向，所以怎么也走不到乌萨卡。让人们忘记那些禁忌的话题，这无疑是上灵的强项；只是这次连它自己也被蒙在鼓里，搞了破坏而不自知——上灵甚至看不到这个基地的所在位置，或者根本就意识不到自己看不到这个基地。很明显，上灵内部的屏蔽程序把它自己也拦住了，所以纳飞不可能指望上灵突然觉醒，把屏蔽系统关掉让他顺利通过。正相反，纳飞必须步步为营，着着紧逼；这有点像多年以前他和羿羲在女皇城突破上灵的封锁，成功地接触和思考各种禁忌话题。不同的是，这一次纳飞不仅是开动脑筋想某个念头，而是要克服困难险阻亲自去到某个连上灵也看不见的地方。

纳飞穿过村子北面的大草地，一边走一边低声对上灵说："我一定要战胜你！我一定要突破你的封锁。"

什么封锁？

这个任务有多艰巨？纳飞想想都觉得累。问题是没有什么捷径可以绕过这些屏障，他必须霸王硬上弓，仅凭强大的意志力刺穿上灵的防护层。

如果他做得到的话……如果他够强大的话……

傍晚时分，纳飞快绝望了：他已经奔波了整整一天，却还是反反复复地绕回原地，宝贵的白天时间都被浪费在这些无用功上。一开始他站在禁区外面，让上灵显示所有猎人走过的路线图。在图上，纳飞一眼就看出，去乌萨卡应该朝哪个方向走。于是他用棍子在地上画一个箭头，或者把具体方向写下来，然后就勇往直前。可是走着走着，纳飞会发现自己竟然走回了禁区外面，而刚才做的标记却在一百米开外。有一次他在地上写下"东北"，最后却走到这两个字的西面；还有一次他画了一个指向东边的箭头，最后发现自己来到箭头的南面。总之纳飞怎么走也没办法穿越这个隐形的屏障。

纳飞忍不住对上灵抱怨一番，可是上灵的回答显示出它对目前发生的事情一无所知。有一次纳飞说："我想从这里出发，往东南走，你帮我留意着方向。"走着走着纳飞发现自己走到了北面，而上灵则在他的脑子里说道："你刚才不听我的指引，我一直叫你朝西南方向走，可你就是不听。"

这时候太阳已经西沉，天色很快就会变暗。入夜之后更难辨别方向，恐怕明天返回多斯达提奥克的时候，他还是一无所获。一想到"失败"二字，纳飞就很不甘心。

我不明白你这么努力在做什么？

纳飞答道："我这么努力是在寻找你啊。"

可是我就在这里啊。

"我知道你在哪里，只是我怎么也走不到那地方。"

我没有阻拦你。

纳飞知道上灵所言不假，这个隐形的屏障甚至可能不是上灵的杰作。既然我们的祖先能够赋予上灵扰人心智的能力，为什么他们不能设置一套独立防御系统来保护这个基地呢？可能这套系统根本就不受上灵控制，甚至把上灵也拦在圈外。

纳飞默默地说：请把我今天走过的所有路线都显示在地面上。

地上马上出现一道道微亮的光痕，连成很多线条。纳飞看见这些线条一开始总是直奔乌萨卡的中心，然后每一条都很突兀地停下来，紧接着就转向南方或者北方，斜斜地沿着一条无形的边界向前延伸。纳飞觉得很惊奇，因为这是一条很清晰、很精准的边界，他越过这条边界不超过一米就会被迫转向。纳飞甚至可以根据上灵的影像在地面上面出一条精确的边界——说做就做，纳飞利用最后半小时的夕照，用木棍在地上画出一段几百米长的边界；有些地方为了看清楚，他甚至挖出一道浅浅的沟槽。就在纳飞努力画出他的"失败边界"的时候，不远处传来一些狒狒的叫声，它们是互相呼唤回山崖的巢穴睡觉。等他画完，夜幕已经完全降临，那些狒狒也都安静下来了。纳飞突然意识到，刚才有些叫声其实是从禁区外发出的，而它们最终都回到禁区里面。

这也不奇怪，因为这个防御系统是针对人类的；其他动物没有经过基因改造，对这个屏障没有反应，所以那些狒狒可以进出自如。

如果我是狒狒就好了。

纳飞仿佛听见羿羲小声说："你以为你不是吗？"

他在一个地势较高的地方找一片草地躺下，蜷起身子睡觉。今夜天朗气清，不大可能下雨。虽然这里的昼夜温差比多斯达提奥克稍大，可是因为这里靠近沙漠边缘，空气比较干燥，所以今晚应该可以睡得挺舒服。

虽然舒服，可纳飞还是很艰难才睡着。

纳飞做梦了，可是他过后也不知道这是不是上灵或者守护神在报梦。可能这是他自己做的梦，只是因为睡不熟，所以醒来的时候记住的比普通的梦更多一点。在其中一个梦里，纳飞看见自己和尤八在一起。尤八带着他穿越一个由石头堆成的迷宫,最后来到一个小洞前面。尤八蹲下来,很容易就钻过去了;而纳飞则站在洞口,觉得很为难:我体积太大,肯定过不去。其实纳飞的想法是错的,就算在梦里面,他也看得出,这个洞口其实并不小。只要他蹲下来慢慢向前挪,是可以穿过去。可是纳飞偏偏想不到要蹲下去,却一直站在那里苦思冥想。

尤八从洞口探出头来,然后牵起纳飞的手。就在一人一兽的手接触的瞬间,纳飞突然身形一矮,变成了一头狒狒,这下子他不费吹灰之力就穿过了洞口。到了另一边,纳飞马上身形暴长,一下子又变回人了。他再回头看时,那个小洞竟然变成一个人那么高,现在他站直了也能走过去了。

黎明前的温度特别低,纳飞躺在草地上,被晨风吹得直发抖。在昨晚做的所有梦里,这个"变形记"是最可能有一点参考价值的。纳飞一边颤抖一边思量,怎样才能从这个梦里获得一点启发呢?很明显,他做这个梦是因为他知道狒狒可以轻而易举地穿越屏障,而人却不行。如果他真的能变成一只狒狒,自然就可以过去了。昨晚睡觉前他就有过这个想法,不过这种异想天开的念头是解决不了实际问题的。

纳飞想,在梦里那个洞看起来很小,我没办法钻过去;可实际上它有一人那么高,我随时都可以轻易走过去。在梦里,这个屏障只是我的心理作用——而现实中的屏障又何尝不是在我的心里呢?我越想穿越它,就越容易被它阻挡。如此说来,我心里穿越屏障的意图才是真正的拦路虎。

不对,这想法太蠢了。前人设计这个屏障是为了拦住所有人,就算有些人完全不知道这个边界,他们一样进不去。以前肯定有很多人无意中朝着乌萨卡的方向前进，比如猎人、探险家、殖民者和商人等等，这个屏障也会把他们支开。

不过，如果人们不是一心向乌萨卡进发的话，只需要很轻微的暗示就足够让他们转向，他们甚至不会注意到方向已经变了。就说我们吧，那么多年来在这里打猎无数，有谁发现我们总是避开了一块区域呢？和我刚才的路线不同，以前的狩猎路线并没有界定出一条清晰明确的边界，也没有突兀的转向……我们只是跟踪猎物的时候走丢了，或者因为别的原因慢慢转了方向。看来这个屏障的威力与我内心的坚决程度成正比，如果我从这里经过的时候能够做到心不在焉，那么这个屏障的强度可能会有所减弱。问题是我心里很清楚目的地的所在，要怎样才能逛着逛着无意中就走进去呢？

这个念头一出，纳飞心中在片刻之间就已经有了全盘计划；不过他不敢仔细把这个计划想清楚，因为他怕一想的话就会激活屏障，那他就出师未捷身先死了。相反，纳飞开始把注意力集中在一个全新的任务上面：他现在必须打猎，然后把猎物带回去给小孩子。纳飞开始觉得饿了，如果连他也觉得饿，那么那些小孩子就更惨了。不过纳飞想到喂小孩的时候，心里想着的不是人，而是那些年幼的狒狒。他回忆起梅博谷里面的那群狒狒，突然觉得把肉带回去是他自己的责任——就像尤八当年那样，四处觅食带回部落，既能让小狒狒强身健体，又能讨好众多母狒狒。

天亮了，纳飞随意找了个方向出发，并没有刻意朝着乌萨卡前进。他在地上仔细搜索，发现了野兔的粪便，然后就开始追踪这个目标。不到一个小时，纳飞就追上了这只野兔，一箭射中它的后腿。射箭很少秒杀，纳飞通常会加一刀送猎物一程。这次的野兔没有死，只是吓坏了，发出阵阵哀鸣。纳飞没有杀野兔，而是把箭拔出来，提着它的耳朵出发去找狒狒。他这次不开杀戒是因为他需要野兔的哀鸣声,这种受了伤还没死的小动物最能引起狒狒的兴趣。

狒狒并不难找,一来它们基本上不怕其他动物,二来它们见到外人走近的时候就会变得非常警觉,不但不会屏息静气,反而大声叫嚷着互相提醒。纳飞走到一条东西走向的长峡谷,谷底是一条小溪,有一群狒狒正在这里觅食。纳飞走近了,众狒狒抬头看着纳飞,却也没有惊慌失措,毕竟人兽之间还有一段距离。更加吸引它们注意力的反而是纳飞手上的野兔。

纳飞越走越近,众狒狒开始警觉了。有几个公狒狒站在后腿上,嘴里发出一些怪叫,表示不满。纳飞这时候忽然觉得心里有几万个不情愿,他实在不想靠近它们。

可是我必须走近点才能把肉给它们啊。

于是纳飞把野兔举在身前,向着狒狒那里又走近了几步。他其实也不知道那些狒狒看见野兔之后会怎么想。它们可能觉得这证明纳飞是个危险的杀手;也可能觉得纳飞既然已经有所斩获就不会再开杀戒,它们也就安全了。可是纳飞相信,总会有几头狒狒把他手中的野兔看成果腹之物——狒狒爱吃肉,却不善狩猎,这只还在哀嚎的兔子对于它们来说,绝对是不可多得的珍馐美味。

纳飞慢慢地靠近狒狒部落,每走一步他心中的抗拒感就增加一分;同时他也发现越来越多的狒狒——尤其是那些年轻的雄性狒狒——把视线从他身上转移到野兔那儿。纳飞知道,如果他和狒狒四目相对的话,会把对方吓着;所以每当有狒狒看过来,纳飞就尽量避开它们的目光,好让它们安心憧憬一下野兔大餐。

随着纳飞走近,众狒狒纷纷避让,却没有走远。不出所料,它们本能地向着山崖退避,因为那里是它们睡觉的巢穴。纳飞步步紧跟，可是心中却不停地想：这样做不妥，它们根本就不需要这些肉。纳飞强行把这个念头压下去，专心想着一件事情：部落里的妈妈为了给婴儿喂奶，必须补充蛋白质，所以我一定要把肉带回去给她们。

笨蛋！你根本就走不到那儿！把兔子扔在这里就赶快回去吧！

不行！如果我把野兔扔在这里，兔肉就被最强壮的几头雄性狒狒瓜分了，那些母狒狒到头来什么也吃不到。我一定要想办法将肉送到它们身边，这样才能让妇孺弱小也分一杯羹。我身为部落的猎手，有责任让每一个成员都吃饱，这世界上没有什么东西能够阻止我找到它们。

纳飞不知道自己到底走了多久，因为他很难集中注意力，有好几次他觉得仿佛突然从梦中醒来。不过他知道自己刚才并没有睡着，于是摇摇头，继续不屈不挠地朝着母狒狒的所在地前进。它们主要在山崖的洞穴附近活动，眼前的母狒狒越来越多，看来目的地越来越近了。

纳飞想，我必须走到公狒狒的身后，尽量靠近山崖的洞穴，走到母狒狒的大本营。

他开始侧身向北走，注意力依然放在母狒狒身上。到了中午，纳飞终于来到了目的地——在众狒狒和山崖洞穴之间的一片空地。这时候他手上的野兔也不叫了，可是那些狒狒一点也不介意，因为纳飞刚刚到达的时候，兔子还是活的。而且只要兔肉还是温的，它们就很满足了。于是纳飞用力把兔子扔进那群母狒狒中间。

虽然场面顿时一片混乱，不过事态却是按照纳飞计划那样发展。他扔兔子的动作把所有的壮年公狒狒都吓了一跳，它们一起站起来提防着纳飞；有几只年轻的公狒狒留意到兔子所在，连忙扑过去抢，却被众多母狒狒轻而易举地赶走了。那只野兔原来没断气，被一群狒狒又撕又咬，临死前还发出吱吱的尖叫。狒狒总是这样，不把猎物杀死就活活地生吃。纳飞在沙漠里刚接触狒狒的时候，对它们这种习性深恶痛绝，后来慢慢习惯了。现在他已经顾不上兔子的感受了，只是为自己这个计划的成功而开心，为那些母狒狒终于吃上了第一口肉而开心。

很快，一众公狒狒意识到它们错过好东西了，变得越来越烦躁。纳飞等那些母狒狒多吃了几口，然后才慢慢地向山崖的洞穴退去。等他走远了，那些公狒狒返身扑回去，把一群母狒狒驱散，然后互相争抢着剩下的兔肉。有几头公狒狒还从野兔的残躯上扯下了几大块肉，可是纳飞知道，即使是这样，那些母狒狒已经比平常吃得多，这已经让他觉得很开心。

不过，现在是时候继续出发了。就沿着这条河谷向前走吧，离开这群狒狒越远越好；如果能在前方打到更多的猎物带回来，那也挺不错的。

纳飞慢慢向前走，忽然意识到心中的抗拒感变得越来越容易克服了，他于是鼓起勇气想一下此行的真正目的。可是这念头刚刚冒出来，纳飞心中的抗拒感一下子卷土重来，骤然变成一阵恐慌。可是纳飞没有失控，还能强行前进。他的预计是对的，这个屏障强度最大的部分是在边沿；在屏障里面，阻力变小，所以纳飞能够克服它的干扰。这就有点像当年在女皇城中，他和羿羲强行突破上灵的封锁，成功接触到各种禁忌话题。

等等！我觉得现在比刚才容易，会不会是因为这个屏障已经把我推向禁区边沿，我其实已经一败涂地，只是被蒙在鼓里罢了？

他小声问上灵："我在禁区里面还是外面？"

没有回答。

纳飞觉得一阵心寒：上灵自己也看不见这片地区了，他刚才穿过边界的时候，会不会已经在上灵的视野中消失了呢？

不过纳飞马上转念一想，这可能正是阻力变小的原因！可能在边界区域，这个屏障偷偷盗用了上灵的资源，与屏障自身的能量叠加起来所以特别强大；而在上灵看不到的地方，屏障只能自力更生，靠它自己的资源运作，所以才能被纳飞克服。

纳飞觉得心中谜团解开，迈开大步朝着东边乌萨卡的中心前进。

东边……他莫非正朝着北面走？纳飞走上一个小山坡，眼前突然出现了一片完全荒芜的土地。就在前方不到五十码的地方，好像有人设置了一堵隐形的墙。墙的这边是多斯达提奥克的青葱草地，墙的对面却是一片死气沉沉的荒凉沙漠。这是纳飞见过的最贫瘠、最干燥的景象：鸟虫无踪，寸草不生，在那堵透明的墙内仿佛是一个完全没有生命的世界。

人为的痕迹太明显了，这里肯定有另一个屏障、另一条边界，将一切生物都阻挡在外。难道越过边界的生物都会当场毙命吗？纳飞不是非要穿过去不可吧？

他问上灵："这里有门吗？"

上灵还是没有回答。

纳飞只能小心地走上前，慢慢伸出一只手。

这堵墙虽然是隐形的，却能够用手摸出来。纳飞用力一按，手却向一旁滑开，手掌接触的地方好像在不停地流动，还有点黏黏的质感。在某种意义上来说，这种可触摸的屏障并不算太凶险，因为它既然只是把生物拦在外面，那么里面估计就不会有什么致命的机关了。

我能穿越吗？如果人类没办法穿过这个屏障，祖先们又何必多此一举在外围加设一个心理障碍呢？有一个可能性是他们不想让后人看见一条清晰的边界，并由此一传十十传百，反而吸引更多人前来见证这个奇迹。可是纳飞觉得还有另外一个可能性：外围的心理屏障之所以存在，是因为一个决心坚定的人有能力突破内层的物理屏障。没错，这是一个很合理的推测：两层屏障双保险，外围对付人类，内层阻挡动物。

当然了，这个推测只是纳飞觉得合理罢了，现实可能完全相反也说不定。有一个瞬间，纳飞甚至想返回多斯达提奥克，把他的发现向大伙儿通报，让他们在索引里搜寻一下，看看有什么好办法可以突破这个物理屏障。

可是纳飞又想，"回多斯达提奥克"这个念头，可能正是心理屏障在影响他的思维，鼓励他找借口溜走。可能这层外围心理屏障有某种自学功能，纳飞一旦出去之后，下次再祭出"打猎喂狒狒"的障眼法来掩盖他穿越禁区的真实意图，这个屏障可能就不会上当受骗了。不行，虽然纳飞孤身一人，找不到人商量，他也只能自己做出决定了。

这个屏障会把你杀了。

这算什么？是上灵对他说话，是心理屏障在捣鬼，还是他自己内心的恐惧？不管这个念头来自谁，纳飞知道这个担忧绝对不是那种非理性的恐惧。在边界里面分明没有一个活物，这肯定是有原因的。他怎能认定自己是个例外呢？他凭什么想象自己穿过去之后一定能活下来呢？当初他们建造这个透明屏障的时候，屏障两边肯定都有植物；所以即使没有生物能够穿越这个边界，两边原有的植物也还是会继续生长。可能四千万年的隔绝让两边的动植物沿着不同的方向进化，形成迥然各异的物种，可生命总是会繁衍兴旺吧？单纯的隔离是不可能把其中一方的生命灭绝得如此彻底的。

这个屏障会把你杀了。

纳飞涌出一股挑衅的劲头：就算这个屏障把我杀了又如何？我死何足惜？上灵带我们来这里只有一个目的：让我们回地球。虽然上灵不能直接处理"乌萨卡"这个对象，甚至不能向人类提起这个地名，可是乌萨卡绝对是上灵带他们前来的原因。现在目标在望，近在咫尺，不管成功成仁，我们也必须突破这个屏障！

"我们"？这里哪有我们？现在只有我一个人在这里，如果我失败了，可能永远也不会有人再来了。如果我没办法穿过这个物理屏障，没关系，我们可以另外想办法。如果我成功穿越，却被里面的什么东西杀死，嗯……至少可以给其他人敲响警钟：他们发现我再也没有回去，自然会加倍小心。

再也回不去了。

纳飞想到他的儿女：文静聪慧的索菲娅，热心机智的查维亚，调皮捣蛋的摩提噶，聪明活泼的伊素查娅，还有那对双胞胎婴儿，希尔普和希普尔……我能忍心让他们幼年丧父吗？

能的。如果势在必行的话，我是能够狠下心的，因为他们有绿儿这个好妈妈，还有伯父阿羲和伯娘小诗，爷爷奶奶也能帮忙照顾。如果我现在贪生怕死，眼睁睁看着人生目标就在眼前却失之交臂，我又有什么面目回去见他们呢？

纳飞把手按在隐形墙上，他的手似乎完全按不进去。他越用力，手掌下面的物质似乎滑动得越厉害。可是这种"滑动感"只是幻觉，他的手掌并没有上下左右地滑开。实际上，纳飞能够感受到强大的摩擦力——当他的手按进墙里的时候，虽然掌心下面的物质好像发疯似的向四面八方涌动，可是他的手实际上已经卡住了，没办法再沿着隐形墙的表面移动。

纳飞后退几步，捡起一块石头，抛向隐形墙。石头停在半空，卡了一会儿，慢慢滑落在地上。

这个屏障能够接住一块石头，再让其滑落地上，这哪里是墙呢？纳飞想，这个屏障会不会有智能，可以识别不同的物体，然后区别对待？如果撞上去的不是石头，而是小鸟，这墙会不会有不同反应呢？

纳飞抓起一团泥土，只见里面有几条小虫和蚯蚓，太好了，可以看看屏障对生物的反应。他将这团泥土扔向隐形墙。

和石头一样，泥土卡在半空，慢慢向下滑，不过泥土里面不同的东西有不同的速度。泥土从草根那里剥离，最先滑下来；然后是小草，最后才是小虫和蚯蚓。

纳飞想，这个屏障真的能够识别撞上来的物体。

既然它能够识别生物和死物、动物和植物，那么应该也能够识别人类和非人类吧？

纳飞低头看看自己身上的衣服：隐形墙会怎么处理他的衣裤呢？他不知道这个屏障是怎样识别物体的，可能没等他撞上来，隐形墙就已经认出他是人类了。他身上的衣服大概可以帮他稍稍伪装一下。当然，这种伪装是好是坏，纳飞完全不知道。

纳飞再捡起一块石头，这次他不是轻轻抛过去，而是用尽全力扔向屏障。这块石头也是卡在半空。

不过这一次它是整个砸进墙里面了。纳飞双手按在石头两边的墙上，看着它缓慢下落，毫无疑问，这块石头是进去了。

纳飞把投石器从腰带上解下来，放一块石头在兜里，然后开始转圈，越转越快，最后猛地脱手，石头向屏障直飞过去。

这块石头还是卡住了，纳飞还以为结果会和前两次一样。

可是这块石头卡了一会儿之后慢慢落在屏障里面的地上。成功了！原来只要有足够的动量就能够穿越！这个屏障的阻力非常大，如果刚才这块石头的动量稍微小一点，可能就被拦住过不去了。现在问题是纳飞不知道怎样才能把自己像扔石头那样扔到墙里；如果他以同样速度撞在墙上的话，可能当场就撞死了。

这个屏障对人是否有不同的规则呢？如果我足够努力的话，它会让我通过吗？

嘿嘿，纳飞，你这个笨蛋，这个屏障就是专门用来拦人的，它会让你过吗？

纳飞一边思考对策，一边下意识地靠在隐形墙上面。就这样过了片刻，他突然发现自己开始往下滑。准确来说，是隐形墙驱使纳飞身上的衣服向下滑，顺带着把他也扯下去了。而纳飞的手虽然也触摸着隐形墙，却没有向下滑。原来当人的皮肤直接碰到隐形墙的时候，这个屏障只是将这个人卡住，却没有将其移动半分。

纳飞从隐形墙离开的时候还费了不少劲，因为他的衣服和那些石头、泥土、小草、虫子和蚯蚓一样，都被隐形墙卡住了。原来隐形墙真的能区分纳飞本人和纳飞身上的衣服，而且它对人类还遵循另外一套规则。

纳飞一时兴起，脱去外衣，露出双臂。然后他抡圆了手臂，猛地砸向屏障，顿时觉得好像打在一堵墙上那么痛，只是他的拳头竟然把这堵墙打穿了。

真的是打穿了！纳飞的拳头就像刚才那块石头那样，已经到了屏障的对面。他的手臂卡在隐形墙里面，并没有觉得什么异样。至于他的手掌，纳飞的拳头和手指都活动自如，不觉得痛苦，也看不出变形了。对面的温度只是比这边略低，除此之外没有任何不妥。

我能不能跟随着手掌穿过去呢？

纳飞全身用力地向前挤，慢慢地把整条手臂都伸进去，一直到肩膀那里。可是当他的胸膛碰到屏障的时候，却完全卡住了。纳飞侧身换了一个角度，这下是他的头部遇上隐形墙，也进不去。

糟了，如果我一直卡在这里进退不得，那可怎么办？

纳飞很紧张，马上将手臂往外拔。幸好拔出来并不难，也没有痛苦，隐形墙只是有一点点阻力，并没有将纳飞往死里卡。片刻之后他就重获自由了。

纳飞摸了一下成功穿越的一掌一臂，没发现不妥。隐形墙自身并不会对人体造成损伤；至于屏障对面那个扼杀一切生命的机制，无论它是什么，反正它没有将纳飞怎么样；就算对面有毒，这毒也是慢性的。

他根据刚才的穿越经验总结了一下这堵隐形墙的规律：他必须肉身穿越，而且需要用蛮力；如果他想全身上下都穿过去的话，就一定要整个人往墙上撞。

纳飞把身上的衣服全脱了，折叠整齐，放在弓箭上面。然后把一些石头压在衣服上面，那么就算刮风也不会把衣服吹走了。纳飞心里默默希望他还有机会穿上这些衣服。

有一个瞬间纳飞想象着脸朝前撞进屏障里，随即就否决了这个方案。刚才他用拳头砸的时候，感觉好像打在一堵墙上那么痛；如果把脸或者胯下撞上去……纳飞想也不敢想。虽然用后背撞墙不见得有多舒服，可是两害相权择其轻者，他没有别的选择了。

纳飞沿着物理屏障走了一段，来到一个合适的地方。这里有一段相当陡的斜坡，纳飞走到斜坡顶，深呼吸几下之后，默默地向妻子儿女道别，然后开始向坡底狂奔。几步之后他的速度就已经完全失控，越跑越快，眼看就要到了。纳飞一蹬脚，在空中转身一百八十度，整个后背向着隐形墙平飞过去。

可惜撞击的时候出了偏差，纳飞的后背没有平行着陆，反而是他的屁股首先完成了穿越；随着他的速度减慢，从大腿到肩膀的所有部位都挤过去了；接着连纳飞的双腿也成功穿越，撞在屏障对面的石子地上，虽然很痛，却还是站定了；最后只剩下他的头和双手过不去。结果纳飞以一种很诡异的方式卡住了，他的身体已经穿越屏障，头和手却留在墙外。

纳飞寻思道，我得想办法先回到外面，然后再卷土重来。

可惜太迟了。就在纳飞的身体停下来的那一刻，他的两个肩膀已经完全穿过屏障。刚才他也像这样子，手臂卡在墙对面，身体过不去；最大的不同是，这次纳飞的头卡在了墙外，下巴和耳朵都挤不进来。更难受的是他没办法把双手抽进来：要解放双手，他必须利用自身重量向下坠；可是现在他的下巴卡在外面，所以没办法使出千斤坠。

纳飞想，这种死法的愚蠢程度就算不绝后肯定也空前了吧。

可是他没有泄气：想想你脑袋的几何曲线，想想你的身体构造！我的下巴与脖子成一个锐角，所以很难硬挤进隐形墙中；可是我的头顶有一条圆滑顺畅的曲线，如果我仰起头，下巴向前，脑袋向后……要是我的耳朵不会中途被刮下来的话……不过耳朵是可以动的，是吧？

纳飞很费劲地把头部慢慢向后仰，居然真的渐渐陷入隐形墙中。他想，只要我把头扯过来，要解放手臂就容易了。

很快，纳飞的头部从隐形墙中挣扎出来。最后他的整张脸都穿过了屏障，只剩两只手臂还插在外面。

纳飞累坏了，打算稍歇一会儿再把双臂拔出来。可是当他喘一下气的时候，突然意识到，无论他怎样呼吸也满足不了身体对氧气的需求。这里的空气很干燥，还有一股怪味，纳飞大口大口地把空气吸进肺部，却感到一种越来越强烈的窒息感。

有怪味的空气，干燥而凉爽，没有氧气……一想到窒息，纳飞顿时大惊失色。就在他的内心逐渐被恐惧占领的时候，纳飞的理智却悟出了一个迟来的真理：这地方没有活物，因为这里没有氧气。需知大部分的腐蚀现象都与氧气以及以水的形态存在的氢氧化合物有密不可分的关系，因为氧分子会加快腐蚀的进程。祖先设计这个地方就是为了尽可能消除腐蚀，所以绝对不能允许氧分子存在。在这个保护圈中，不能存在任何生命形式，就连腐蚀物体表面的微生物也不能有；这里面也不存在浓缩、固态或者气态的水分子，所以金属表面不会氧化。如果这里的空气也不支持厌氧生物的话，那么能产生腐蚀作用的就只剩下阳光，宇宙射线和原子衰变了。这个屏障有如此强大的保护作用，难怪上灵可以运行四千万年。

纳飞突然想通了这个屏障的来龙去脉，心中暗暗叫苦，甚至开始有点神志不清了。从他发现自己无法呼吸的那一瞬间开始，纳飞就想往外钻，他紧握双拳，似乎要把空气抓在手里。可是他现在的情形就和刚才卡在外面的时候一样，只能把手臂向前伸，最后脸和胸膛被墙挡住，再也无法前进半分。如今纳飞全身上下就只剩下一双手可以接触到可呼吸的空气了。

恐惧让纳飞抓狂了。他陡然发力，一头撞在隐形墙上，可惜力矩太小，他的脸怎么也挤不过去。这回真的完蛋了，纳飞在绝望中反复以头撞墙，一次比一次用力。

可能最后那一下把他撞蒙了，也可能因为缺氧而力竭，或者只是失去平衡……不管是什么原因，纳飞终于往后摔倒。不过他跌倒的势头却被屏障拖慢了，因为纳飞的手被屏障扯住，整个人只能缓缓下滑。

纳飞想，没关系，如果我能够找一个斜坡，我就可以像刚才那样助跑一段，然后飞身穿越，不过这次我得脸朝前才行。这个愿望是美好的，可是纳飞知道现实有多残酷。他在屏障这里浪费了太多时间，体内的氧气已经消耗殆尽，根本不够他再折腾。等他爬上另一个小山坡，然后再往回跑，只怕路上就晕倒了。

这时候纳飞的双手终于从隐形墙中拔出来，他仰面跌倒在石子地上。

纳飞这下跌得不轻，因为他倒地的时候只听见轰的一声雷鸣般的巨响，只是他活那么大，从来没听过那么响那么长的雷声。紧接着无端刮来一阵怪风，纳飞顿时身不由己，被吹得腾空翻滚。

可是就当他在风中喘气的时候，纳飞突然发现呼吸异常顺畅！又有氧气了！可惜伴随着氧气的是浑身青肿的瘀伤——纳飞身如飘絮，被狂风四处乱刮，一会儿撞在石头上，一会儿跌到草地里。

草地！

狂风逐渐变弱，最后变成阵阵疾风。纳飞睁开眼睛，花了好一会才弄清楚自己在什么方位。他被吹出了五十码开外，此刻正躺在草地上。既然有草，证明他已经回到屏障外面。难道这股怪风也是防卫措施之一？莫非它能把入侵者刮出屏障之外？他身上的刮痕和瘀伤证实了这个猜测。在前面那片死亡之地的深处，还有几团被风吹起来的沙尘在地面游动。

纳飞站起来，走到屏障跟前，伸出手试探，却什么也摸不到。

那堵隐形墙竟然已经消失了。

原来这股狂风是这样形成的！屏障两边的空气分隔了四千万年之久，两边气压肯定不一样。刚才突然混合在一起的时候，就像气球爆开一样，而纳飞就像气球的一块碎片，一下子就被弹出去了。

为什么这个屏障会突然消失呢？

因为有一个人类完全穿越了屏障，如果这屏障不消失的话，你就会窒息而死。

纳飞觉得这个念头好像是上灵在他脑中说话。

没错，你认出我了。

"是我把屏障破坏了吗？"

不，是我把屏障撤销了。你整个人穿过屏障之后，外围防御系统即刻传来信息，说有一个人类成功穿越。同时我也发现我的系统里有一部分程序被屏蔽了四千万年，我一直没有察觉。不过现在我已经完全了解这个屏蔽系统的历史、目的和控制方式。如果你只是一个意志特别坚定的闯入者，我就会让防御系统任其窒息而死，然后这套屏蔽机制就会重新生效，我也将再次回到混沌之中。在四千万年以来，这种情况只发生过两次。不过这次不同，你是我带来的，你的穿越标志着这个防御系统已经完成它的任务。所以我发出指令将其撤销，恢复这个地区的氧气供应，所以你就能呼吸了。

纳飞说："太谢谢你的救命之恩了。"

屏障一撤销，意味着这里的设备又重新暴露在腐蚀作用之下。不过即使屏障也只能挡住最有害的那些辐射，没办法全部隔离，所以那么多年来还是有很严重的损坏，更何况所有这些设备最初设计的时候就没有预计能维持四千万年。现在屏蔽程序已经取消，整个系统都在我的控制之下，我应该可以找出为什么之前我一直陷在死循环里面。或者羿羲和司徒博能找到原因——你刚才穿越了隐形墙，他们那边的屏障也自动解除。我把你刚才做的一切通过索引显示给他们看，现在他们两人正在新开放的储存区域搜索，看能找到什么有用的信息。

纳飞说："这么说我成功了！我已经完成任务了。"

错了。你穿越了屏障，这只是万里长征第一步。来吧，来我这里吧，纳飞。

"去你那里？"

来我的所在地。一直以来我从没想过搜索自己的所在，现在我终于知道我在哪里了。来吧，我就在那几座小山后面。

纳飞先去找衣服，发现衣裤鞋袜已经散落四周。那阵狂风既然能将纳飞整个人卷起，要掀翻那几块压着衣服的石头自然是不在话下。此时他最需要的是鞋子，因为他还要在这片石子硬地上走很远一段路。不过纳飞也想把衣服裤子都穿上，他始终还是要回家的。

我这里有衣服给你，快来吧。

纳飞说："来了来了。我可不管你怎么想，我起码要把鞋子穿上才能走！"不过纳飞还是穿上裤子，一边走一边把衣服也套回身上。他的弓哪里去了？纳飞四处找了一会儿，发现一段残骸，这才知道原来刚才的狂风已经把弓也折断了……幸好不是他身上的骨头。

都收拾完了，纳飞朝着上灵在他脑中指出的方向前进。他浑身酸痛瘀青，只能慢慢走。过了半小时左右，纳飞终于爬上最后一个小山坡。只见下面有一个巨大的碗型凹陷，直径有大约两公里长。正中心矗立着六个巨塔，纳飞顿时认出来了：宇宙飞船！

纳飞知道，上灵把很多和宇宙飞船相关的信息传进自己脑中。他看到的这六座高塔只是宇宙飞船顶部的保护罩，每艘飞船露出地面的部分只有全长的四分之一,其余部分都深埋在地底保护起来,与整个乌萨卡基地连成一个完整的网络。纳飞想都不用想就知道乌萨卡基地大部分也埋在地下,是一个巨大的电子城,几乎所有设施都用来完成一个任务:维持上灵的运作。至于上灵,现在它唯一的可见部分就是在地面上一个巨大的碗型设备;这个碗里面有个尖尖的东西指向天空,上灵通过这个设备与天上的卫星交换信息;而天上的卫星则是上灵在这个世界上的眼睛和耳朵、手掌与手指。

这么多年来,我一直忘记了怎么才能看见自己,忘记了我在哪里,也忘记了我是什么样子的。我只记得设置一系列任务,把你们带来多斯达提奥克附近。这些任务失败之后,我就陷入了死循环,完全没有办法自救,因为我不知道在哪里寻找症结所在。现在司徒博、羿羲和我都能看见这个基地,我们发现我的储存设备出现了故障,四千万年的原子衰变和宇宙射线对我的设备造成了损害。我的冗余备份系统修补了大部分的损伤,可是有一些故障出现在最根本的源代码层,我没办法修理这些故障,因为这些底层系统不在我控制范围内。还有,我的机器人现在也不受控制了:就算在无氧环境里,它们也不能维持四千万年那么久。我的机器人一直向我发送安检报告,说屏障内的系统运行正常,当我尝试撤销屏障的时候,系统却中断了我的操作,原因是安全监测还没完成,所以我下令进行安检,然后那些机器人又汇报说监测完毕,没有故障……我就陷入这样一个死循环。我没办法察觉这个死循环,因为对于我来说,这一切进行得像反射作用那么快——有点像你们人类察觉不到自己的心跳……嗯,不对,应该比心跳更加不明显……对了,应该说更像是你们体内的腺体在分泌荷尔蒙,你是没办法知晓的。

纳飞问:"如果你当初能从这个死循环中挣脱出来,那又会发生什么事情呢？"

如果我能够发现自己，就可以对症下药，然后把你们直接带进来了。

"你是说你本来可以关闭屏障？"

这个屏障本来就不需要我来关闭，你一直都有这个能力，因为索引在你手上。

"索引？！"

如果你随身带着索引沿路就都畅通无阻了。外围的心理屏障不会生效，至于内层的物理屏障，你只要让索引接触隐形墙，这个屏障就会逐渐消解。这样就不会引起气流震荡，也不会把地上的尘土都吹到空中了。

"可是你从来没告诉过我们索引还有这样的功能啊。"

因为我自己也不知道，也不可能知道。我只知道来到宇宙飞船所在地的人一定拿着索引。当所有安检步骤都完成之后，屏蔽程序就会撤销，我重新接手和控制整个系统，然后我就可以了解下一步需要做什么，接着就可以给你下达指示了。

"那么说来，我刚才几乎窒息而死，还被狂风刮得飞来飞去，撞了一身瘀青，完全是自找的了？"

话也不能这么说，从我的分析看来，你强行突破屏障是唯一的解决方案，否则我是没有办法走出死循环的。我回看屏障系统的记录，你竟然想到利用狒狒帮你闯进来，我很欣慰。

"这不是你的主意吗？你给我报梦，让我跟着一头狒狒穿过屏障。"

报梦？噢，我想起来了，你做梦了。不，那个梦不是我发给你的。

"难道是守护者？"

为什么你总是要在外界寻找灵感的来源呢？难道你自己的潜意识就不能偶尔让你做一两个有用的梦吗？你怎么就不愿意承认是你自己灵光一现解决了这个难题呢？

纳飞忍不住开心地笑出来："太好了，我终于成功了一次！"

是的，这次你是成功了，不过大功还没告成。来吧，纳飞，我有很多任务布置给你，还有很多工具帮助你完成这些任务。

纳飞大步走下山坡，进入乌萨卡山谷。这里是人类先驱者的着陆地点，他们就是在这里首次踏足和谐星球的土地。他们还在这里设置了一套计算机系统，用来保护子孙后代，不让他们自我毁灭。这套系统能够运行那么多年，对于先驱者来说，他们的子孙后代仿佛能够永远活在护荫之中。不过这世上没有什么东西是永恒的，这套计算机系统也不例外。

这个基地封闭那么多年之后，纳飞是第一个来到这里的人类。他此刻走在宇宙飞船的高塔之中，暗自下定决心，无论上灵给他布置的任务如何艰巨，他也要努力完成。等一切准备工作都就绪之后，人类就能踏上回家的路途了。

第十章 舰　长

　　司徒博和羿羲向佛意漫夫妇汇报了他们从索引那里获得的信息，佛意漫与华纱立即召开部落会议。一直以来每次重要会议耶律迈都有份参与组织，这一次他并没有事前得知。耶律迈心中不禁担忧，甚至隐隐觉得害怕，可是他接受不了恐惧，所以就把这种情绪认定为愤怒。爸爸竟然没有事先和他商量就擅自召集会议，真是岂有此理！耶律迈觉得这大概又是华纱在捣鬼——这些女人老想玩权力的游戏，刻意把他排除在决策圈之外。耶律迈想，总有一天这个老婆娘会玩火自焚，然后她才发现权力对于她来说只是镜花水月，这个游戏她玩不起。

　　耶律迈怀着敌意前来，每一条信息经过他的思维定式的过滤，自然都变了味儿。索菲娅和绿儿又做梦了……哼，她们还在玩这些怪力乱神的把戏。绿儿是所谓的圣湖先知，她教出来的女儿自然精通此道。以前在女皇城中，绿儿向来说一不二；现在她们母女俩合演这部报梦的好戏，无非是想抢回往昔的地位罢了。至于纳飞、羿羲和司徒博，他们当然是在索引那里寻找信息。纳飞——圣湖先知的丈夫，也是上灵的宠儿——宣称找到一个秘密的地方，还说他们那么多年来没有一次打猎经过那地方。这不是废话吗？耶律迈用双脚丈量过这一片地区，绝对没有错过一尺一寸的土地。

按照他们的说法，纳飞出发去寻找一个不存在的地方，今天早上终于想办法突破了所有的屏障。只要有一个人类成员进去了，所有的屏障就会自动消失。现在纳飞正漫步在远古留下来的宇宙飞船之间，而羿羲和司徒博也能够通过索引查找出很多匪夷所思的信息？爸爸解释道："这里就是着陆地点，我们脚下这片地方就是我们的祖先到达和谐星球之后建立的第一座城市，这座城市比繁星诸城和女皇城要古老得多。"

欧必忍说："可是我们来的时候并没有看见什么城市的遗址啊。"

爸爸答道："我们回到这里，标志着人类流浪了四千万年之后终于回到了起点。我们人类的先驱者正是在乌萨卡首次踏上和谐星球的土地，就在我们说话的当下，纳飞正在踩着他们的足迹前进。"

痴心妄想！纳飞可能正躲在一个无人知晓的地方睡午觉呢。索引算什么？索引不过是一个工具，是弱者用来控制强者的工具。

爸爸说："你们当然知道这意味着什么。"

耶律迈说："这意味着什么？这意味着某些人百无聊赖，整天抱着一个金属球不放，还从中学到一点鸡毛蒜皮的东西。我们的平静生活眼看就要被扰乱了。"

爸爸惊奇地看着他，问道："扰乱？我们来这里除了准备飞往地球之外，你觉得还有别的目的吗？我们在这里拖了那么久，只是因为上灵在一个死循环里面困住了。阿飞现在终于破解了死局，将上灵解放出来。阿迈，这点小风波已经平息了。"

耶律迈说："你别假装不明白我的意思。我们在这里丰衣足食，生活美满，虽然有人未必认同，实际上这里的生活与女皇城相比有过之而无不及。我们成家立业，有妻子、有小孩；我们辛勤劳动，生活得无忧无虑。这里有足够的资源让我们的子孙后代安居千年，既不用担心战乱,也没有天灾人祸。你竟然把这种生活称为'风波'？难道我们抛弃这一切,却冒着生命危险飞向那个茫茫未知的太空,这才算是正常的生活吗？爸爸,请你不要侮辱我们的智慧。"

耶律迈很容易就感觉到谁站在他这一方。就在他道出事情真相的时候,梅伯、费雅思和欧必忍都在点头称是,他们的妻子自然是夫唱妇随。而且,其他人的眼神也流露出一丝疑惑,比如司徒博和谢德美夫妇就显得若有所思。当耶律迈说起在这里生活无忧无虑,他们的子孙后代拥有光明的前景,就连绿儿也不自觉地看了她几个小孩一眼。

耶律迈继续道:"我不知道阿飞是不是真的发现了什么,也不知道他到底找到了什么,老实说,我一点也不在乎。虽然阿飞打猎很在行,也很聪明,可是他不是当领袖的料,我们不可能跟着他走进几艘史前的古董宇宙飞船,踏上这么危险的一个旅程。这是一个不可能完成的任务,我决不会允许我这个小弟弟拿我们全家人的性命去冒险。阿飞谋杀了贾霸,害我们逃亡在外,我已经原谅他一次了。可是如果他再一次扰乱我们的平静生活,我是无论如何不会再原谅他的。"

耶律迈好不容易才忍住不露出胜利的微笑。他板着脸,看着绿儿苍白无力地解释着纳飞为什么杀贾霸,试图减轻纳飞的罪过。她说什么都没关系了,耶律迈知道他先发制人,大获全胜,纳飞还没有回来就已经注定要失败了。当初就是因为他的罪过,我们才被迫离开女皇城,我们已经原谅他了；现在无论他说什么花言巧语也不可能逼迫我们放弃这里的幸福生活！耶律迈为众人提供了一个名正言顺的反抗理由,这些女人和她们的小傀儡的夺权阴谋又一次破产了。大局已定,所有人里面,就连爸爸和华纱也没有驳斥耶律迈;

只有绿儿还在无力地争辩,却已经被耶律迈引到了纳飞杀死贾霸的原因上面。什么宇宙飞船,什么隐藏的地区,这些话题都已经胎死腹中。

突然,奥义克走到会场中心,大声说道:"不像话!你们太不像话了!"

所有人都安静下来,只有华纱说道:"小奥,亲爱的,大人说话你不要插嘴。"

"妈妈,就连你也不像话!难道你们都忘记了吗,我们全仗着上灵才能够来到这里。这么好的一个地方,是上灵给我们准备的;如果不是上灵把别人都拦住,这里早就挤满人了,哪里还轮到我们来开垦?耶律迈,就凭你自己,你能找到这地方吗?你能想到要带着我们渡海登上这个岛吗?"

"小朋友,你懂什么呀?"耶律迈语带讽刺,想把主动权从这小孩手上夺回来。

奥义克说:"你根本就没这个能力。是上灵选中了我们,是上灵给我们指路;如果没有上灵,你们什么也不知道,什么也没有。很多事情发生在我出生之前;还有很多事情发生的时候,我还是个小婴儿。可是为什么现在我能够记得那么清楚,而你们这些大人,这些见多识广的兄长和姐姐,还有爸爸和妈妈,为什么你们反而会忘记呢?"

奥义克尖锐的童音刺激着耶律迈的神经。这是怎么回事?耶律迈知道怎么对付成年人,却从没有想过怎么应付爸爸和华纱生出来的另一个小刺头。他喝道:"小孩子不知天高地厚,快坐下!"

绿儿说:"在座的每个人都不知天高地厚,唯独奥义克记得饮水思源。"

耶律迈说:"不用猜,这番话肯定是你教他说的。"

绿儿说:"哼,对啊,好像我们早料到你想干什么,所以预先教奥义克说这番话来驳斥你!我们其实早就应该知道你是不会死心的。我还以为这些争端好久以前就已经解决了,哪知你的野心还是一点也没有变。"

"我的野心?!"耶律迈跳起来吼道,"是谁在无风起浪?是谁在自编自演这出寻城记?你们说那么多废话,有什么根据?就凭一个金属球?这东西只有你一个人看得懂!"

爸爸说:"如果你把手放在索引上,它也会和你交流的。"

耶律迈说:"我不想听它的废话!不就是一台电脑吗?凭什么对我们指手画脚的?就是这些女人迷信,才把这台电脑当神一样崇拜。我再说一次,我是绝不会拿我家庭的幸福生活去冒险的!"

爸爸也站起来,他说道:"我觉得你的理智已经被怀疑蒙蔽了。可能我本来就不该和大家说这个消息,我们应该等纳飞回来之后,一起去他找到的那个地方,亲眼看看他的发现。可是我想着我们这个集体里不应该存在着什么秘密,所以我坚持要现在就公布这个好消息,以免授人口实。"

梅博酷说:"爸爸,你现在才打'诚实牌',未免太迟了吧?刚才你亲口承认了,纳飞前天出发的时候,是去找那个不知藏在哪里的宇宙飞船着陆点。可是当时你为什么不告诉我们呢?"

爸爸瞥了华纱一眼,耶律迈顿时觉得心中疑窦尽解。老头子真的是被这老太婆牵着鼻子走!之前肯定是华纱坚持不让他说出来,即使是现在她也不想爸爸公布这个消息。

无论如何,耶律迈是时候抢回主动权了——刚才奥义克出来搅和一番,让他颇有几分狼狈。耶律迈说:"我们应该公平一点。现在这些都是道听途说，我们别急着决定什么或者做什么，一切等纳飞回来之后再作定夺好了。"然后他转头看着依然站在会场中心的奥义克，说道："至于你，奥义克，我的好小弟，你有满腔热情，勇于担当，我也为你感到骄傲。总有一天你会长成一个真正的男子汉，等你成熟之后你就会明白事理，而不是人云亦云，到时候我们自然会听取你的意见。"

奥义克的脸都红了，只有尴尬，却不见怒容。他还年幼，只明白字面的意思，听不出话中暗藏的贬损。嘿嘿，小奥，我的小弟弟，你被我踩倒在地还不知道。

耶律迈继续说："这个会就开到这里吧，等纳飞回来之后我们再聚一次。当然，你们几个整天泡在索引堂里面密谋，还炮制了今天这出闹剧，我知道你们肯定还会再继续开这些秘密会议的。"最后这句话给华纱及其爪牙打上了一个鬼祟邪恶的标签，进一步动摇了她们的公信力。

这些可怜虫，自作聪明，玩弄权术，等她们遇上真正懂得驾驭权谋之人，才发现她们的雕虫小技完全是贻笑大方。如今宣布散会的是耶律迈，宣布下一次开会日程的也是耶律迈，经此一役，爸爸在多斯达提奥克的领袖地位被严重削弱。现在唯一的考验在于，耶律迈离开之后，这个会议是否真的终止。如果他出门之后，其他人不跟着他走，还留下来继续开会，那么耶律迈这一局就输了；这样的话，要取代爸爸当领袖，道路还很漫长。

可是耶律迈根本不需要担心：梅伯和狄傲丽一家马上就站起来，跟着他走出会场；费雅思和欧必忍两家人也紧随其后；最后连司徒博与谢德美也离开了。这个会议在耶律迈的命令之下就此结束。

耶律迈想，这一局到底是我赢了；如无意外，在这场较量中笑到最后的人肯定是我。可怜虫纳飞，无论你在树林里玩什么花样儿，你回来之后只会发现所有的阴谋诡计都破产了。和我斗？你以为你真的能够决胜千里之外吗？

这里没有标记，也没有文字说明。

这里不需要文字说明，我时刻都在你身旁，你需要知道什么我都会告诉你的。

纳飞问道："当初他们都同意这种安排吗？"他此时拖着疲惫的双腿走在狭窄的通道和走廊里，一路下坡，通向地底深处。在一片寂静之中，他的声音显得特别刺耳。

我是他们设计出来的，我的操作系统和程序都是他们编写的。他们了解我，知道我的能力范围。他们将我看作一个涵盖古今的图书馆，一本包罗万象的万能手册，一个存放人类记忆的储存空间。以前我的所知仅限于人类输入的信息，我依赖人类，我只能像镜子一样把他们心中的世界映照出来。如今我拥有四千万年的经验积累，已经能够得出自己的结论了。

"他们心中的世界……和现实的差距大吗？"

他们的行为之中有相当一部分是被内心的本性所操纵，完全没有理性可言，只是他们自己不知道而已。他们自诩已经克服了兽性，以为在我的帮助之下，只需几代人——或者几百代人——的光景，就能够把子孙后代都改造成圣人。其实他们也称得上有远见了，可惜这种事情远远超出人类的认知范围，没有哪一个人能够预见得那么长远，最终他们预设的时间和年限都变得毫无意义。

纳飞说："可是他们已经做得很好了。"

是很好，可惜不够好。在这四千万年里，宇宙射线和原子衰变损坏了我的部分存储设备。我有海量的冗余空间，所以数据倒没怎么丢失。至于我的程序，我不断地对它们进行监测和修正，也没有出现什么错漏。可是有一些系统不在我的控制范围内，所以我不能监管它们，当这里的程序出错时，我就没办法知道，也不可能对这些区域作出备份和修复。

纳飞说："这些程序在你最核心的区域，你竟然不能检测和修复，看来他们的设计有缺陷。"

你也不要苛求你的祖先。他们本来以为子孙后代用不了一百万年就可以学会和平相处，到时候他们就有资格回到这里，重新掌握最尖端的科技。可是他们想不到千百万年过去，和谐星球上的人类却始终学不会和平共处，依旧终日互相倾轧，文攻武斗，战乱不止。按照他们的原定计划，我只需要关闭这个地方一百万年就可以重开，更别说四千万年了。他们已经做得很不错了，我内核中的故障其实并不严重，否则你又怎能成功到达呢？

纳飞想起刚才窒息濒死的经历，不禁心有余悸，无法对他的祖先说出半句赞美之词。

他问道："你在哪里？"

我在你的四周。

纳飞四处张望，没发现什么特别的东西。

在天花板上有很多感应器，我就是通过它们看到你的活动，听见你的话语。我能通过你的眼睛观察这个世界；你心里的想法还没转变成语言，我就已经了解了。在这些墙后面是不计其数的静态储存设备，还有这个地下城的通风设备，如此种种，这些都是我。

纳飞问："那么你为什么需要我呢？"

你亲手把我从死循环里解救出来，让我终于看到我自己，怎么你现在还问这个问题呢？

"为什么你现在需要我呢？"

我不只需要你，还需要你们这个集体的每一个成员。守护者给你们报梦了，既然它在召唤你们，我就要把你们都带上。

"你需要我做什么呢？"纳飞换了一个问法。

在我的系统里，控制机器人的那一个区域已经出现故障。它们向我发送错误的评估报告，我已经将其关闭。这六艘宇宙飞船里，没有一艘的储存系统是完整无缺的。我需要你对每一艘飞船的储存设备进行检测和筛选，将所有好的备件集中放在一艘飞船上面。我没有手，不能完成这个任务。

"那么我来这里是取代那些坏掉的机器人吗？"

我还需要你驾驶这艘宇宙飞船。

"你不会是说你不能自动驾驶吧？"

纳飞，你的祖先并没有把宇宙飞船的控制权完全交给计算机。在每一艘船上必须有一个舰长发号施令，我只能执行舰长的命令。控制权在你手上，我是要听你指挥的。

纳飞说："我不行，应该让爸爸指挥。"

今天来的是你，而不是佛意漫，重开这个基地的人也是你，而不是佛意漫。

"如果他知道这一切，他也会来的。"

你知道的不见得比他多，可是只有你真正采取行动了。纳飞，这一切不是偶然的。为什么别人都不来只有你来？难道这是巧合吗？如果是佛意漫找到这地方，如果是他不惜冒生命危险强行突破禁区，那么这件星舰宝衣自然应该由他穿上。换了耶律迈、司徒博也一样，谁来了谁就应该担起这个责任。所以现在既然是你来了，这件宝衣就是你的了。

纳飞几乎说，我不想要！可是他不想撒谎，因为他内心其实非常渴望得到这一切。虽然纳飞对航天技术一窍不通，可上灵还是选中他驾驶这艘宇宙飞船，这是多么值得高兴的一件事情！驾驶宇宙飞船……他自小爱做英雄梦，却怎么也想象不到将来会取得如此辉煌的成就。纳飞说："我愿意！只要你告诉我怎么做就行了。"

很多工具是必需的。我会给你一部分，然后教你制造剩下的那一部分。不过你一个人完成不了，需要别人的帮助。

"帮助？"

有数以万计的储存碟需要从一艘飞船运送到另一艘飞船，只靠你一个人的话，一辈子也运不完。我们需要组装一艘安全可靠的宇宙飞船，而且这艘飞船必须能够容纳足够的储存设备，这样我才能把必需的数据带给地球守护者。这个任务的工作量非常大，你们整座村庄的人都需要动员起来，齐心合力才能完成。

耶律迈在他的指挥下工作？纳飞马上就想到这个场景，不禁苦笑了："如果是这样的话，你就更应让别人负责了，因为他们是不会听我指挥的。"

他们会听从你指挥的。

纳飞答道："看来你还是不了解人类的本性。过去这几年来我们之所以相安无事，完全是因为我低调隐忍，在耶律迈面前表现得服服帖帖。如果我回去之后突然宣布我成了舰长，他们要听我的指挥组装一艘宇宙飞船……"

你要信任我。

"呵呵，我什么时候怀疑过你？"

开门。

纳飞打开面前的一道门,走进一个昏暗的房间。房门在他身后自动关闭,将大部分光线拦在门外。纳飞眨了眨眼睛,很快就适应了黑暗。他看见在房间正中心悬浮着一块透明的……什么?是冰块吗?

它的主要成分是水。

纳飞走上前,伸出手触碰这块东西,手指一下子就戳进去了。

我说是水,没错吧?

纳飞问:"这些水怎么能固定成这个形状呢?它是怎么浮在半空的呢?"

我不需要解释,这些信息很快就会成为你记忆的一部分,你只要一想就明白了。

"什么意思?"

你现在就穿过这块水立方,出来之后你的身体就披上了星舰宝衣。等宝衣连在你身上之后,我拥有的一切信息都会变成你的记忆,仿佛一直以来都存在你的脑子里面。

纳飞说:"你存储了四千万年的历史,人脑哪能容纳这么巨大的信息量?"

你很快就知道了。

纳飞道:"当初你把爸爸的回忆灌进我脑子里,几乎把我逼疯。这次换成你的信息,我会不会彻底傻掉呢?!"

事成之后,我和你的联系会比以前更加紧密。

"我有别的选择吗?"

有。你可以拒绝这个职责,那么我就只能扶植另一个人。她会穿越水立方,取代你成为舰长。

"她?你是说绿儿吗?"

有关系吗？如果你决定不做舰长的话，无论我选择谁来取代你，你也无权过问了，是吧？

纳飞站在原地，盯住那块浮在半空的水立方，心中思忖道，我连隐形屏障也穿越了，这点水能有什么危险？

他又想，如果我放弃了这个机会，从此俯首听命于舰长，我会不会悔恨终生呢？我一直以来都信任上灵，不惜为它冒险，甚至可以为它杀人；现在我终于能够成为远征队伍的首领了，难道我就甘心弃权吗？

纳飞问道："我应该怎么做？"

你不知道吗？绿儿最近跟你说过一个梦，难道你忘记了吗？

如果上灵不提醒，纳飞还真的想不起来。绿儿梦见他沉在一块冰里面，最后从底下跌出来，浑身上下闪着光亮。纳飞原来以为这是某种比喻而已，哪知道真的有这样一块冰。

纳飞说："我应该从顶部向下沉，可是我怎么爬上去呢？"

话音刚落，一块一米见方的薄片贴着地面飞到他跟前，纳飞知道自己应该怎么做了。可是当他站上去之后，什么事情也没发生。

你的衣服。

这是今天第二次宽衣解带了。纳飞脱衣裤的时候看见自己身上的瘀青和刮痕，不禁想起刚才被狂风吹袭的狼狈样子。脱光之后，纳飞再次站在薄片上面，顿时升上半空，来到水立方的顶部。

走下去吧，水立方能够支撑你的体重。

纳飞心存疑虑：刚才他毫不费劲地就把手指插进这块东西的侧面，它怎么能支撑我的体重呢？可是他还是听从上灵的话，从薄片走下来。水立方的顶部很平坦，却不滑，就像隐形屏障的表面那样，和脚板接触的地方似乎在向四面八方流动。

你仰面躺下来吧。

纳飞躺下来的一瞬间,水立方和他背部接触的地方随即发生变化,他开始向下沉。纳飞突然想到,他的脸很快会没入水里,他就没办法呼吸了。之前的窒息濒死回忆涌上心头,纳飞开始挣扎。

别紧张,安心睡吧。你不会缺氧的,你什么也不会缺。安心睡吧。

纳飞沉入水里的时候慢慢睡着了。

耶律迈打开门,发现来人竟然是谢德美,觉得有点意外。不过这世上什么事情都有可能发生,她也许是来加入他的阵营的。当然,耶律迈觉得这个想法不太现实,谢德美更像是代表华纱前来讲和的。她倒是个合适的人选:首先耶律迈和谢德美没有交恶;其次她和双方都没有血缘关系;再者刚才耶律迈宣布散会的时候,她和司徒博也站起来离开会场,等于认同了耶律迈的权威。现在不妨听一下她有什么话要说。

所以耶律迈请谢德美进来,招呼她在桌子前面坐下来,一同陪坐的还有梅伯、欧必忍和费雅思。等谢德美就座之后,耶律迈在她对面坐好,一声不吭地等着。让她先说话好了,耶律迈再随机应变,后发制人。

谢德美说:"人人都劝我不要来找你,可是我觉得他们低估你了,耶律迈。"

耶律迈说:"他们以前一直低估我。"

梅伯笑了一声。耶律迈觉得很讨厌,因为他不知道梅伯到底笑什么。他是取笑他们低估耶律迈,还是取笑耶律迈说的这句话呢?当梅伯冷笑的时候,你只知道他在取笑某人,却永远不能确定他在取笑谁。

谢德美道:"有些很重要的事情你还没有弄清楚,而我觉得你在了解所有信息之后才能做出正确的决策。"

哼,原来她是来给我上课的。如果我听完之后能够想办法在下次开会时削弱她的地位,那么现在听她唠叨一下也值了。耶律迈点头示意她继续说。

"没有人密谋夺你的位。"

耶律迈想,没错,你一开口就此地无银三百两,恰恰证实了你们的阴谋诡计。

"我们大部分人都觉得你是天生的领袖,也很乐意接受你的领导。当然,只有少数几个人除外。"

哼,没错,除了"少数几个人"。

"你可能想象不到,这几个例外其实主要是出自你的阵营。在座这几位对你的妒恨远远超过了索引堂里的那些人。"

耶律迈喝道:"够了!我们几个人不过是齐心合力防止那些无事生非的人破坏我们的家庭幸福。如果你是来挑拨离间的话,你就请回吧。"

谢德美耸肩道:"这话出自我口,入你的耳朵里。你听了之后怎么理解怎么做,我也不关心。不过事实摆在眼前,你现在是在和上灵斗。"

梅伯发出一声怪叫,谢德美不理他,继续说下去。

"上灵已经重新获得宇宙飞船的控制权。我们需要把五艘飞船的零配件拆下安装在一艘飞船上面,然后驾驶这艘完好的飞船前往地球。这项任务有很巨大的工作量,需要我们所有人齐心协力去完成。不管你是否同意,这件事情已经是箭在弦上不得不发。上灵好不容易走到今天这一步,她是绝不允许你破坏她的计划的。"

谢德美居然还把一台计算机称作"她",耶律迈心里暗暗偷笑。

"纳飞回来的时候,他已经披上了星舰宝衣。这件宝衣是一个接口设备,把他和上灵的储存系统连为一体。到时候他甚至比你更了解你自己,你明白吗?而且这件星舰宝衣还有别的功能,比如说它可以将能量聚集起来发射出去,脉冲枪在它面前和小孩的玩具没什么两样。"

耶律迈问道:"你这是在威胁我吗?"

"我只是把事情的真相告诉你。上灵为什么选中了纳飞?因为他有足够的聪明才智去驾驶飞船,因为他对上灵怀有绝对的忠诚,因为他凭着坚强的意志和毅力冲破了一个本来无法破解的屏障,让上灵的远征计划得以继续。上灵选中纳飞,并不是因为纳飞耍了什么阴谋诡计对付你。哪怕你对上灵的事业有那么一丁点儿忠诚,她就会选择你了。"

"你以为这样拍马屁有用吗?"

谢德美说:"我不是在恭维你。我刚才已经说过了,我们知道你天生就是领袖的材料,可惜你却不愿意带领我们去实施上灵的远征计划。这是你自主做出的选择,到头来你发现你在这个集体的领袖地位不保了,不要怪别人,只能怨你自己。"

耶律迈觉得怒从心上起恶向胆边生。

谢德美还在说:"你甚至不是第二人选。纳飞因为担心你会和他作对,所以犹豫着不想接受星舰宝衣。当时上灵指定了后备人选,她问我愿不愿意挑起这个重担。她还向我解释了宝衣的功能和工作原理——她对纳飞也没有解释得那么详细,不过因为他已经披上了宝衣,所以现在肯定都了解了。我当时已经接受了上灵的提议,如果纳飞后来不答应的话,我就会成为领袖了,怎么也轮不到你。耶律迈,你与这个机会不是擦肩而过,而是向来都天各一方,因为你从一开始就把上灵拒于千里之外。"

耶律迈轻声说:"你走吧。"

谢德美好像听不见他的话,也没有注意到他已经怒不可遏了。她继续说:"不过,即使你不做领袖,也可以成为这个集体里面举足轻重的一员。请你记住,不要逼纳飞,不要逼他在所有人面前羞辱你。我希望你能够与纳飞通力合作,在上灵允许范围内,他是很乐意将尽可能多的领导权还给你的。你从来没有意识到纳飞有多么崇拜你。他向来以你为楷模,他一直渴望得到你的爱和尊重,你在他心中的地位没人可以取代。"

耶律迈叫道:"你给我滚出去!"

谢德美道:"算了,原来你是一个不肯变通、一意孤行的人。在你的世界里,错的都是别人,所有不如意的事都是因为别人密谋对付你,剥夺了你应得的东西。"她说着站起来走向门口。"不幸的是,现实世界并非如你想象。你们四个人密谋着夺取多斯达提奥克的领导权,到头来只会竹篮打水一场空。你最终自取其辱,也怨不得别人,只能怪你自己。不过,耶律迈,即使在你一败涂地的时候,我们还是会尊重你的卓越才能。晚安吧。"

说完她就把门关上了。

耶律迈几乎控制不住自己。他很想扑上去把她往死里打,把她那股高高在上的嚣张气焰都打掉。不过这样做的话反而会显出他的脆弱:要想控制别人,必须先控制自己。耶律迈必须让大伙儿看到,这种无稽之谈是不会让他暴跳如雷的。所以他很苍白地笑了笑,对在场的三个人说:"看到了吧?他们想把我们激怒,好让我们丧失理智。"

梅伯说:"你别扮作不生气。"

耶律迈说:"我当然生气了,可是我不会被愤怒蒙蔽了理智。其实她刚才泄露了一些有用的信息,比如说,纳飞会披一件什么魔术衣服回来。可能那只是某种障眼法,就像贾霸的手下戴了全息面具,每个人都变成同一个样子;或者他的衣服真的有某种功能也说不定。无论如何,我们绝不能被他唬住,而且我们下手时一定要快准狠,绝不留下后患。"

费雅思问:"你的意思是?"

"我的意思是,我们要禁止任何人离开村庄去找他;不管他在什么地方,我们也得逼他自己回到这里。等他回来之后,除非他立即就范,接受我们的决定,否则我们马上动手,让他从今以后再也没能力去闹事。"

费雅思仍然坚持不懈地问:"你的意思是?"

欧必忍答道:"你这个笨蛋,他是说把纳飞杀了!你怎么蠢到这份儿上呢?"

费雅思平静地说:"我当然知道他的意思,我只是想听他亲口说出来,以免将来他反口不认,说我们曲解他的意思。"

耶律迈说:"哼,我明白,你是怕负责任。"他忍不住拿费雅思和纳飞作比较:阿飞再怎么坏,至少在杀害贾霸这件事情上,他从来没有推卸过责任。"如果你们非要我说,行,我对所有事情负全责。不过你们记住了,这样一来,成功之后,事无大小都是我说了算,你们谁也不得有异议。"

梅伯说:"算上我!我反正是死心塌地跟着你,事成之后,你手上的权力也分我一点行吗?"

"好！"耶律迈嘴上答应着，心里暗道：你这头皮笑肉不笑的狒狒，等你弄明白什么是权力之后再问我要吧。"这事情很简单，就算你不忍心动刀子，你也不一定就是我们的敌人。你只需要保守秘密，和我们一起盯着其他人，不让他们去找纳飞。等我们动手的时候——如果我们真的动手的话，你们不要从中阻拦，这就行了。"

欧必忍说："我同意。"

费雅思也点了点头。

"那就一言为定！"

纳飞醒来的时候，正躺在地板上，正上方悬着那个水立方。他不觉得有什么异样。可是当他开始想事情的时候，马上就体会到不同了。比如说，他尝试着感受一下体内有没有发生什么变化，突然有大量信息涌进他的意识里。在短短的一瞬间，他就知道了身体各部分的机能，这些信息全部列在一份详尽的身体状态报告里面：各个腺体分泌的激素、心率、累积在直肠内的排泄物数量、身体细胞缺少的营养成分，以及通过消耗脂肪细胞来弥补营养不足的过程。另外，纳飞还发现他全身的瘀肿和伤痕正在加速愈合，难怪感觉那么顺畅。

莫非上灵一直以来都知道所有这些信息？

答案一下子就冒出来了。这是一个很清晰的声音，甚至比上灵通过索引发出的声音更加清楚。

以前我对你的了解并没有这么透彻。现在星舰宝衣与你体内每一条神经相连，持续不停地把你的身体状态数据实时上传。它还从你体内多个部位采集血液样本进行分析，并根据结果采取相应措施即时改善你的身体机能。这个采样反馈的过程很快，一秒钟内可以完成很多个周期。

星舰宝衣？

一幅画面立即出现在纳飞脑中。他从旁观者的角度看着自己——上灵通过感应器看到的应该就是这种影像——只见他从水立方下面翻身站起来，全身的皮肤都闪着亮光。纳飞突然意识到，他竟然成了室内最主要的光源。他看见自己用手摸着身上的皮肤，试图感觉一下星舰宝衣，可是纳飞所碰之处都是普通的皮肤，感觉不到什么特别之处。

纳飞不知道自己是否永远也会这样发亮，以后一走进室内就灯火通明了。

这个念头刚起，上灵的声音就回答了。

星舰宝衣受控于你的意念。如果你想它变暗它就会变暗，你也可以让它将体内的生物电聚集起来，形成一道能量弧，按照你指定的方向从手指尖发射出去。当你身上披着这层星舰宝衣，没有什么东西能够伤害你，可是你对其他人来说却是一个巨大的威胁。不过我知道你不想伤害别人，所以这件星舰宝衣平常只会处于沉睡的状态。你的小孩能够继续在黑暗中安睡，你也可以像以前那样搂住绿儿。实际上，你和其他人的身体接触越频繁，你身上的宝衣就会越多地延伸到他们身上，然后他们就能够与你产生某种程度上的心灵感应。

那么绿儿也能披上宝衣了？

是的，通过你，绿儿会得到星舰宝衣的护荫：宝衣能够保护她不受伤害，还能让她更容易地连上我的储存空间。不过你为什么还要问呢？与其花心思去想这些问题，你倒不如试着回忆一下，就假设你向来都很了解星舰宝衣好了。这些回忆都很清晰，只要你一想它们就会呈现出来,你马上就会恍然大悟了。

纳飞按上灵说的试了一下。果然,他心中关于星舰宝衣的各种疑问突然全部迎刃而解,他也明白了舰长这个角色意味着什么。他甚至知道了为了组装一艘完好的宇宙飞船,他应该完成什么样的任务。

纳飞说:"工程量太大了。就算我们的小孩也参与,还是一辈子都做不完。"

我已经说过了,我会给你各种工具,帮助你完成任务。机器人虽然有故障,可是它们的某些部件还能继续使用。比如说,它们的机械部分还可以正常运作,只是我的系统里控制这些机器人的那部分程序出现故障而已。我可以修复控制程序的损坏部分,然后你和其他人就可以设置那些抢救回来的机器人做一些低级重复的任务。很快你就会明白了。

有什么任务是这些机器人能够完成的呢?纳飞突然全部"回想"起来了。是的,他可以让机器人重新开始运行,这需要几个小时的繁重工作,可是纳飞很有信心,因为他已经全部"想起来"了。纳飞说:"我马上开始干活儿,这里有东西吃吗?"

话一出口他就想起来了,这地方怎么可能有食物呢?一想到要离开这地方四处打猎,纳飞就很不耐烦。"你能不能带他们过来,让他们带上食物和……等等,为什么我们非要走一整天来这里工作呢?我们可以在这里新建一座村庄,南面的山丘里有充足的水源和树林。我们花一个星期的时间盖好房子,就可以一劳永逸,从此不必再浪费时间来回奔波了。"

我可以帮你传话下去,或者你也可以直接跟他们说。

"我直接跟他们说?"纳飞马上想起来了,上灵的数据库已经和他的记忆融合在一起,所以他可以通过索引向别人传话。纳飞于是开始向村庄里的人发送信息。

耶律迈说:"你们不能去。"

司徒博和佛意漫站在他面前,大感不解。佛意漫说:"什么叫'不能去'?纳飞需要食物,我们也要为新的村庄选址,我还以为你想一起来的。"

"我已经说了,谁也不准去!我们不搬,你们也不许去和纳飞会合。他夺权篡位的阴谋已经破产了,爸爸你就死心吧。阿飞饿了自然会回来的。"

"阿迈,我是你爸爸,不是你的小孩。你可以决定不去,可是你没有权力阻止我。"

耶律迈不说话,只用指尖轮番敲着桌面。

佛意漫继续道:"除非你威胁要对你的亲生父亲动手。"

耶律迈说:"我已经把规矩跟你说了,没有我的允许,谁也不得离开村庄。而你们,很不幸,没有我的允许。"

佛意漫说:"放肆!你的规矩没有任何理据,我不遵守又如何?"

耶律迈道:"那你就不再是多斯达提奥克的居民,如果你还继续留在这里,将被当作小偷盗贼论处。"

佛意漫说:"你以为其他人会任由你这样做吗?如果你敢对我动手,所有人都会唾弃你。"

耶律迈道:"错!他们只会更加服从我的命令,所以我建议你不要逼我。任何人都不许送食物给纳飞,他自己乖乖回来,这场宇宙飞船的闹剧到此为止了。"

佛意漫默默地站在那里,司徒博在旁边也是一动不动。耶律迈捉摸不透两人脸上的表情。

佛意漫突然说："行。"

耶律迈很奇怪，爸爸怎么会如此轻易就放弃呢？

"纳飞说他这就回来。他已经将第一批机械人重新投入使用，一个小时内就可以到家了。"

梅伯一直站在旁边，忍不住问道："一个小时？这个乌萨卡距离我们这里应该有一整天的路程吧？"

"纳飞已经把飞行器修好了。如果它们能正常运作的话，我们甚至不用搬家。"

梅伯问："什么飞行器？"

耶律迈心里暗暗着急：蠢货，别再问了，你又被老头子绕进去了。

佛意漫说："这飞行器有点像贾霸他们打算建造的马车，只是不需要牲口去拉，可以自己在空中飞。"

"如果我没猜错，你现在正在和纳飞说话？"

佛意漫说："我们手上没有索引的时候，他的声音就会混杂在我们自己的念头之中，就像上灵的声音那样，很难辨认。可是他现在的确正对着我们说话，如果你愿意静下心来，是能够听到他声音的。"

耶律迈忍不住大笑。"嘿嘿，对啊，我这就坐下来，听一下小弟给我千里传音。"

司徒博说："你试试吧。纳飞今非昔比，上灵看到的一切，他也能看到；就连你们心里想什么他也知道。比如说，他已经知道你和梅伯的计划了，你们打算等他一回来就立即动手把他干掉。"

耶律迈一下子跳起来，大声喝道："你造谣！"他的眼角瞥到梅伯已经大惊失色了。梅伯,拜托你不要开口说话,难道你听不出他只是乱猜的吗?你可千万别不打自招啊。"爸爸,你马上回你自己的房子;司徒博,你也是。我们不会攻击他,除非他先动手或者煽动叛乱。"

佛意漫说:"这里不是沙漠,你也不是首领。"

耶律迈说:"正相反,沙漠的法律依然生效,而我自始至终都是这支远征队伍的首领。我以前让你这个老头子指手画脚,只是出于礼貌,给你两分面子罢了。"

"咱们走吧。"司徒博一边说一边拉着佛意漫往外走。

"走?耶律迈正要撕掉他披在身上的羊皮,我们就这样走掉就错过了!"

耶律迈说:"爸爸,我不是恶狼,我只是忍无可忍。这一切都是谁弄出来的?是你和阿飞,是华纱和绿儿。本来大家都过得好好的,谁也没想过要开始什么星际航行,是你们突然跳出来把一切旧规矩都推翻了。行啊,现在我们就实行新规矩,只可惜这些新规矩不是很符合你的口味。你身为堂堂男子汉,应该拿得起放得下,不要学那些泼妇骂街。"

佛意漫说:"我替你觉得悲哀。"然后就被司徒博拽走了。

梅博酷说:"糟了,他们一直都知道我们的计划!"

耶律迈说:"得了,你闭嘴吧。他们只是瞎猜罢了,反而是你几乎不打自招呢。"

梅伯道:"没有啊,我什么也没说啊!"

"快回去拿弓箭,就凭你这点射术应该也足够了。"

"你的意思是……我们不等他把话说完就动手?"

"我的意思是,如果纳飞身上插着一支箭,他会好说话一点儿。

对吧?"

梅伯出门了,耶律迈站起来,伸手去壁炉墙上取弓。

"不行!"

他转头看见艾雅站在睡房门口,怀里抱着小宝宝。

耶律迈说:"艾雅,我没听错吧?你也对我指手画脚?"

艾雅说:"你以前就害过他一次,被上灵阻止了,难道你还不死心吗?这次你敢再动手的话,可能就很难全身而退了。"

"艾雅,谢谢你的关心,我自有分寸。"

艾雅说:"有分寸?我知道你想做什么。那么多年来我一直留意着你和纳飞,我还想,迈哥哥终于学会尊重纳飞了,迈哥哥终于不再妒忌他的小弟弟了。可是现在我才看清楚,原来你一直卧薪尝胆,只是在等待时机。"

耶律迈很想给她一嘴巴,可是小宝宝的头挡住了她的脸,耶律迈绝不会伤害自己的亲生骨肉。他警告艾雅:"够了,你别再说了。"

艾雅说:"我很想求你,求你看在我的分儿上住手,可是我知道你是不会听的。所以我现在求你看在小孩子的分儿上,别去了。"

"小孩子?我这么做就是为了小孩子!华纱一伙人阴谋夺权,想把多斯达提奥克变成另一个女皇城,继续由女人做主。不行!我决不能让我小孩的幸福生活毁在她们手上。"

艾雅还不死心:"你要是真的为他们着想,就不要让他们亲眼看着自己的父亲在大庭广众之下丢人现眼,惨遭羞辱。"

耶律迈说:"你竟然把宝押在对方身上……我终于知道你有多爱我了。"

"如果他们知道自己父亲的内心深处原来是个杀人凶徒,他们一辈子都会活在耻辱之中。"

耶律迈说："你以为我看不到吗？从女皇城出来之后你就一直对纳飞有意思。我以为你长大之后会摒弃这些非分之想，可是我错了。"

艾雅答道："胡说！你和纳飞的才能我都很仰慕，可是纳飞从来不会仗着自己有能耐就欺凌弱小，他把全副精力都放在一个目标上面。而你呢？你刚才这样对待你的爸爸，不觉得羞耻吗？你的几个儿子都在隔壁房间，听见你这样和你爸爸说话。你有没有想过，将来等你年老体弱的时候，他们可能也会用同样方式对待你……怎么？你想打我是吗？来吧，我这就把小宝宝放下来，方便你动手。我想让你的几个儿子看看你到底有多大能耐，让他们看看你因为听不得逆耳忠言而动手打女人。"

这时候梅伯从门口冲进来，手里拿着弓箭。他说："怎么？你到底来还是不来？"

"来了。"耶律迈答应着，转头向艾雅说，"我永远也不会原谅你。"

艾雅冷笑道："走着瞧吧，不出一小时，你就会苦苦哀求我原谅你了。"

纳飞正在归途上。前方有怎样的埋伏，他知道得一清二楚，因为他能够直接进入上灵的数据库，对村庄里发生的一切——从耶律迈一伙密谋动手，到他命令所有人留在各自家中看住小孩——都了如指掌。纳飞能感受到每个人心中的恐慌，尤其是耶律迈心里的狂怒和恐惧，以及他对艾雅和儿女们造成的伤害。

纳飞问："你不能让他忘记这一切吗？"

不能。我本来就没有这种能力，而且他有很坚强的意志和信念，我对他的影响实在是微不足道。

"如果他愿意为你效劳的话，他其实比我更加适合当舰长，对吧？"

对。上灵也懒得拐弯抹角，因为它和纳飞之间再无秘密可言。

纳飞说："这么说来，我只是你的第二选择了？"

你是第一选择，因为耶律迈只顾追逐自己的野心，看不到其他更崇高的目标。对于我来说，他的残疾程度其实比羿羲更甚。

纳飞驾驶着超低空飞行器向着南边飞去。这台飞行器贴着地面以难以置信的高速滑行，还能够避开障碍物，自动选择一条最畅顺的飞行路线。这本是一台非常神奇的机器，无奈纳飞没有心思去欣赏和赞叹。他好不容易才忍住眼泪，实在是无暇旁顾了。当纳飞将注意力从组装飞船的任务转移到多斯达提奥克的每一个居民身上之后，他突然"想起了"很多匪夷所思的事情。比如说司徒博与谢德美奋力挣扎求全，为对方作出巨大的牺牲；费雅思原来对欧必忍和莎芙一直心怀刻骨的仇恨，而且自从离开沙泽泉之后，他把耶律迈也恨上了；莎芙竟然觉得自己一无是处，内心总是充满了苦涩。还有如诗、绿儿两姊妹，她们也活在痛苦之中，因为她们的丈夫正在慢慢地向耶律迈的大男子主义靠拢，对她们的尊重越来越少，夫妻关系渐趋疏离，再也不像以前那么相敬如宾了。

羿羲日常起居饮食都依赖如诗照顾，他竟然把妻子看成工作中的一个普通拍档，简直是可耻！而我呢？我的妻子是女人中的佼佼者，她的聪明才智不在我之下，可是我却让她终日在忧愁愤懑中饱受煎熬，我岂不是更加可耻？

在星舰宝衣的帮助下，纳飞看尽了每个人心底最深处的秘密，他对他们再也恨不起来了。没错，费雅思是暗藏祸心，可是当初他眼睁睁看着莎芙和欧必忍苟且偷情，那种羞辱和痛苦对他造成了不可弥补的心理创伤。纳飞并不认为这是杀人的正当理由，只是他现在能从费雅思的角度出发来看这个世界，对他的痛苦感同身受，还怎么恨得起来呢？当然，如果费雅思有所动作，纳飞还是会出手阻止，不过至少他现在能够体谅费雅思的动机了。还有耶律迈，纳飞现在也能体谅他的大哥了。他从耶律迈的眼中看着自己，心中凄然：如果我早知道我从小到大做的那些事情会导致他这样恨我，我就……

你不要胡思乱想。他是恨你的聪明才智，恨你的好学精神，恨你孝敬父母，他甚至恨你对他的崇拜和敬仰。总之他就是恨你这个人，因为你和他一时瑜亮，才能不相伯仲，品行却有天渊之别。你想要他不恨你，唯一的办法就是在童年时夭折。

上灵说的道理纳飞都懂，可是他并没有因此而觉得好受点，因为他很希望这故事有另一个结局。纳飞多么希望耶律迈看着他，称赞道："兄弟，做得好！你是我的骄傲！"在他心中，爸爸的赞赏甚至还比不上大哥的认同。不过纳飞知道，他一生一世也不可能得到大哥的友爱了。今天一役，最理想的结局是耶律迈俯首听命，心中却种下刻骨仇恨；最坏的结果就是迈哥横尸当场。

纳飞反复低声说："我不想杀他，我不想杀他……"

如果你不想杀他，他就死不了。

此时纳飞的思绪回到了绿儿身上。绿儿啊绿儿，为什么我非要披上星舰宝衣之后才明白我对你造成了那么大的伤害呢？你尝试过和我沟通，一开始是和颜悦色，到最后怒气冲冲，不过都是传达同一个信息：你的所作所为伤害我了，请你改一下吧，否则以后我就没办法再信任你了。可是我没听见你的恳求，我一门心思都放在打猎上面，我立志要做最厉害的猎人；我还要在男人圈中立足，做一个男人中的男人。我甚至忘记了，在我成为真正的男子汉之前，是你牵着我的手，带领我走进圣女湖。你不但救我一命，还帮助我成为上灵的臂膀。绿儿，是你造就了我；我今天拥有的一切，我的小孩，我的成就，都是你亲手送给我的。可是到头来我却忘恩负义，过河拆桥……

你马上就要到了，快控制一下情绪。

纳飞赶紧收拾心情，顿时觉得宝衣已经在体内起作用了。他眼睛外面一圈的皮肤本来因为流眼泪而变红；如今在宝衣的作用下已经恢复原状，完全看不出哭过的痕迹。

星舰宝衣好像给我的脸戴上了一个面具，难道以后我总要戴着面具做人吗？

如果你不想戴面具，你就不会戴。

纳飞"记得"耶律迈和梅博酷在村口的埋伏地点。费雅思和欧必忍此时还在村子里看着大伙儿，不准人们离开屋子；迈哥和梅伯已经各就各位，弯弓搭箭，等纳飞进入射程范围就立即放箭。

纳飞第一时间想到绕路进村，另一个方案就是加速从两人头顶掠过，这样他们根本就来不及放箭。可是纳飞知道，逃避不是办法，他必须使出苦肉计，让两人的奸计得逞，让大家看到他们的箭插在手无寸铁的纳飞身上。

他说："让他们射中我好了。不过你得帮一下梅伯瞄准，让他平静下来，帮他集中注意力，否则梅伯是不可能射中目标的。我要让两支箭都插在我身上。"

星舰宝衣没有止痛的功效。

"可是我拔箭之后，宝衣是可以给我疗伤的吧？"

伤是可以疗,不过你别指望出现立竿见影的奇迹。

纳飞说:"这一切本来就是一个奇迹。如果你担心的话,就别让耶律迈射中我的心脏。"

耶律迈的箭差点儿就射中纳飞的心脏。

纳飞当时故意减慢速度好让他们瞄准。通过上灵的反馈,纳飞看见那两人被超低空飞行器吓坏了:梅伯差点儿精神崩溃,几乎把手上的弓箭一扔就转身逃跑;耶律迈虽然怕,可是他杀害纳飞的决心却没有丝毫动摇。他低声命令梅伯站在原地……瞄准……放箭。

纳飞感到两支箭插进身体;耶律迈的箭深深插入他的胸腔,梅伯那支箭则穿透了他的脖子。前者更危险,后者却造成更大痛苦,在双重打击之下,纳飞痛得几乎晕过去了。

快醒醒!你还有很多事情要做,现在还不是小睡的时候。

纳飞说不出话,只能在心中喊痛不已。

这是你自找的,别怨我。

虽然很痛苦,可是纳飞知道自己的计划是正确的。他让两支箭留在体内,一直飞到村庄的中心。不出所料,室外只有费雅思和欧必忍两人。他们看着飞行器突然出现在村子里,凌空悬浮在草地上;而纳飞则瘫坐在座椅里,胸前插着一支箭,还有另一支穿过脖子。此情此景,将两人吓得不知所措。

纳飞默默地呼唤:绿儿,快出来帮我拔箭;你要让每个人都看见我手无寸铁却遭暗算的惨状。绿儿,快来吧,是你出手的时候了。

他尝试着通过绿儿的双眼看着这一幕,顿时感到一股巨大的压迫感。纳飞想起多年前他硬闯进爸爸的梦境,也有这种濒临疯癫的感觉;不过现在有宝衣护体,将绿儿脑中的各种意识流都过滤掉,纳飞觉得好受多了。他只看见绿儿眼中所见，基本上体会不到她心中所感，所以没有受到太大的冲击，神志还能保持清醒。

绿儿一看见纳飞出现，整个人跳起来，几乎连心也要蹦出来了。然后她看到纳飞身中两箭，奄奄一息，绿儿顿时如受重击，心如刀绞。纳飞想，她一直都那么爱我、关心我，我如何才能回报她呢？

绿儿大声喊道："出来啊！大家快出来啊！"

远处立即传来耶律迈的声音："不许出来！"

绿儿继续喊："你们快出来，看看他们怎么害死我的丈夫！"

所有人，无论男女老少，全部蜂拥而出。很多人一看到纳飞中箭的样子就忍不住尖叫，有的开始号啕大哭。

绿儿继续大声说："你们看哪！纳飞根本没有招谁惹谁，他手无寸铁，连一张弓也没有。他们这是在杀人灭口啊！"

这时候耶律迈大步走进村庄，一边走一边吼道："胡说！我就知道他们要耍苦肉计！这箭是纳飞自己插身上的，他只是扮作遇袭罢了。"

司徒博和佛意漫也来到绿儿身边，一起动手帮纳飞拔箭。他们把纳飞脖子上的箭折断，分别从两头抽出来。耶律迈那支箭则深埋在纳飞的胸口，箭头拔出来的时候一路将他的胸腔撕扯得一塌糊涂。纳飞觉得鲜血从两个伤口喷涌而出，连话也哼不出半句。可是与此同时，他也感觉到星舰宝衣已经开始在他体内运作，迅速修复血管组织，保住纳飞的性命。

耶律迈还在狡辩："这是纳飞的苦肉计，和我们没关系，大家别上当！"

可是纳飞看得出来，几乎没有人相信他的谎言。就连柔珂和狄傲丽那么笨，这一次也未必会受骗了。

爸爸呵斥道:"你省点儿吧,根本没人信你!纳飞早就知道你们密谋害他。"

耶律迈反问道:"啊?是吗?如果他懂得未卜先知,为什么还一头栽进那个所谓的陷阱?"

纳飞把话传进爸爸的脑中。

爸爸说:"因为他要让每个人都看清你们的真面目。现在人人都看见你们的箭插在他的身上,谁还会对你们抱有一丝幻想?"

华纱说:"我们大部分人早就知道他们是人面兽心,纳飞其实不必受这样的罪。"

绿儿道:"没事的。纳飞现在是宇宙飞船的舰长,他身披着上灵所赐的星舰宝衣。这件宝衣可以为他疗伤,耶律迈和梅博酷怎么做也伤害不了纳飞。"

这时候纳飞觉得疼痛感已经减退很多,他问上灵,我可以出手了吗?

快了。

耶律迈知道自己现在已经孤立无援,只有梅伯被迫和他拴在一根绳子上面,此外就连费雅思和欧必忍也指望不上了——这两人甚至不敢正眼看他——不过他从来就没指望着这两人能帮什么忙。耶律迈说:"我们做的一切既是为了我们的妻子和小孩,也是为了你们的妻子和小孩。你们真的想离开这里吗?你们当中有哪一个人心甘情愿离开这片土地?"

绿儿说:"我们谁也不想离开!可是我们一直都知道,大家在这里只是暂住,地球才是最终目的地。上灵的计划自始至终也不曾改变,没有人骗你,也没有人对你刻意隐瞒。"

紧接着耶律迈受到了致命一击：艾雅竟然随声附和绿儿。她说："我也想留在多斯达提奥克，可是如果一个好人因而丧命的话，我宁愿一生一世都在沙漠里面流浪。"

艾雅的话好像烈火一般深深灼痛了耶律迈的心。我的妻子！连我的妻子也对我落井下石！

他声嘶力竭地吼道："现在你们装出一副大无畏的样子，可是昨天呢？昨天你们还赞同我的看法！要保住和平幸福的生活，你们以为不需要付出血的代价吗？你们从一开始就心知肚明，如果任由纳飞挑起事端的话，我们这个集体必然毁在无休止的纷争和背叛之中。我们要安享太平，唯一的希望就是除掉这匹害群之马，只可惜我八年前功败垂成……"

行了！

纳飞站起来，竟然有点头重脚轻，不禁诧异：上灵不是说行了吗，怎么我还觉得摇摇欲坠呢？他随即"想起来"了：星舰宝衣在必要时可以从他体内吸取能量。刚才给他快速疗伤的时候，宝衣需要很多能量，太阳能的供给已经抵不上宝衣的消耗，所以宝衣从纳飞的身体里吸取生物能。可是纳飞知道，这一点晕眩无关重要，他有足够的能量储备完成接下来的任务。

纳飞说："耶律迈，我飞回来的时候，一路都在哭泣。我的大哥要置我于死地，你能想象我有多痛苦吗？如果你愿意稍稍委屈一下自己，如果你愿意接受上灵的安排，我就会很开心，我会心甘情愿地在你鞍前马后听候你的使唤。可是你呢？你只顾着争权夺位，你的野心害得我们这个集体四分五裂。如果不是你唆使和领头，就凭他们几个意志薄弱的人，怎么能和上灵对抗呢？耶律迈，你已经命在旦夕了，难道你还看不出来吗？上灵为了拯救人类，不惜付出任何代价也要实施这个计划，你能够螳臂当车吗？难道你非要见到棺材才懂得流泪吗？"

"哼，上灵只不过是个幌子罢了。你和你那个无病呻吟的老婆，还有你那个垂帘听政的母后，你们几个人只是打着上灵的旗号在争权夺位。"

纳飞说："我们从来没想过和谁争，也没有打算骑在你头上。是你自己权欲熏心，时刻算计着别人，以小人之心度君子之腹。你看看这台飞行器，难道是我的野心凭空变出来的吗？难道是我妈妈的阴谋让它悬浮在空中吗？我只用了一个小时就走完了一天的路程，难道这又是绿儿的——你怎么说来着——无病呻吟造就的奇迹吗？"

耶律迈说："这不就是一台古代的机器吗，有什么了不起？这东西和上灵一样，只不过是一台古董机器罢了。我们是人，为什么要听这些机器使唤？"

说完这句话，他扫视人群，希望找到支持的目光。可是纳飞脖子和衣襟上的鲜血还没干透，大家还在震惊当中，除了梅博酷，没有一个人愿意与他对视。

纳飞说："乌萨卡就在北边，我们这就把村子搬过去，马上开始准备工作。我们要用上灵的工具和器械装嵌一艘宇宙飞船，因为工作量很大，所有成年人和年长一点的小孩子都必须参与。完工之后，我们就登上这艘飞船，飞向太空。我们要航行一百年才能到达地球，不过我们当中大部分人将会全程休眠，对于他们来说，感觉就像过了一个晚上而已；对于其他人来说，这段旅程就像是过了几个月。在太空航行结束的时候，我们走出飞船，脚下就是地球的土地，我们有幸成为四千万年来第一批回到故乡的人类。可是你现在竟想阻挠我们踏上这个激动人心的旅程？"

耶律迈不说话，梅博酷也保持沉默，可是纳飞知道他们脑子里在盘算什么。他们只是打算暂时忍气吞声，日后一有机会就把纳飞敲晕，割断他的喉咙，然后沉尸大海。

不行，我必须让他们意识到任何形式的反抗都是徒劳的，我要让他们彻底死了这条心，他们才会老老实实地听从指挥。我需要他们把精力都放在组装宇宙飞船的工作上。

纳飞说："耶律迈，我知道你心里此时此刻还在盘算着割断我的喉咙，再把我的尸体扔到海里。可是，你根本就没办法杀我，难道你这样还看不出来吗？"

耶律迈本来已经又惊又怒，听了纳飞这句话，他心里的狂怒和恐慌顿时翻了几倍。纳飞感觉到了，这两种情绪像狂潮巨浪一样正在耶律迈心中翻滚。

"你看不到吗？上灵已经快把我喉咙和胸部的伤口都治好了。"

梅伯大声说："这些伤口都是假的！"梅伯这个笨蛋，还妄想着重拾耶律迈刚才说的那个谎言。

作为回答，纳飞将手指插进喉咙的伤口里面。伤口附近的组织已经开始愈合，所以他的手指必须将伤口硬生生地撕开才能进入。人人都看得清清楚楚，纳飞的手指一下没入了三个指关节。有人当场呕吐，有人张口结舌，有人发出呻吟，还有人心疼纳飞，忍不住叫出声来。真的很痛，手指插进去的时候痛，拔出来的时候更痛。纳飞暗暗叫苦：这么夸张的苦肉计，以后还是少用为妙。

他举着一根血淋淋的手指，说道："耶律迈、梅博酷，如果你们郑重发誓，尽力帮助我和上灵重建宇宙飞船，我就原谅你们。"

耶律迈忍无可忍，此刻的耻辱远远超过八年前在沙漠里的那一次。他已经出离愤怒，心中只剩下杀人的念头。至于其他人怎么想，耶律迈已经不在乎了。反正他已经众叛亲离，一无所有，连妻子儿女也不正眼看他，他还有什么可顾忌的呢？要减轻内心的痛苦，唯一的方法就是把纳飞杀了——我要把他像死狗一样拖到海边，将他的头按进水里，看着他垂死挣扎，两只脚乱踢乱蹬，踢着踢着就不动了。其他人爱干什么都随便吧，只要杀死纳飞，耶律迈就心满意足了。

耶律迈向着纳飞走出一步……然后第二步……

绿儿叫道："拦住他！"

可是没有一个人敢上前阻拦，因为耶律迈的面目实在太狰狞了。

梅博酷露出一丝诡笑，亦步亦趋。

纳飞说："你们不要过来。我体内充满了上灵的力量，你们将我射伤，导致我身体虚弱，没办法控制这股力量。如果你们动手的话，我怕会失手把你们杀了。"

他平静地道出一个简单的事实，言辞之间流露出强大的震慑力。说完之后，纳飞感觉到耶律迈内心的某一部分开始崩溃了。他的愤怒没有丝毫减退，崩溃的是他内心极端的自尊。以前耶律迈一直不允许自己内心有恐惧的感觉，所以将恐惧感都理解为愤怒；现在这一层心理屏障被纳飞的话击溃，所有的愤怒都在瞬间露出原形，变回恐惧。他害怕被小弟取代，害怕成为别人眼中的弱者，害怕失去他人的敬爱和尊重。最关键的是他害怕这个世界上没有一个人受他控制，没有一件事情在他掌握之中。如今，所有这些恐惧在深藏了多年之后突然井喷而出，而且全部变成了现实：他失去了在这个团体中的地位；在每个人的眼里，他已经成为一个弱者；就连他的亲生骨肉也看不起他，不再爱他。他只能眼睁睁地看着一切从指缝流走，却无力挽留；现在他甚至不能控制自己的脚步，没办法走上前杀死这个篡位夺权的小畜生。

耶律迈呆站着，梅伯马上停下脚步——他永远是墙头草，没有自己的主意。纳飞知道梅伯所受的精神打击远不如耶律迈，所以他还会继续密谋闹事。到时候没有耶律迈约束着梅伯，不知道他会闹出什么花样。

所以纳飞知道胜局还没定，他必须当众显示威力，让梅伯、耶律迈和所有人都看得清清楚楚明明白白，这不是兄弟之间的内斗，也不是纳飞赢了，而是上灵彻底降服了耶律迈和梅伯。其实纳飞在心底还抱着一丝希望，他希望迈哥和梅伯明白，今天打倒他们的是上灵，而不是纳飞，那么他们终有一天会原谅他，兄弟几人重归于好。

纳飞心中说道，我只需要击倒他们，而不伤他们性命。

如你所愿。

于是纳飞举起一只闪着电光的手，他知道自己此刻的造型在其他人眼中显得特别壮观和震撼，因为他能够通过上灵同时从多个角度看着自己。只见纳飞的脸闪烁着跳跃的光芒，越来越亮；他的手仿佛被成千上万只萤火虫裹住，闪闪发光。纳飞向耶律迈伸出一只手指，有一道电弧从指尖激射而出，击中耶律迈的头部。

迈哥的身体猛烈抽搐，一下子摔倒在地上。

纳飞在心里痛苦地喊道，糟了，我害死他了？

你只是把他电击了一下而已。对我有点信心，好吗？

没错，耶律迈的确没死，他开始在地上滚来滚去，全身抽搐不止。纳飞把手指向梅伯。

"饶命啊！"梅伯哭喊着求饶。看到耶律迈的下场，梅伯当然不想尝一下电击的滋味。可是纳飞知道他心里还是不停地算计着。梅伯说:"我发誓,我发誓,你要我干什么我就干什么!我本来就不想帮耶律迈,可他老在逼我。"

"梅伯,你真是蠢到无可救药。在沙漠的时候,有一次我不让你杀狒狒,当时如果不是耶律迈出手阻挠,你就要动手害我了,你以为我不知道吗?"

梅伯顿时面如死灰,脸上写满了羞惭。这是他隐藏至深的一个秘密,一直以为没有别人知道;如今被当众拆穿,看来难逃一劫了。梅伯一生中从未如此狼狈过,他哭道:"别杀我,我上有八十老母,下有三岁小……"

另一道电弧在空中划过,发出噼噼啪啪的巨响。梅伯被这道闪电击中头部,立刻倒地不起。

纳飞筋疲力尽,几乎站不住了。他心里说道,绿儿,快,快来帮我!

就在此时,纳飞感到绿儿的双手扶住他的臂膀,支撑着他的身躯。她不知何时已经登上了飞行器,一直站在纳飞身边。

绿儿啊,一直以来,我们的关系就是像现在这样:全仗着你的扶持,我才能站起来;如果没有你,我将一事无成。

纳飞立刻感受到绿儿的回应:无穷无尽的爱意,对劫后余生的庆幸,以及为纳飞身负超能力感到的自豪与骄傲。

纳飞默默地问:你怎么能够如此宽容大度呢?

他在绿儿心中只找到一个答案:因为我爱你。

超低空飞行器在纳飞的意念操纵之下缓缓降落在地面。绿儿搀扶他走下飞行器,几个子女跑上来,簇拥着爸爸妈妈,一起走回家中。紧接着,其他人也陆续进来看看有什么可以帮忙的。纳飞现在需要睡觉,他对绿儿低声说:"你照顾着大伙儿,我担心这次事件对我们这个集体造成了永久的伤害。"

纳飞睡醒的时候天色已经昏暗。司徒博正在他家厨房煮饭；羿羲、如诗、谢德美和绿儿围坐在纳飞床前谈话，并没有看着他。于是纳飞静静听着。

他们说起艾雅和狄傲丽以及他们的子女的惨况，都觉得很难受。尤其是耶律迈的长子蒲亚，这小孩一直都以他父亲为傲。绿儿说："他看起来好像亲眼目睹了父亲去世一样。"

如诗说："没错，他所熟知的那个父亲的确已经死了。"

谢德美说："今天造成的损害恐怕需要很长时间才能修复。"

绿儿说："损害？治重症必须下狠手用猛药，有些伤口已经腐烂八年了，我们却一直不敢正视。今天或许是我们迈出治愈伤痛的第一步。"

如诗啧啧叹道："你这种说法，纳飞肯定第一个反对。他会告诉你，今天发生的事情不是疗伤，而是战争。上灵赢了这一局，宇宙飞船的装配工程将会如期实施，耶律迈和梅博酷伤愈之后，也会和其他人一样卖力工作。可是今天造成的损害是永久性的，在耶律迈和梅博酷眼中，纳飞是他们一生的宿敌，任何人为纳飞效劳也是与他们为敌。"

绿儿道："没有人为纳飞效劳，我们和纳飞一样，都是为上灵效力。"

谢德美赞同道："没错，绿儿，我们都知道，这是上灵的战争，纳飞不过刚好是身披星舰宝衣的人罢了，换了其他人做舰长一样会这样对付耶律迈和梅博酷。"

纳飞注意到，虽然话已经到嘴边，可谢德美始终还是没有告诉大家,如果纳飞拒绝的话,星舰宝衣就归她了。目前谢德美决定将这件事保密,知道的人只有司徒博。至于耶律迈和梅博酷,费雅思和欧必忍,这四个人就算听懂了谢德美昨晚说的话,他们也肯定不会告诉别人的。在上灵的领袖候选人名单上,谢德美排第二位,她已经心满意足了。

绿儿说:"纳飞醒了。"

羿羲问:"你怎么知道的?"

"因为他的呼吸变了。"

纳飞说:"是,我醒了。"

绿儿问:"你好点没有?"

"还是挺累的,不过已经好多了。嗯,等等,我已经完全好了。瞧,我一点也不累。"说着他用一只胳膊肘支撑着坐起来,马上感到一阵晕眩,连忙躺倒。"仔细思量一下,还是挺累的。"

大伙儿都笑了。

"迈哥和梅伯怎样了?"

谢德美说:"和你一样,卧床休息。"

纳飞问道:"你们的小孩谁看着?"

羿羲答道:"妈妈看着。"

谢德美说:"华纱女士帮忙照料着小孩。司徒博说你苏醒之后需要吃顿好的,所以他就过来亲自下厨。"

绿儿说:"胡说。司徒是知道我已经够担心的了,不想我再操心煮食,所以过来帮忙。你还没问我们的小孩呢。"

纳飞说:"其实谁的小孩我都不需要问,我知道他们在哪里。"

这句话他们都明白,彼此心照不宣。很快晚饭做好了,大家围坐在床边共进晚餐。纳飞向他们详细解释重建飞船需要做什么工作,然后大家一起商量分工细则。没说多久大家就散了，因为纳飞体力不支，需要休息了。绿儿随着众人出去，很快就带着几个小孩回来了。儿女们扑上来拥抱着纳飞，尤其是索菲娅，紧紧抱着父亲不放手。她说："爸爸，我心里听到你的声音了。"

纳飞说："是吗？其实那是上灵的声音。"

索菲娅说："不，那是你的声音。当时你站在山坡上，准备跑下去撞隐形墙。你想着可能会没命，所以大声对我喊，菲娅，爸爸爱你。"

纳飞道："嗯，原来真是我的声音。"

索菲娅说："爸爸，我也爱你。"

纳飞再次睡醒的时候是午夜时分，来自海边的轻风吹拂着屋顶的茅草，发出沙沙的声音。纳飞觉得浑身是劲，恨不得马上起床，跳进风中，在夜空里飞舞。

不过他没有真的起床，而是转身伸手抚摸着绿儿，将她搂入怀中。绿儿迷迷糊糊地醒了，并没有抱怨，而是紧紧地依偎在纳飞身上。如果纳飞需要的话，绿儿是愿意和他云雨一番的。可是今晚纳飞只想抚摸着她，拥抱着她。他希望与绿儿分享星舰宝衣上闪烁跳跃的光辉，分享他从上灵那里获得的全部知识。纳飞已经清清楚楚地看到绿儿的心思，他希望绿儿也能明明白白地了解他的想法。既然宝衣能让纳飞感受到绿儿的爱意，它必然也能让绿儿体会到纳飞的深情。

星舰宝衣散发出越来越明亮的光芒。纳飞轻吻着绿儿的额头，当他的嘴唇离开的时候，只见一点微弱的亮光留在了绿儿的额头上。纳飞知道，这点光辉将会逐渐增强、扩散，最后两人会变得同样的明亮。绿儿，我的爱人，希望我们将来能够心灵相通，不分彼此。我要一生一世陪伴着你，永不分离。

译名注释

地名

涂鸦区（Dauberville）：女皇城的一个区

美人区（Dolltown）：女皇城的一个区

狗城区（Dogtown）：女皇城的一个区

孤威国（Gorayni）：一个位于北方的强大帝国，由慕容复将军率兵南侵

德芙达（Dovoda）：一个城市

尼炽（Neeshtchy）：一个城市

剖头国（Potokgavan）：孤威国的主要对手，沼泽之国，拥有强大的水军

霹雷希斯（Pyiretsiss）：传说中的古代地名

华比亚尼城（Raspyatny）：传说中的苔藓石头城，火焰诸城之一

西夕都（Seggidugu）：一个国家

思古诺伊城（Skudnooy）：传说中的守财奴之城，火焰诸城之一

克鲁提奥谷（Krutohn Valley）：一条山谷，位于鲤鱼帝山脉边缘

多斯达提奥克（Dostatok）：一个地名，到达飞船基地之前的最后一个营地

达拉托山脉（Dalatoi）：一片山脉

鲤鱼帝山脉（Lyudy Mountains）：急流海边的一片山脉

华苏利亚山脉（Razoryat Mountains）：火焰谷以北的一片山脉

鲁扎（Luzha）：村庄名

沙泽泉（Shazer）：一个泉水的名字

尼维迪姆河（The Nividimu River）：急流海附近的一条河，起源于鲤鱼帝山脉

多柔菲亚湾（Dorova Bay）：急流海东面的一个海湾

多柔菲亚城（the City of Dorova）：在多柔菲亚湾旁边的一座城市

世俗海（Earthbound Sea）：一片海域的名字

急流海（Scour Sea）：一片海域的名字

火焰海（Sea of Fire）：一片海域的名字

烟雾海（Sea of Smoke）：一片海域的名字

繁星海（Sea of Stars）：一片海域的名字

乌萨卡（Vusadka）：地名，星际飞船所在地

Paritka：超低空飞行器

人名

芭丝丽姬娅（Basilikya）：梅博酷和狄傲丽的长女，昵称小丝卡（Skiya）

索菲娅（Chveya）：纳飞和绿儿的长女，昵称菲娅（Veya）

妲布丽奥塔（Dabrota）：谢德美、司徒博之二女，昵称妲比亚（Dabya）

德琳（Dhelemuvex）：华纱的好朋友，欧必忍的母亲，柔珂的婆婆

狄傲丽（Dol）：华纱女士的干女儿之一，在其学校任教，昵称小丽，梅伯的妻子

德莎（Dza）：羿羲和如诗的长女，新生代中最年长，昵称德莎莎（Dazya）

艾雅（Eiadh）：纳飞的同班同学，也是他暗恋的对象；华纱女士的干女儿之一；耶律迈的妻子

耶律迈（Elemak）：纳飞的大哥，韦爵家长子继承人，韦爵与侯斯尼所生，彪悍勇武，艾雅的丈夫

贾霸（Gaballufix）：华纱前夫，耶律迈的同母异父兄弟，帕华部族首领，野心家，企图称霸女皇城，为纳飞所杀

如诗（Hushidh）：解构者，绿儿的姐姐，华纱的干女儿之一，昵称小诗，羿羲的妻子

羿羲（Issib）：纳飞的三哥，韦爵与华纱所生，天生残疾，依靠浮椅浮衣行走，昵称阿羲，如诗的丈夫

伊素查娅（Izuchaya）：绿儿、纳飞之四女，昵称素娅（Zuya）

柔珂（Kokor）：纳飞的姐姐，莎芙的妹妹，贾霸与华纱所生，昵称阿珂，歌手、演员，欧必忍的妻子

喀纱缇娅（Krasata）：柔珂和欧必忍的长女，昵称喀丝（Krassya）

绿儿（Luet）：圣湖先知，如诗的妹妹，华纱的干女儿之一，屡次救纳飞性命，昵称小绿儿，纳飞的妻子

梅博酷（Mebbekew）：纳飞的二哥，演员，花花公子，昵称梅伯，狄傲丽的丈夫

摩提噶（Motiga）：绿儿、纳飞之三子，昵称摩亚（Motya）

纳迪斯尼（Nadezhny）：艾雅、耶律迈之二子，昵称纳迪亚（Nadya）

纳飞（Nafai）：韦爵与华纱所生二子，能与上灵直接交流，手刃贾霸，昵称阿飞，绿儿的丈夫

欧必忍（Obring）：柔珂的丈夫，演员

奥义克（Oykib）：韦爵与华纱所生第三子，昵称小奥（Okya）

帕达洛（Padarok）：谢德美与司徒博之长子，昵称洛奇（Rokya）

蒲储诺（Protchnu）：耶律迈与艾雅之长子，昵称蒲亚（Proya）

华纱（Rasa）：韦爵的妻子，羿羲、莎芙、柔珂和纳飞、奥义克之母，教育家，不曾从政，在女皇城中享有盛誉

拉士葛（Rashgallivak）：韦爵的管家，在贾霸授权下取代佛意漫成为新任韦爵，在贾霸死后成为帕华部族首领

希尔普（Serp）：绿儿、纳飞之幼子，与希普尔（Spel）孪生，昵称小普（Sepya）

莎芙（Sevet）：纳飞、柔珂的姐姐，贾霸与华纱所生，昵称阿芙，著名歌手、著名演员，费雅思的妻子

谢德美（Shedemei）：著名基因学家，华纱的干女儿之一，偶尔在华纱的学校中任教，昵称小谢

希普尔（Spel）：绿儿、纳飞之幼子，与希尔普（Serp）孪生，昵称小尔（Spelya）

杜思嘉（Torstiga）：自幼被卖作奴隶，获得自由后成为苦行

女,四处流浪

乌弥内(Umene):莎芙、费雅思之二子,昵称小乌(Umya)

费雅思(Vas):莎芙的丈夫,学者

费思敏娜(Vasnaminanya):费雅思和莎芙的长女,昵称小娜(Vasnya)

威力高奴(Velikodushnu):传说中的英雄,吃掉萨维斯特大神的心脏

佛意漫(Volemak):韦爵之本名,华纱的丈夫(华纱称他为老佛爷)、耶律迈、梅博酷、羿羲、纳飞和奥义克之父。收到上灵发送之影像,远征计划的发起人,远走沙漠避祸

慕容复(Vozmuzhalnoy Vozmozhno):孤威国名将,苏丝亚族人,昵称慕斯

韦爵(Wetchik):佛意漫的家族封号

亚赛(Yasai):华纱与佛意漫之第四子,昵称亚亚(Yaya)

萨拉托娅(Zalatoya):狄傲丽、梅博酷之二女,昵称托娅(Toya)

萨维斯特(Zaveest):传说中的神,心脏为威力高奴所食

萨克笑(Zaxodh):如诗、羿羲之二子,昵称笑笑(Xodhya)

兹巴诺(Zbavaronok):柔珂、欧必忍之二子,昵称诺基亚(Nokya)

司徒博(Zdorab):贾霸府的司库,被纳飞挟持,远走沙漠

查维亚(Zhatva):绿儿、纳飞之二子,昵称小亚(Zhyat)

动物名

婆罗丝(Ploxy):雌性狒狒,不久前生下一只幼狒狒

无艳（Rubyet）：雌性狒狒，处于发情期

傻油（Salo）：雄性狒狒，用计打败尤八

尤八（Yobar）：雄性狒狒，新成员，与人类过从甚密

姑婆（Glupost）：雌性骆驼，梅博酷的坐骑

THE SHIPS OF EARTH By ORSON SCOTT CARD
Copyright: ©
1994 BY ORSON SCOTT CARD
This edition arranged with BARBARA BOVA LITERARY AGENCY
Through BIG APPLE AGENCY,INC,LABUAN,MALAYSIA.
Simplified Chinese edition copyright:
2019 New Star Press Co.,Ltd.
All rights reserved.
著作版权合同登记号：01−2019−1216

图书在版编目（CIP）数据

地球飞船／（美）奥森·斯科特·卡德著；仇春卉译．——北京：新星出版社，2019.6
ISBN 978−7−5133−3422−8

Ⅰ.①地… Ⅱ.①奥… ②仇… Ⅲ.①科学幻想小说−美国−现代 Ⅳ.①I712.45

中国版本图书馆 CIP 数据核字（2019）第 010796 号

幻象文库

地球飞船

［美］奥森·斯科特·卡德 著；仇春卉 译

出版统筹：姜　淮
责任编辑：黄　艳
责任校对：刘　义
责任印制：李珊珊
封面设计：冷暖儿

出版发行：新星出版社
出 版 人：马汝军
社　　址：北京市西城区车公庄大街丙3号楼　　100044
网　　址：www.newstarpress.com
电　　话：010−88310888
传　　真：010−65270449
法律顾问：北京市岳成律师事务所

读者服务：010−88310811　　service@newstarpress.com
邮购地址：北京市西城区车公庄大街丙 3 号楼　　100044

印　　刷：北京美图印务有限公司
开　　本：910mm×1230mm　1/32
印　　张：12.75
字　　数：290千字
版　　次：2019年6月第一版　2019年6月第一次印刷
书　　号：ISBN 978-7-5133-3422-8
定　　价：49.80元

版权专有，侵权必究．如有质量问题，请与印刷厂联系调换．